U0096992

民國文化與文學研究文叢

十一編

李 怡 主編

第10冊

魯迅入門二十三講

劉春勇 著

國家圖書館出版品預行編目資料

魯迅入門二十三講／劉春勇 著 — 初版 — 新北市：花木蘭文化事業有限公司，2019〔民 108〕

目 2+270 面；19×26 公分

（民國文化與文學研究文叢 十一編；第 10 冊）

ISBN 978-986-485-796-8（精裝）

1. 周樹人 2. 學術思想 3. 文學評論

820.9 108011488

民國文化與文學研究文叢

十一編　第十冊　ISBN：978-986-485-796-8

魯迅入門二十三講

作　　者　劉春勇
主　　編　李　怡
企　　劃　四川大學中國詩歌研究院
總 編 輯　杜潔祥
副總編輯　楊嘉樂
編　　輯　許郁翎、王筑、張雅淋　美術編輯　陳逸婷
出　　版　花木蘭文化事業有限公司
發 行 人　高小娟
聯絡地址　235 新北市中和區中安街七二號十三樓
　　　　　電話：02-2923-1455／傳眞：02-2923-1452
網　　址　http://www.huamulan.tw 信箱 hml 810518@gmail.com
印　　刷　普羅文化出版廣告事業
初　　版　2019 年 9 月
全書字數　251197 字
定　　價　十一編 12 冊（精裝）新台幣 23,000 元

魯迅入門二十三講

劉春勇 著

作者簡介

劉春勇：湖北黃岡人，文學博士，中國傳媒大學人文學院教授，博士生導師，中國魯迅研究會理事，本科畢業於吉林大學文學院，碩士博士就讀於北京師範大學文學院，2005 年起任教於中國傳媒大學人文學院至今。學術領域涉及中國現當代文學、魯迅研究及現當代思想史研究。發表論文 80 餘篇，出版學術專著有《多疑魯迅——魯迅世界中主體生成困境之研究》（中國傳媒大學出版社，2009 年版）、《文章在茲——非文學的文學家魯迅及其轉變》（吉林大學出版社，2015 年版），主編有《世界魯迅與魯迅世界——媒介、翻譯與現代性書寫》（中國傳媒大學出版社，2014 年 3 月版），主持國家、教育部項目多項。

提　要

《魯迅入門二十三講》是作者在日常教學和寫作中關於魯迅五部文學作品集:《吶喊》《彷徨》《野草》《朝花夕拾》《故事新編》解讀的集合，凝結著作者十多年的高校魯迅課教學與魯迅研究寫作的經驗與思考。第一輯「解讀魯迅的幾個關鍵詞」是全書的綱領性內容，以「虛妄」、「留白」、「多疑」、「堅韌」等幾個關鍵詞重新解讀魯迅及其作品，是作者多年來魯迅研究寫作的心得的集中體現。作者認爲「虛妄」是成熟時期魯迅的基本世界觀，在這一世界觀念下，魯迅「認知」世界的方式是「多疑」，「實踐」世界的方式是「堅韌」，「審美」世界的方式是「留白」，而這一切最後都歸結於「生命之強力」的「行動」。在魯迅這裡，書寫（「文」）並不是最終的目的，書寫（「文」）是爲了最終的實踐與「行動」。因此，本書在解讀魯迅的作品時，總會不經意地流露出對「強力之生命」的讚歎以及對「現實行動力」的追求。在超越性的觀照之外，本書在解讀魯迅作品中也一貫注重歷史的在場，從《吶喊》《彷徨》的解讀到《野草》《朝花夕拾》的解讀再到《故事新編》的解讀，其中貫穿著作者對魯迅一生的文學生涯的思想變化痕跡的考察。在作者看來，早期的小說結構緊張，氛圍凝重，而中期的散文詩則是衝破這種緊張的努力，到了《朝花夕拾》的寫作則顯示了這種「努力」的成功，《故事新編》則是魯迅世界完全「開闊」的見證，「笑」、「幽默」以及輕鬆的氛圍終於來到作品之中。在解讀作品上，本書尤爲用力的是《野草》和《故事新編》。

本書係國家社會科學基金項目一般項目：「魯迅與中國傳統『文章』的創造性轉化研究」（項目號：16BZW133）階段性成果。

從「純文學」到「大文學」：重述我們的「文學」傳統——《民國文化與文學研究文叢》第十一編引言

李　怡

歷史總是在不經意間爲我們增添或減除一些重要的意義，我們今天奉若神明的「文學」也是這樣。自「五四」開啓的百年中國文學的發展可以說就是以「提純」傳統蕪雜的「文章」概念爲起點，以倡導接近西方近代意義的「純粹」的「文學」爲指向的。在「五四」以降的百年來的中國文學史中，「回到文學本身」「爲了藝術」「重申文學性」之類的呼聲層出不窮，構成了最宏大也最具有精神感染力的一種訴求。不過，圍繞這些眞誠的不失悲壯的訴求，我們不僅看到了各種社會政治力量的阻力，而且也能夠眞切地感受到種種「名實不符」的微妙的實踐悖論。這都告訴我們，這看似簡明的「文學之路」絕非我們想像的那麼理所當然，其中包含著太多的異樣與矛盾。本文試圖重新對「五四」開啓的「文學」取向提出反思和清理，其目的是爲了重述長期爲我們忽略的現代「文學」傳統的來龍去脈和內在結構。

重述並不是爲了「顚覆」歷史的表述，而是爲了更加清晰地洞察這歷史的細節，特別是解釋那些歷史表述中模糊、含混的部分。我們相信，只有在關於「文學」觀念的細緻的梳理中，中國現代文學的方向和內在機理才能得到眞正的展現，而它的價值也才能夠進一步確立。

這樣的清理將形成與目前研究態勢的直接對話，特別是對倡導「回到五四」的 1980 年代的學術方式加以重新審視和觀察，雖然審視和觀察並不是爲了否定那個時代最寶貴的進取精神。

歷史轉折與「文學」地位的升降

自「五四」開啓的中國現當文學是在中外多種文化的滋養中發展壯大的，這是一個不容質疑的基本事實。

鑒於中國現代文學的發生是好幾代中國作家刻意突破傳統寫作方式重圍，勉力「別求新聲於異邦」的重大收穫，在一個相當長的時期內，是否承認外來文化、外來文學之於中國現代文學誕生的特殊作用，幾乎就是我們能否把握這一文學基本特質的最重要的立場，承認了這一事實，我們才有效地打開了進入現代文學的窗口，把握了文學發展的最重要的方向，拒絕這一事實，或者是以曖昧的態度講述這一歷史都可能造成我們視線的模糊，無法眞正領會中國文學確立「現代的」「世界性」的目標的特殊意義。甚至，如果我們不能在情感的層面上體諒和認同這些新文學創立者因爲引入外來文化所經歷的種種曲折，付出的種種艱辛，我們簡直也無法深入到現代文學的精神內部，去把捉和揣摩其心靈的起伏、靈魂的溫度。

在長達一個世紀的歷史中，所謂現代中國知識分子的「五四情結」，一切「回到現代文學本身」的熱切的情懷，都只有在這種從理性到感性甚至本能情緒的執著「認同」的層面上獲得解釋。在已經過去、迄今依然令人回味的 1980 年代——有人曾經以「回到五四」來想像這個年代的歷史使命——我們將中國現代文學的精神最大程度地與國家的改革開放，與對待外來文化的態度緊密相連，在那時，通過對中國現代文學吸納外國文學、外國文化的挖掘，現代的文學確立起了前所未有的榮光，「走向世界」的聲音既來自國家政治，也理直氣壯地在中國現代文學的闡述當中得到了有力的支持。〔註 1〕

儘管如此，我們卻不能認爲對「五四」、對中國現代文學的闡釋已經接近尾聲，也沒有理由將這一曾經的主流性理論當作永恆不變的前提，因爲，就如同近代作家通過舉起「一代有一代之文學」來突破傳統、確立自我一樣，今天的學人也有必要通過提煉、發現自己的「問題」來揭示文學發展更內在的結構和機理。

〔註 1〕參見曾小逸：《走向世界文學——中國現代作家與外國文學》（湖南文藝出版社 1986 年），這是最形象地體現 1980 年代中國現代文學學術精神的著作，不僅著作的正副標題都清晰地標注出了時代的主旨，著作的緒論全面地闡述了民族文學「走向世界文學」的宏大圖景，而且各選文的作者都緊緊圍繞中國現代文學如何在「世界文學（外國文學）」的啓示中茁壯成長加以論述，這些論述都代表了當時學界最活躍最有實力的成果，可謂是 1980 年代學術之盛景。

這並不是如一些人想像的那樣，需要通過否定「五四」、質疑甚至顛覆1980年代的學術來彰顯自己。中國學術早就應該眞正擺脫「二元對立」「非此即彼」的思維模式了。自1990年代以降，我們不斷指謫「五四」和1980年代的進化論思維、「二元對立」思維，其實自己卻常常陷入這樣的思維而不能自拔，如果「五四」的確通過大規模引入外國文學與西方文化完成了對傳統束縛的解脫，如果1980年代是在改革開放、走向世界的「鼓舞」下撥亂反正，部分建立了學術的自主性，那麼這種呼喚創造的企圖和方向不也是任何時代都需要的嗎？爲什麼一定要通過否定「五四」的「西化」態度、詆毀1980年代「走向世界」的赤誠來完成新的學術表述呢？

事實上，學術的質疑歸根到底還是對前人尚未意識到的「問題」的發掘，而不是對前代學術的徹底清算；學術的新問題的發現和解決最終是推進了我們的認識而不是證明新一代的高明或思想的「優越」。何況，在所有這些「問題」的不同闡述的背後，還存在一個各自學術的根本意義的差異問題：嚴格說來，學術的意義只能在各自的「歷史語境」中丈量和衡定，也就是說，是不同時代各自所面對的歷史狀況和問題的針對性決定了學術的眞正價值，離開了這個歷史語境，並不一定存在一個跨越時空的「絕對的正誤」標準。不同時代，我們對問題的不同認知和解答乃是基於各自需要解決的命題，其差異幾乎就是必然的。

所有這些冗長的論述，主要是想說明一個問題：我們完全可以重新展開1980年代對文學史的結論，重新就一些重大問題再行討論，這並不是爲了顛覆1980年代的「思想啓蒙」和學術立場，而是爲了更有力地推進學術的深化。

在這裡，我想強調的是，今天，我們對於「文學」的認知其實已經與1980年代大有不同了。這不是因爲我們比1980年代的人們更高明、更深刻，而是今天的我們遭遇了與1980年代十分不同的環境。

在1980年代，文學幾乎就是全社會精神文化的中心，甚至國家政治、倫理、法制、教育的巨大問題都被有意無意地歸結到「文學」的領域來加以確定和關注。

回顧歷史我們可以知道，「改革開放」的1980年代的中國人民生活，就是在以對新文化傳統的想像當中展開的，是對「五四」傳統的呼喚中開始的。那個時候，中國學術界的很多人，言必稱「五四」，言必稱魯迅。以我們中國語言文學學科爲例，基本上無論是搞外國文學也好，搞比較文學也好，搞現當代文學也好，搞美學也好，搞文藝理論也好，他們學術興趣的起點幾乎都是從「五四」開始的，從對魯迅的重新理解開始的。甚至普通的中國人也是這樣，那個時候新華書店隔一段時間「開放」一本書，隔一段時間「開放」一個作家，老百姓排著隊在新華書店買書，其中很多是新文學的作品。新文學、中國當代文學的一些探索，一些思考，一些問題，直接成爲我們思考、解決當前社會問題，包括解決我們人生問題的重要根據。那個時候講教育問題，我們首先想到的是劉心武的《班主任》。《班主任》的意義不是一本小說的意義而是帶來整個教育改革的啓迪。到後來，工廠搞改革，全國人民都知道一本《喬廠長上任記》，大家是通過閱讀這本小說來研究中國怎麼搞改革的。賈平凹的小說《雞窩窪的人家》，後來被改編成電影《野山》。電影上演後，引發了全社會對改革時期家庭倫理問題的討論，報紙上發表的文章，題目直接就是《改革，就必須換老婆嗎？》。因爲賈平凹在小說裏講述了農村改革時期兩個家庭的重新組合問題，大家認爲文學作品是一種家庭倫理關係的示範，生活中的家庭關係處理問題直接可以從小說中得到答案。中國人生活中的很多困惑都會通過 1980 年代那些著名的小說來回答，包括那個時候城鄉流動，很多農村人想改變自己的戶口，想到城裏邊來，改變「二等公民」的地位……那時候一部小說特別打動人，那就是路遙的《人生》。在《人生》開篇的地方，路遙引用了柳青的一段話：「人生的道路雖然漫長，但緊要處常常只有幾步，特別是當人年輕的時候。」這樣的文學表述一下子就被當作 「人生金句」，成了中國人抄錄在筆記本上的格言，到處流傳。我們的文學就是如此深入地介入了現實社會、現實政治的幾乎一切的領域，直接成爲人生的指南！

1990 年代，一切都在發生著變化。一方面是西方的經濟方式繼續在中國滲透，中國人的日常生活開始有了新的娛樂方式，「文學失去了轟動效應」，另一方面，文學也不再探討社會改革的重大問題，不再執著於現代的啓蒙、反思和改造國民性之類的沉重話題，或者這些話題也巧妙地隱藏在各種「喜聞樂見」的娛樂形式之中，「大眾娛樂」的價值越來越受到文學家和藝術家的認可，一些重要的通俗文學地位上升，例如金庸武俠小說開始登上 「大雅之堂」，進入了「文學史」。

最近一些年，人們開始提出了另外一個問題，這就是重新思考「五四」，質疑「五四」。其代表性的觀點就是：中國文化發展到今天出了問題，出了什麼問題呢？我們曾經很長一段時間過分相信西方，「五四」雖然有好處，但是「五四」也犯了錯誤，犯了什麼錯誤呢？就是割裂了我們民族文化的傳統。「五四」的最大問題是以偏激的激進主義觀點，割裂了中華民族文化的很多優秀的傳統。所以說，「五四」那個時候有一個口號成了今天重新被人質疑的一個問題，這就是「打倒孔家店」。有人說今天我們怎麼能「打倒孔家店」呢？你看看今天人人都要重新談孔子，重新談國學，國學都要復興了，那「五四」不是有問題嗎？「五四」知識分子最大的問題就是偏激，他們偏激地引進西方文化，而又如此偏激地割斷了與傳統文化的聯繫。今天，在改革開放 40 年之後，歷史完成了一個循環，而這個循環就是我們這 40 年是以對「五四」的繼承開始的，但又是以對「五四」的質疑告終的。

在這裡，我們暫時不對形成這些歷史轉變的複雜原因作出分析挖掘，而只是藉此正視一個基本的事實：無論我們的情感態度如何，我們需要研讀的「文學」都已經出現了重大的變化；無論我們對這樣的變化持怎樣的遺憾或者批評，都不能不看到它本身絕非是荒誕不經的，也深刻地體現了某種思想文化邏輯的眞實面相；在今天，我們只能將「失去轟動效應」的文學表現與曾經如此富有轟動效應的文學夢想一併思考，才能更全面更準確地把握歷史的脈搏，從而對一個世紀以來的「文學」的命運重新作出解釋。

「文學」研究：從大夢想回到小細節

與 1980 年代那些直接介入社會的巨大的文學夢想比較，今天的我們更應該展開的工作就是面對這命運坎坷、「瘡痍滿目」的「文學」的現實，認眞地回答它「從哪裏來」，一路「遭遇」了什麼，又可能「走到哪裏去」。

對「五四」以降百年來中國文學的研究將從具體入手，從細節處的困惑開始。

這不是簡單對抗 1980 年代的宏大的夢想，而是將夢想的產生和喪失一併納入冷靜的觀察，理性梳理二十世紀文學之「夢」的來源和局限，同時從外部和內部多個方面來梳理「文學」的機理。

這也不是要否定文學被賦予的「社會責任」，不是爲了拒絕這些「社會責任」而刻意攻擊 1980 年代的所謂「宏大敘事」。恰恰相反，我們是試圖通過對文學結構的更細緻更有說服力的探尋來重新尋找我們的歷史使命，重新建構一種介入中國文化問題的可能。

顯而易見，新的追問也不是對 1990 年代以來文學研究日益「學院化」，日益在「學術規範」中孤芳自賞的認同，在正視 1980 年代困境的同時，我們繼續正視 1990 年代以來的新的困境。

今天我們面臨的一大困境在於：文學被抽象化爲某種「純粹」的高貴，而這種高貴本身卻已經沒有了力量，更無法解釋自「五四」以來中國現代文學自身就存在的那種干預社會的強大的能量，儘管 1980 年代所寄予文學的希望可能超過了文學本身的能力負荷，但是我們卻不能說當時的「希望」都是空穴來風，是完全沒有歷史根據的臆想。雖然我們今天也無法預測未來的中國文學究竟怎樣在文學的自主性與社會使命之間獲得平衡，比 1980 年代的理想主義更能切實地實現自己的歷史價值，但是重新回到中國現代文學發生發展的事實當中，更細緻更有說服力地清理其內在的精神結構，解釋那些文學家們如何既能確立自己，又能夠眞誠地介入社會，而且，這一切的文化根據究竟有哪些？

我們的解釋可能就會擺脫「走向世界」的故轍，眞正將中外多種文化都作爲解釋中國作家的精神秘密的根據。因爲，很明顯，近代以後，單純地強調「純文學」的引進已經不足以解釋中國文學的種種細節，例如魯迅，這位在民初大力引進西方「純文學」觀念的啓蒙先驅，後來又常常陷入「不夠文學」的寫作窘迫之中，而且從最初的無奈的自嘲到後來愈發堅定的自信，這裡的「文學」態度眞是耐人尋味：

> 也有人勸我不要做這樣的短評。那好意，我是很感激的，而且也並非不知道創作之可貴。然而要做這樣的東西的時候，恐怕也還要做這樣的東西，我以爲如果藝術之宮裏有這麼麻煩的禁令，倒不如不進去；還是站在沙漠上，看看飛沙走石，樂則大笑，悲則大叫，憤則大罵，即使被沙礫打得遍身粗糙，頭破血流，而時時撫摩自己的凝血，覺得若有花紋，也未必不及跟著中國的文士們去陪莎士比亞吃黃油麵包之有趣。〔註 2〕

歷史更有趣的一面是：就是這位在新文學創立過程中大力呼喚「純文學」（美術）的先驅者，到後來被不少的學者批評爲「文學性不足」，甚至「不是文學」。這裡接受者、解讀者的思想錯位甚至混亂亟待我們認眞清理——在現代中國，究竟有什麼樣的「文學觀」？何以出現如此弔詭的現象？

〔註 2〕魯迅：《華蓋集・題記》，《魯迅全集》第三卷 4 頁，人民文學出版社 2005 年。

至於整個中國現代文學，在當今已經獲得了一個很有代表性的印象：非文學。20 世紀的中國歷史幾乎被公認爲是「非文學」的時代：「中國新文學運動從來就和政治浪潮配合在一起，因果難分。五四時代的文學革命——反帝反封建；三十年代的革命文學——階級鬥爭；抗戰時期——同仇敵愾，抗日救亡，理所當然是主流。除此之外，就都看作是離譜，旁門左道，既爲正統所不容，也引不起讀者的注意。這是一種不無缺陷的好傳統，好處是與祖國命運息息相關，隨著時代亦步亦趨，如影隨形；短處是無形中大大減削了文學領地，譬如建築，只有堂皇的廳堂樓閣，沒有迴廊別院，池臺競勝，曲徑通幽。」〔註 3〕即便不是出於刻意的貶低，我們也都承認，在這一百年之中，更需要人們解決的還是社會民生的一系列重大問題，「文學本身」並沒有太多的機會隆重登場。這一描述大概不會有太多的人否認，然而，困惑卻沒有就此消除：難道「文學」僅僅是太平盛世的奢侈品？在困苦年代人們就沒有資格談論文學，沒有資格獲得文學的滋養？古今中外大量的歷史事實都可能將這一結論擊得粉碎。這裡，再次提醒我們的還是一個事實，我們必須對「文學」觀念本身展開認眞的追問。正如朱曉進所說：「當我們回顧 20 世紀文學的發展時，我們看到的是這樣一個基本的歷史事實：在 20 世紀的大多數年代裏，文學的政治化趨向幾乎是文學發展的主要潮流。也許將此稱爲『思潮』並不準確，但文學與政治的特殊關係，卻無疑是其最爲顯性的文學發展的特徵之一。因此，在研究上述年代的文學現象時，首先應關注的也許倒不是純美學、純藝術層面的東西，而是文學的政治化潮流的問題。我們應該從政治文化的角度去看待這些年代的文學，對文學現象得以產生的政治文化氛圍，以及文學以何種方式、在多大程度上與政治文化結緣，政治的因素到底在多大程度上，到底以什麼形式，最終導致了一些文學現象的產生，以及最終支配了文學發展的趨向等等問題給予更多的關注。以政治或政治文化的角度來觀照和解釋 20 世紀文學發展中的許多現象，我們也許可以從更爲廣闊的範圍來探討其成因。」〔註 4〕

其實，在現代中國，「非文學」的力量何止是政治文化，還包括各種生存的考慮，包括我們固有的對於寫作的基本觀念。所有這些力量都十分自然地

〔註 3〕柯靈：《遙寄張愛玲》，《張愛玲文集》第四卷 427 頁，安徽文藝出版社 1992 年版。

〔註 4〕朱曉進：《文學與政治：從非整合到整合》，《社會科學輯刊》1999 年 5 期。

組成了二十世紀中國知識分子的生活與精神現實，不可須臾脫離。或者說，「非文學」已經與我們的生命形態融會貫通了。

於是乎，中國現代文學那些「非文學」的追求總是如此眞誠，也如此動人心魄，我們無從拒絕，也無從漠視，你斷定它是文學也好，非文學也罷，卻不能阻斷它進入我們精神需要的路徑，而一旦某種藝術形態能夠以這樣的姿態完成自己，我們也就沒有了以固定的文學知識「打壓」「排除」它們的理由，剩下的問題可能恰恰在於：我們本身的「文學」觀念就那麼合理嗎？那麼不可改變麼？

這樣的追問當然也不是完成某種對「文學」的本體論式的建構，不是僅僅在知識來源上追根溯源，並把那種「源頭性」的知識當作「文學」的「本來」，將其他的歷史「調整」當作「變異」，恰恰相反，我們更應當關注「文學」觀念如何組合、流動、變異的過程，在這裡，文學的理念如何在西方「純文學」召喚下發生改變的過程更值得清理。

這樣的努力，也將帶來一種方法論上的重要的改進。在過去，我們一般傾向於相信，中國現代文學的發生在很大程度上源於西方文化的衝擊和挑戰，是西方的「人文主義」文化確立了「五四」對「人」的認識，是西方文學獨立的追求讓中國文學再一次地「藝術自覺」，在西方文化還被置於「帝國主義侵略」的一部分而傳統文化理所當然屬於「國粹」的時代，承不承認這種外來影響的作用，曾經是我們能否在一個開闊視野上自由研究的基礎，然而，在今天，當中外矛盾衝突已經不再是社會文化主要焦慮的今天，當援引西方思想資源也不再構成某種精神壓力的時候，我們完全可以建立一種新的更平和地研討中外文學與文化關係的機制，在這裡，引進西方文化資源並不一定意味著更加的開放和創新，而重述中國的傳統資源也不一定意味著保守和腐朽，它們不過都是現代中國人的心理事實，挖掘這樣的心理事實，是爲了更清楚地認識我們自己，讀解我們今天的文化構成，這是對 1980 年代以後中國現代文學研究「主體性」的眞正重塑。

重述現代中國的「文學」觀，就應當從這些歷史演變的具體細節開始。

「文學」研究：從小純粹到大歷史

當強調學術研究從大夢想回到小細節，這個時候，我們獲得的「文學」研究也就從審美的「小純粹」進入到了一個時代的「大歷史」，也就是朱曉進先生所謂「20 世紀文學發展中的許多現象，我們也許可以從更爲廣闊的範圍來探討其成因。」

在這裡，與傳統中國密切關聯的另外一種「文學」理解方式——雜文學或曰大文學理念不無啓示。雜文學是相對於近代以來被強化起來的「純文學」而言，而「大文學」則可以說是對包含了「純文學」觀念在內的更豐富和複雜的文學理念的描述。

現當代中國概念層出不窮，有外來的，有自創的，有的時候出現頻率之高，已經到了人們無法適應的程度，以致生出反感來。最近也有人問我：你們再提這個「雜文學」或「大文學」，是不是也屬於標新立異啊？是不是在中國現當代文學批評的沈寂年代刻意推出來吸引人眼球的啊？

我的回答很簡單，這早就不是什麼新概念了，相反，它很「舊」，五四時代就已經被運用了，最近十多年又反覆被人提起、論述。只不過，完整系統的梳理和反思比較缺少。今天我們試圖在一個比較自覺的學術史回顧的立場上來檢討它，應當屬於一種冷靜、理性的選擇。

據學者考證，「早在 1909 年，日本學者兒島獻吉郎就曾經出版過一部《支那大文學史》，這恐怕是『大文學』這一名稱見於學術論著的最早例證。稍後謝无量於 1918 年出版的《中國大文學史》，則將文字學、經學、史學等，都納入到文學史中，有將文學史擴展爲學術史的趨勢，故其『大』主要表現爲『體制龐大，內容廣博』。這裡的『大文學史』雖與第一階段的文學史寫作沒有本質的差別，但這一名稱的提出對於後來的文學史研究者卻無疑具有啓示意義。」〔註 5〕在我看來，謝无量提出「大」乃是有感於五四時期西方「純文學」的定義無法容納中國固有的寫作樣式，以「大」擴容，方能將固有的龐雜的「文」類納入到新近傳入的「文學」的範疇。《中國大文學史》的出現，形象地說明了兩種「文」（文學）的概念的衝突，「大」是一種協調、兼容的努力。

當然，謝无量先生更像是以「大」的文學史擴容來爲傳統中國的文學樣式留下足夠的空間，也就是說，將早已經存在於傳統中國的、又不能爲外來的「純文學」理念所解釋的寫作現象收納起來，這更接近我所說的對「雜文學」的包容。傳統中國的「文學」專指學術，與當今作爲創作的「文學」概

〔註 5〕劉懷榮：《近百年中國「大文學」研究及其理論反思》，《東方叢刊》2006 年 2 期。

念近似的是「文」——用今天的話來說就是「文章」，不過此「文章」又是包羅萬象，既有詩詞歌賦之類的「文學」作品，也有論、說、記、傳等論說之文、記敘之文，還有章、表、書、奏、碑、誄、箴、銘等應用之文，與西方傳入之抒情之「文學」比較，不可謂不「雜」矣。

我們可以這樣來粗略描述這源遠流長又幾經演變的「文學」過程：

在古老的中國，存在多樣化的寫作方式，我們以「文」名之，那時，人們無意在實用與抒情、史實與虛構之間做出明確的區分，因而不太符合現代以後的學科、文體的清晰化追求。但是，這樣的模糊性（尤其是混合詩與史的模糊性）卻不能說對今天的作家就完全喪失了魅力，「雜」的文學理念餘緒猶存。

在晚清民初，西方的「純文學」概念開始引起了人們的注意，人們試圖借助「純文學」對外在政治道德倫理的反叛來解放文學，或者說讓文學自傳統僵化思想中解脫出來，重新確立自己的獨立性，於是，有意識地去「雜」趨「純」具有特殊的時代啓蒙價值。

然而，新的「文學」知識一旦建立，卻出現了新的問題：傳統中國的各種豐富的創作現象如何解釋，如何被納入現有的文學史知識系統當中？謝无量借助日本學術的概念重寫《中國大文學史》，就是這樣一種「納舊材料入新框架」的努力。

進入現代中國以後，中國作家的創作同時受到多種資源的影響。這裡既有傳統文學理念的延伸，又有新的歷史條件下文學在事實上超越「純粹」的趨向，後者就不僅僅是「雜」的問題，更蘊含著現代中國式「文學」精神的獨特發展。我們或可以「大文學」的視野來觀察它們：相對於西方「純文學」而言，這些超出「藝術」的元素可能多種多樣，只能以「大」容之——「大」依然是現代知識分子文學關懷的潛在或顯在的追求，不能理解到這一層，我們就會失去對現代中國一系列文學現象的深刻把握，例如魯迅式雜文。關於魯迅式的雜文究竟是不是文學，曾經有過爭論，我們注意到，所謂非文學指謫的主要根據還是「純文學」，問題是魯迅雜文可能本來就無意受制於這樣的「純粹」，他是刻意將一切豐富的人生感受與語言形態都收納到自己的筆端，傳統「文」的訓練和認知十分自然地也成爲魯迅自由取捨的資源。

除了雜文式的文學之「雜」，日記、筆記、書信甚至注疏、點評也可能成爲中國知識分子抒情達志的選擇，它們都不夠「純粹」，但在中國人所熟悉的人生語境與藝術語境中，卻魅力無窮，吸引著中國現代作家。

「大」與「雜」而不是「純」的藝術需求對應著這樣一種人生現實：我們對文學的期待往往並不止於藝術本身，在這個時代，我們需要迫切解決的東西可能很多，現實世界需要我們回答的問題也很多，遠遠超過了作爲語言遊戲的文學藝術本身。換句話說，「純粹」並不能滿足我們，我們對現實的關懷、期待和理想都常常借助「文學」來加以闡發，加以表達，「大」與「雜」理所當然，也理直氣壯。現代中國文學不就是如此嗎？猶如學者斷言二十世紀本來就是一個「非文學」的世紀。這一判斷不僅是批評、遺憾，更是一種客觀的事實陳述，我們其實不必爲此自卑，爲此自責。相反，應該以此爲基點重新梳理和剖析現代中國文學的一系列重要特徵。

在這個意義上，所謂的「大文學」也就是文學的寫作本身超過了純粹藝術的目的，而將社會人生的一系列重要目標納入其中。這就不可謂不「大」，或者不「雜」了。

從傳統的「文」到近代的「純文學」，再到因應「純」而起的「雜文學」之名，最後有兼容性的「大文學」，這一過程又與百年來中國學術的發展過程相共生，正如文學史家陳伯海所剖析的那樣：「考諸史籍，『大文學』的提法實發端於謝无量《中國大文學史》一書，該書敘論部分將『文學』區分爲廣狹二義，狹義即指西方的純文學，廣義囊括一切語言文字的文本在內。謝著取廣義，故名曰『大』，而其實際包涵的內容基本相當於傳統意義上的『文章』（吸收了小說、戲曲等俗文學樣式），『大文學』也就成了『雜文學』的別名。及至晚近十多年來，『大文學』的呼喚重起，則往往具有另一層涵義，乃是著眼於從更廣闊的視野上來觀照和討論文學現象如傅璇琮主編的《大文學史觀叢書》，主張『把文化史、社會史的研究成果引入文學史的研究，打通與文學史相鄰學科的間隔』，趙明等主編的《先秦大文學史》和《兩漢大文學史》，強調由文化發生學的大背景上來考察文學現象，以拓展文學研究的範圍，提示文學文本中的文化內蘊。這種將文學研究提高到文化研究層面上來的努力，跟當前西方學界倡揚的文化詩學的取向，可說是不謀而合。當然，文化研究的落腳點是在深化文學研究，而非消解文學研究（西方某些文化批評即有此弊），所以『大文學』觀的核心仍不能脫離對文學性能的確切把握。」〔註6〕

〔註6〕陳伯海：《雜文學、純文學、大文學及其他》，《紅河學院學報》2004年5期，文章所論「發端」當指中國學界而言。

如果我們承認在這一闊大空間之中，活躍著多種多樣的文學樣式，那麼這些文學追求一定是既「大」且「雜」的。爲了解釋這樣的文學，我們必須讓文學回到廣闊的歷史場景，讓文學與政治博弈，與經濟互動，與軍事對話，與人生輝映……

大文學，這就是我們重新關注百年中國文學之歷史意味所召喚出來的學術視野與學術方法。

這樣的新「文學」研究可以做哪些事呢？

顯然，我們可以更寬闊地揭示現代中國文學的生態景觀。也就是說，我們將跳出「爲藝術」的迷幻，在一個更眞實也更豐富的人生場景中來理解現代作家的生存現實，在這裡，除了獻身藝術的衝動，大量的社會政治的訴求、生存的設計乃至妥協都同樣不容忽視，它們不僅形成了文學的內容，也決定著文學的形式。

我們也有機會藉此更深入地挖掘現代中國作家精神中的現實與歷史基因。中國現代作家一方面沿著西方近現代文學的鼓勵不斷申張著「文學獨立」「爲了藝術」等追求，但是一百年的現實問題並不可能讓他們安然陶醉於藝術的世界之中，從文學的象牙之塔走向十字街頭幾乎注定了就是普遍的事實，最終這種生存的事實又轉化成了精神的事實。

我們可以更準確地把握中國文化傳統之於現代文化創造的實際意義。跳出對「純粹」的迷信，我們就會知道，中國知識分子對「文學」的理解另有來源，包括我們「古已有之」的「文」的傳統、「文章」的傳統等等，在這個意義上，我們可以說，眞正的古代傳統並沒有在「五四」激烈的批判中失落，作爲一種文化血脈，它的確是一直潛藏在一代又一代中國知識分子的精神深處，並成爲我們回應「現代問題」的重要資源。

當然，我們可以在這種精神資源的梳理中，更清晰地揭示現代中國作家文學觀念的民族獨創性。這也就是我們經常所表述的：無論「五四」一代知識分子如何激烈地傳遞著「西化」的願望，在現實關懷、家國意識等一系列問題上文學的特殊表達形態都依然存在，而且往往還發揮著關鍵性的作用，這種作用也不是「強制性」認同的結果，更屬於知識分子內心深處的無意識選擇，當它因呼應現代中國的生存問題而自然生成的時候，更可能閃爍著民族獨創的光彩，例如魯迅雜文。

現代中國作家這種深厚的民族獨創性讓我們能夠在一個表面的「西化」

「歐化」進程中深刻而準確地把握歷史的脈絡，從而對中國文學傳統的傳承和開拓作出更有價值的闡述。在這個基礎上，現代中國文學的豐富的藝術觀將得以重塑，而闡釋現代中國文學也將出現更多的視角和向度。總之，我們將由機會進一步反思、總結和提升中國文學的學術方式。

自然，在借助這種種之「雜」進入文學之「大」的時候，有一個學術的前提必須必辨明，這就是說今天的討論並不是要將中國文學的研究從傾向西方拉回頭來，轉入古典與傳統，這樣的「二元對立」式研究必須警惕，正如王富仁先生在反省現代中國學術時所指出的那樣：「在這個研究模式當中，似乎在文化發展中起作用的只有中國的和外國的固有文化，而作爲接受這兩種文化的人自身是沒有任何作用的，他們只是這兩種文化的運輸器械，有的把西方文化運到中國，有的把中國古代的文化從古代運到現在，有的則既運中國的也運外國的，他們爭論的只是要到哪裏去裝運。但是，人，卻不是這樣一部裝載機，文化經過中國近、現、當代知識分子的頭腦之後不是像經過傳送帶傳送過來的一堆煤一樣沒有發生任何變化。他們也不是裝配工，只是把中國文化和西方文化的不同部件裝配成了一架新型的機器，零件全是固有的。人是有創造性的，任何文化都是一種人的創造物，中國近、現、當代文化的性質和作用不能僅僅從它的來源上予以確定，因而只在中國固有的文化傳統和西方文化的二元對立的模式中無法對它自身的獨立性做出卓有成效的研究。」〔註 7〕

事實上，從單純強調中國文學與西方的關係到今天在更大的範圍內注意到古今的聯繫，其根本前提是我們承認了現代中國作家自由創造是第一位的，確立他們能夠自由創造的主體性是第一位的，只有當我們的作家能夠不分中外，自由選擇之時，他們的心靈才獲得了眞正的創造的快樂，也只有中外文化、文學的資源都能夠成爲他們沒有壓力的挑選對象的時候，現代文學的馳騁空間才是巨大的。在魯迅等現代作家進入「大文學」的姿態當中，我們可以比較清楚地看到這一點。

2019 年 1 月於成都江安花園

〔註 7〕王富仁：《對一種研究模式的置疑》，《佛山大學學報》1996 年 1 期。

目次

第一輯　解讀魯迅的幾個關鍵詞

第一講　解讀魯迅的幾個關鍵詞

魯迅，原名周樟壽，字豫才，1881 年 9 月 25 日出生於晚晴時期浙江紹興的一個小康之家，周樹人是他 18 歲入南京水師學堂時所改的學名。1893 年，祖父因科場案下獄，家道中落，1896 年，父親病逝，家境益艱，這期間出入於質鋪及藥鋪的經歷在魯迅生命中留下極重的烙印。1898 年，走異路，入江南水師學堂，始用周樹人學名。次年改入江南陸師學堂附設之礦路學堂，至 1902 年 3 月前皆在南京受新式教育，嚴復的《天演論》影響尤大。1902 年 3 月，由江南督練公所派赴日本留學，入東京弘文學院。至 1904 年 8 月前皆在東京，關注國民性問題。1904 年 8 月往仙臺，入醫學專門學校學醫。在仙臺一年有半，其間因受日本宣傳日俄戰爭的幻燈片的影響，震驚於中國國民精神的麻木，決心棄醫從文，於 1906 年 3 月回到東京。是年夏秋歸國，奉母命與山陰朱安女士完婚。這一包辦婚姻給魯迅留下頗多陰影。婚畢復赴東京，將學籍列入東京獨逸語學會所設之德語學校，以自修爲主，大量閱讀研習外國進步文藝，受尼采影響尤重，亦受日本夏目漱石等作家影響。作《摩羅詩力說》等大量文言論文，擬辦《新生》雜誌未果。1908 年夏始從章太炎學，爲「光復會」會員。又與周作人合譯域外小說，1909 年輯印《域外小說集》二冊。是年 8 月歸國，先後在浙江兩級師範學堂和紹興中學堂任教。1911 年，辛亥革命。是年 11 月紹興光復，任紹興師範學校校長。同年冬，作文言小說一篇《懷舊》。

民國元年，南京臨時政府成立，任教育部官員，同年 5 月隨教育部遷至北京，任社會教育司第一科科長，主管文教、美術等事務。工作之餘大量編訂古籍，閱讀佛經和搜羅抄寫古碑。1918 年 5 月，以筆名「魯迅」在《新青年》上發表中國第一篇白話文小說《狂人日記》，此後，「一發而不可收」〔註 1〕，成小說十數篇，後成小說集《吶喊》。又陸續撰寫「隨感錄」，筆耕不斷，遂爲「新文化運動」中堅。1919 年，舉家從紹興遷居北京八道灣。1920 年起，開始兼任北京大學和北京師範大學講師，講授「中國小說史」，後又兼任北京女子高等師範學校及世界語專門學校講師。1923 年 8 月，第一本小說集《吶喊》出版。同月，因與其弟周作人失和，攜夫人朱安搬離八道灣，寓居西四磚塔胡同。是年的「兄弟失和」對魯迅、周作人雙方的影響頗大。1924 年 2 月寫作《祝福》，是爲小說集《彷徨》之始。是年身體欠佳。5 月遷至西三條胡同新屋。7、8 月至西安暑期講學。9 月，開始《野草》的寫作。1925 年元旦，作《希望》。2 月，作《青年必讀書》，提出「要少——或者竟不——看中國書，多看外國書。」〔註 2〕引起爭議，是爲「青年必讀書事件」。3 月 11 日收到女子師大學生許廣平的第一封來信，魯迅當天回信，是爲《兩地書》之始。此後二人漸成戀愛關係，後終成伴侶，成就了一段佳話。1925 年，由於「青年必讀書」事件、「咬文嚼字」事件、女子高師學潮事件以及與《現代評論》派論戰等因由，魯迅漸成「思想界的權威」和年輕人的導師。

1926 年「三一八」慘案之後，魯迅被迫於 8 月南下，開始了一段輾轉的生活。9 月起，任教於廈門大學，並在此完成了《朝花夕拾》的創作。是年，北伐戰爭如火如荼。11 月，寫下了意義非凡的帶有總結前半生的散文《寫在〈墳〉後面》。幾乎在同一時期，魯迅又重新啓動了擱置多年的《故事新編》的創作，寫下了《鑄劍》和《奔月》。1927 年年初受中山大學邀請至廣州，任文學系主任兼中大教務長。4 月國共合作破裂，國民黨清黨運動開始，魯迅震驚於學生的被殺，於同月辭去中山大學職務，9 月底魯迅攜許廣平離粵，10 月 3 日抵達上海，8 日定居景雲裏，與許廣平正式成爲伴侶。同年 12 月，被蔡元培聘爲國民政府大學院特約著作員（至 1931 年 12 月被蔣介石裁撤），但仍住上海，從此爲自由撰稿人。1929 年，與柔石等組織朝花社，開始大量介

〔註 1〕魯迅：《吶喊 · 自序》，載《魯迅全集》（第一卷），人民文學出版社 2005 年版，第 441 頁。
〔註 2〕魯迅：《華蓋集 · 青年必讀書》，載《魯迅全集》（第三卷），第 12 頁。

紹和引進版畫。是年，開始大量接觸和翻譯馬克思主義文藝理論。又由於同一時期與馮雪峰的大量接觸，對共產黨漸生好感。1930 年 3 月 2 日加入「左翼作家聯盟」，遂爲「同路人」。同年 5 月遷入北四川路拉摩斯公寓。1931 年，柔石被捕，後與殷夫等在上海龍華就義，史稱「左聯五烈士」，此事對魯迅刺激頗大。1933 年 1 月，加入「民權保障同盟」，2 月，與蔡元培、宋慶齡等接見來華訪問的英國作家蕭伯納，3 月後，同避難上海的瞿秋白交往甚密，逐成忘年之交。同年 4 月，移居大陸新村九號公寓，是爲魯迅一生的最後居所。1934 年至 1936 年最後兩年，身體狀況益差，反覆生病。1934 年 11 月復又重新啓動《故事新編》寫作，至 1935 年底完成。1935 年忘年交瞿秋白的就義對魯迅刺激很大。1936 年，「左聯」解散。是年 10 月 19 日凌晨因肺病去世，終年 56 歲。去世時，《因太炎先生而想起的二三事》一文未及終篇，是爲絕筆。

魯迅一生筆耕不斷，翻譯、編訂古籍、寫作，三者並行，自 1903 年翻譯囂俄（雨果）的《哀塵》至 1936 年的絕筆《因太炎先生而想起的二三事》，所留文字約 600 萬餘。結集的文字有《吶喊》《彷徨》《熱風》《華蓋集》《墳》《華蓋集續編》《野草》《朝花夕拾》《而已集》《三閒集》《二心集》《兩地書》《僞自由書》《準風月談》《南腔北調集》《集外集》《故事新編》《花邊文學》《且介亭雜文》《且介亭雜文二集》《且介亭雜文末編》《集外集拾遺》等 22 本，以及《中國小說史略》《漢文學史綱要》等學術著作和大量的書信日記。

長期以來，我們在解讀魯迅過程中皆認爲魯迅與虛無主義糾纏不休，現在我們必須扭轉這種觀念。魯迅所面對的絕不是虛無的問題，而是虛妄。在閱讀魯迅時我們有必要掌握以下幾個關鍵詞：

一、虛妄

關於虛無，尼采（Friedrich Wilhelm Nietzsche）的解釋是，「虛無主義意味著什麼？——最高價値自行貶黜。」〔註 3〕所謂「最高價値自行貶黜」，其實就是「上帝已死」。不過，要將虛無闡釋完畢，還應該加上一句話，即虛無乃是現代人對上帝／天道隱沒後所剩餘那個位相之僭越的後果。「僭越」奠定了人的理性的至高無上的地位，同時使得人類進入一個漫長的「無剩餘」的時代——現代。

〔註 3〕〔德〕尼采（Friedrich Wilhelm Nietzsche）：《權力意志——重估一切價值的嘗試》，張念東、凌素心譯，商務印書館 1991 年版，第 280 頁，重點號爲原文所加。

在「無剩餘」的現代，幾乎沒有人能夠跟虛無脫離干係。因爲虛無不僅包涵某種絕望的來臨，同時也包涵著看似完全相反的懷抱希望的理想主義。在這一點上，現代人魯迅同樣不能免除。留日時期所懷抱的理想主義同回國後認同於「惟黑暗與虛無乃是實有」並做絕望的反抗實際上都在虛無主義的範疇當中。但是，對虛無主義的反抗必須來自內部。這條道路，魯迅天才般地觸碰到了，他說，「……看來看去，就看得懷疑起來，於是失望，頹唐得很了。……不過我卻又懷疑於自己的失望，因爲我所見過的人們，事件，是有限得很的，這想頭，就給了我提筆的力量。」〔註 4〕承認人的理性的有限性，其實是對「僭越」的抵抗，或者更明白地說，魯迅莫名地感到了上帝／天道隱沒後所剩餘的那個位相，他沒有去「僭越」，相反將其懸置／留白起來。儘管只有兩個字的區別，但是「僭越」與「懸置」所表達的是完全不同的兩種世界像。「懸置」打消了「極致」——極致的希望與極致的絕望——，同時也取消了「終極」，因之，這個世界只是存在於「中間物」當中，於是魯迅借裴多菲嗚叫出了他的覺醒，「絕望之爲虛妄，正與希望相同」。這個覺醒既非絕望，也非希望，而是對虛妄的感到。

二、多疑

那麼，感到世界爲虛妄的魯迅對世界的認知又會採取怎樣一種方式呢？他說，「不能以我之必無的證明，來折服了他之所謂可有。」〔註 5〕他又說，「但我的作品，太黑暗了，因爲我常覺得惟『黑暗與虛無』乃是『實有』，……其實這或者是年齡和經歷的關係，也許未必一定的確的，因爲我終於不能證實：惟黑暗與虛無乃是實有。」〔註 6〕這種以不斷否定自我而爲他者存留「餘地」的認知方式其實就是魯迅的多疑思維。多疑是魯迅認知世界的最根本的方式，而其根底就在其對世界之虛妄的感到。魯迅的多疑思維方式總是同強烈的自我反省意識和對他者的存留「餘地」緊密聯繫在一起。很顯然，與之緊密聯繫的這二者都同「懸置」相關。但是，這樣的不斷地否定自我的認知方式又並不能抵達黑格爾否定之否定意義上的樂觀的絕對行動之源（絕對主體），因爲在否定自我之確證，爲他者存留「餘地」之後，魯迅說到，「於是我終於答應他也做文章了，這便是最初的一篇《狂人日記》。從此以後，便一

〔註 4〕魯迅：《南腔北調集．〈自選集〉自序》，載《魯迅全集》（第四卷），第 468 頁。
〔註 5〕魯迅：《吶喊．自序》，載《魯迅全集》（第一卷），第 441 頁。
〔註 6〕魯迅：《兩地書．四》，載《魯迅全集》（第十一卷），第 21 頁。

發而不可收，每寫些小說模樣的文章，以敷衍朋友們的囑託。」〔註 7〕「敷衍」顯然不能比附爲黑格爾否定之否定之後的絕對行動源。但「敷衍」又絕不是潦草了事，「敷衍」乃是對世界之虛妄像體認之後的處事方式：執著於當下，從當下往未來延展，而非相反。或者魯迅用了「敷衍」這樣一個自我貶抑的詞語同時表達了對現代虛無主義強大誘惑力的抵抗與自我的堅持。這情形有一點像中國的一句老話，「做一天和尚撞一天鐘」，我們經常拿這句話作貶義使用，可是我們反過來再看看魯迅，他的虛妄的行爲（「敷衍」、「擠」）不正是這樣「做一天和尚撞一天鐘」嗎？以虛無者的角度來看，這裡面有著怎樣的痛苦，可是從一個虛妄者來看，這裡面自有執著於每一刻的喜悅與平淡。

三、堅韌

執著於每一刻的喜悅與平淡而不是嚮往一勞永逸的狂喜，正是李長之所說的魯迅的「人得要生存」的強烈信念，這就是堅韌，也就是魯迅所常常說的「韌」。堅韌是魯迅所意識到的虛妄世界像在生活層面的實踐，是魯迅的實踐方式。同多疑的認知方式一樣，堅韌的實踐方式也是建立虛妄之上的。感到世界的虛妄與否同其堅韌的實踐方式是魯迅區別於同時代人的最爲顯著的標誌，也是魯迅與左聯最根本的區別。他在左聯成立大會上不合時宜地宣講「韌」的戰鬥，其根源也在於此。關於「韌」，竹內好是這麼評說的，「魯迅這種韌性生命裏的根源是什麼？關於這個問題，有個叫做李長之的年青的文藝批評家認爲就在『人得要生存』這一樸素的生活信念中。……這是個卓越的見解。但還沒有充分、明確地指出魯迅道德觀點的核心。我想，大概可以到原始孔教的精神中，溯及到它的蹤跡吧。」〔註 8〕我想這是對魯迅極中肯的評價。不過唯一的區別在於，「人得要生存」這一樸素的生活信念對原始孔教而言是順理成章的，對魯迅而言是要掙扎、輾轉才能取得的。

四、留白

然而，魯迅畢竟是一位寫作者，他必須將這樣一種多疑的認知和堅韌的生活實踐轉化爲審美，用文字的方式呈現出來貢獻給世界。那麼，與虛妄世

〔註 7〕魯迅：《吶喊・自序》，載《魯迅全集》（第一卷），第 441 頁。

〔註 8〕〔日〕竹內好：《作爲思想家的魯迅》，載〔日〕竹內好：《魯迅》，李心峰譯，浙江文藝出版社 1986 年版，第 161～162 頁。

界像相伴隨的魯迅的審美是怎樣的呢？他說，「我於書的形式上有一種偏見，就是在書的開頭和每個題目前後，總喜歡留些空白。」「而近來中國的排印的新書……滿本是密密層層的黑字；加以油臭撲鼻，使人發生一種壓迫和窘促之感，不特很少『讀書之樂』，且覺得彷彿人生已沒有『餘裕』，『不留餘地』了。」「在這樣『不留餘地』空氣的圍繞裏，人們的精神大抵要被擠小的。」「外國的平易地講述學術文藝的書，往往夾雜些閒話或笑談，使文章增添活氣，讀者感到格外的興趣，不易於疲倦。但中國的有些譯本，卻將這些刪去，單留下艱難的講學語，使他復近於教科書。這正如折花者；除盡枝葉，單留花朵，折花固然是折花，然而花枝的活氣卻滅盡了。人們到了失去餘裕心，或不自覺地滿抱了不留餘地心時，這民族的將來恐怕就可慮。」〔註 9〕魯迅這裡所強調的要有「餘裕」，要「留白」正是其美學觀的顯現，而且這種「留白」的美學觀是其後期雜文寫作的根基。留白的寫作不是剪去枝節，只留與主題相關的寫作，而是相反，留白是一種散漫性的（discursive）、將一切「擺脫」，「給自己輕鬆一下」的寫作。如果從根基的角度來看，所謂留白不正是魯迅對上帝／天道隱沒後所剩餘那個位相之懸置／留白的結果嗎？

虛妄、多疑、堅韌、留白，這四個關鍵詞或許是我們打開魯迅的四把鑰匙，對這幾個關鍵詞的闡釋不僅關涉到對魯迅的重新解讀，同時也對我們思考現代性不無幫助，下面我們將對其中三個關鍵詞進行詳解。

第二講　虛妄

一、魯迅的世界像：虛妄

在魯迅世界中，「虛妄」其實是很不起眼的兩個漢字，甚至在整部《魯迅全集》中，也只有兩篇文章用到「虛妄」〔註 10〕。在過去的魯迅研究中，研究者們廣泛關注的是「虛無」這個詞語，很多人，甚至包括魯迅的二弟周作人都認為魯迅在某種層面上是個虛無主義者〔註 11〕，因此，研究者們普遍的

〔註 9〕以上幾處引言均見魯迅：《華蓋集．忽然想到（二）》，載《魯迅全集》（第三卷），第 15～16 頁。

〔註 10〕一篇是《野草》集中的《希望》，另一篇是《南腔北調》集中的《〈自選集〉自序》。

〔註 11〕魯迅去世後，周作人在北平接受記者採訪時是這樣說的，「說到他的思想方面，最初可以說是受了尼采的影響很深，就是樹立個人主義，希望超人的實

一個共識就是打開「虛無」這個語詞大概就能打開魯迅世界。但，殊不知，這是一個魯迅研究上的誤區，我個人認爲在打開魯迅世界的道路上，理解「虛妄」比闡釋「虛無」更重要。〔註12〕

「虛妄」是魯迅在1925年元旦寫作的散文詩《希望》中提出來的。《希望》雖然是一篇很短的散文詩，但卻是瞭解魯迅前後期思想轉變的關鍵作之一，其重要性我以爲不亞於魯迅1926年11月11日寫作的雜文《寫在〈墳〉後面》。也正是從這一篇文字開始，魯迅逐漸摒棄了他此前的「惟『黑暗與虛無』乃是『實有』」〔註13〕的虛無主義的世界像，建構起了其獨特的世界像：虛妄。關於這一轉變，木山英雄在他的名著《〈野草〉主體構建的邏輯及其方法》一文中有非常清晰的評述：

> 《影的告別》中的「黑暗」和《求乞者》中的「虛無」，確實使人感到那是爲尋求反抗彈力而連否定性觀念也要抓住的一種激情，也可以理解爲那是長期被壓抑的魯迅內在的東西。然而在孤獨局面裏被反省的這些觀念，已經沒有「寂寞」本來所含有的與民族社會直接交互感應的生命力了。在此意義上，這裡的黑暗與虛無到底是一種意志性的或倫理性的東西。因此，《野草》此後的發展，並不是把在此獲得的觀念斷定爲「實有」並在此基礎上建立起壯麗的虛無哲學，也不是邏輯地做出這些假設由此使輕快的運動得以啓動。這以後的《野草》是不惜排除這些虛像，向「明暗之境」裏的世界展開深沉的肉搏。〔註14〕

現。可是最近又有點轉到虛無主義上去了。」見《魯迅在平家屬訪問記》，1936年10月23日《新民報》（南京），又王志之的《魯迅印象記》轉錄，載《魯迅回憶錄》（專著）（上冊），魯迅博物館、魯迅研究室、《魯迅研究月刊》選編，北京出版社1999年版，第54～57頁。

〔註12〕僅就我查閱的有限的資料來看，此前對魯迅的「虛妄」一詞有過不錯研究的論文有：張昕：《從〈希望〉看希望的三個悖論》，《濟南大學學報》2004年第3期，第54～56頁。汪衛東：《〈野草〉心解（二）》，《魯迅研究月刊》2007年第11期，第44～47頁。李旭東：《先覺者對世界的體驗——試論魯迅前期思想中的「虛妄感」》，《社會科學》1993年第2期，第64～67頁。

〔註13〕魯迅：《兩地書·四》，載《魯迅全集》（第十一卷），第21頁。

〔註14〕〔日〕木山英雄：《〈野草〉主體構建的邏輯及其方法》，載《文學復古與文學革命——木山英雄中國現代文學思想論集》，趙京華編譯，北京大學出版社2004年版，第31頁。譯文中的「這以後的《野草》是不惜排除這些虛像」，其中「虛像」難以理解，或者是排版的錯誤也說不定，個人以爲換成「虛無

木山英雄認爲從《影的告別》《求乞者》等《野草》的早期幾篇寫作到《希望》有一個明顯的轉變，那就是「這以後的《野草》是不惜排除這些虛（無）像，向『明暗之境』裏的世界展開深沉的肉搏」。「這」應該是指《希望》這篇作品，也就是說在《希望》之後，魯迅揚棄了《影的告別》和《求乞者》當中的「黑暗」與「虛無」，而「向『明暗之境』裏的世界展開深沉的肉搏」。那麼，黑暗與虛無之外的「明暗之境」的世界是什麼呢？在《希望》中，魯迅說，「倘使我還得偷生在不明不暗的這『虛妄』中，……」〔註 15〕由此，我們可以推斷，不明不暗的世界就是虛妄的世界，也就是木山英雄所講的「明暗之境」的世界。不僅如此，木山英雄還認爲，只有到了「明暗之境」的虛妄世界中，魯迅才能與世界展開深沉的肉搏，而此前的黑暗與虛無時期只是一些「觀念性」的戰鬥，這一點不難從上面的述評文本中看出，在講到「黑暗與虛無」時，木山英雄接連用了三個「觀念」的字樣進行評述:「否定性觀念」，「被反省的這些觀念」，「並不是把在此獲得的觀念斷定爲『實有』」。在文章的另外一處，木山英雄更直接地講到魯迅的這一轉變：

> 總之，這篇詩中仍然表現了「寂寞」，不過這回終於極爲明確地與「青春」結合在一起了。這裡的所謂青春即反抗或希望，亦是歌與力量，同時對「我」來說又是「忽而這些都空虛化了」的東西。當我們考慮這篇作品的自傳性因素時，透過上面的引用的關於「我」之青春的敍述來觀察魯迅與民國以前的革命運動的關係是正當的。但是，「血腥的歌聲」也好，「空虛」的「忽然」襲來也好，首要的是在《希望》中現在所要求的過去這一點。這裡被回憶的青春之詩

像」更合適一些。不過尾崎文昭先生後來指出這段話後面的翻譯與原文有些出入，與原文對照後，他給出的翻譯是這樣的，「確信虛無在〔爲了尋求反抗的動力，向否定性觀念都不迴避抓住的〕（超越常識的選擇意志或者徹底的拒絕的）激情脈絡（思路）之中被掌握/運用。『寂寞』本在於（其本身所包涵的）與民族意識世界直接交流的場所，現移動到反省過的孤獨局面。那麼（行爲帶動的）『寂寞』恐怕只能變到這樣東西以外沒有別的選擇。在此意義上，此地的黑暗與虛無始終是意志（=選擇）性的、倫理性的。因此，《野草》此後的發展，並不是把在此獲得的觀念斷定爲『實有』並在此基礎上……，也不是邏輯地做出這些假設由此使輕快的運動得以啓動。此後的《野草》是敢於排除這些虛像（＝假象＝上邊兩個想法），努力更深刻地逼近『明暗之境』裏的世界與自我的現在的過程。」（見〔日〕尾崎文昭 2013 年 3 月 5 日給劉春勇的電子郵件）很顯然，我之前認爲虛像應該是虛無像的猜測是不對的。

〔註 15〕 魯迅：《野草．希望》，載《魯迅全集》（第二卷），第 182 頁。

> 意昂揚的劇烈程度便緣於此，特別是，儘管實際上的「空虛」是多次向魯迅襲來而逐漸形成的，但把過去的一切總括於「空虛」的「忽然」襲來上面，而且，在這一瞬間裏似乎有什麼倒塌了而某種狀態即將開始，在這樣的構成方式中，我們可以看到《野草》系列課題的最初形態。這可以說是以青春的終結爲出發點，把自身的此刻現在作爲一個明確的現實來實現的這樣一種狀態。正因爲如此，《希望》的結句「絕望之爲虛妄……」，後來才會又與 1918 年的回憶直接相重合著的（《自選集・自序》）。要之，魯迅乃是追溯到運動的起點來構築並確認正在運動狀態中的自我存在的根據。〔註 16〕

「在這一瞬間裏似乎有什麼倒塌了而某種狀態即將開始」，是什麼倒塌了呢？又是什麼狀態的開啓呢？木山英雄緊接著說，「以青春的終結爲出發點，把自身的此刻現在作爲一個明確的現實來實現的這樣一種狀態。」所謂「倒塌」正是「青春的終結」，也就是理想主義的青春之詩意昂然的結束，並且不止於此，同時倒塌的還有虛無主義的「空虛」。而「自身此刻」即是既不再身陷理想主義的詩意昂然，也不再懊喪於「空虛中的暗夜的襲來」〔註 17〕的虛妄。

那麼，虛妄到底是怎樣一種狀態呢？或者說，虛妄到底是怎樣一種世界像呢？我想我們有必要回到「虛妄」被提出的那個原初語境。「絕望之爲虛妄，正如希望相同。」被魯迅濃縮的這個語句包涵了下面這個故事：

> 這句話出自裴多菲 1847 年 7 月 17 日致友人凱雷尼弗里傑什的信：「……這個月的卡三號，我從拜雷格薩斯起程，乘著那樣惡劣的駕馬，那是我整個旅程中從未碰見過的。當我一看到那些倒楣的駕馬，我吃驚得頭髮都豎了起來……我內心充滿了絕望，坐上了大車，……但是，我的朋友，絕望是那樣地騙人，正如同希望一樣。這

〔註 16〕〔日〕木山英雄：《〈野草〉主體構建的邏輯及其方法》，載《文學復古與文學革命——木山英雄中國現代文學思想論集》，趙京華編譯，第 34 頁。不過尾崎文昭先生後來指出這段話後面的翻譯與原文有些出入，與原文對照後，他給出的翻譯是這樣的，「這可以**換個說法**說是把自身（=以青春的終結**反而**做爲出發點）的此刻現在作爲一個明確的現實來實現的這樣一種**邏輯**。**此刻的現在就明確做爲一個時段指著 1918 年寫成《狂人日記》以後的連續性運動狀態**。正因爲如此，《希望》的結句『絕望之爲虛妄……』，在後來才會又與 1918 年的回憶直接相重疊著的（《自選集・自序》）。……」（見尾崎文昭 2013 年 3 月 5 日給劉春勇的電子郵件，黑體字部分標明了與中文翻譯的出入。）

〔註 17〕魯迅：《野草・希望》，載《魯迅全集》（第二卷），第 181 頁。

些瘦弱的馬駒用這樣快的速度帶我飛馳到薩特馬爾來，甚至連那些靠燕麥和乾草飼養的貴族老爺派頭的馬也要爲之讚賞。我對你們說過，不要只憑外表作判斷，要是那樣，你就不會獲得眞理。」〔註 18〕

這個故事可以被當做「絕望之爲虛妄，正如希望相同」這個語句的語源，或者它就是這個語句本身。但不管怎樣，它都給我們提供了一個啓示，那就是凡事不能絕對，那怕是絕望也不能絕對。而這種不能絕對的狀態就是「自身此刻」的虛妄的狀態，這就是世界的虛妄像。對此，木山英雄這樣講，「正是這樣，《希望》這篇作品，再次把『寂寞』作爲一種彈力，成爲防止『黑暗』及『虛無』之絕對化的力量。」「不過，欲以語言捕捉其迷惘的『虛妄』一詞，比起觀念化的『黑暗』及『虛無』來，則更帶有探索性和流動性的總括力。」〔註 19〕

綜上所述，魯迅正是通過《希望》的寫作完成了他從世界的虛無像向世界的虛妄像的過渡。

二、虛妄的哲學意蘊及其生成

以上是我們通過文本分析得出的結果，但從哲學的角度來分析，魯迅虛妄的世界像又具有怎樣的學理因素呢？他的這一世界像是如何構建的呢？虛妄世界像同虛無世界像具有怎樣的區分呢？爲什麼木山英雄說虛無的世界像是觀念性的，而不明不暗之境的虛妄世界像具有深沉的肉搏性呢？下面我們嘗試著解答這樣一些問題。

不管有意無意，虛妄的世界像都是魯迅對世界的觀察與對生活之體認的結果。從散文詩《希望》我們能夠看出，在抵達虛妄的世界像之前，魯迅經歷過理想主義與虛無主義的雙重世界像，而這樣兩種世界像在木山英雄所講的「一瞬間裏倒塌了」。在木山英雄看來，「黑暗」及「虛無」這樣的一些世界像比「虛妄」更加觀念化。而如前所述，魯迅虛妄的世界像是從「黑暗」及「虛無」這樣的一些世界像揚棄而來，那麼，要理解魯迅虛妄的世界像，首先可以從理想主義與虛無主義的雙重世界像入手。

〔註 18〕裴多菲：《致友人凱雷尼弗里傑什的信》，見《魯迅全集》第二卷，第 183～184 頁，注釋【6】。

〔註 19〕〔日〕木山英雄：《〈野草〉主體構建的邏輯及其方法》，載《文學復古與文學革命——木山英雄中國現代文學思想論集》，趙京華編譯，第 35 頁。

一般認爲，虛無主義同理想主義是決然相反的兩種事物，我們 1980 年代的實際情況似乎也證明了這一點，作爲虛無主義敘事的「黃土地」系列影像正是從反動理想主義英雄敘事而來，人們普遍認爲「黃土地」系列影像要好過歷史上的理想主義英雄敘事影片，但殊不知，這兩種形式的敘事卻有著深厚的歷史淵源，雖然手法有些差別，但二者對現實的屏蔽卻是一致的。這種對現實屏蔽的一致性其實來自兩種敘事形式背後的統一法則：現代透視法裝置〔註 20〕。現代透視法是焦點（消失點）〔註 21〕透視，也即所有的事物都圍繞一個「主題」展開。在焦點透視場域中，事物或者敘事只有與「主題」相關才能取得存在的意義，否則就是脫離「主題」的廢物或廢話。現代透視法最初是在數學或者物理學（光學）的層面上被運用，後來進入到文藝復興的繪畫領域。很顯然，現代透視法的形成是要以現代時空觀念的確立爲前提的。現代時空觀念同古典時空觀念最大的區別在於，現代時空觀是一種均質的時空觀念，即一切時空是平等無差別的，而古典時空觀則是非均質的時空觀念，既有神聖時空與俗世時空的差別，又有相同時空當中的等級差別。現代焦點透視法裝置的確立必須以均質時空觀念爲前提，因爲只有在均質時空內的所有事物才能均等地集結於一個最終的消失點（焦點），而不是多個消失點。但這樣均質的時空觀念並不是在現代來臨後突然降臨的，它的產生其實同中世紀的某種「宏大規模模式的均質連接體系」〔註 22〕相關聯。在中世紀的神學信仰中，眾信徒之間是具有均質性的，而且信徒的救贖之路在末日審判來臨之前其時空也同樣具有均質性。因此，現代「透視法不僅與基督教、柏拉圖主義形而上學不相對立，相反乃是依據於此的。」〔註 23〕因之，現代焦點透

〔註 20〕日本學者柄谷行人在其名著《日本現代文學的起源》一書中認爲，「這個對我們來說不證自明的透視法，究竟是怎麼出現的呢？首先，應該消除下面這種誤解，即在希臘和日本及東洋缺乏透視法。這不過是產生於西歐現代的透視法本身所造成的一個偏見而已。其實，在古典時代和現代以前的日本及東洋的繪畫中都存在透視法。故應該質疑的不是一般的透視法，而是某種特定的透視法到底是怎樣產生的。」〔日〕柄谷行人：《日本現代文學的起源》，趙京華譯，生活・讀書・新知三聯書店 2003 年版，第 138 頁。

〔註 21〕宗白華在《美學散步》中這樣講，「西洋畫法上的透視法是在畫面上依幾何學的測算構造一個三進向的空間的幻景。一切視線集結於一個焦點（或消失點）。」宗白華：《中國詩畫中所表現的空間意識》，載《美學散步》，上海人民出版社 2003 年版，第 107 頁。

〔註 22〕〔日〕柄谷行人：《日本現代文學的起源》，趙京華譯，第 138～139 頁。

〔註 23〕〔日〕柄谷行人：《日本現代文學的起源》，趙京華譯，第 139 頁。

視法裝置得以確立的神學前提是基督教的世俗化，即尼采所說的「上帝死了」〔註24〕。所謂「上帝死了」，並不是上帝眞正消失了，而是人們將對上帝信仰的思維範式與認知模式化入了日常行爲與認知當中〔註25〕。依照尼采的說法，康德等德國哲學家，甚至普通德國人都是脫去僧侶外衣的僧侶，過去對基督的信仰眞正內化爲人的日常思維模式，並且這裡的「德國人」幾乎可以置換成現代人，如果這樣，上帝似乎就無所不在了，但正是在這一點上有著迷人的弔詭：看似無所不在的上帝卻眞的消失了。這也就是尼采所說的，「最高價值自行貶黜。」它不僅意味著「沒有目標；沒有對『爲何之故？』的回答。」〔註26〕同時也意味著中世紀神學的那個「消失點」被懸擱了起來，正是在這樣的情形下，現代透視法得以登場。但尋找新的「消失點」成爲一道難題。

「消失點」是世界的「主題」、「目標」，是對「爲何之故？」的回答。在中世紀，上帝就是對「爲何之故？」的回答，是一切事物最終極的原因和目的。因而上帝是中世紀的「消失點」，但屬神的那個位置被懸置了起來。進來塡充這個位置的是笛卡爾的「我思故我在」和培根的歷史進步觀，尤其是笛卡爾，他爲人類的新大廈重新奠定了根基。〔註27〕這就是主體形而上學，現代透視法正是在此基礎上建立的，〔註28〕而「我思」主體成爲了新的「消失點」。主體形而上學用「我思」主體回答了「爲何之故」，同時又賦予了人類理性「我思」以至高無上的權威。所謂理性的至高無上，即是人類通過理性的掌控與精密的邏輯論證在自然法則的永恆不變性的條件下可以控制人類的

〔註24〕尼采的原話是「上帝已死」，見〔德〕尼采：《蘇魯支語錄》，徐梵澄譯，商務印書館1995年版，第5頁。

〔註25〕尼采在《敵基督》中說，「只要我說神學血液毀滅了哲學，馬上就有德國人理解我的意思。新教牧師是德國哲學的鼻祖。」〔德〕尼采：《敵基督》，載《尼采與基督教思想》，尼采、洛維特、沃格林等著，吳增定、李猛、田立年譯，道風書社2001年版，第10頁。

〔註26〕〔德〕尼采：《權力意志——重估一切價值的嘗試》，張念東、凌素心譯，第280頁，重點號爲原文所加。我們在這裡對其譯文稍稍改動，依據孫周興在海德格爾的《尼采》中對尼采這段話的譯法，見〔德〕海德格爾：《尼采》，孫周興譯，商務印書館2002年版，第683頁。張念東、凌素心的原譯爲，「虛無主義意味著什麼？——意味着最高價值自行貶值。沒有目的。沒有對目的的回答。」

〔註27〕黑格爾曾經說，有了笛卡爾的「我思故我在」，哲學才踏上眞正意義上的大陸。見〔德〕海德格爾：《黑格爾與希臘人》，載《路標》，孫周興譯，商務印書館2001年版，第505頁。

〔註28〕柄谷行人說，「現代透視法的空間是笛卡爾式的空間。」見〔日〕柄谷行人：《日本現代文學的起源》，趙京華譯，第140頁。

歷史進程，從而達到理想之境。以培根爲代表的歷史進步觀正是在這樣的歷史語境中形成的。德國哲學家洛維特認爲，現代的這種以理想主義爲根底的歷史進步觀其實質是基督教上帝之城的世俗翻版。二者的區別在於，中世紀人們並不奢望在現世去實現理想之境，而在現代，人們則把這種奢望拉到了此岸。他進而認爲，在中世紀，人與現實之間能夠達成某種和解，在現代則相反，人和現實之間永遠處在某種非和解的狀態，因此，現代人永遠生活在無視現實和自認爲可以在此岸兌現的未來之期許當中。〔註 29〕那麼，這樣的世俗化及人之理性的至高無上是如何來臨的呢？在海德格爾看來，「消失點」的轉換是問題的關鍵。笛卡爾的「懷疑一切」並沒有懷疑論的意義，也就是說它不是爲懷疑而懷疑，以懷疑爲目的。相反，笛卡爾的「懷疑一切」的眞正目的是爲了尋找可靠的東西，尋找世界的確定性，因此，他所懷疑的是過去一切不可靠的成見與假設，尤其是宗教的假設。正是這種懷疑一切與重新尋找世界的確定性規定了現代之本質：「人通過向自身解放自己來擺脫了中世紀的束縛。」而主體的生成正是在這樣一個進程中進行的。但「決定性的事情並非人擺脫以往的束縛而成爲自己」，也不是在於人成爲主體，「而是在人成爲主體（Subject）之際人的本質發生了根本變化」。這種本質的變化即是「人

〔註 29〕《世界歷史與救贖歷史》的第四章〈進步反對天意〉，「基督教的未來信仰與世俗信仰的基本區別在於『天路歷程』（Pilgrim's Progress）不是一種向一個無法達到的理想的不確定的進步，而是一種面臨上帝的確定的選擇和決斷。基督教對上帝國的希望是與對主的敬畏相聯繫的，與此相反，對一個『更好的世界』的世俗希望，卻是毫無畏懼和戰慄地憧憬未來的。儘管如此，二者都有末世論的立場和對未來本身的憧憬。惟獨在猶太教和基督教針對古典異教的由週期性循環而『絕望的』世界觀提出的這種未來視野之內，進步理念才有可能成爲現代歷史觀的主導思想。現代爭取日益改善和進步的全部努力都植根於基督教的這一種向上帝國的進步，現代意識從它得到解放，但又始終依賴於它，就像是一個逃亡的奴隸依賴於他遠方的主人似的。」（第 102～103 頁）第五章〈伏爾泰〉，「進步的非宗教依然是一種可以從基督教的未來目標中引申出的宗教，雖然它用一種不確定的和世俗內的末世取代了一種確定的、超世俗的末世。」（第 138 頁）關於人與現實和解的問題，第二章〈馬克思〉中是這樣說的，「馬克思的彌賽亞主義如此徹底地超越了現存的現實，以至於他不顧自己的『唯物主義』而維護末世論的張力，並由此維護他的歷史構思的宗教動機；與此相反，對於黑格爾來說，信仰只不過是理性或者『知悉』的一種方式，在他自己的精神發展的批判性轉折點上，他決定於現實世界和解。與馬克思相比，黑格爾是現實主義的。」（第 64 頁）見〔德〕卡爾·洛維特：《世界歷史與救贖歷史》，李秋零、田薇譯，漢語基督教文化研究所 1997 年版。

成爲存在者本身的關係中心」,「一切存在者以其存在方式和眞理方式把自身建立在」〔註 30〕人之上。這樣,世界便成爲了圖像〔註 31〕,存在者整體成爲人把捉和掌握的對象。〔註 32〕在這個時代,作爲主體的人力求「成爲那種給予一切存在者以尺度和準繩的存在者」〔註 33〕,並且按照自己的尺度與標準改造一切存在者(客體、對象,甚至是被物化的人)。

「人成爲存在者本身的關係中心」,說的就是人取代上帝成爲新的「消失點」。這裡的「人」當然不是指人的身體,而是指人的精神,也就是笛卡爾意義上的「我思」主體。主體形而上學告訴我們,雖然個體的人是有限的存在,但人通過理性「我思」的控制可以觸手到無限的領域。因而作爲主體的人成爲了「那種給予一切存在者以尺度和準繩的存在者」,並且按照自己的尺度與標準改造一切存在者(客體、對象,甚至是被物化的人)。當現代人的「我思」理性取代上帝成爲新的消失點的時候,理性的至高無上自然就出現了。而人憑藉理性的至高無上就能夠絕對控制未來,這就是理想主義最終的根基。但,虛無主義會尾隨而來。因爲現代人很快會發現理想主義的追尋是徒勞的。「現在人們明白了,通過生成達不到任何目的,實現不了任何目標……這樣一來,對於生成的所謂目的的失望,就成了虛無主義的原因。」〔註 34〕

三、懸置與魯迅的虛妄世界像

但從上述文字可以看出,無論是理想主義世界像還是虛無主義世界像都是新的「消失點」確立的結果,換言之,它們都存在於現代透視法之中。這兩種世界像其實是一個硬幣的兩面,它們可以有一個共同的命名:虛無(世界)像。

〔註 30〕〔德〕海德格爾:《世界圖像的時代》,孫周興譯,載《海德格爾選集》(下卷),孫周興選編,上海三聯書店 1996 年版,第 897 頁,以上三處引文皆與此同。

〔註 31〕〔德〕海德格爾:《世界圖像的時代》,孫周興譯,載《海德格爾選集》(下卷),孫周興選編,上海三聯書店 1996 年版,第 899 頁。另第 897 頁,孫周興的注釋中說,「『世界圖像』(Weltbild)在日常德語中作『世界觀』或『宇宙觀』。聯繫海德格爾下面的討論,我們取更爲字面的直譯『世界圖像』,意味著人的表象活動把世界把握爲『圖像』。」

〔註 32〕〔德〕海德格爾:《世界圖像的時代》,孫周興譯,載《海德格爾選集》(下卷),孫周興選編,上海三聯書店 1996 年版,第 918 頁。

〔註 33〕〔德〕海德格爾:《世界圖像的時代》,孫周興譯,載《海德格爾選集》(下卷),孫周興選編,第 904 頁。

〔註 34〕〔德〕尼采:《權力意志——重估一切價值的嘗試》,張念東、凌素心譯,第 424 頁,重點號爲原文所加。

虛無像的來臨乃是人對上帝的僭越。在原本屬神的那個位置，現代人填充以「我思」理性而沒有將其懸置起來。但，在魯迅的世界裏，當他從虛無像抵達虛妄像之後，他最終將這個本該懸擱的位置存留了出來。虛妄世界像就是構建這種存留之上的。魯迅在多處文字當中都流露出這樣一種世界像：

是的，我雖然自有我的確信，然而說到希望，卻是不能抹殺的，因爲希望是在於將來，決不能以我之必無的證明，來折服了他之所謂可有，於是我終於答應他也做文章了，這便是最初的一篇《狂人日記》。〔註35〕

但我的作品，太黑暗了，因爲我常覺得惟「黑暗與虛無」乃是「實有」，……。其實這或者是年齡和經歷的關係，也許未必一定的確的，因爲我終於不能證實：惟黑暗與虛無乃是實有。〔註36〕

然而我那時對於「文學革命」，其實並沒有怎樣的熱情。見過辛亥革命，見過二次革命，見過袁世凱稱帝，張勳復辟的，看來看去，就看得懷疑起來，於是失望，頽唐得很了。……。不過我卻又懷疑於自己的失望，因爲我所見過的人們，事件，是有限得很的，這想頭，就給了我提筆的力量。〔註37〕

這幾段文字的大意或許可以概括爲下面一句話，那就是：儘管我先前對某一事物或現象有自己的判斷，但我所見識的人和世界畢竟是有限的，所以我不能確證我先前的判斷就是正確的，倘若先前的判斷是負的，但我現在不能確證「負的」這個判斷是的確的，那麼，現在我也就有行動的動力了；倘若先前的判斷是正的，但我現在不能確證「正的」這個判斷是的確的，然而同時也不能確證「正的」這個判斷是不的確的，那麼，我同樣也有行動的動力。

在這樣的判斷中，是沒有現代透視法意義上的「消失點」的，因之，也就沒有絕對的希望與絕對的絕望，有只是「不明不暗」的虛妄，但生活還要繼續，正是在這一點上，李長之指出，魯迅最根本信念就是「人得要生存」，

以抱有一顆荒涼而枯燥的靈魂的魯迅，不善於實生活，又常陷在病態的情緒中，然而他毅然能夠活下去者，不是件奇異的事麼？

〔註35〕魯迅：《吶喊．自序》，載《魯迅全集》（第一卷），第441頁。
〔註36〕魯迅：《兩地書．四》，載《魯迅全集》（第十一卷），第21頁。
〔註37〕魯迅：《南腔北調．〈自選集〉自序》，載《魯迅全集》（第四卷），2005，第468頁。

這就是在他有一種「人得要生存」的單純的生物學的信念故。魯迅沒有什麼深邃的哲學思想，倘若說他有一點根本信念的話，則正是在這裡。〔註 38〕

然而可惜的是，在德國修哲學出身的李長之並沒有在此處深味魯迅思想的深邃處，在「不明不暗」的虛妄中生存，並且生活還要繼續，這種看似樸素的思想其實包涵了魯迅思想中最爲艱深難懂的部分。這突然讓我想到了丸尾常喜先生臨終的那一幕，尾崎文昭先生是如此描述的：

丸尾常喜先生實爲可惜去年（2008 年）5 月去逝了。他在最後日子裏寫了一篇講演稿子，準備爲有個自己知道已不能赴會的研究會提交以託人代替宣讀。他其實自己書寫覺得困難，因此先錄音口述，由他女兒做成打字稿，然後自己修改，採用了這麼個辦法。最後他去逝的頭一天才能修改完，而據看他的大夫說他去逝時的樣子似乎是他的手還在捏著朱筆進行修改的樣子。後來在東京開了追悼會時他女兒給我們特意放了那最後的口述錄音。所選的部分似乎是最後結束的一段，所放的聲音不大象快要結束生命的人的聲音，很清晰又有毅力，一邊引用魯迅的話一邊講述確信人生的希望。他所引用的魯迅的話就是「我們所可以自慰的，想來想去，也還是所謂對於將來的希望。希望是附麗於存在的，有存在，便有希望，有希望，便是光明。如果歷史家的話不是誑話，則世界上的事物可還沒有因爲黑暗而長存的先例。黑暗只能附麗於漸就滅亡的事物，一滅亡，黑暗也就一同滅亡了，它不永久。然而將來是永遠要有的，並且總要光明起來；只要不做黑暗的附著物，爲光明而滅亡，則我們一定有悠久的將來，而且一定是光明的將來。(《華蓋續・記談話》)」丸尾作爲講魯迅的最後機會的結論，特意選擇了這段話，以此代替了給要遺留的女兒們以及朋友們的告別詞。〔註 39〕

行文至此，我不禁想起了尼采的一段話，「新教教導者一直在散佈一個根本的錯誤，認爲信仰是第一重要的，行動是第二位的和必須以信仰爲指導的。這當然是不對的，……。行動，既是最先發生的也是終極重要的！這也就

〔註 38〕李長之：《魯迅批判》，載《李長之批評文集》，郜元寶、李書編，珠海出版社 1998 年版，第 121 頁。

〔註 39〕〔日〕尾崎文昭：《多疑魯迅・序二》，載劉春勇：《多疑魯迅》，中國傳媒大學出版社 2009 年版。

是說，只要你放手行動、行動、再行動，有關的信仰很快就會尾隨而至。」〔註 40〕我想魯迅所謂的「絕望之為虛妄，正如希望相同」應當正是這個意思吧！

第三講　留白

中國有句古話叫「人之將死其言也善」，這裡的「善」有中國人的傳統理解，但是我認為還有某種對人生的通透的看法。人到死之前或許對人生有通透的看法，這裡可以舉兩例與魯迅相關的在臨死或者將死之前的一些言論，我覺得是對人生有其通透看法的。其一是日本的學者丸尾常喜先生，他在 2008 年 5 月去世，他去世之前要參加一項會議，但是自己已經很難寫字，所以他口述由他的女兒記錄下來，作為準備參加會議的發言，後來尾崎文昭先生說，這些文字其實可以看做是丸尾先生的臨終遺言的。這發言乃是引用的魯迅在 1926 年南下廈門之前在北京女子師大所做的講演《記談話》當中的一段話，即「我們所可以自慰的，想來想去，也還是所謂對於將來的希望。希望是附麗於存在的，有存在，便有希望，有希望，便是光明。如果歷史家的話不是誑話，則世界上的事物可還沒有因為黑暗而長存的先例。黑暗只能附麗於漸就滅亡的事物，一滅亡，黑暗也就一同滅亡了，它不永久。然而將來是永遠要有的，並且總要光明起來；只要不做黑暗的附著物，為光明而滅亡，則我們一定有悠久的將來，而且一定是光明的將來。」〔註 41〕這是一段我在不同場合會經常引用的話。尾崎先生說，丸尾最後講魯迅的機會，特意選擇了這段話，以此作為留給兒女們的告別辭。〔註 42〕其二是魯迅本人，他在生命最後的 1936 年中留下許多重要的文章，其中有一篇叫《「這也是生活」》，文章中有一段文字非常感人，也表明了魯迅最後對生活的通透感。他說他病了很長時間，

> 有了轉機之後四五天的夜裏，我醒來了，喊醒了廣平。
>
> 「給我喝一點水。並且去開開電燈，給我看來看去的看一下。」
>
> 「為什麼？……」她的聲音有些驚慌，大約是以為我在講昏話。

〔註 40〕〔德〕尼采：《曙光》，田立年譯，灕江出版社 2000 年版，第 17 頁。

〔註 41〕魯迅：《華蓋集續編．記談話》，載《魯迅全集》（第三卷），第 378 頁。

〔註 42〕〔日〕尾崎文昭：《多疑魯迅．序二》，載劉春勇：《多疑魯迅——魯迅世界中主體生成困境之研究》，中國傳媒大學出版社 2009 年版。

「因爲我要過活。你懂得麼？這也是生活呀。我要看來看去的看一下。」

「哦……」她走起來，給我喝了幾口茶，徘徊了一下，又輕輕的躺下了，不去開電燈。

我知道她沒有懂得我的話。

街燈的光穿窗而入，屋子裏顯出微明，我大略一看，熟識的牆壁，壁端的棱線，熟識的書堆，堆邊的未訂的畫集，外面的進行著的夜，無窮的遠方，無數的人們，都和我有關。我存在著，我在生活，我將生活下去，我開始覺得自己更切實了，我有動作的欲望——但不久我又墜入了睡眠。〔註43〕

在這段對話當中，魯迅先生和許廣平先生之間是有一些錯位的，錯位的關鍵對「生活之留白」的意識與否的問題。魯迅開電燈要「看來看去看一下」，其實是沒有所謂的通常意義上的目的的，就是想看一下，但是具體看什麼是沒有的。而廣平先生她有一個「主題性」，這個「主題性」就是「爲什麼」，即對「爲何之故」要回答。這種對「爲何之故」作答的「主題性」在繪畫當中或者現代性當中叫做「焦點」或「消失點」，是一種現代透視法的裝置，和笛卡爾意義上的「我思」主體形而上學是緊密相關的。

魯迅先生的這種「看來看去看一下」不僅僅表現在他的生活當中，他後期文章的寫法其實跟這個也很有關係。早在1925年，他就開始有這種意識。在1925年的《華蓋集・忽然想到（二）》中，他說，

……我於書的形式上有一種偏見，就是在書的開頭和每個題目前後，總喜歡留些空白，所以付印的時候，一定明白地注明。但待排出寄來，卻大抵一篇一篇擠得很緊，並不依所注的辦。查看別的書，也一樣，多是行行擠得極緊的。

較好的中國書和西洋書，每本前後總有一兩張空白的副頁，上下的天地頭也很寬。而近來中國的排印的新書則大抵沒有副頁，天地頭又都很短，想要寫上一點意見或別的什麼，也無地可容，翻開書來，滿本是密密層層的黑字；加以油臭撲鼻，使人發生一種壓迫

〔註43〕魯迅：《且介亭雜文末編・「這也是生活」》，載《魯迅全集》（第六卷），第623～624頁。

和窘促之感，不特很少「讀書之樂」，且覺得彷彿人生已沒有「餘裕」，「不留餘地」了。

……在這樣「不留餘地」空氣的圍繞裏，人們的精神大抵要被擠小的。

外國的平易地講述學術文藝的書，往往夾雜些閒話或笑談，使文章增添活氣，讀者感到格外的興趣，不易於疲倦。但中國的有些譯本，卻將這些刪去，單留下艱難的講學語，使他復近於教科書。這正如折花者：除盡枝葉，單留花朵，折花固然是折花，然而花枝的活氣卻滅盡了。人們到了失去餘裕心，或不自覺地滿抱了不留餘地心時，這民族的將來恐怕就可慮。〔註 44〕

這段話中的「餘裕的」、「餘地」等其實都是「留白」的不同表達方式。「留白」的審美趣向甚至是魯迅雜文成立的前提。關於這一點，陳方競在其《魯迅雜文及其文體考辨》〔註 45〕一文中有深刻的論述。在他看來，魯迅後來的雜文觀念同其 1925 年前後傾注全力翻譯的廚川白村的「餘裕」的文學觀有很大的關聯，並且在他另外一篇長文《魯迅與中國現代文學批評》〔註 46〕中，陳方競對此做了詳細的考證，梳理了從夏目漱石到廚川白村的「有餘裕」的文學觀對魯迅的影響和啓發，並闡述了「有餘裕」的文學觀在魯迅雜文成立上所起的決定性作用。他說，「這是有助於我們感受和認識魯迅『雜文』的，同時亦可見魯迅的『雜文』與『雜感』的差異：如前所述，後者更爲斂抑、集中、緊張，有十分具體的針對，……前者如《說鬍鬚》、《看鏡有感》、《春末閒談》、《燈下漫筆》、《雜憶》……題目就可見，並沒有具體的針對，……將一切『擺脫』，『給自己輕鬆一下』，而頗顯『餘裕』的寫法，……」〔註 47〕「『雜文』較之『雜感』更近於『魏晉文章』。」〔註 48〕留白或者「有餘裕」的這種文章的美學其實並不僅僅是在文字中顯示出輕鬆的調子那樣簡單，而毋寧說是魯迅後期文章寫作的根本。

〔註 44〕魯迅：《華蓋集．忽然想到（二）》，載《魯迅全集》（第三卷），第 15～16 頁。

〔註 45〕陳方競：《魯迅雜文及其文體考辨》，載陳方競：《魯迅與中國現代文學批評》，北京大學出版社 2011 年版，第 401～461 頁。

〔註 46〕陳方競：《魯迅雜文及其文體考辨》，載陳方競：《魯迅與中國現代文學批評》，第 1～400 頁。

〔註 47〕陳方競：《魯迅雜文及其文體考辨》，載陳方競：《魯迅與中國現代文學批評》，第 415 頁。

〔註 48〕陳方競：《魯迅雜文及其文體考辨》，載陳方競：《魯迅與中國現代文學批評》，第 415 頁。

後來在 1935 年的《徐懋庸作〈打雜集〉序》當中，他有更爲清晰的闡釋，

> 我們試去查一通美國的「文學概論」或中國什麼大學的講義，的確，總不能發見一種叫作 Tsa-wen 的東西。這眞要使有志於成爲偉大的文學家的青年，見雜文而心灰意懶：原來這並不是爬進高尚的文學樓臺去的梯子。托爾斯泰將要動筆時，是否查了美國的「文學概論」或中國什麼大學的講義之後，明白了小說是文學的正宗，這才決心來做《戰爭與和平》似的偉大的創作的呢？我不知道。但我知道中國的這幾年的雜文作者，他的作文，卻沒有一個想到「文學概論」的規定，或者希圖文學史上的位置的，他以爲非這樣寫不可，他就這樣寫，因爲他只知道這樣的寫起來，於大家有益。〔註 49〕

這段話當中，魯迅談到了文學體制外的寫作——雜文和文學體制內的正宗創作之間的關係。「文學概論」或大學的講義所講的當然是文學體制內的正宗——小說、詩歌之類的，作爲創作的「文學」其實是一個現代概念，是一種「現代性」裝置，乃至制度。文學「創作」，是基於笛卡爾「我思」主體形而上學意義上的「自我認同」與「自我確證」的過程，因此，文學作品具有現代透視法的特點，是一種焦點（消失點）寫作的結果。而雜文是一個被文學體制所驅逐的對象，是排除在「創作」之外的寫作。這也正是魯迅寫作這篇序言的原因。在魯迅看來，雜文的寫作是「以爲非這樣寫不可，他就這樣寫」的結果，而不是要遵循「文學概論」規則與形制的。魯迅的這種「以爲非這樣寫不可，他就這樣寫」的雜文寫作觀和前面我們討論的「看來看去看一下」的生活觀念其實是一致的。其實質都是反焦點的、反透視點的或者是反消失點的實踐行爲或者觀念。很顯然，雜文是一種「體制外」的寫作。我們講文學，文學其實是一種體制，一種現代性體制，而魯迅後期的寫作已經完全拋棄這種體制。他的雜文寫作非常開闊。我們中國學生在中小學乃至大學寫文章時一定要緊扣主題，一段跟主題無關的文字是一定要刪去的。我們的親身經歷告訴我們，這樣的寫作，文字是緊張的，人的精神也是緊張的。我想，魯迅對此肯定是不以爲然的。在魯迅看來，某些細枝末節，游離於主題之外的文字反而能夠增加文章的生趣和文章的開闊度，而不一定要滿篇圍繞主題最後要點題，這樣的寫作會讓人的精神變小，沒有「餘裕」了，不留白。魯迅後期的寫作是一定要講「留白」的，這是魯迅雜

〔註 49〕魯迅：《且介亭雜文二集．徐懋庸作〈打雜集〉序》，載《魯迅全集》（第六卷），第 300～301 頁。

文寫作的一個至關重要的特點。

在日本，稱純文學寫作爲「創作」〔註 50〕，但不包括雜文。同樣，魯迅的雜文寫作在大多數情況下也是被排除在「創作」之外的，對於這一點，即使魯迅先生本人也是有自知之明的。1933 年上海天馬書店出版的《魯迅自選集》共選作品 22 篇〔註 51〕，無一篇出自雜文集，並且在《〈自選集〉自序》中他是這樣說的，「可以勉強稱爲創作的，在我至今只有這五種……」〔註 52〕魯迅這裡所謂的「五種」是哪「五種」呢？從《〈自選集〉自序》上下文看，自然是指《吶喊》《彷徨》《野草》《朝花夕拾》和《故事新編》。魯迅把這「五種」稱爲「創作」，大抵也是從純文學寫作的角度而言的，這和我們今天的觀念是一致的。我們的後人有許多苛責魯迅的說他後來只寫雜文不寫小說，連一部稱之爲長篇的小說都沒有，名不副實，也殊爲可惜。其實關於這一點，早在 1940 年代，高長虹就曾經這樣講過，

> 魯迅的短篇小說雖然不很多，但在當時的小說界占壓倒的優勢。在這一點上，沒有一個人能夠提出異議來。只是，文藝界容易有的一種錯覺以爲必須是塊頭很大的作品才有很大的藝術價值，不幸普遍流行在中國的文藝界裏，這種只看形式，不重內容的批評態度，對於作家的窘迫，有時叫人喘不過氣來。魯迅有時候也說，想寫一個中篇小說，可是始終沒有寫，因此，他的文藝財產除了一集散文詩外，就是些短篇小說了。在當時那樣的環境裏，就是魯迅，也不免要氣短的。……
>
> ……
>
> 塊頭要大，件數也要多，這種社會心理，在魯迅文藝活動的中流造成了逆流中的主流，也在青年讀者間的影響常不能不讓出防地

〔註 50〕王向遠：《魯迅雜文概念的形成演進與日本文學》，《魯迅研究月刊》1996 年第 2 期，第 38 頁。

〔註 51〕「這本《自選集》內收《野草》中的七篇：《影的告別》、《好的故事》、《過客》、《失掉的好地獄》、《這樣的戰士》、《聰明人和傻子和奴才》、《淡淡的血痕中》；《吶喊》中的五篇：《孔乙己》、《一件小事》、《故鄉》、《阿Q正傳》、《鴨的喜劇》；《彷徨》中的五篇：《在酒樓上》、《肥皂》、《示眾》、《傷逝》、《離婚》；《故事新編》中的兩篇：《奔月》、《鑄劍》；《朝花夕拾》中的三篇：《狗·貓·鼠》、《無常》、《范愛農》。共計二十二篇。」見人民文學 2005 年版《魯迅全集》（第四卷）之《南腔北調集·〈自選集〉自序》注釋〔1〕，《魯迅全集》（第四卷），第 470 頁。

〔註 52〕魯迅：《南腔北調集·〈自選集〉自序》，載《魯迅全集》（第四卷），第 469 頁。

來，讓他的對手郭沫若來進據，除青年情緒容易爲青年所領會外，絕不是沒有第二個原因的。魯迅爲克服這些困難，他在思想上採取了突出的戰略，爲青年開路。這種企圖，他大部分是成功了。大部分的青年從此覺得，魯迅是站在自己的這邊了。

他爲青年們開示的行爲指南是：生存，自由和發展；求學的戒條是：不讀線裝書。他受到很多的攻擊，但也獲得更多的擁護。〔註 53〕

高長虹這一段文字講的是魯迅 1925 年的事情，其中「塊頭要大」，應該是指長篇小說的寫作。對於這一點，高長虹說，「就是魯迅，也不免要氣短的。」其實也正是在這個時間的前後，魯迅一直徘徊於長篇小說的創作，但最終選擇了放棄。〔註 54〕或者竟可以說，在歷史的這個時間上，魯迅站在了「十字街頭」，他的純文學創作遭遇到了困境。「爲克服這些困難，他在思想上採取了突出的戰略，爲青年開路。」所謂「爲青年開路」其實就是雜文寫作的開端，即從 1925 年年初就開始的以《青年必讀書》和《咬文嚼字》爲核心所展開的「貼身肉搏」的論戰。所可注意的是，這些轉變和《野草》寫作幾乎是同步進行的。1925 年前後，魯迅的純文學的「創作」確實遭遇到了某種困難，因之，他向純文學之外的雜文寫作前進，但也不排除他有意放棄這種體制內的寫作，關於這一點，我想是這和他在這一時期所形成的「留白」意識是緊密相關的。

但，這個裏邊「文學」這個詞語應該如何理解呢？如果講魯迅是一個「文學家」，那麼，魯迅到底是一個什麼樣的文學家呢？他的文學在什麼地方誕生的呢？

早在 1940 年代，竹內好在其名著《魯迅》裏面就在講這個問題，他講「迴心」，其實就是在講魯迅文學的誕生，但這文學是帶著罪感的，關於這一點，伊藤虎丸是這麼講的，

〔註 53〕高長虹：《一點回憶——關於魯迅和我》，載《魯迅回憶錄》（散篇）（上冊），第 186～187 頁。

〔註 54〕這裡指魯迅「《楊貴妃》腹案」一事，見許壽裳《亡友魯迅印象記》，載《魯迅回憶錄》（專著）（上冊），第 253 頁。又見孫伏園《魯迅先生二三事》中的《楊貴妃》，載《魯迅回憶錄》（專著）（上冊），第 90～93 頁。又見郁達夫的紀念文章《魯迅設想的〈楊貴妃〉腹案》，載《魯迅回憶錄》（散篇）（上冊），第 84 頁。又見馮雪峰回憶文章《魯迅先生計劃而未完成的著作》，載《魯迅回憶錄》（散篇）（中冊），第 697～698 頁。

……我同竹內好先生一樣，從《狂人日記》的背後，看到了作爲魯迅文學「核心」的「迴心」。而且，我們看到了從魯迅留學時期從事的評論和翻譯的文學活動（相當於《狂人日記》中狂人要求人們改心換面的呼籲），即我稱之爲「啓蒙文學」或「預言文學」開始，在向著竹內好先生稱之爲「贖罪文學」的發展中，《狂人日記》乃是其中決定性的轉折點。我看這可以說是魯迅從「預言文學」走向「贖罪文學」的過程中確立了魯迅自己的近代現實主義。〔註55〕

竹內好氏的《魯迅》爲我國研究魯迅的出發點。他從《狂人日記》背後看到了魯迅的「迴心」（類似於宗教信仰者宗教性自覺的文學性自覺），並以此爲「核心」確立了「魯迅的文學可以稱爲贖罪文學」這一體系。〔註56〕

竹內好講，魯迅在獲得罪的自覺的一刹那，作爲文學家的魯迅誕生了，那麼，這裡竹內講的「文學」這個詞其實是超越「創作」的，它不再是局限於創作層面的文學，而是一個很大的概念，是具有和現代的某種問題相瓜葛的這麼一個概念。最近，汪暉在《魯迅文學的誕生——讀〈吶喊・自序〉》〔註57〕一文中也專門就魯迅文學誕生的問題做了長篇的討論。其實，無論是竹內好、汪暉還是木山英雄，他們都在考慮這個問題，即消失點的問題。雖然汪暉在他的論文中對竹內好的「迴心」有異議，他更願意用「忠誠」這個詞語來闡釋魯迅文學的誕生，但，他和竹內有一個觀點是相同的，那就是魯迅在他的《吶喊》當中是以「主體的沉沒」來進行他的文學的啓程的。〔註58〕或者可以說魯迅是以否定文學的文學的寫作。我的博士論文寫作《多疑魯迅》受到竹內好的影響非常大，我一直認爲《狂人日記》中在那一刹那「獲得罪的自覺」，我稱之爲多疑，在魯迅獲得多疑的這個契機，作爲文學家的魯迅誕生了，或者說，魯迅作爲魯迅誕生了。但是，我後來一直在彷徨、疑惑，我在想這裡面有什麼問題，我隱隱約約感覺到這裡面是有問題，即，《狂人日記》之後

〔註55〕〔日〕伊藤虎丸：《魯迅、創造社與日本文學》，孫猛等譯，北京大學出版社1995年版，第151～152頁。

〔註56〕〔日〕伊藤虎丸：《魯迅、創造社與日本文學》，孫猛等譯，第175頁。

〔註57〕汪暉：《聲之善惡——魯迅〈破惡聲論〉〈吶喊・自序〉講稿》，生活・讀書・新知三聯書店2013年版，第90～184頁。

〔註58〕汪暉：《聲之善惡——魯迅〈破惡聲論〉〈吶喊・自序〉講稿》，第145～147頁。

魯迅的寫作是不是眞的如竹內好所說就完全是「主體沉沒了」。王曉明曾經在講這個時期的魯迅時有過一個表達，即「戴著面具的吶喊」〔註 59〕，但我在想，「戴著面具的吶喊」，好，面具外面有多少層面，面具裏面到底有多少眞心？這個問題一直在纏繞著我，我一直苦於解答。但近期我讀木山英雄的文章，我發現其實木山對這個問題有回答。木山英雄說，《吶喊》以及「隨感錄」其實是某種「觀念」的寫作〔註 60〕，其中雖然有主體的沉沒，但是「主體」時常而會冒出來，從而引起寫作者對於「焦點」的重視，譬如《狂人日記》的主體結構性緊張，以及《阿 Q 正傳》前面的輕鬆寫作，而到了小說的結尾，類似於《狂人日記》的主體結構性緊張又冒了出來。木山認爲，魯迅在《吶喊》和「隨感錄」的寫作時期沒有進入到生命的體驗和貼身的肉搏當中。只有當魯迅經過了《野草》的寫作後，他才眞正進入到了生命體驗與貼身肉搏的寫作當中。〔註 61〕

> ……總之，在一個平面上疾走而過所留下的痕跡能夠描寫出什麼，這個『什麼』即是本書的目標。……〔註 62〕

在木山看來，《野草》是魯迅生命中「疾走而過所留下」的一個痕跡，在這個痕跡之後，魯迅進入到了類似竹內好所說的「迴心」的那個階段。在我看來，這其實是在講魯迅對「焦點或透視點」〔註 63〕的打破。「焦點或透視點」是主體問題的另一種表達，其實質是一種現代透視法的裝置〔註 64〕，

〔註 59〕 王曉明：《無法直面的人生——魯迅傳》，上海文藝出版社 1993 年版，第 49 頁。

〔註 60〕 〔日〕木山英雄：《〈野草〉主體構建的邏輯及其方法》，載《文學復古與文學革命——木山英雄中國現代文學思想論集》，趙京華編譯，第 7 頁。

〔註 61〕 「《野草》此後的發展，並不是把在此獲得的觀念斷定爲『實有』並在此基礎上建立起壯麗的虛無哲學，也不是邏輯地做出這些假設由此使輕快的運動得以啓動。這以後的《野草》是不惜排除這些虛（無）像，向『明暗之境』裏的世界展開深沉的肉搏。」見〔日〕木山英雄：《〈野草〉主體構建的邏輯及其方法》，載《文學復古與文學革命——木山英雄中國現代文學思想論集》，趙京華編譯，第 31 頁。

〔註 62〕 〔日〕木山英雄：《〈野草〉主體構建的邏輯及其方法》，載《文學復古與文學革命——木山英雄中國現代文學思想論集》，趙京華編譯，第 3 頁。

〔註 63〕 宗白華在《美學散步》中這樣講，「西洋畫法上的透視法是在畫面上依幾何學的測算構造一個三進向的空間的幻景。一切視線集結於一個焦點（或消失點）。」宗白華：《中國詩畫中所表現的空間意識》，載《美學散步》，第 107 頁。

〔註 64〕 關於這一點，可以參考柄谷行人的《日本現代文學的起源》的第六章「關於結構力——兩個論爭」。〔日〕柄谷行人：《日本現代文學的起源》，趙京華譯，第 135～174 頁。

是笛卡爾意義上的「我思」主體形而上學。我們一般在哲學層面上使用主體的說法更爲普遍，但在藝術學層面，後者則被更多的使用。關於這一點，我在《魯迅的世界像：虛妄》〔註 65〕一文中有詳細的分析。從打破「消失點」的角度來看，《野草·希望》其實不是在講「希望」——一種有「透視點」的希望，也不是在講「絕望」，而是在講「虛妄」。魯迅借《希望》在給我們講生活是一個無可奈何的「虛妄」狀態。無論是希望還是絕望都是有主題的，都是有現代性的，但是，虛妄是一個無可奈何的狀態，是一種現實生活的狀態：既沒有更大的一個期望，但是也還有期望；也沒有某種大的絕望，但是，也有某種可能的失望狀態。這其實是生活的一個本眞的狀態，也就是魯迅所說的「看來看去看一下」的那個狀態，這是生活的常態。正是在《野草·希望》中魯迅意識到了「焦點或主題」這個問題。木山英雄認爲，魯迅的轉折點是在《寫在〈墳〉後面》〔註 66〕，但我認爲，《寫在〈墳〉後面》其實是魯迅從《吶喊》到《野草》寫作的轉折過程的最後的一個終結點，他做了一個總結，然後魯迅進入到了他的雜文創作，在我看來，後期的《故事新編》並非是傳統意義上的小說，而是雜文，是以某種類小說形式寫作的雜文。〔註 67〕那麼魯迅作爲文學家的意義，他在這個世界上能夠跟托爾斯泰、跟卡夫卡、跟馬爾克斯這樣一些巨匠媲美，應該不是在所謂的《吶喊》這樣的純文學的創作，而應該是在雜文寫作，魯迅的雜文非常的豐富。

〔註 65〕劉春勇：《魯迅的世界像：虛妄》，《華夏文化論壇》（第十輯），第 60～67 頁。

〔註 66〕木山說，「其實，在寫作《吶喊·自序》時，其『吶喊』的根據已經消失了。因此對作者來說，在目前的主客觀條件下重新審視作爲已過『不惑之年』的戰鬥者自我，才是問題所在。散文詩《野草》的連續性課題亦在這裡。而《吶喊·自序》，以越發內化了的『寂寞』爲契機，將陰暗的自我從《吶喊》的混沌中引出表面來，由這一點觀之，是位於《野草》形成的端緒上的。」（〔日〕木山英雄：《〈野草〉主體構建的邏輯及其方法》，載《文學復古與文學革命——木山英雄中國現代文學思想論集》，趙京華編譯，第 25 頁。）在文章臨要結尾時，他又說，「距《野草》最後一篇的創作晚半年多所寫的，可以看做是散文形式的《野草》終篇的這篇文章（指《寫在〈墳〉後面》）……」（劉春勇：《魯迅的世界像：虛妄》，《華夏文化論壇》（第十輯），第 67 頁。）

〔註 67〕伊凡早在 20 世紀 50 年代就提出這樣一種觀念，《故事新編》「是以故事形式寫出來的雜文」。參見伊凡：《魯迅先生的〈故事新編〉》，《文藝報》1953 年 14 號。

第四講　多疑

一、關於魯迅「多疑」

魯迅先生的「多疑」早已是一個不爭的事實，但由於種種原因，長期以來，我們一直將「多疑」當作是對魯迅先生的污蔑，或者即使在內心默認，亦認爲是先生的缺點，羞於啓齒。新中國的建立，魯迅先生被抬到雲端，當作聖人，絲毫不能容許有所謂的缺點，「多疑」更成爲忌諱之談，一度從魯迅研究中消失，這種情況一直持續到改革開放。直到 1980 年湖南人民出版社翻譯出版了日本人增田涉的《魯迅的印象》〔註 68〕，僵局才算打破。而中國人的研究要到 1988 年錢理群先生《心靈的探尋》的出版〔註 69〕，才得以繼續。從 1988 年到現在，30 年的時間過去了，國內魯迅研究已經取得了長足的進步，各個方面都有重大突破，但令人遺憾的是在「多疑」這個問題的研究上——儘管偶有閃光——卻仍然裹足不前。我想導致這種局面的原因大致有二：一是仍然抱著老觀念，認爲「多疑」是魯迅的一大缺點，羞於啓齒；一是或者認爲「多疑」不過是一個無足輕重的小問題，或者認爲關於「多疑」的研究已經有那麼幾篇力作，無再行研究的必要。其實不然，私以爲正是在這個小問題上隱藏著魯迅研究的一大盲點，「多疑」作爲一個問題似小實大，它甚至關涉到魯迅之爲魯迅的秘密。

新時期以前談到魯迅多疑的文字寥寥數篇，談不上什麼研究，比較有分量的是李長之先生在《魯迅批判》中對魯迅多疑的分析〔註 70〕，而專篇談魯迅多疑的只有曹聚仁先生的《論「多疑」》〔註 71〕一文。新時期以來，相關論述的文字其實也不多，我大致搜羅了一下，不超過 20 篇〔註 72〕。其中以錢理

〔註 68〕〔日〕增田涉：《魯迅的印象》，鍾敬文譯，湖南人民出版社 1980 年版。又載《魯迅回憶錄》（專著）（下冊），魯迅博物館、魯迅研究室、《魯迅研究月刊》選編，第 1337～1463 頁。

〔註 69〕錢理群：《心靈的探尋》，上海：上海文藝出版社，1988。

〔註 70〕李長之：《詩人和戰士的魯迅：魯迅之本質及其批評——魯迅批判之總結》，載《1913—1983 魯迅研究學術論著資料彙編》（第一卷），中國社會科學院文學研究所魯迅研究室編，中國文聯出版公司 1986 年版，第 1330～1333 頁。原載 1935 年 8 月 14 日《益世報》（天津）。

〔註 71〕曹聚仁：《論「多疑」》，載 1936 年 10 月 29 日《立報》（上海）。

〔註 72〕計有：錢理群《心靈的探尋》、程志堅《從魯迅的懷疑人類思想看〈一件小事〉的主題》、王曉明《無法直面的人生——魯迅傳》、尾崎文昭《試論魯迅「多疑」的思維方式》、卜釗先和李道喜《魯迅懷疑精神略論》、王彬彬《多少話，欲說還休——關於魯迅的「顧忌」》、梁啓談《魯迅「多疑」個性闡釋》、王乾

群先生的《心靈的探尋》、王曉明先生的《無法直面的人生——魯迅傳》〔註73〕和日本學者尾崎文昭先生的《試論魯迅「多疑」的思維方式》〔註74〕三篇爲代表，餘者雖分說紛紜，但大抵無出其右。

1988 年《心靈的探尋》的出版是新時期討論魯迅多疑的開創之作。錢理群先生在這部著作中以「『多疑』、『尖刻』中的現代智慧」爲題專章討論了魯迅的多疑與尖刻問題。雖然很多年過去了，這些論述的影響力還依然存在，並且不時爲人所稱道。錢先生將「多疑」與「尖刻」從一般的評語擴展成爲魯迅的思維方式。這在某種程度上是對「多疑」的重新界定。錢認爲，「多疑」表現了魯迅思維的細緻周密，並且這種思維「注重多側面、多角度、多層次地展現事物本質的多樣性、多變性、複雜性與個別特殊性，是一種小說藝術家的『模糊型』的思維，它的語言表達方式帶有很大的曲折性。」它「不肯輕信主觀、片面、表面的觀察得出的簡單化的結論，而努力追求對對象及其矛盾著的各個側面的精細的觀察與思考。不僅注意對象的正面，而且注意其反面；不僅注意對象一個側面，而且注意其前後左右，東西南北各個側面，並且從這些不同方位的觀察的綜合中，得到對對象的全面認識。」錢理群先生緊接著以《我之節烈觀》爲例證明了魯迅這種「多疑」思維下深文周納的文風和令人畏懼的洞察力。他分析道，「魯迅用懷疑主義的否定眼光去考察在中國曾被認爲是『天經地義』的『節烈觀』，一口氣提了十個『疑問』……魯迅是那樣冷靜地、仔細地，像醫生解剖『屍體』一樣，把傳統節烈觀這具歷史的陳屍的裏裏外外，前前後後，正面反面，都作了透徹的探查、剖析；……『疑』了又『疑』，『問』了又『問』，……思考極其周密，駁詰十分雄辯，既是鋒不可當，又具有鐵的邏輯說服力。」〔註 75〕由此，可以看出來，「多疑」這個形容詞，在錢理群先生的闡釋裏是拆開爲「多」和「疑」兩個詞的，前者是副詞，可以換成「多層面地」、「多角度地」、「多側面地」，後者是動詞，所接的賓語都是與主體相對的客觀存在。所有的「疑」都是以主體所認爲「正確」的某種觀念爲前提的，而且每「疑」必對。從某種意義上說，這只是對懷疑主義的解釋。當然，如錢文所示，這也不是一種簡單的懷疑主義，而是許多懷疑主義的疊加。

坤《懷疑：科學之問與人生之問》、周甲辰《論〈狂人日記〉的文化心態》等。

〔註73〕王曉明：《無法直面的人生——魯迅傳》，上海文藝出版社 1993 年版。

〔註74〕〔日〕尾崎文昭：《試論魯迅「多疑」的思維方式》，孫歌譯，《魯迅研究月刊》1993 年第 1 期，第 19～26 頁。

〔註75〕錢理群：《心靈的探尋》，河北教育出版社 2002 年版，第 55～56 頁。

繼錢先生之後有分量的討論是王曉明先生的《無法直面的人生——魯迅傳》。王先生的這部著作在海外及青年當中的影響極大，但在國內魯研界反響卻不是那麼強烈，這恐怕同它運用歷史心理的分析方法將魯迅解析得過於悲觀與黑暗有關係吧〔註76〕！著作集中談到「多疑」是第九章「從悲觀到虛無」。同錢理群先生的著作相比，雖然二者都同樣關注魯迅的思想研究，但各自的側重點不同，錢著關心的是思想對文學的作用，而王著則更關注思想與人生的相互關係，「他（魯迅）這多疑和易怒並不是表示他的爲人之道的轉變，而是證明實了他對自己立身之道的惶惑的深廣。」〔註77〕前者認爲魯迅的多疑對於其創作具有建設性的意義，而後者則認爲魯迅的多疑對於一個人來說實在是病態。所以儘管二人都由「多疑」進而談到魯迅洞察力的「毒奇」，但與錢的欣賞與讚歎不同，王的態度是警惕的，「（他）對人心的陰暗面的挑剔，似乎也太厲害了。我以前讀他的文字，常常佩服他這種特別『毒』的眼光，有時候甚至心生羨慕，希望自己也能煉出這樣的本事。可現在我覺出事情的另一面，他這副特別的眼力正是一個危險的標記，表明他在懷疑人的思路上，已經走得相當遠了。」〔註78〕王認爲，魯迅先生獨特的「毒奇」眼光正是源於他的多疑。「魯迅有時候固然看錯，但在另一些時候，他卻常常是看對了。因此，這種不惜以惡意來揣測別人的做法，常常給他帶來特別的收穫。」〔註79〕這種「特別的收穫」在王看來即是他觀察物象時的「毒奇」的眼光。而這種「疑」與「毒」在魯迅那裡愈滑愈遠，其盡頭就是「虛無」，「這條道路的盡頭，就站著虛無感。」〔註80〕王曉明認爲，魯迅的這種虛無感不同於啓蒙者的悲觀，也即是不同於綏惠略夫式的理想主義者的悲觀與絕望，「它（虛無感）雖然包含著對戰勝黑暗的悲觀，但它同時又懷疑在黑暗之外還有其他的價值，倘若天地之間只有黑暗是『實有』，這黑暗也就不再是黑暗了。因此，你一旦陷入這樣的虛無感，就會迅速失去行動的熱情，犧牲也罷，反對也罷，都沒有意義，人生只剩下一個詞：無聊。」〔註81〕在王看來，理想主義者綏

〔註76〕從某種程度上說，王曉明所受的影響主要是來自於夏濟安和李歐梵師徒，而非日本或者中國大陸魯研界。

〔註77〕王曉明：《無法直面的人生——魯迅傳》，第156頁。

〔註78〕王曉明：《無法直面的人生——魯迅傳》，第80頁。

〔註79〕王曉明：《無法直面的人生——魯迅傳》，第79頁。

〔註80〕王曉明：《無法直面的人生——魯迅傳》，第80頁。

〔註81〕王曉明：《無法直面的人生——魯迅傳》，第81頁。

惠略夫的絕望甚至比魯迅先生的「虛無感」具有更積極的意義，並且他還認爲魯迅先生的「虛無」與「無聊」正是中國傳統的「彼亦一是非，此亦一是非」與「達則兼濟天下，窮則獨善其身」的儒道幽靈附體的結果〔註 82〕。

1993 年《魯迅研究月刊》翻譯了尾崎文昭先生的《試論魯迅「多疑」的思維方式》一文。文中，尾崎先生借用了錢理群先生曾經擴展使用過的「多疑」思維這一說法，並進一步擴展爲「多疑」思維方式。他首先對魯迅的「多疑」與簡單懷疑主義做了簡要的區分，「魯迅之爲魯迅，正在於他儘管徹底地『多疑』（筆者案：顯然，這裡的『多疑』是指錢理群先生的多方面、多角度的懷疑而言的）。同時卻並不流於簡單的懷疑主義。本文的開頭所引『總是疑，而從來不下斷語，這才是缺點』一句提到這一點。眾所周知，魯迅與彼亦一是非，此亦一是非的簡單的相對主義風馬牛不相及，勿寧說他倒是嚴於判別是非，以致於被人說成『偏激』。」〔註 83〕在做了這樣的區分後，尾崎先生詳細論述了魯迅的「多疑」思維方式的各種類型及其在詩學中的表現。在尾崎看來，魯迅的「多疑」思維方式集中表現爲三種形式：首先是定向否定深化型「多疑」思維方式；其次是往復否定型「多疑」思維方式；復次是居於兩者之間的往復深化型「多疑」思維方式，這一點最爲重要。尾崎以《狂人日記》爲例闡釋了定向否定深化型「多疑」。所謂定向否定深化型「多疑」思維方式是指「將先有觀念（理解）的否定與新的發現在多個層面上反覆進行下去的思維方式」，這種思維方式在「對某個現象進行思考時，不是用粗略的分析與解釋使其終結，而是以各種並不顯眼的徵兆爲線索，暴露出這一現象背後所隱藏著的另一個深層的形式以及更爲深層的本質」。〔註 84〕這一類型的「多疑」思維方式較接近錢理群先生的「『多疑』思維」概念。尾崎爲第二種類型的「多疑」思維方式舉的例子是《自言自語》的《序文》。接下來，尾崎文昭先生著重闡釋了第三種類型的「多疑」思維方式。尾崎認爲，與第二種類型相比，第三種類型「不是單純的往復」，而是「邊往復邊深化的否定的過程」〔註 85〕。往復深化型「多疑」思維方式在小說創作中表現爲「小說結構性自

〔註 82〕王曉明：《無法直面的人生——魯迅傳》，第 84 頁。

〔註 83〕〔日〕尾崎文昭：《試論魯迅「多疑」的思維方式》，孫歌譯，《魯迅研究月刊》1993 年第 1 期，第 20 頁。

〔註 84〕〔日〕尾崎文昭：《試論魯迅「多疑」的思維方式》，孫歌譯，《魯迅研究月刊》1993 年第 1 期，第 20 頁。

〔註 85〕〔日〕尾崎文昭：《試論魯迅「多疑」的思維方式》，孫歌譯，《魯迅研究月刊》

我否定」，典型文本是《狂人日記》和歷史小說集《故事新編》中的小說。《狂人日記》中的往復深化型「多疑」思維方式具體表現在其《序》與正文之間的矛盾上，「《狂人日記》的《序》否定了日記正文內容的正當性」，〔註 86〕造成了消解與顛覆效果。接著，尾崎以大量篇幅討論了《故事新編》中的「小說結構性自我否定」，認爲《故事新編》中的主要修辭反諷、戲擬、間離效果、油滑以及類型化都可以看作往復深化型「多疑」思維方式在小說創作中的具體表現。尾崎先生認爲往復深化型「多疑」思維方式不僅局限於《故事新編》中，而且還表現在魯迅先生的其他小說和散文中。它是魯迅先生進行文學創作和認識的一個普遍的思維方式。在文章的第四部分，尾崎先生進而將往復深化型「多疑」思維方式同魯迅先生強烈的自我否定與自我質疑聯繫起來，認爲魯迅先生的「中間物意識」歸根結底也是這種「多疑」思維方式的產物。尾崎先生認爲《過客》中的「過客」正是魯迅這種精神的深刻寫照，「不依賴任何東西，不把任何東西作爲自己支點，不斷反抗（革命、忍耐）空虛」，這正是魯迅意義之所在，「中國社會眞正意義上的現代人由此誕生。」〔註 87〕

以上這三個文本對人們理解魯迅的多疑影響至大，至今無出其右。但這三個文本又各自有其致命的弱點，或者誤導，或者不能概括清楚魯迅的多疑，從而導致了對這一問題的理解與界定的混亂，甚而竟導致了我們對魯迅本身理解的困難。因此，釐清魯迅的多疑，並對之做出準確的界定迫在眉睫。

錢文的弱點在於他混淆了魯迅的多疑與笛卡兒意義上一般懷疑主義的關係，將笛卡兒意義上一般懷疑主義誤認爲是魯迅的多疑，從而誤導了人們對魯迅多疑的看法，甚至在某種程度上也影響了他對於魯迅解讀的深度。王文則滑入到另一個極端，他將魯迅的多疑誤解爲消極虛無的懷疑論，從而將魯迅解讀得過於虛無化，而忽略了魯迅「強力」的一面。錢與王對於魯迅多疑的解讀表面上看似相反，但實際上是一枚硬幣的兩面，這枚硬幣就是 20 世紀 80 年代流行於中國大陸的啓蒙思潮，錢取的是其開首，取其懷疑一切的氣概與勇氣；而王則取其末端，是啓蒙沒落時的哀歎與絕望，因此他筆下的魯迅面貌亦是絕望而虛無的。其實看看兩本專著的寫作背景就會一目了然，錢著寫作於 20 世紀

1993 年第 1 期，第 21 頁。

〔註 86〕〔日〕尾崎文昭：《試論魯迅「多疑」的思維方式》，孫歌譯，《魯迅研究月刊》1993 年第 1 期，第 21 頁。

〔註 87〕〔日〕尾崎文昭：《試論魯迅「多疑」的思維方式》，孫歌譯，《魯迅研究月刊》1993 年第 1 期，第 26 頁。

80 年代中前期，正是啓蒙潮漲之時，因之「兼濟」而豪邁；而王著作於 20 世紀 80、90 年代之交，正是啓蒙潮落之時，因之「獨善」而虛無。這也正是我們今天從兩位先生處讀到的魯迅的兩種面貌，而無論那一種面貌，其繪畫之始其實都是與對多疑的理解有莫大關係的。三者之中較客觀公允的則是尾崎文昭，但其對多疑的界定與論述亦非無懈可擊。其弱點有三：其一，根據他的論述，所謂定向否定深化型「多疑」其實質就是笛卡兒意義上一般懷疑主義，也就是錢理群先生所界定的魯迅的多疑。其二，尾崎先生的三種類型並不能囊括魯迅先生的全部多疑，從尾崎先生的論證來看，他所謂的多疑的三種類型都有同一種特徵，那就是在這三種類型的多疑當中，魯迅是能意識到自己的多疑的，而實際上，魯迅有些時候的多疑是在他意識不到的情況下發生的。譬如 1926 年 7 月他在北京《世界日報副刊》上連續發表的《馬上日記》中所記載的在齊壽山家因蘋果而引起多疑的一件小事情，可以證明他當時對自己的多疑是毫不自覺的。再譬如在著名的關於「楊樹達」君的襲來的事件中魯迅對於自己的多疑亦是不自知的〔註 88〕。其三，尾崎先生在論述多疑時只是簡單將其界定爲魯迅的一個思維方式，而沒有看到多疑在魯迅世界中作爲一種建設意義的存在，換句話說，尾崎先生只看到了多疑的解構意味，而沒有看到其建構之意味。而後者則正是本文努力的方向。

二、魯迅多疑的類型

現在我們要給魯迅多疑以一個清晰的界定，只能重新洗牌。

我們將尾崎的多疑的三種類型及其代表篇目和我們提到的幾篇多疑的篇目排列出來，尋求重新洗牌。

A 組：尾崎文昭先生所分的「多疑」的三種類型及其代表篇目，如下：

否定深化型：《狂人日記》正文

往復否定型：《自言自語・序言》

往復深化型：《狂人日記》與「序」、《故事新編》和《過客》

B 組：魯迅先生對「多疑」的自覺與不自覺，篇目如下：

不自覺：《記「楊樹達」君的襲來》、《馬上日記》

自覺：《無題》、《一件小事》

〔註 88〕見《記「楊樹達」君的襲來》和《關於楊君襲來事件的辯正》兩篇文章。

在以上幾組中，只有B（2）中的《無題》和《一件小事》我們上文沒有提及，其實這兩篇文章的寫作背景與用意大抵相同，兩篇文章表達的都是魯迅對於自己「懷疑人類」思想的否定，從而意識到自己個性的多疑，並最終在自我否定中看到人類的希望。B（2）中的多疑其實是魯迅「自我質疑」的一種，大致相當於尾崎文昭所說的往復深化型「多疑」思維方式。綜合A、B兩組來看，「疑」，作爲謂詞，其主詞一定爲魯迅或相當於魯迅，那麼，我們現在來看看「疑」的賓詞。按尾崎的界定，A（1）的賓詞是他者，表現爲對一切外於己的存在的懷疑，如《狂人日記》中狂人之「疑」。A（2）雖然是在對陶老頭子進行反覆否定，其實是作者在反覆進行自我否定，所以賓詞應該爲自我（所謂主體）。A（3）中舉的《過客》的例證是爲了說明往復深化型「多疑」的思維方式是一種指向自身的，「對於自己所擁有並依據的全部觀念與心情」「都要加以『多疑』的審視」，「不可扼止地對自己的現存方式進行多層次的否定」〔註89〕的思維方式。因而「多疑」的賓詞自然是自我了。至於《故事新編》中的小說則都是「小說結構性自我否定，它的構造基本上與往復深化型的『多疑』思維方式相同，據此我們可以將這種情況理解爲『多疑』思維方式在小說創作中作爲小說結構表現出來的結果」〔註90〕。根據尾崎先生的這種提法，我們也可以將《故事新編》中的「小說結構性自我否定」作爲魯迅世界中大的「自我否定」的一部分處理，將這其中「多疑」的賓詞看作是「自我」。而《狂人日記》中的「序」對正文的關係也可以看作這種情況。再來看B組，B（1）中「多疑」的賓詞顯然是他者。B（2）中的多疑，如前所述，是魯迅「自我質疑」的一種，因此，其「多疑」的賓詞當然是自我了。如此我們可以按照「多疑」的賓詞對魯迅多疑的類型進行重新洗牌：

Ⅰ、「疑」–他者，包括：

（1）「疑」的結果正確，也就是判斷正確，所謂「果然如此」，《無題》中「疑」店員防止「我」偷東西，結果「果然如此」。或者「當然如此」，在對外物「疑」之前，已有一套既成的評判標準，所以每「疑」必對，如錢理群先生對「多疑」思維解釋中所舉的《我之節烈觀》中的各種角度與層面的「疑」即屬這一種。尾崎先生所列舉的《狂人日記》中的層層懷疑與層層否

〔註89〕〔日〕尾崎文昭：《試論魯迅「多疑」的思維方式》，孫歌譯，《魯迅研究月刊》1993年第1期，第24頁。

〔註90〕〔日〕尾崎文昭：《試論魯迅「多疑」的思維方式》，孫歌譯，《魯迅研究月刊》1993年第1期，第21頁。

定也屬此例。所以這一項中的「當然如此」相當於尾崎的「否定深化型『多疑』思維方式」。

（2）「疑」錯了。如《記「楊樹達」君的襲來》對少年判斷的錯誤，又如《無題》中對店員要強辯的疑心的落空，以及《一件小事》中對人類皆不可救藥的判斷的受挫，都屬此例。

（3）「疑」的結果正確然否未知。如《馬上日記》中無謂的「多疑」。

II 、「疑」–自我，包括：

（1）往復否定型「多疑」思維方式，如《自言自語・序言》。

（2）往復深化型「多疑」思維方式，這種類型的「多疑」除了包括尾崎文昭原有的闡釋內容外，我們還要明確另外一種屬於此類型的「多疑」思維方式，即「『疑』（我之疑–他者）」，簡稱「疑『我之疑』」，用一句話說就是，對我的懷疑的自我質疑，也就是魯迅對自己有限性的清醒認識，即《吶喊・自序》中所謂「決不能以我之必無的證明，來折服了他之所謂可有」〔註 91〕。按理說這一類型也在尾崎所闡釋的「不可扼止地對自己現存方式的多層次的否定」〔註 92〕的範圍之內的，但由於「疑『我之疑』」與我們論述的主旨密切相關，故此單提出來，以示重要。具體到篇目，屬於尾崎原有的為《過客》《故事新編》等，屬於「疑『我之疑』」型的有《一件小事》《無題》和《吶喊・自序》等。

以上的歸納只是界定的初步工作，到底什麼是魯迅的多疑還有待進一步甄別。

三、魯迅的多疑與懷疑主義、懷疑論的區別

多疑〔註 93〕、一般的懷疑和懷疑論三者都屬於「疑」——懷疑的範疇。一般的懷疑即我們通常所說的懷疑，多疑和懷疑論則是懷疑範疇中非通常概念。在哲學上，一般的懷疑的典型是以笛卡兒的「我思」為基礎的「懷疑一切」的近代懷疑主義。懷疑論則可以上溯到希臘化時期哲學上的懷疑派〔註 94〕，這一

〔註 91〕 魯迅：《吶喊・自序》，載《魯迅全集》（第一卷），第 441 頁。

〔註 92〕 〔日〕尾崎文昭：《試論魯迅「多疑」的思維方式》，孫歌譯，《魯迅研究月刊》1993 年第 1 期，第 24 頁。

〔註 93〕 其實前面應該加一個定語「魯迅的」，但為了方便起見，我們在全文皆簡稱「多疑」。

〔註 94〕 它的代表人物是皮浪、蒂孟和阿塞西勞斯。見〔英〕羅素：《西方哲學史》（上卷），何兆武、李約瑟譯，商務印書館 1981 年版，第 297～304 頁。

派也可以稱爲懷疑主義，爲了與笛卡兒式的近代懷疑主義區別開，我們沿用黑格爾的用語稱之爲「懷疑論」。關於一般的懷疑與懷疑論，黑格爾在《哲學史講演錄》中說得很清楚，

> 他首先從思維開始，這是一個絕對的開端。他認爲我們必須從思維開始，因而聲稱我們必須懷疑一切。笛卡爾主張哲學的第一要義是必須懷疑一切，即拋棄一切假設。De omnibus dubitandum est〔懷疑一切〕，拋棄一切假設和規定，是笛卡爾的第一個命題。但這個命題並沒有懷疑論的意義；懷疑論是爲了懷疑而懷疑，以懷疑爲目的，認爲人的精神應當始終不作決定，認爲精神的自由就在於此。與此相反，笛卡兒的命題卻包含著這樣的意思：我們必須拋開一切成見，即一切被直接認爲眞實的假設，而從思維開始，才能從思維出發達到確實可靠的東西，得到一個純潔的開端。在懷疑論者那裡情形並非如此，他們是以懷疑爲結局的。〔註95〕

懷疑論是以懷疑爲結局的，它「提供不出任何積極的東西（哪怕是在純知識的領域內）」〔註96〕。而相反，笛卡爾的「懷疑一切」的眞正目的是爲了尋找確實可靠的東西，尋找世界的確定性。因此，這種懷疑是以「我思」爲根基對以往的習俗或舊有觀念進行質疑。一句話，懷疑論的盡頭「站著」的是虛無，而笛卡兒式的近代懷疑主義的基礎則是實有。

那麼，多疑與二者的區別是什麼呢？

首先來看看多疑與懷疑論的區別。這兩個概念很容易混淆，將這兩個概念弄混淆的典型著作是王曉明的《無法直面的人生——魯迅傳》。王著正是從懷疑論的角度來理解多疑的。其實，多疑與懷疑論的差別就在一紙之間，其共同點在於二者的時間觀非常相似，它們都是執著於目前／瞬間，認爲未來捉摸不定，但對於目前／瞬間的態度卻絕然不同，懷疑論者是抱著享受的態度，「爲什麼要憂慮未來呢？未來完全是無從捉摸。你不妨享受目前。」〔註97〕由於這種享受的態度，懷疑論者就完全建構在「虛無」之上，「失去了行動的熱情」，「懷疑主義是懶人的一種安慰，因爲它證明了愚昧無知的人和有名的學者是一樣的有智

〔註95〕〔德〕黑格爾：《哲學講演錄》（第四卷），賀麟、王太慶譯，商務印書館1978年版，第66頁。

〔註96〕〔英〕羅素：《西方哲學史》（上卷），何兆武、李約瑟譯，第304頁。

〔註97〕〔英〕羅素：《西方哲學史》（上卷），何兆武、李約瑟譯，第297頁。

慧。」〔註98〕正因爲如此，黑格爾才說，「他們是以懷疑爲結局的。」換句話說，懷疑論者只是疑，而從來不決斷。這正是魯迅所批判的一種態度：

……中國的人民是多疑的。無論那一國人，都指這爲可笑的缺點。然而懷疑並不是缺點。總是疑，而並不下斷語，這才是缺點。我是中國人，所以深知道這秘密。其實，是在下著斷語的，而這斷語，乃是：到底還是不可信。但後來的事實，卻大抵證明了這斷語的的確。中國人不疑自己的多疑。〔註99〕

魯迅先生對中國人的批判完全可以用到懷疑論者身上，懷疑論者便「總是疑，而並不下斷語」，並且「不疑自己的多疑」。同懷疑論者相反，魯迅是疑自己的多疑的，並且魯迅先生的多疑的最終結局並不是懷疑而是一種決斷，換句話說，魯迅先生的多疑並不是建構在「虛無」之上的，而是在「虛無之咬」的瞬間做出了決斷〔註100〕，儘管這決斷有些迂迴曲折。這裡我們試舉一關鍵例子來證明這一點，

……至於對於《晨報》的影響，我不知道，但似乎也頗受些打擊，曾經和伏園來說和，伏園得意之餘，忘其所以，曾以勝利者的笑容，笑著對我說道：「眞好，他們竟不料踏在炸藥上了！」

這話對別人說是不算什麼的。但對我說，卻好像澆了一碗冷水，因爲我即刻覺得這「炸藥」是指我而言，用思索，做文章，都不過使自己爲別人的一個小糾葛而粉身碎骨，心裏就一面想：

「眞糟，我竟不料被埋在地下了！」

我於是乎「彷徨」起來。

……

但我的「彷徨」並不用許多時，因爲那時還有一點讀過尼采的《Zarathustra》的餘波，從我這裡只要能擠出——雖然不過是擠出——文章來，就擠了去罷，從我這裡只要能做出一點「炸藥」來，就拿去做了罷，於是也就決定，還是照舊投稿了——雖然對於意外的被利用，心裏也耿耿了好幾天。〔註101〕

〔註98〕〔英〕羅素：《西方哲學史》（上卷），何兆武、李約瑟譯，第297頁。

〔註99〕魯迅：《且介亭雜文末編・我要騙人》，載《魯迅全集》（第六卷），第504頁。

〔註100〕〔德〕海德格爾：《尼采》（上卷），孫周興譯，商務印書館2003年版，第289頁。

〔註101〕魯迅：《三閑集・我和〈語絲〉的始終》，載《魯迅全集》（第四卷），第171～172頁。

這是魯迅多疑的一個典型例證，但他始於多疑，卻並不是終於多疑——「彷徨」其實是一種多疑心態的詩意描述——而是「擠」，這個「擠」字非常關鍵，其實就是決斷，「於是就決定，還是照舊投稿了。」與懷疑論者消極「享受」目前／瞬間不同的是，魯迅對每一個瞬間是積極承擔的，在每一個瞬間「肩起黑暗的閘門」，正因爲如此，魯迅就不像懷疑論者那樣完全不憂慮未來，而是實實在在地在憂慮，只是他所肩起／開啓之門不是在「要來」的「末世論」期待之中，而是在「過去與未來之際」〔註 102〕每一次碰撞的瞬間。

那麼，多疑與一般的懷疑的區別是什麼呢？鑒於一般的懷疑範疇的寬泛，我們將這個問題轉換爲多疑與一般的懷疑的典型——笛卡兒式的近代懷疑主義的比較。實際上，關於它們的區別最爲典型的例證就是魯迅多疑與胡適的懷疑之對比。胡適的懷疑實質上就是笛卡兒式的懷疑主義，它是以主體的「我思」這種確定性爲前提的，其眞正目的是爲了尋找可靠的東西，尋找世界的確定性。從表面來看，這種建立在主體「我思」確定性基礎上的懷疑是一種「合理」的懷疑，其懷疑的提出是「合乎常理」的、自然的，而不是非「合理」的、突兀的，也就是說，它是建立在自信之上的「果斷」。而魯迅的核心多疑，從表面上看，則是「多餘」的懷疑，是「不合乎常理」的、突兀的，其懷疑的提出給人一種「無根無據」的感覺，並且似乎是一種遠離自信的「猶疑／游移」。從深層來看，它是建立在對主體「我思」確定性的懷疑的基礎上的，即是尾崎文昭先生所謂的「往復深化型『多疑』」思維方式。當然，無論如何，這只是魯迅眾多類型多疑當中最爲核心的一種，現在的問題是，其他類型的多疑符不符合這種兩項規定呢？讓我們再回過頭來甄別前面的歸納項吧。

Ⅰ、「疑」-自我，包括兩項：往復深化型「多疑」思維方式和往復否定型「多疑」思維方式。前者是符合的，現在看看後者符不符合我們上面的兩項規定。尾崎文昭先生爲此舉的例子是《自言自語・序言》，「例如可以看一下《野草》的原型《自言自語》（收入《集外集拾遺補編》）的《序文》：陶老頭子的話爲人所討厭，誰都不想聽——卻也有點意思的——不過寫出來一看卻又毫無意思——不過既然寫出就姑且留下吧——不過即便留下它又怎樣呢？就這樣在肯定與否定之間不斷地往復。」〔註 103〕《自言自語》發表於 1919

〔註 102〕魯迅：《野草・題辭》，載《魯迅全集》（第二卷），第 163 頁。

〔註 103〕〔日〕尾崎文昭：《試論魯迅「多疑」的思維方式》，孫歌譯，《魯迅研究月刊》

年8、9月間，正是所謂啓蒙時期，但從本篇來看，魯迅卻絲毫沒有啓蒙者應該有的「自信」，相反卻到處表現出「猶疑／游移」的心態，對陶老頭子的話的反覆肯定與否定其實是魯迅對作爲啓蒙者自身根基之「疑」的外露。由此看來，往復否定型「多疑」思維方式是符合那兩項規定的。

II、「疑」–他者，包括：

（1）「疑」的結果正確，也就是判斷正確。有兩種情況：

a、所謂「果然如此」。最佳的例子是魯迅的那句名言，「……我總覺得我也許有病，神經過敏，所以凡看一件事，雖然對方說是全部打開了，而我往往還以爲必有什麼東西在手巾或袖子裏藏著。但又往往不幸而中，豈不哀哉。」〔註104〕所謂「不幸而中」即是「果然如此」。「我往往還以爲必有什麼東西在手巾或袖子裏藏著」的「疑」是「無根無據」的一種「沒來由」的直覺，我們找不出任何徵兆——如笛卡兒式的懷疑有強有力的徵兆那樣——去「疑」手巾或袖子裏藏著什麼，甚至是魯迅自己也不能確定，所以他才說「我總覺得我也許有病，神經過敏」，這樣說自己實際上是對主體的一種否定，是一種「不自信」的「猶疑／游移」。雖然是疑他者，但在深層上還是對主體「我思」確定性的懷疑。

b、或者「當然如此」。在對外物「疑」之前，已有一套既成的評判標準（確信），所以每「疑」必對，如錢理群先生對「多疑」思維解釋中所舉的《我之節烈觀》中的各種角度與層面的「疑」即屬這一種。從某種意義上說，這只是對懷疑主義的解釋，是與我們前面理解的「對主體『我思』確定性的懷疑」的多疑截然不同的。同理，尾崎先生的「定向否定深化型『多疑』思維方式」也屬此類。

（2）「疑」錯了。這種類型的「疑」其實是（1）a「果然如此」的反面，即「我往往還以爲必有什麼東西在手巾或袖子裏藏著」，然而沒有猜中。其具體分析同（1）a，如《記「楊樹達」君的襲來》對少年判斷的錯誤等。因此，這一項「疑」也是符合我們的預設的。

（3）「疑」的結果正確然否未知。如《馬上日記》中無謂的「多疑」。從這個具體事例來看，魯迅對於「蘋果」的「疑」其實是「多餘」的、「沒有緣由」的和「不可理喻／不合理」的，大體上也是符合我們前面的預設的。

1993年第1期，第21頁。

〔註104〕魯迅：《書信・280815致章廷謙》，載《魯迅全集》（第十二卷），第128頁。

從我們上面的綜合分析來看，魯迅各種類型的「多疑」是符合我們的公設的，即（1）從表面上看，是「多餘」的懷疑，是「不合乎常理」的、突兀的，其懷疑的提出給人一種「無根無據」的感覺，並且似乎是一種遠離自信的「猶疑／游移」；（2）從深層來看，它是建立在對主體「我思」確定性的懷疑的基礎上的。而這裡面只有一項是例外的，即（1）b「當然如此」，也就是說，錢理群先生所界定的「多疑」是唯一不符合我們的公設的。因此，我們可以將此項貌似「多疑」的「疑」排除在魯迅的多疑之外。

至此，我們可以得出多疑的定義：多疑是魯迅世界得以誕生的標誌，它是魯迅打量世界時，據以評判存在的一種否定性的思維方式，這種思維方式主要是以一種文學家的直感（而非理論家的系統邏輯）的形式顯露出來，並且帶有某種「含混」的意味，在行文上造成不同程度的曲折與迂迴，從表面上看，它是「多餘」的懷疑，是「不合乎常理」的、突兀的，其懷疑的提出給人一種「無根無據」的感覺，並且似乎是一種遠離自信的「猶疑／游移」，從深層來看，它是建立在對主體「我思」確定性的懷疑的基礎上的一種深刻的自我反省意識。

四、魯迅多疑的實質

魯迅是多疑的，那麼魯迅總是疑總是疑，他到底有沒有一個支點呢？

在這個問題上，我想我們對魯迅總是有些誤會。我們常常講魯迅是沒有任何支點的，這意思是說，魯迅沒有確信。早在上個世紀 40 年代，竹內好就在《魯迅》中表述過這種觀點：「不依賴任何東西，不把任何東西作爲自己的支點，由此而必使一切成爲自己的。在這一刹那，文學家魯迅誕生了。」〔註 105〕這一觀點一直影響到尾崎文昭，他認爲，「不依賴任何東西，不把任何東西作爲自己的支點，不斷反抗（革命、忍耐）空虛，這該多麼艱難！如果魯迅擁有相當於陀思妥耶夫斯基的神那樣的存在，將使他怎樣地獲救呵！」〔註 106〕那

〔註 105〕〔日〕竹內好：《魯迅》，李心峰譯，第 110 頁。不過，我這裡採用的是孫歌在尾崎文昭的《試論魯迅「多疑」的思維方式》中的譯文片段（見氏《試論魯迅「多疑」的思維方式》，孫歌譯，《魯迅研究月刊》1993 年第 1 期，第 26 頁），李心峰的原譯文是，「由於對什麼都不信賴，什麼也不能作爲自己的支柱，就必須把一切作爲我自己的東西。於是，文學家魯迅現在形成了。」

〔註 106〕〔日〕尾崎文昭：《試論魯迅「多疑」的思維方式》，孫歌譯，《魯迅研究月刊》1993 年第 1 期，第 26 頁。

麼，支點到底爲何物呢？從表述上看，支點指的就是確信。可問題是：我們因爲什麼將支點和確信等同起來呢？換句話說，爲什麼確信就表示要有一個支點呢？我想，這同我們將確信／信與 meta-physics 等同起來有關係。meta-physics 表示的是固定不變的意思，譬如柏拉圖認爲，萬物皆源於理念，「理念」就是 meta-physics，即邏各斯。邏各斯是萬物的本源，因此，是超於萬物之上的 meta-physics，是萬物不變的支點。邏各斯就是尼采所說的將一切歸於一的那種世界統一性／組織性，它是一個超越感性世界並對感性世界進行規定的 meta-physics，這就是我們通常所說的信-仰〔註 107〕，正是在這個意義上，我們才將支點和確信固執地等同起來。

但，在我們中國傳統當中表達「確信」是不必與某種超時空的固定不變之物聯繫在一起的。中國人表達確信的方式是「道」，但，「道」絕非是一個超離於感性世界之外的那麼一個實體性之物，而是在感性世界中的，與百姓的感性生活二而一，一而二的，所謂「道不遠人」，「百姓日用而不知」〔註 108〕。「道」也從來不是固定不變的，正好相反，「道」與「易」是聯繫在一起的，所謂「一陰一陽之謂道」，「生生之謂易」〔註 109〕，「道」在陰陽和合之中，而陰陽和合便是「易」——變易，所謂生生不已，大化流行者也。當然我們現代人誤認爲「道」就是西方的邏各斯，就是 meta-physics，這完全是一個誤解。對於「道」與確信的聯繫，《老子》當中講得很清楚。《老子》曰：「道之爲物，惟恍惟惚。惚兮恍兮，其中有象。恍兮惚兮，其中有物。窈兮冥兮，其中有精。其精甚眞，其中有信。」〔註 110〕王弼注曰：「信，信驗也。」〔註 111〕又沙少海和徐子宏的《老子全譯》釋「信」爲「具體的內容」〔註 112〕，而鄭剛在《楚簡道家文獻辯證》中研究的從「身」從「言」的「信」〔註 113〕字正是

〔註 107〕〔德〕尼采：《權力意志——重估一切價值的嘗試》，張念東、凌素心譯，第 425～426 頁。

〔註 108〕〔德〕尼采：《權力意志——重估一切價值的嘗試》，張念東、凌素心譯，第 58 頁。

〔註 109〕〔德〕尼采：《權力意志——重估一切價值的嘗試》，張念東、凌素心譯，第 58 頁。

〔註 110〕《老子》，見王弼注《老子道德經》，第 12 頁，載《諸子集成》(3)，上海書店出版社 1986 年版。

〔註 111〕《老子》，見王弼注《老子道德經》，第 12 頁，載《諸子集成》(3)，上海書店出版社 1986 年版。

〔註 112〕沙少海、徐子宏：《老子全譯》，貴州人民出版社 1989 年版，第 40 頁。

〔註 113〕參見鄭剛：《楚簡道家文獻辯證》，汕頭大學出版社 2004 年版，第 26～27 頁。

郭店楚簡《老子・絕智棄辯章》中「信」字，這個「信」，據鄭剛研究，是「充實」之意，與這裡的「信」的字義基本吻合，因此，可以斷定「其中有信」的「信」是充實或充滿之思。這「充實」／「信」之源就是「惟恍惟惚」的「道」，而「道」又是不遠器（物）的，因此，「信」就在日常之「器／物」中，即在感性生活世界之中。感性生活世界是一個生生不息、大化流行的「易」之世界，而非基於邏各斯——某個支點——的 meta-physics（超離器物）的凝固不動的世界。因此，確信／信就不必一定和支點——它實際上是一種邏各斯的變體——聯繫在一起。正因爲如此，我們說中國傳統的「道」並不是通常所謂的支點，但它卻以一種實實在在的方式呈現著信。

而魯迅的信正是在某種隱秘的地方續接了這種傳統。從某種意義上說，魯迅之疑就是魯迅之信的表達。魯迅總是疑總是疑，但他不疑者有三：世界作爲「中間物」、執著於現在／瞬間、韌。而這三者就是魯迅之信，但其中沒有一樣是超時空的固定不變之物（meta-physics），即它們都是「變易」的。

（1）「中間物」是對存在者整體／生成世界「如何」的一個描述，「對現在的執著」是對生成世界「如何是」的一種規定，「韌」是世界持存的方式。關於「中間物」尾崎文昭先生曾經作過這樣的評述：

> 當「多疑」思維尖銳地指向自身時，對於自己所擁有並依據的全部觀念與心情就要加以「多疑」的審視（《野草・影的告別》，對「黃金世界」的否定），絕不停留地追求到底，不允許固守於某一個判斷、觀點和心情而停止不前，換言之，就是不可扼止地對自己的現存方式進行多層次的否定。因此，其中便產生出強烈的自我否定與對凝固靜止觀點的否定。錢理群和汪暉所說的「中間物意識」……歸根結底就是這種思維方式的產物。〔註 114〕

「強烈的自我否定與對凝固靜止觀點的否定」實際上道出了多疑思維的核心內容。所謂「凝固靜止的觀點」實質上就是 meta-physics 式的觀點，而它正是魯迅多疑的賓詞。作爲「疑」的結果，魯迅在無意識中認同／續接了中國式的「道-易」的觀點，或者說「中間物」的觀念使魯迅完成了對中國傳統思維方式的回歸。

（2）在輪迴之中對現在／瞬間的執著是魯迅對生成世界／存在者整體「如

〔註 114〕〔日〕尾崎文昭：《試論魯迅「多疑」的思維方式》，孫歌譯，《魯迅研究月刊》1993 年第 1 期，第 24 頁。

何是」的規定，其實質正是對「生成」式觀點，即「道-易」式觀點的體認。因此，對現在／瞬間的執著同樣是魯迅多疑思維的一個結果，其實際的證據就是我們上文所引的《我和〈語絲〉的始終》中的那段話。儘管魯迅多疑，並且由多疑而「彷徨」，但對現在／瞬間的執著（尼采的影響）使得他馬上放棄了游移／猶疑，於是行動起來，因爲世界還要存在，自己還要生存，因此「還是照舊投稿」。這足以見得魯迅的多疑是不「疑」對現在／瞬間的執著的。

（3）「中間物意識」和對現在／瞬間的執著是魯迅之信的兩大元素，而作爲持存這兩大元素的「韌」從根本上來說同樣是對生生不息的「生成」世界的體認，或者竟可以說，「韌」就是生生不息的生活世界本身。「韌」之充實感源自生成世界之「易」，即生成世界是「苟日新，日日新，又日新」〔註115〕的，因此，「韌」要求「我」時時刻刻要更新自身，這就是「維新」最原始的含義，正是在這個層面上，魯迅將「韌」和「不斷革命」聯繫在一起了。所謂「不斷革命」就是「苟日新，日日新，又日新」的意思，即一刻也不停留於某一凝固靜止的觀念，不斷維新自我，不斷否定自我，但這種「維新」與否定並不是一勞永逸的割斷與過去的任何聯繫，徹底「新」，而是需要時時刻刻地「維新」，這「新」不是孤獨的，而是過去與未來碰撞出來的「新」。如此，我們才能理解作爲文學家魯迅與政治的衝突，也惟其如此，我們才能理解他的那篇卓絕的講演《文藝與政治的歧途》。但，魯迅的信就在其中。魯迅信的方式是一刻也不停留地時時刻刻地「維新」，魯迅疑的方式，如尾崎文昭所述，也是「絕不停留地追求到底，不允許固守於某一個判斷、觀點和心情而停止不前」。魯迅信的方式與魯迅疑的方式是如此的相似，以致於我們誤以爲他的信也就是他的疑，或者乾脆認爲他根本就沒有信，而只有疑——多疑。但這種看法永遠只是一種誤解。這誤解如此之深以致於卓絕如尾崎文昭者也被它所迷惑，在尾崎先生看來，魯迅只有多疑，而無信，而殊不知，那多疑其實就是信的使者呢！

魯迅先生與傳統精神的這種隱秘的聯繫不禁使我想起了尼采，他同樣也以某種隱秘的方式與基督教有內在的聯繫，此二人都是在無意識中以一種反對的方式完成了對各自傳統「神似」的回歸。早在 N 年前，曹聚仁就看到了這種「神似」的回歸，「那時黃侃先生在暨大教書，他是章太炎的入室弟子，

〔註115〕《大學》，見朱熹：《大學章句》，載《四書五經》，中國書店 1985 年版，第 2 頁。

所以章師的《國故論衡》前面有他的序文。季剛自負甚高，他的散文，自以爲一時無兩。章師推崇魏晉文章，低視唐宋古文。季剛自以爲得章師的眞傳。我對魯迅說：『季剛的駢散文，只能算是形似魏晉；你們兄弟的散文才算是得魏晉的神理。』他笑著說：『我知道你並非故意捧我們的場的。』後來，這段話傳到蘇州去，太炎師聽到了，也頗爲贊許。」〔註 116〕

也許正是這種對傳統「道-易」精神的隱秘回歸才使得我們找不到魯迅的「支點」，因爲，我們已經習慣了 meta-physics 的那一套思維。我們的習慣性思維常常促使我們去談論魯迅對中國傳統的無情批評與反叛，即便我們關注魯迅與傳統的聯繫，也只是在明顯的地方去尋找蛛絲馬蹟，而很少有人去關注這種隱秘之處，但這並不是說沒有人發現這個問題，洞察力極其敏銳的錢理群先生就曾經作過這樣的表述：「他（魯迅）雖然堅持對傳統文化的整體否定態度，但實際上與傳統文化仍有深刻聯繫。反之，周作人表現了對傳統文化認同的傾向，但同時堅持發展了『五四』時期的反傳統基本原則（如個人的自由等），他們的選擇和態度十分複雜。」〔註 117〕而竹內好先生在這個問題上則表述得更爲清楚：「魯迅這種韌性生命裏的根源是什麼？關於這個問題，有個叫做李長之的年青的文藝批評家認爲就在『人得要生存』這一樸素的生活信念中。……這是個卓越的見解。但還沒有充分、明確地指出魯迅道德觀點的核心。我想，大概可以到原始孔教的精神中，溯及到它的蹤跡吧。」〔註 118〕將這段話和我們前面所引的那句話聯繫起來，我們將會再一次發現竹內好先生的過人之處，他雖然講到魯迅沒有支點，但他並沒有就此下斷語說魯迅沒有這個支點就會活得多麼地累，而相反他的後繼者尾崎文昭先生則作了這種判斷：「不依賴任何東西，不把任何東西作爲自己的支點，不斷反抗（革命、忍耐）空虛，這該多麼艱難！」〔註 119〕從尾崎先生的這一句話來判斷，我只能說他已經浸泡在 meta-physics 式的思維中已經很深了。

〔註 116〕曹聚仁：《我與魯迅》，載《魯迅回憶錄》（散篇）（中冊），魯迅博物館、魯迅研究室、《魯迅研究月刊》選編，第 802～803 頁。

〔註 117〕〔日〕伊藤虎丸：《傳統（儒教）文化在東亞各國現代化中所起作用及其異同——「現代化與民族化」國際學術研討會綜述》，見《魯迅、創造社與日本文學》附錄，孫猛等譯，北京大學出版社 1995 年版，第 344 頁。

〔註 118〕〔日〕竹內好：《作爲思想家的魯迅》，載《魯迅》之附錄，李心峰譯第 161～162 頁。

〔註 119〕〔日〕尾崎文昭：《試論魯迅「多疑」的思維方式》，孫歌譯，《魯迅研究月刊》1993 年第 1 期，第 26 頁。

我非常欽佩竹內好先生將魯迅之「韌」和原始孔教之精神聯繫起來的卓越洞識。這無疑爲我證明魯迅之信——「韌」／韌性生命——與中國儒道的某種隱秘聯繫提供有力的證據，同時也爲我們廓清魯迅之信與我們慣性思維當中的 meta-physics 式的信-仰之間的關係打開了方便之門，並最終使我們認識到魯迅之信與 meta-physics 式的信-仰是完全不同的兩種信。

綜上所述，魯迅多疑的實質是對主體「我思」確定性這麼一個 meta-physics 式存在的懷疑與否定，它促使魯迅在無意識中完成了對中國傳統內在精神的某種續接與維新，爲我們思考現代性道路提供了非常珍貴的思路。

第二輯　《吶喊》《彷徨》選讀

第五講　《吶喊》《彷徨》概論

一、《狂人日記》以前——早期魯迅及其思想

1903 年前魯迅在南京有一些零星的文字（《戛劍生雜記》、《別諸弟》等）見諸周作人的日記。1903 年 6 月 15 日《浙江潮》（第 5 期）上的翻譯作品囂俄（雨果）的《哀塵》應該算是魯迅最早發表的文字。此後到 1918 年 5 月《狂人日記》發表之前，魯迅一直以文言寫作，這段時間大約可以稱作魯迅的早期。

從時間上看，這段時期以日本留學爲主，但之前的南京時期也不能忽略。魯迅 1898 年到南京讀書，正是戊戌維新變法的年代，距離甲午之痛僅三、四年時間，讀書期間又恰逢庚子賠款，這些國家的積弱、民族的恥辱對青年魯迅有著不小的刺激。而其入讀的南京水師學堂及其後的陸師學堂附設的路礦學堂也都是洋務運動的餘脈，是實務興國、富國強兵的夢想之所。所有這些因素都促成了魯迅愛國保種思想的形成。魯迅在南京課餘酷愛騎馬，自號「戛劍生」和「戎馬書生」，皆同這種思想相關。此外，嚴復《天演論》的傳播，爲魯迅早期進化論思想的形成打下了基礎。

但南京時期的這些思想還不足以促成魯迅自我認同的形成，只有 1902 年到了日本，透過日本這一異國鏡象，自我認同方才逐步形成。首先困擾青年魯迅的是辮髮問題。這一問題在南京留學期間絲毫不存在，也不成其爲困擾的問題，但在明治維新以後的日本人看來，卻是亞洲落後的象徵，是野蠻、

未開化的符號。1903 年，魯迅斷髮。以後他也會情不自禁地以日本人或現代人的眼光去看待同胞的辮髮，「上野的櫻花爛熳的時節，望去確也像緋紅的輕雲，但花下也缺不了成群結隊的『清國留學生』的速成班，頭頂上盤著大辮子，頂得學生制帽的頂上高高聳起，形成一座富士山。也有解散辮子，盤得平的，除下帽來，油光可鑒，宛如小姑娘的髮髻一般，還要將脖子扭幾扭。實在標緻極了。」(《藤野先生》) 可以說辮髮問題是魯迅切身感受到的第一個現代性問題。起初它還只是個自我認同問題，然而很便快上升爲國族認同問題。於是，當時流行於日本的「國民性」問題進入魯迅的視野。許壽裳回憶說，「我們又常常談著三個相關聯的問題：(一) 怎樣才是理想的人性？(二) 中國民族中最缺乏的是什麼？(三) 它的病根何在？」〔註 1〕最初到日本，魯迅還是抱著實業救國的夢想，所讀與所論還多是地質礦業與科學，《說鈤》《中國地質略論》等皆是這個時期的文字。1904 年，魯迅又抱著醫學救國的夢想來到偏遠的仙臺，入讀仙臺醫學專門學校。時值日俄戰爭，在日本舉國歡騰的氣氛中，魯迅的身份認同與國族認同問題依然嚴重困擾著他。《藤野先生》中所記憶的「考試事件」帶來的屈辱讓他深刻意識到個人認同同國族認同的不可分割，「中國是弱國，所以中國人當然是低能兒。」(《藤野先生》) 而同一時期的「幻燈片事件」讓他的這種內在的糾葛達到了極致，於是，他想到了逃離，即逃離仙臺，逃離藤野先生的關心與愛護，但這種逃離在更大程度上是精神的，即逃離最初的實務救國夢想，從而進入到「精神的拯救」層面，於是進入文藝。眾所周知，這後來成爲魯迅終身所從事的事業。從決心從事文藝這件事情來講，仙臺成爲魯迅的原點。1906 年春天，魯迅重新回到東京，將學籍列入東京獨逸語學會所設之德語學校，以自修爲主，大量閱讀研習外國進步文藝。1906 年是魯迅生命當中重要的一年，從棄醫從文到與朱安的婚姻，那一件對魯迅來說都是影響一生的事件，儘管這個時候因婚姻而帶來的問題還沒有凸顯出來。到了東京後，他雖然只是把學籍掛起來，以自修爲主，但最新的研究〔註 2〕告訴我們，他很可能受到來自於德語學校的教師丘淺次郎

〔註 1〕許壽裳：《回憶魯迅》，載《魯迅回憶錄》(專著)(上冊)，魯迅博物館、魯迅研究室、《魯迅研究月刊》選編，第 487 頁。

〔註 2〕最先提到魯迅與丘淺次郎關係的是周作人，他說，「《天演論》原只是赫胥黎的一篇論文，題目是《倫理與進化論》，(或者是《進化論與倫理》也未可知) 並不是專談進化論的，所以說的並不清楚，魯迅看了赫胥黎的《天演論》是在南京，但是一直到了東京，學了日本文之後，這才懂得了達爾文的進化論。

（Oka Asajiro，1868～1944）〔註 3〕的影響，深化和加強了他對進化論的信仰和認識。另一方面，魯迅又受到來自日本尼采熱的影響，使得他把注目點放到了歐洲十九世紀以來的「主觀內面之精神」的學說，這也就是後來形成他的「立人」說的契機。而幾乎又在同一時期，同在東京的中國革命派和維新派的論爭進入到白熱化階段，論爭中的章太炎成爲了留日學生的偶像，自然也吸引了青年魯迅。

進化論的影響，以尼采爲代表的日耳曼游牧思想的影響，再加上章太炎的影響，使得魯迅早期的「立人」思想呼之欲出。於是他和周作人幾個同人準備創辦一份雜誌作《新生》爲其發表的陣地，但還未啓動就已宣告流產。這樣爲《新生》準備的文章就轉投到《河南》雜誌上了。這就是 1907 到 1908 年魯迅所發表的那五篇著名的文言論文：《人之歷史》《摩羅詩力說》《科學史教篇》《文化偏至論》和《破惡聲論》。從內容上來看，1907 年發表的《人之歷史》很顯然是閱讀進化論的結果。但後四篇其重心卻已挪移到了以尼采等爲代表的歐洲游牧思想上去了。就內容而言，《摩羅詩力說》和《科學史教篇》偏重介紹，而《文化偏至論》和《破惡聲論》則偏重創言。偏重介紹的前兩篇中，《摩羅詩力說》偏重介紹文學與詩人，《科學史教篇》則偏重介紹哲學，名爲「科學」，實爲思想與哲學之介紹，可以說，前一篇是一部當代文學簡史，而後一篇則是一部西方思想簡史，合起來是一部魯迅的西學知識的接受史。從其中，我們明顯能看到魯迅接受西學的理路以及其初步的主張。《摩羅詩力說》開宗明義講尼采對「野人」的接納，其實質是魯迅對尼采「強力意志」的領會和吸收。所謂「野」與「力」都是「強力意志」的表達。其實早在 1903 年發表的編譯之作《斯巴達之魂》中，魯迅就已經表達了對於「力」與「野」的訴求，儘管那一篇的中心還是在表述所謂愛國主義思想。1908 年，側重創

因爲魯迅看到丘淺治郎的《進化論講話》，於是明白進化學說到底是怎麼一回事。」見周作人：《魯迅的國學與西學．魯迅的青年時代》，載《魯迅回憶錄》（專著）（中冊），魯迅博物館、魯迅研究室、《魯迅研究月刊》選編，第 821 頁。2012 年李冬木在其長篇論文《魯迅與丘淺次郎》中對此做了詳盡的考據，見李冬木：《魯迅與丘淺次郎》（上），《東嶽論叢》2012 年第 4 期，第 11～21 頁。李冬木：《魯迅與丘淺次郎》（下），《東嶽論叢》2012 年第 7 期，第 5～14 頁。

〔註 3〕 丘淺次郎（Oka Asajiro，1868～1944），日本明治時期進化論的宣揚者，著有《進化論講話》《人類之過去現在及未來》等進化論著作。魯迅 1906 年回到東京時，丘淺次郎正在東京獨逸語學會所設之德語學校任教。

言的另外兩篇論文《文化偏至論》和《破惡聲論》則在魯迅所吸收的「意力」（強力意志）的基礎上，提出了「立人」的思想。在魯迅看來，一國要立，則要先立其人。如何立人呢？要立具有「心聲」、「內曜」的「主觀內面之精神」〔註 4〕的人。但，這兩篇論文的用字的古奧，包括部分立意明顯受到革命派的言論家章太炎的影響。是年夏，魯迅同周作人、許壽裳、錢玄同等八人從章太炎學。此時魯迅還秘密加入了革命組織「光復會」。1909 年，魯迅同周作人合譯出版了《域外小說集》後，於同年 8 月歸國。

魯迅回國後的第一份職業是在杭州兩級師範學堂教書，越年，又回到紹興中學堂任教。這一時期與朱安的婚姻問題終於顯露了出來，魯迅爲了逃避，經常住在學校，而且開始不修邊幅。但 1911 年夏秋之後的辛亥革命卻給魯迅帶來了些許光亮，11 月紹興光復，魯迅帶領群眾出城迎接革命軍，之後，魯迅被任命爲紹興師範學校校長，似乎看見了曙光，但很快魯迅從紹興督軍王金發的轉變中感受到了辛亥革命的失敗。是年，魯迅用文言創作了小說《懷舊》，用諷刺的筆調描繪了清末大革命前夜的一場風波，1913 年以「周逴」的筆名發表在《小說月報》上，從筆調上看，已然有《吶喊》的前影了。

民國元年，魯迅受蔡元培邀請至民國臨時政府教育部任職，同年 5 月，隨教育部遷至北京。自此開始了長達 14 年的公務員生涯。自民元至 1918 年《狂人日記》的寫作與發表，魯迅進入一段蟄伏期，平日除公務外，所做的

〔註 4〕過去，我們多把魯迅的「立人」思想的來源歸結爲嚴復、梁啓超等人的影響，而忽視了魯迅當時所處的日本語境，其實據柄谷行人的說法，「內面」在是一個「發現」的過程，其實更精確的說，「內面」是一個由外塑內的過程。柄谷認爲，在日本「內面」的確立是明治 20 年代的事情，「發生於明治 20 年代的『國家』與『內面』的確立，乃是處於西洋世界的絕對優勢下不可避免的。」「國家」與「內面」確立的明治 20 年代正是日本現代民族國家確立與現代文學起源的時期。這一時期的青年如夏目漱石和國木田獨步等在文言一致運動中確立/發現了「內面」，等到了「明治 40 年代，當花袋和藤村開始自白之前，自白這一制度已經存在了，換言之，創造出『內面』的那種顛倒已經存在了。」也就是說，從明治 20 年代到明治 40 年代，「內面」是日本人面臨的一個普遍的問題。魯迅 1902 年（明治 35 年）至 1909 年（明治 42 年）留學日本，正是在這一時期內。而且《文化偏至論》寫於 1907 年（明治 40 年），正好是柄谷行人所說的自白制度與「『內面』的那種顛倒」已經存在的時候，換言之，在 1907 年（明治 40 年）的日本，「內面」已經是一個不證自明的概念。以上引文見〔日〕柄谷行人：《日本現代文學的起源》，趙京華譯，第 89、74 頁。相關問題又見劉春勇：《「立人」——誰立人？》，《魯迅研究月刊》2006 年第 10 期，第 23～24 頁。

事情就是輯錄古籍、讀佛經和抄古碑。從他後來的《〈吶喊〉自序》等自述性文字來看，他這段時期因辛亥革命的失敗而變得心情灰暗，這其中也免不了有個人失敗的婚姻的影響。綜合起來看，辛亥革命對魯迅大致有下列三點影響：其一，是歷史觀的扭轉，從留日時期的線性進步觀轉變爲歷史循環論，所謂「歷史莫過如此」論誕生，因此，先前對進化論的信仰開始鬆動；其二，關於人性觀的調整，從早期的人性善逐漸人性惡論的認識路徑轉變；其三，如是，遂對啓蒙產生動搖，或者更確切的說是對啓蒙的艱難有了清晰的認識，並認識到自己並非「振臂一呼應者雲集的英雄」（《〈吶喊〉自序》）。正是這三點影響使得魯迅同後來的五四同人區別開來，使得他與眾不同。

二、作爲非文學的文學之起點的《狂人日記》

魯迅與「五四」同人們卻存在著一個時間錯位，而顯示這種時間錯位的正是《狂人日記》。

就通常意義而言，《狂人日記》是一篇「反封建的檄文」，因爲，小說通過狂人之口而喊出了封建「吃人」的歷史，並最終主張「救救孩子」。但《狂人日記》並不是這樣一個簡單的文本，魯迅通過《狂人日記》所散發給我們的所指豐富而又含混。所謂反封建，從另一個側面講就是爲現代謀劃。但魯迅的思維並不僅僅停留在這樣一個謀劃之中，他區別於同人之處在於，他對於這一謀劃本身起了疑慮，或者他在問自己「現代了又怎樣」這樣一個問題。這樣的疑慮在《〈吶喊〉自序》中有過相當精彩的表達：

> 那時偶或來談的是一個老朋友金心異，將手提的大皮夾放在破桌上，脫下長衫，對面坐下了，因爲怕狗，似乎心房還在怦怦的跳動。
>
> 「你鈔了這些有什麼用？」有一夜，他翻著我那古碑的鈔本，發了研究的質問了。
>
> 「沒有什麼用。」
>
> 「那麼，你鈔他是什麼意思呢？」
>
> 「沒有什麼意思。」
>
> 「我想，你可以做點文章……」
>
> 我懂得他的意思了，他們正辦《新青年》，然而那時彷彿不特沒有人來贊同，並且也還沒有人來反對，我想，他們許是感到寂寞了，

> 但是說：「假如一間鐵屋子，是絕無窗户而萬難破毀的，裏面有許多熟睡的人們，不久都要悶死了，然而是從昏睡人死滅，並不感到就死的悲哀。現在你大嚷起來，驚起了較爲清醒的幾個人，使這不幸的少數者來受無可挽救的臨終的苦楚，你倒以爲對得起他們麼？」
>
> 「然而幾個人既然起來，你不能說決沒有毀壞這鐵屋的希望。」
>
> 是的，我雖然自有我的確信，然而說到希望，卻是不能抹殺的，因爲希望是在於將來，決不能以我之必無的證明，來折服了他之所謂可有，於是我終於答應他也做文章了，這便是最初的一篇《狂人日記》。從此以後，便一發而不可收，每寫些小說模樣的文章，以敷衍朋友們的囑託，積久就有了十餘篇。

這就是魯迅與錢玄同那段關於「鐵屋子吶喊」的對白，發生在魯迅介入五四新文化運動的前夜。雖然是 1922 年事後的追憶，但也足以讓我們驚詫魯迅參與五四時游移的態度：最終不過是一場「敷衍」，當然並不是眞的敷衍做事，而是展示內心的彷徨罷了。這彷徨並非是魯迅的畏縮不前，而是源自他對世界複雜性的洞察與體驗。其疑慮的根源來自他對人的有限性的認知，換言之，現代所形成的理性至上同理性萬能的信仰在魯迅這裡遇到了困難。現代是一個祛神的時代，人取代神或天道成爲世界的中心與唯一的實體，因此，現代人在原來屬神的位置填充了人類的理性，但，魯迅模糊地（而不是明確地）感覺到這種做法的不可取性，在他的世界裏，爲原來屬神的位置留下了空白，即人類的理性有所不能抵達之處，這就是人的有限性。對於這一點的體認，儘管當時的魯迅還是模模糊糊，但對其體認與否卻正是魯迅與五四同人們的區別。狂人看似瘋言瘋語，但每一步的判斷和推理都無不彰顯著理性的勝利，從那句振聾發聵的「從來如此便對麼」這樣一句話中，我們似乎看到了中國現代獨立主體的人的誕生。然而，魯迅之爲魯迅正在於他能看到妖魔附體，而旁人看不到。〔註 5〕我們在小說中看到，作爲反封建鬥士的狂人也參與了吃人，因爲誤食了他妹子被蒸煮後的一杯羹。而正是在這樣的一個情節設計中，魯迅把剛剛親手建立起來的現代獨立主體消耗掉了。同序文中「赴某地候補」

〔註 5〕「夏濟安認爲：與魯迅比較，胡適就淺薄得多，後者雖然認爲故紙堆中藏著吃人的妖怪，卻自信有降妖伏魔的本領，並不像魯迅那般看到妖怪已經附在自己的身上。」語見〔美〕孫隆基：《歷史學家的經線》，廣西師範大學出版社 2004 年版，第 262 頁。

這樣的外在消耗相比，誤食妹子的羹這樣的內在消耗似乎來得更加徹底。然而小說並未就此結束，其末尾寫道：

「沒有吃過人的孩子，或者還有？」

「救救孩子……」

於「救救孩子」這樣的呼喊聲中，我們又隱約聽到了魯迅對此世烏托邦世界的冀望了，似乎把手又重新伸進了剛剛要消耗掉的理性世界當中尋求支持了。

一般來講，小說應該是一個朝向未來的完成式，一個圍繞著主題的封閉結構，小說或文學的作用就是要讓人變成唯一眞正的主體，變成一切的基礎〔註6〕，從而形成現代的自我認同。但透過上面的分析，我們看到，在《狂人日記》裏面，這樣的獨立主體卻很難建立起來，主體在建立起來的同時被魯迅從內外兩面給消耗掉了，然而，魯迅的初衷還是想建立一個這樣的主體，但似乎他又看到了什麼。從這個角度講，魯迅的文學，從《狂人日記》起就帶有非文學（小說）的傾向，甚至可以說，魯迅從一起步，就是一個非文學的文學家。許多研究者把《狂人日記》設定爲魯迅文學的起點，或者是因爲它是魯迅的第一篇白話小說，但更深的一個層面是，與其說將《狂人日記》設定爲作爲一般文學家魯迅的起點，那麼，這個起點不如向前挪移到仙臺時期的棄醫從文的決定，因爲那才是作爲一般文學家魯迅的起點，但，《狂人日記》作爲更深一個層面的魯迅的起點似乎更值得人們矚目，那就是，作爲非文學的文學家的起點，或者說，作爲一個非同尋常的文學家魯迅的起點。〔註7〕

三、《吶喊》與「隨感錄」的寫作

《吶喊》是魯迅1918年5月到1922年11月的15個中短篇小說（包括《不周山》，此篇在1930年1月《吶喊》第十三次印刷時，被魯迅抽去，後收入《故事新編》，改名爲《補天》）的合集，顯示了五四開端小說的實績，1923年8月由北京新潮社出版，爲新潮社文藝叢書之一。除小說而外，魯迅在同一時期又以「唐俟」等筆名在《新青年》等雜誌上發表諸多雜文，以「隨感錄」爲代表，後多收入《熱風》和《墳》當中。

〔註6〕米蘭·昆德拉：《小說及其生殖》，載米蘭·昆德拉：《相遇》，尉遲秀譯，上海譯文出版社2010年版，第48頁。

〔註7〕這一點正是日本的思想家竹內好所謂的「迴心」。見〔日〕竹內好：《魯迅》，李心峰譯，第46～47頁。

可以說，從《狂人日記》一落筆起，就為《吶喊》定下了基調。魯迅借《吶喊》寫下了自己的困惑：隨處可見的啓蒙的勇猛，然而又如影隨形地處處跟隨著對這勇猛的親手消耗，乃至自我嘲笑。《孔乙己》將古典的科舉制及其文人對象化的同時，我們雖然能瞥見魯迅的批判，但透過文字，我們似乎更多的看到的是含淚的熱諷而非冷嘲。小說中貫穿全篇的「哄笑」與其說是用來嘲諷舊式的文人的愚腐，倒不如說是用來襯托「當下」的單調、無聊的現實人生與奸詐、兇惡的人性吧？文中的敘述者，一個未成年的十二歲的孩子的「我」，似乎並非作者的一個可有可無的設置，孩子似乎是被「對象化的古典」與看似作為主體的「當下」的一個銜接點，是一個「在而不屬於」（這後來在《野草》中有更充分的表現）的含混的符號，他既在這樣的一個冷漠的當下世界裏然而又出離，他同情古典的舊式文人，然而又同「當下」一起將其對象化而觀看著。孔乙己是死了，然而之後的男孩將會如何呢？不得而知，然而更有意味的是，這個男孩同上一篇小說所呼喚過的「孩子」又有著什麼關係呢？總之，這同樣是一篇未完成的小說，一篇非文學的文學。之後受到俄國作家阿爾志綏夫的小說《工人綏惠略夫》的影響而創作的《藥》，以秋瑾為原型創作了一個為了民眾革命卻不被理解而最終被砍頭的革命者夏瑜的形象。其死後，民眾為了治病而吃其血的情節設計可以說是延續了《狂人日記》「吃人」的話題。小說中，與夏瑜相對的華家的設置，顯然是魯迅有意要以「華」、「夏」隱喻著古老的中國，然而，夏瑜的革命與華家的人血饅頭卻將主客世界的對立鮮明地呈現著。對主體世界的消耗來自於小說收束的部分，魯迅在《〈吶喊〉自序》中說，「留著安特萊夫（L.Andreev）式的陰冷」（《〈小說二集〉導言》）的結尾是「用了曲筆，在《藥》的瑜兒的墳上平空添上一個花環」（《〈吶喊〉自序》）。不過，更重要的消耗卻是來源於小說結尾夏瑜的母親和華小栓的母親的接觸。「歪歪斜斜的一條細路」將「死刑」的夏瑜的墳墓和「窮人」的華小栓的墳墓隔開隱喻著分明的主客兩層的世界，而兩個老婦人的「跨界」卻消耗掉了這樣的一種設置，或者說消耗掉了主體世界的努力，並進而將革命的「義死」歸結為傳統中國的「冤屈」，這樣，革命的主體及其世界消失於無形。寫作於 1919 年的《一件小事》與其說是一篇小說，不如說是一篇速寫。其立意和主題同 1922 年寫作的雜感《無題》相似。同樣都是寫持「人性惡」觀念的灰暗知識分子在面對民眾時對其突發的善而感到慚愧，並由此看到人類的一絲光明。小說中消耗主體的形式是將主體對象化而進行審視。這樣的審視在《故鄉》中甚至得到了經典的表達。《故鄉》中的描寫依然遵循主客兩分的形式。客體世界的愚昧麻木（如楊二嫂、中年閏土）與主體世界的絕望憂傷在「我」多年後回到故鄉搬家碰撞在一起。描述的是一個絕望的世界，然而終了卻提到了希望的話題：

我想到希望，忽然害怕起來了。閏土要香爐和燭臺的時候，我還暗地裏笑他，以爲他總是崇拜偶像，什麼時候都不忘卻。現在我所謂希望，不也是我自己手製的偶像麼？只是他的願望切近，我的願望茫遠罷了。

由對被對象化的閏土世界之愚昧的批判而及於對自身的觀看，由此，本作爲主體世界的「我」同樣被對象化對待。啓蒙者的主體身份瞬時消於無形，而結尾的「希望本是無所謂有，無所謂無的。這正如地上的路；其實地上本沒有路，走的人多了，也便成了路」，這一句所寄託的「希望」與其說是啓蒙者所帶給世界的「曙光」，倒不如說是魯迅對啓蒙者主體和被啓蒙者客體的雙層世界進行消解之後所選擇的一條排斥浪漫之幻想的切實的現實主義之路。這個時候的魯迅是清醒的，然而代價就是要隱忍那個在自身內面依舊強大的對於「青春之喊叫」的「忠誠」。所以清醒在「吶喊」時期並不能一以貫之。以「開心話」欄（從第二章起移至「新文藝」欄）出現在《晨報副刊》的《阿Q正傳》，其最初的撰寫清醒而舒緩，顯現出與魯迅這一時期作品風格迥異的嬉笑與輕鬆的調子，然而，寫到末尾，筆調越來越緊張，精神也不那麼放鬆了，同時，在小說的某些情節處理上也顯得有些突兀，譬如第九章「大團圓」寫到阿Q臨刑時的場景：

「過了二十年又是一個……」阿Q在百忙中，「無師自通」的說出半句從來不說的話。

「好！！！」從人叢裏，便發出豺狼的嗥叫一般的聲音來。

車子不住的前行，阿Q在喝采聲中，輪轉眼睛去看吳媽，似乎伊一向並沒有見他，卻只是出神的看著兵們背上的洋炮。

阿Q於是再看那些喝采的人們。

這剎那中，他的思想又彷彿旋風似的在腦裏一迴旋了。四年之前，他曾在山腳下遇見一隻餓狼，永是不近不遠的跟定他，要吃他的肉。他那時嚇得幾乎要死，幸而手裏有一柄斫柴刀，才得仗這壯了膽，支持到未莊；可是永遠記得那狼眼睛，又凶又怯，閃閃的像兩顆鬼火，似乎遠遠的來穿透了他的皮肉。而這回他又看見從來沒有見過的更可怕的眼睛了，又鈍又鋒利，不但已經咀嚼了他的話，並且還要咀嚼他皮肉以外的東西，永是不近不遠的跟他走。

這些眼睛們似乎連成一氣，已經在那裡咬他的靈魂。

「救命，……」

這段話的突兀之處在於，前半段似乎還是一個被對象化的阿 Q 在後半段中其身份突然發生一個翻轉，在後半段的文字中，我們明顯地感覺到阿 Q 以對象化的眼光在審視那些此前同他一樣是客體世界的人們。這個時候，臨刑前的阿 Q 突然轉變爲一個憤恨與悲憫世界的夏瑜，他以洞穿世界的眼光捕捉到了出身於「封建社會」底層之大眾身上的「吃人」本性，於是喊出了似曾相似的「救救孩子」一樣的「救命……」的主題。引文中「阿Q於是再看那些喝采的人們」這句話似乎成爲了一個轉折，「於是」之前是「狂歡」與嬉笑的主題，「於是」之後，卻板起了面孔，文藝與救國的理想再一次走到前臺，而這正是魯迅所不能忘卻的「青春之寂寞的喊叫」（木山英雄語）。

這樣的「喊叫」在《吶喊》中時斷時續，並不能順暢表達，但在「隨感錄」中卻得以「噴薄」。「隨感錄」及其時的雜感中的「喊叫」同《吶喊》中「救救孩子」和「救命……」的叫喊有著相同的邏輯方式：

（《狂人日記》）末章的兩行看起來有些唐突。不過在初看起來有些唐突之中，可以窺見由《狂人日記》及《孔乙己》以後的小說群，引出以「隨感錄」爲中心的一系列極具批判性的散文的來龍去脈。這裡所說的「孩子」是可以置換爲「未來」的，本來這是還沒有實現的未定，亦只是絕望的某種保留，因此所謂「救救孩子」在邏輯上與其說「過去與現在的一切均無以拯救」，其意義相同，從這個意義上講，並沒有什麼唐突的。但是，雖然在邏輯上不過是同一事態的表裏，對絕望的證實立刻接續到拯救的呼喚上去，這並非僅僅是在表現上把未定置換爲可能性，而是把絕望之認識轉化爲掙扎之發條的一種精神飛躍。這是唐突的一面。其另一面是，既然對既定的一切不抱希望，只好由現代這一代人斬斷黑暗的歷史以拯救未定的將來，在這種想法中，現在與未來，生硬地，同時又因絕望之後的奔放而被機械地分離開來，因此產生了唐突感。在此，現在本身無法孕育未來，與現在隔絕了的未來到底只是假定而已。

然而，由於假定僅僅是假定，結果對於既定的一切進行全面否定的立場便又被投回到主體這一邊來。這在直接承受了「救救孩子」的吶喊而產生的「隨感錄」中表現得尤爲明顯。作者是借易卜生創造的勃蘭克這個人物之口，向傳統的一切擲出「一切還是無」的全盤否定者。他相繼把中國人的國粹主義、迷信、祖先崇拜、野蠻、折中主義、雙重思想、非個人的群體的自大意識之類，紛紛舉到鋒利的批判槍口上，但並未提示任何取而代之的東西或者改革的具體方案，只是一意催促思想的覺醒和改革的決心。作爲「新文化」的實績，陳獨秀曾積極打出多種旗號，周作人在「人的文學」名目下倡導個人主義的人道主義，胡適則提出「國語的文學，文學的國語」，顯示了改革方案的具體性。與這些論客爲伍的魯迅似乎也以「人」、「進化」、「世界」、「科學」、「愛」等詞語闡述著自己的新思想，當然，僅用這些新的詞語便能使青年感奮，正是所謂的「五四文化革命」這一時代的特色。但總之，魯迅並沒有給這些詞語注入應有的內容而予以充分的闡釋，則是不爭的事實。在魯迅來說，這些詞語只不過是在與之正相反的中國現狀中被逆向性地規定了的、專爲否定用的相反概念而已。例如，決定「人」的意味的只是中國人還沒有完成從「猿」到人的進化這一認識；「進化」則意味著沒有進化爲人的欲望和能力的民族將被無情地淘汰的原理（《四十一》）；「世界人」將把國粹主義者眾多的中國人趕出來（《三十六》）；「科學」乃是首先立志改革，掃除荒唐思想、事物之後使得發揮效力的「對症藥」（《三十八》）；論說「愛」而引用的卻是訴說無愛的婚姻之痛苦的某青年的詩（《四十》）。這樣，「隨感錄」的批判一意指向舊世界之惡，並用舊世界本身的黑暗來突出其惡，可以說是以批判之批判的鋒利大放異彩的。但是，追究其邏輯機制的時候，所能看到的是：那些新詞語對作者來說，和新時代人類形象或未來一樣，不過是模糊的假定物而已，因此即使採用了這些新詞語，也無法將自我定位於現實世界中。〔註 8〕

〔註 8〕〔日〕木山英雄：《〈野草〉主體構建的邏輯及其方法》，載《文學復古與文學革命——木山英雄中國現代文學思想論集》，趙京華編譯，第 4～6 頁。

換言之，魯迅這個時期所批判的大抵是一些「觀念性」的事物，而其批判的立足點則是主體性思維。所以，我們看到在「隨感錄」同時寫作的《我之節烈觀》《我們現在怎樣做父親》這樣一些氣勢磅礴的立論文當中存在著一種強大的絕對性與眞理性，在這樣的絕對之前提下，橫掃一切所謂封建的野蠻的習俗。這樣的文章基調到中期轉變之後的魯迅的文論中是絕少看到的，相反與留日時期的幾篇文言論文倒是有幾分相通之處。

然而即便在這樣以絕對性爲前提的極有氣勢的論文中，《狂人日記》當中的所謂「我也吃過人」的將啓蒙者主體自身投射到被審視的對象一方的現象還是會冒出頭來。這一點和五四當時的將自我劃歸光明的一方的胡適們是決然不同的。所謂「自己背著因襲的重擔，肩住黑暗的閘門，放他們到寬闊光明的地方去」（《我們現在怎樣做父親》）的這樣一種有著《狂人日記》末尾「救救孩子」的相似「末世論」意義上的呼喊，但更爲重要的是，在「末世論」意味上的這種期待不是建立在樂觀主義之喜悅上的（一如胡適）而是將自身投射到被自己這一方要無情抹殺的黑暗當中。

在整個五四新文化運動中，魯迅喊叫的起點是他對鐵屋子（隱喻著中國）被搗毀可能性必無的確證，這個確證應該源自於他對先前所熱情加入的辛亥革命之失敗的體認，然而，同樣是源自辛亥革命失敗之體認後果的對於人（主體）的有限性的認識卻同時消耗了這樣一種必無的確證，這樣，魯迅就爲其對手，亦是同人的錢玄同們的必有之確證留下餘地，並且將信將疑地加入到必有的求證行列當中，雖說是「敷衍」，卻也顯現了大勇猛的吶喊。對於這大勇猛的吶喊，魯迅解釋說是「須聽將令」（《〈吶喊〉自序》）的緣故，後人則闡釋爲「戴著面具的吶喊」（王曉明語）。話雖不同，意思則大抵相近，其實無非都是在講「面孔吶喊」背後的內心荒蕪與彷徨。但無論是魯迅的自說自話，還是後人的睿智結論，其實都有意無意地遮掩了一個事實，那就是，在「面孔吶喊」的背後除了有內心的荒蕪與彷徨存在之外，還應該有魯迅揮之不去的對於「青春之寂寞喊叫」的「忠誠」〔註 9〕。而這一點也正是魯迅與五四同人契合的地方，然而，在之後的轉變過程的當中也正是魯迅所痛苦的一點點揚棄的部分。對於「忠誠」這一點的體認，在認識五四時期的魯迅時，至少同認眞體認魯迅所說的「須聽將令」這句話同等重要。

〔註 9〕汪暉：《聲之善惡——魯迅〈破惡聲論〉〈吶喊・自序〉講稿》，生活・讀書・新知三聯書店 2013 年版。

四、《彷徨》的寫作

1918 年，魯迅雖然以《狂人日記》爲開端加入了五四新文化運動的行列，但，日常生活依舊沒有太大的改觀，依然是以教育部的公務員生活爲主，業餘時間則仍就抄古碑、輯錄古籍。1920 年秋季陸續兼任北京大學、北京師範大學等高等學校講師後，生活才慢慢改變，和年輕人的交往漸漸多起來。然而，以《新青年》爲核心的團體卻分化了：先是胡適和李大釗的「問題與主義」之爭，然後是陳獨秀的南走以及《新青年》的南遷，新文化運動忽然有零落的感覺。這些因素也不知不覺影響到了魯迅的寫作。《吶喊》的初始勇猛異常，以振聾發聵的《狂人日記》爲開端，繼之以《孔乙己》《藥》等猛作，至《阿 Q 正傳》奏響整本小說集的高潮，之後的收束則略顯無力，《兔和貓》《鴨的喜劇》《社戲》諸篇雖然顯示了魯迅向身邊題材開拓的努力，然而於「須聽將令」的「吶喊」來講，已然是強弩之末了。《不周山》雖然有「吶喊」的餘緒，不過題材的非現實性與「故事新編」的形式卻從另外一個側面證明失卻「將令」對於魯迅小說的創作有著不小的影響。

1923 年 7 月，魯迅與周作人兄弟失和，8 月，小說集《吶喊》出版。《吶喊》的出版奠定了魯迅在新文學史上的地位，然而，兄弟失和對魯迅此後的道路與創作卻有著不可估量的影響，它甚至同早年留日時期的理想和辛亥革命一道成爲魯迅一生反覆書寫的三個母題。8 月，魯迅帶著朱安離開八道灣（1919 年魯迅全家自紹興遷至北京八道灣胡同），租住西四磚塔胡同。這一年魯迅寫作極少。1924 年的農曆正月初三（2 月 7 日）魯迅又重新拿起創作的筆，寫下了《彷徨》集的第一篇小說《祝福》，這距離《吶喊》的最後一篇小說《不周山》的創作已經有一年零三個月了。之後兩個月接連寫下了《幸福的家庭》《肥皂》《在酒樓上》三篇，然後又擱置了下來，其間有《野草》的連續寫作，又近一年時間，1925 年 3 月～5 月，寫作了《彷徨》裏的《長明燈》《示眾》和《高老夫子》，半年之後的 10 月～11 月，則連續創作了後四篇《孤獨者》《傷逝》《弟兄》和《離婚》。同《吶喊》比較起來，《彷徨》雖然有很多地方繼承了前者的某些特點，但卻有更多更新的地方是前者所沒有的。《吶喊》的體驗主要來自於辛亥革命失敗的打擊，理想破滅留下的陰影、對主體「我思」信仰的動搖和反封建一起成爲《吶喊》表現的主題。而《彷徨》除了一部分延續了這種體驗之外，更主要的體驗是來自於大家庭的破滅以及惶惑的身位感，因此，家庭、被驅逐、孤獨、靈魂的追問以及對道路的尋求成爲《彷徨》區別於《吶喊》的主題。概言之，《吶喊》的體驗主要來自於社會，而《彷徨》的體驗更多來自於切身的日常生活，因之更切近、更幽憤深遠。

對於切身的日常生活的書寫是《彷徨》的一大特點。《祝福》寫作於農曆大年初三，其直接的來源是魯迅與朱安日常生活的尷尬與緊張。從八道灣搬出來之後，魯迅面對朱安的時間增多，這段關係原來多少還可以迴避，但現在卻不得不直面。於是創作出了祥林嫂這樣一個爲封建社會所拋棄的「再嫁」的不幸女子的悲慘形象。其實質是在想像的領域虛構了朱安被拋棄後的道路與人生。而小說的另一面則是面對生活的無望欲「速死」的魯迅借祥林嫂之口追問「靈魂之有無」的問題。同樣的問題在之後的《過客》中再一次得以追問，即「墳之後是何地」的問題。《傷逝》儘管有對五四的「娜拉走後怎樣」這樣一個主題的書寫，但恐怕更重要的小說來源是源自兄弟失和的體驗〔註 10〕，以及魯迅與許廣平的戀愛的生活經歷。而《弟兄》則「十分之九以上是『眞實』」〔註 11〕。

深切的自我追問與立身的惶惑則是《彷徨》的另一大特點。這樣的特點在《孤獨者》《在酒樓上》顯現得尤爲明顯。儘管兩部小說都採取第一人稱敘事的方式，但主人公身上卻都抹有濃厚的魯迅身影。曾經辛亥革命的積極參與者呂緯甫與「我」在冬日的 S 城相遇，以獨白的方式講述著革命之後所經歷的絕望的歷程。「我在少年時，看見蜂子或蠅子停在一個地方，給什麼來一嚇，即刻飛去了，但是飛了一個小圈子，便又回來停在原地點，便以爲這實在很可笑，也可憐。可不料現在我自己也飛回來了，不過繞了一點小圈子。又不料你也回來了。你不能飛得更遠些麼？」（《在酒樓上》）然而，繞一圈又飛回來的呂緯甫雖然落寞，終歸還活著，而《孤獨者》當中的魏連殳則寄予了魯迅所有對於失敗革命者落寞絕望以至於死亡的想像。在文字的氣質層面，這一篇同後來的《范愛農》極相近。

以上所舉例的四篇可以說是《彷徨》裏的代表作品，然而無一例外都是悲劇的結局，或者至少是沉浸在濃鬱的悲劇氛圍當中，可是同《吶喊》時期

〔註 10〕周作人在《苦茶——周作人回想錄・不辯解（下）》中曾說，「《傷逝》這篇小說很難懂，但如果把這和《弟兄》合起來看時，後者有十分之九以上是『眞實』，而《傷逝》乃是全個是『詩』。詩的成分是空靈的，魯迅照例喜歡用《離騷》的手法來寫詩，這裡又用的不是溫李的詞藻，而是安特來也夫一派的句子，所以結果更似乎很是晦澀了。《傷逝》不是普通戀愛小說，那是假借了男女的死亡來哀悼兄弟恩情的斷絕的，我這樣說，或者世人都要以我爲妄吧，但是我有我的感覺，深信這是不大會錯的。」見周作人：《苦茶——周作人回想錄》，敦煌文藝出版社 1995 年版，第 332 頁。

〔註 11〕周作人：《苦茶——周作人回想錄》，敦煌文藝出版社 1995 年版，第 332 頁。

的悲劇不同的是，作品的結尾往往有一種蕩開的感覺，好像有一種什麼力量在從悲劇的氛圍中往外拉扯著什麼，然而又不是《〈吶喊〉自序》所說的「曲筆」，所謂借助外力而故意爲之的感覺，《彷徨》結尾的這種蕩開的往外拉扯的力量似乎是從內而外的，有一種堅韌的存在。「我在蒙朧中，又隱約聽到遠處的爆竹聲聯綿不斷，似乎合成一天音響的濃雲，夾著團團飛舞的雪花，擁抱了全市鎮。我在這繁響的擁抱中，也懶散而且舒適，從白天以至初夜的疑慮，全給祝福的空氣一掃而空了，只覺得天地聖眾歆享了牲醴和香煙，都醉醺醺的在空中蹣跚，豫備給魯鎮的人們以無限的幸福。」如果說《祝福》結尾的這種蕩開還有一種反諷的筆調的話，那麼，《傷逝》結尾的「我要向著新的生路跨進第一步去，我要將眞實深深地藏在心的創傷中，默默地前行，用遺忘和說謊做我的前導……。」則全然沒有這種感覺了，反倒是有一種堅韌的力在體內升騰的意味。這種感覺在《孤獨者》和《在酒樓上》都有：

> 我快步走著，彷彿要從一種沉重的東西中衝出，但是不能夠。耳朵中有什麼掙扎著，久之，久之，終於掙扎出來了，隱約像是長嗥，像一匹受傷的狼，當深夜在曠野中嗥叫，慘傷裏夾雜著憤怒和悲哀。
>
> 我的心地就輕鬆起來，坦然地在潮濕的石路上走，月光底下。（《孤獨者》）
>
> 我們一同走出店門，他所住的旅館和我的方向正相反，就在門口分別了。我獨自向著自己的旅館走，寒風和雪片撲在臉上，倒覺得很爽快。見天色已是黃昏，和屋宇和街道都織在密雪的純白而不定的羅網裏。《在酒樓上》）

這樣蕩開的結尾，容易讓人聯想到蘇軾在《前赤壁賦》結尾中所使用的手法，然而基底又不是那樣達觀，向著不可預知的未來踏出的那一步有著堅韌的底蘊，然而隱約還有隱忍的痛苦在。

第六講 《狂人日記》

常維鈞先生年輕時的一句問話則頗具象徵意味，

> 但我認識魯迅先生是由劉半農先生介紹的。我讀了《狂人日記》，問劉半農先生：「這魯迅是誰？」……〔註12〕

〔註12〕常惠：《回憶魯迅先生》，載《魯迅回憶錄》（散篇）（上冊），魯迅博物館、

「魯迅是誰？」，也就是魯迅世界誕生的問題。這句話有兩層意思：（一）表層，即「魯迅」這個名字的誕生、傳播及影響力的不斷遞增。「魯迅」名字始於《狂人日記》，傳播於 1918 年以後，至《吶喊》出版而廣益，1925 年則「飆升」。《吶喊》出版於 1923 年 8 月，而周氏兄弟失和在同年 7 月，以這兩件事情爲標誌，其前爲魯迅世界之誕生期，其後則爲魯迅更宏益廣大期。（二）深層，即超出於表層面之外的意思是：魯迅之爲魯迅的那種屬性是什麼？或者我們借用一個哲學式表達，即魯迅性是什麼？這個問題又有兩層意思：（1）魯迅之成爲魯迅，他同其他人（如胡適、陳獨秀等）的不同是什麼？（2）魯迅之爲魯迅，他和其前期，即周樹人時期（辛亥革命前）有何根本的區別？兩個小問題合起來就是魯迅的根本特性的問題，即魯迅性是什麼？對於問題（1），王曉明這麼說，

> 魯迅是以一種非常獨特的方式，加入「五四」那一代啓蒙者的行列的，這獨特並不在他的戰鬥熱情比其他人高，也不在他的啓蒙主張比其他人對，他的獨特是在另一面，那就是對啓蒙的信心，他其實比其他人小，對中國的前途，也看得比其他人糟。〔註 13〕

引文中，王曉明用了兩個「獨特」，企圖表明魯迅之爲魯迅（即魯迅性）的那種東西是什麼，即「那就是對啓蒙的信心，他其實比其他人小，對中國的前途，也看得比其他人糟。」這句話其實就是對他的一句名言「戴著面具的吶喊」的一個注釋，意思是說魯迅在「新青年」啓蒙時期是猶疑與彷徨的，其原因是對啓蒙的信心不足。但更深層的原因是什麼呢？王曉明並沒有往下分析。所謂啓蒙者的信心其實是源於啓蒙者主體的自信，即啓蒙者充分相信作爲主體的自我擁有絕對的眞理性。而王曉明認爲魯迅對啓蒙的信心不足，其更深層的意思就是魯迅對啓蒙者主體的眞理性產生懷疑，也就是主體的自我否定，即多疑。因此，問題（1）的最終答案是多疑。換句話說，魯迅之所以爲魯迅，他同其他人的根本區別在於多疑。夏濟安認爲：與魯迅比較，胡適就淺薄得多，後者雖然認爲故紙堆中藏著吃人的妖怪，卻自信有降妖伏魔的本領，並不像魯迅那般看到妖怪已經附在自己的身上。〔註 14〕胡適的自信源於他對主體眞理性的信仰，他認爲自己手中握有眞理，而魯迅則沒有這種自信，他並不認爲眞理絕對掌握在自己手裏，

魯迅研究室、《魯迅研究月刊》選編，第 421 頁。

〔註 13〕王曉明：《無法直面的人生——魯迅傳》，第 59 頁。

〔註 14〕〔美〕孫隆基：《歷史學家的經線》，廣西師範大學出版社 2004 年版，第 262 頁。

也就是對主體產生懷疑，「看到妖怪已經附在自己的身上」正是對魯迅這種心態的一個形象的描述。

對於問題（2），竹內好用了一個特殊的詞語「迴心」，

> 我曾寫過：《狂人日記》發表以前的北京生活時期，即林語堂稱爲第一個「蟄伏期」的時期，在魯迅的傳記中是最不清楚的部分。這是什麼意思呢？我認爲，這個時期對於魯迅來說是最重要的時期。他還沒有開始文學生活。他在會館的「鬧鬼的房間」埋頭於古籍之中。外面也沒有出現什麼運動。「吶喊」還沒有爆發爲「吶喊」。只能感到醞釀著它的鬱悶的沉默。我想，在那沉默中，魯迅不是抓住了對於他一生可以說是具有決定意義的迴心的東西了嗎？作爲魯迅的「骨骼」形成的時期，我不能想到別的時期。……而且，可以認爲，他獲得罪的自覺的時機，除了在他的傳記中這段情況不明的時期之外，別無其他了。〔註 15〕

「迴心」到底是什麼意思呢？《魯迅》一書的譯者加了這麼一條注，

> 迴心（加ガぃしん），佛教用語，指對於信仰的迴心轉意；或指由於悔悟而皈依。這裡指魯迅走上文學道路的一個關鍵性的契機。也可譯爲轉折點、關節點，但都不太確卻，因後文經常出現這一概念，故仍用原概念。〔註 16〕

但這條注釋有一個致命的錯誤，即日語中「迴心」一詞並非佛教用語，而是轉譯自一個基督教詞語。〔註 17〕2005 年 3 月，大陸編譯出版的竹內好的著作《近代的超克》一書糾正了這個錯誤：

> 迴心，日語當中「迴心」這個詞。來自英語的 Conversion，除了原詞所具有的轉變、轉化、改變等意思之外，一般特指基教中懺

〔註 15〕〔日〕竹內好：《魯迅》，李心峰譯，第 46～47 頁。

〔註 16〕李心峰對「迴心」的注，〔日〕竹內好：《魯迅》，李心峰譯，第 46 頁。

〔註 17〕我的博士論文寫作是在 2004 年底到 2005 年初進行的，參照的版本只有李心峰的譯本，到博士論文答辯以後我才見到另外一個譯本，並且詫異於這兩個譯本在在解釋「迴心」時的不同。我並不通日語（這是我引以爲憾的事情），於是這個疑慮一直存留下來。直到要出版我的著作，請尾文昭先生作序時，他才於百忙當中指出了這個致命的錯誤：「看你的原來的論文稿，發現了有一點問題，即第 59 頁談到竹內好的『迴心』是佛教語，估計你跟著首次翻譯版本的解釋而寫的。但這屬於錯誤，應是基督教的概念。新翻譯版本（《近代的超克》北京三聯）已糾正過。估計你早已糾正過。」（尾崎文昭 2009 年 6 月 30 日電子郵件）

悔過去的罪惡意識和生活，重新把心靈朝向對主的正確信仰。〔註18〕

但，無論如何，李心峰的注釋似乎還是抓住了「迴心」的某些關鍵性的內容，從後面竹內好先生的行文來看，「迴心」確實有契機、轉折點或關節點的意思，也就是說，魯迅有一個轉變的決定性時刻，但問題的關鍵並不在何時爲轉變之關節點，而在於轉變的內容是什麼，也就是「迴心」的關聯域的問題。這或許是李心峰在當時不知情的情況下翻譯「迴心」最爲棘手的地方。那麼，「迴心」的關聯域到底是什麼呢？《近代的超克》一書的譯者說：「竹內好使用這個詞，包含有通過內在的自我否定而達到自覺或覺醒的意思。」那麼情況到底是不是這樣呢？讓讓我們先回到竹內先生的文本吧！

> ……魯迅沒有用語言說明自己的迴心之軸。……《新生》事件也許是投入他那文學迴心的坩堝的許多鐵片中的一片。……某個人，直到獲得了對於他的一生具有決定意義的自覺爲止，恐怕要有無數要素的堆積吧。不過，他一旦獲得了自覺之後，要素就會反過來由他選擇。《新生》事件就變爲應該追憶的事情了。魯迅所得到的自覺是什麼呢？我認爲，若是勉強地用我的語言來表達的話，就是通過對政治的對立而得到的文學的自覺。〔註19〕
>
> ……幻燈片事件本身並不意味著他的迴心。他所受到的屈辱感在形成他的迴心之軸的各種原因中增加了一個要素。……對於他的迴心來說，它與《新生》事件在性質上具有同等價值。
>
> ……魯迅的文學根源是應該被稱爲「無」的某種東西。獲得了那種根本的自覺，才使他成爲文學家。〔註20〕
>
> ……我覺得，如果把我所認爲的魯迅的「迴心」用語言表達出來，那麼，不是除了用這樣的話來表達，就沒有別的辦法了嗎？絕望之爲虛妄，正與希望相同。人們可以說明「絕望」和「虛妄」，但對於自覺地意識到它的人卻無法說明。〔註21〕

〔註18〕李冬木、趙京華、孫歌對「迴心」的譯注，載〔日〕竹內好：《近代的超克》，孫歌編，李冬木、趙京華、孫歌譯，生活·讀書·新知三聯書店2005年版，第45頁。

〔註19〕〔日〕竹內好：《魯迅》，李心峰譯，第55頁。

〔註20〕〔日〕竹內好：《魯迅》，李心峰譯，第59～60頁。

〔註21〕〔日〕竹內好：《魯迅》，李心峰譯，第81頁。

……如果絕望也變爲虛妄，人還能幹什麼呢？對絕望都絕望了的人只能成爲文學家。由於對什麼都不信賴，什麼也不能作爲自己的支柱，就必須把一切都作爲我自己的東西。於是，文學家魯迅現在形成了。使啓蒙者魯迅表現出多彩的方面的可能性已經產生。我稱之爲他的迴心和文學的正覺的東西像影子發出光似地產生出來。……

……

能夠成爲文學家的原因大概是某種自覺吧。正像可能成爲宗教家的原因是對罪過的自覺一樣，某種自覺也是必要的吧。〔註22〕

……我在序章中姑且稱之爲文學家魯迅和啓蒙者魯迅的本質性矛盾的東西；或者是與他的迴心之軸有關的、被我稱之爲政治和文學的對立的東西，那就是奇妙的相互糾纏的核心。因而，我認爲，解開它，是現在弄明白他所獲得的文學自覺、迴心的性質和內容的一種手段吧。〔註23〕

以上大概是竹內好在《魯迅》中所寫到「迴心」的地方，我們發現每一處寫「迴心」都無一例外地寫到「自覺」。也就是說「迴心」是和某種「自覺」聯繫在一起的，那麼，是什麼自覺呢？從以上幾處引文來看，有兩處是「文學自覺」，一處是「某種自覺」，一處是「那種根本的自覺」，結合《魯迅》判斷，所謂「自覺」就是指魯迅的文學的自覺，即「迴心」。但，是什麼樣的文學自覺呢？我們上一頁的第一段引文說，「他獲得罪的自覺的時機」，也就是說「文學自覺」指的是「罪的自覺」的獲得，這才是竹內先生「迴心」的關聯域。伊藤虎丸的兩段話或許能夠使我們的論證更明晰，

……我同竹內好先生一樣，從《狂人日記》的背後，看到了作爲魯迅文學「核心」的「迴心」。而且，我們看到了從魯迅留學時期從事的評論和翻譯的文學活動（相當於《狂人日記》中狂人要求人們改心換面的呼籲），即我稱之爲「啓蒙文學」或「預言文學」開始，在向著竹內好先生稱之爲「贖罪文學」的發展中，《狂人日記》乃是其中決定性的轉折點。我看這可以說是魯迅從「預言文學」走向「贖罪文學」的過程中確立了魯迅自己的近代現實主義。〔註24〕

〔註22〕〔日〕竹內好：《魯迅》，李心峰譯，第110頁。
〔註23〕〔日〕竹內好：《魯迅》，李心峰譯，第112～113頁。
〔註24〕〔日〕伊藤虎丸：《魯迅、創造社與日本文學》，孫猛等譯，第151～152頁。

> 竹內好氏的《魯迅》爲我國研究魯迅的出發點。他從《狂人日記》背後看到了魯迅的「迴心」(類似於宗教信仰者宗教性自覺的文學性自覺),並以此爲「核心」確立了「魯迅的文學可以稱爲贖罪文學」這一體系。〔註25〕

「贖罪文學」正是竹內先生的「文學自覺」與「罪的自覺」的綜合,竹內先生說,「我站在把魯迅稱爲**贖罪的文學**的體系上,發表我的異議。」〔註26〕我們已經逼近了問題的核心,但我們還要發問,「魯迅的罪的自覺是如何得來的呢?」或者說,「爲什麼把魯迅的文學稱之爲贖罪的文學呢?」翻閱《魯迅》,我們並沒有查到竹內先生對這一關鍵性的詳細論述,其中較爲明確說法是下面一段話:

> ……一讀他的文章,總會碰到某種影子似的東西;而且那影子總是在同樣的場所。影子本身並不存在,只是因爲光明從那兒消逝,從那兒產生某一點暗示存在那樣的黑暗。如果不經意地讀過去就會毫不覺察地讀完。不過,一經覺察,就會懸在心中,無法忘卻。就像骷髏在華麗的舞場上跳著舞,結果自然能想起的是骷髏這一實體。魯迅負著那樣的影子過了一生。我們稱他爲贖罪的文學就是這個意思。而且,可以認爲,他獲得罪的自覺的時機,除了在他的傳記中這段情況不明的時期之外,別無其他了。〔註27〕

竹內先生這裡採取的是隱喻的描述,他將魯迅的「罪的自覺」隱喻成「影子」和「骷髏」,那麼這隱喻有沒有明確的所指呢?竹內先生的後繼者們都企圖點明這一所指,伊藤先生是這樣說的,「《狂人日記》中的主人公的後期,也知道了自己不但是『被人吃』的『被害者』,而且也是『未必無意中、不知吃了我妹子的幾片肉』的『加害者』」,「這個自己也吃過人肉的『自覺』,便是從前竹內好認爲的『文學的自覺』。他把這自覺看作與宗教中的『罪的自覺』相似。」〔註28〕而吳曉東在《魯迅的原點》一文中對此所指闡釋得更明確,

> 魯迅這種贖罪文學意識是怎樣產生的呢?
>
> 不妨先問一個這樣的問題:今天讀起來,《狂人日記》給我們的最深印象是什麼?

〔註25〕〔日〕伊藤虎丸:《魯迅、創造社與日本文學》,孫猛等譯,第175頁。
〔註26〕〔日〕竹內好:《魯迅》,李心峰譯,第60頁。
〔註27〕〔日〕竹內好:《魯迅》,李心峰譯,第46～47頁。
〔註28〕〔日〕伊藤虎丸:《魯迅、創造社與日本文學》,孫猛等譯,第42頁。

> 也許《狂人日記》眞正令人驚悚的不是魯迅對「吃人」的洞見，甚至也不是小說結尾「救救孩子」的吶喊，而是最終令狂人無比震驚的「我也吃過人」的發現。不妨說這是狂人「原罪」意識的自覺——對自己與吃人的舊時代的無法割裂的深層維繫的悲劇性體認，從而才產生了竹內好所謂的魯迅的贖罪文學。〔註29〕

問題的焦點落到《狂人日記》中狂人發現「我也吃過人」這一意識上，竹內好稱此爲「罪的自覺」，伊藤先生則稱之爲「加害者的有罪意識」及「個的自覺」〔註30〕。其實，這個問題就是我所說的魯迅的「多疑」，也就是尾崎文昭所謂的「往復深化型『多疑』」〔註31〕。所謂狂人發現「我也吃過人」的震驚正是「《狂人日記》的主人公即作者本人」〔註32〕的魯迅在自己身上看見妖魔時的那驚鴻一瞥。多少年後，魯迅在私人信件中對此作過這樣的言說，「我自己總覺得我的靈魂裏有毒氣和鬼氣，我極憎惡他，想除去他，而不能。」〔註33〕「發現自己吃人」與「在自己身上看見妖魔」其實就是對作爲絕對行動之源的主體產生懷疑，並加以否定。但這不是一般的懷疑與否定，而是「迴心」的，帶有「抵抗」〔註34〕意味的懷疑與否定，是多疑與主體之關係的深層糾纏，正是魯迅的多疑，使得他比胡適看得更深，他的敏鋭的目光投向了更遠的地方，他發現那個「確定性」(「我思」) 的背面不是基石，而是鬆軟的泥土。這個發現使得他非常的悲哀，他何嘗不想尋找一塊可以依靠的基石呢？他又何嘗想讓妖魔附身，何嘗不想做一個乾乾淨淨沒有「吃」過人的孩子呢？可是他把這一切看得那麼清楚，他不能夠欺騙自己。他以一個文學家的直感將他所看到的曲折而含混地寫出來或者吞進心裏，這就是那些悲哀的文字，那些行走在「吶喊」縫隙裏邊所謂的「太黑暗的思想」。可是他又懷疑起來，他

〔註29〕吳曉東：《魯迅的原點》，載《記憶的神話》，新世界出版社2001年版，第177頁。

〔註30〕〔日〕伊藤虎丸：《魯迅、創造社與日本文學》，孫猛等譯，第148頁。

〔註31〕〔日〕尾崎文昭：《試論魯迅「多疑」的思維方式》，孫歌譯，《魯迅研究月刊》1993年第1期，第21頁。

〔註32〕〔日〕伊藤虎丸：《魯迅、創造社與日本文學》，孫猛等譯，第151頁。

〔註33〕魯迅：《書信·240924致李秉中》，載《魯迅全集》(第十一卷)，第453頁。

〔註34〕伊藤虎丸先生對竹內好先生的「迴心」有如下的解釋：「這裡所用的『迴心』和『轉向』，則是竹內好提出的他獨自的概念。他說，『迴心和轉向都意味著改變，這一點上沒有差異的。但是，迴心是媒介（通過）抵抗而後改變的；而轉向是無媒介地（趨向有支配性、權威性的思想）改變的。』同時，他還說明所謂『抵抗』這一概念，是『固執（堅持下去）自己』的意思。」載《魯迅、創造社與日本文學》，第76頁。

同樣不能確認他所看到的就是鬆軟的泥土，而不是基石，即「決不能以我之必無的證明，來折服了他之所謂可有」〔註35〕，於是他獲得了行動的原動力，「吶喊」起來，可是悲哀依然揮之不去。

以上是我們對問題（2）的回答。綜合問題（1）和（2），我們可以對問題（二）作出解答，即魯迅性（或魯迅之爲魯迅的那種屬性）是他的「多疑」，或者說導致魯迅性的那種根本屬性是緣「多疑」而來的。這實際上是承認了這樣一個命題，即魯迅世界誕生的本根秘密在於「多疑」的產生。

在結束論文之前，我還要澄清一個與此文主題相關的一個小問題。

在談到《狂人日記》的狂人發現「我也吃過人」時，伊藤先生認爲這是「加害者有罪意識」，他稱之爲「個的自覺」，而且他說，「我在這裡所說的『個的自覺』，也許與竹內好先生的『罪的自覺』相似。」〔註36〕那麼，什麼是他的「個的自覺」呢？在他對「加害者的有罪意識」的闡釋中有很清楚的答案：

> 所謂加害者有罪的自覺，豈不是意味著被害者意識的求救嗎？有罪的自白，實際上已經是得救的證明。因此，在這裡，他的話本來的含義獲得了**自由**（案：黑體爲原有，下同）。可以說是開始**獲得了自己**，**獲得了主體**。這就是魯迅的「清醒現實主義」的誕生過程。〔註37〕

所謂「獲得了自己，獲得了主體」就是「個的自覺」的內容。這明顯與我在本文中的意見相反對。本文的意見如前所述，認爲不是對主體的獲得，而是否定和懷疑。原因是「主體」這個詞有一個嚴格的關聯域，它意味著世界的圖像化和主體對世界的掌控，因此，主體是與眞理性牢牢地栓在一起的，眞理性（即我思）是主體的動力之源，在眞理性的支配下，主體是不會有絲毫彷徨與疑慮的。而魯迅這裡表現得恰恰相反，因此，我們稱之爲對主體的「疑」與「否」。我想這是所謂「魯迅原點」中的一個非常重要的問題，我們必須予以澄清。其實，竹內好的「罪的自覺」僅停止於描述魯迅的這種狀態，或許正因爲如此，他才在最關鍵的地方採用了隱喻的描述方法，而不是用邏輯論證去下斷語。這也是竹內先生高人一籌的地方。追尋伊藤而來的尾崎文昭和吳曉東都對此下過斷語或作過認同。尾崎先生最終認爲魯迅的「多疑」昭示著中國社會眞正意義上的現代人的誕生。〔註38〕

〔註35〕魯迅：《吶喊．自序》，載《魯迅全集》（第一卷），第441頁。
〔註36〕〔日〕伊藤虎丸：《魯迅、創造社與日本文學》，孫猛等譯，第42頁。
〔註37〕〔日〕伊藤虎丸：《魯迅、創造社與日本文學》，孫猛等譯，第148頁。
〔註38〕〔日〕尾崎文昭：《試論魯迅「多疑」的思維方式》，孫歌譯，《魯迅研究月刊》1993年第1期，第26頁。

而吳曉東則認同伊藤的「主體」說〔註39〕。這其實大同而小異，都是在說魯迅的思考在「現代性」當中。本文認爲這個問題是值得商榷的，因此，提出了與伊藤先生的相反的意見，但伊藤先生說「獲得自己」卻是值得注意的，「獲得自己」與「獲得主體」必須是嚴格分開的兩個概念，在西方強勢文化下，我們的「自己」是不是必須用「主體」這個詞及關聯域來界定，是一個嚴肅的問題。其實，詞語本身並不是問題所在，問題的關鍵是，這個詞語的關聯域是什麼？因此，我們的「自己」的關聯域是什麼？其實也就是我們「自己」應該走怎樣一種道路的問題。這其實是魯迅終其一生都在考慮的問題。而我的論文就是嘗試著去揭示先生的這一思考。

第七講 《祝福》

1923 年 7 月，魯迅周作人兄弟失和，同年 8 月，魯迅攜朱安搬離八道灣，自此魯迅進入了他生命中最困難的一段時期，1924 年魯迅大病一場，幾至於死，雖然最終熬了過來，但也爲 1936 年的死埋下了伏筆。身體的病痛雖然熬過來了，然而，精神的痛苦卻仍如大海一樣無邊無際，孤獨、惶惑、死亡、對被驅逐的恐懼感等等，這一切都猶如大毒蛇一樣纏繞著他的心靈，撕咬著他那本已經痛苦不堪的靈魂。而將這一切孤獨的與黑暗的情緒凝結成文學意象的便是那一本我們非常熟悉的小說集：《彷徨》。同《吶喊》比較起來，《彷徨》雖然有很多地方仍延續了前者的某些特點，但卻有更多更新的地方是前者所沒有的。《吶喊》的體驗主要來自於辛亥革命失敗的打擊，理想破滅留下的陰影、對主體「我思」信仰的動搖和反封建一起成爲《吶喊》的主題。而《彷徨》除了一部分延續了這種體驗之外，更主要的體驗是來自於大家庭的破滅以及惶惑的身位感，因此，家庭、被驅逐、孤獨、靈魂的追問以及對道路的尋求成爲《彷徨》區別於《吶喊》的主題。概言之，《吶喊》的體驗主要來自於社會，而《彷徨》的體驗更多來自於切身的日常生活，因之更切近、更幽憤深遠。而作爲《彷徨》首篇的《祝福》則最爲典型的代表了這種風格。

《魯迅日記》1923 年記載：

> 7 月 14 日　晴。……是夜始改在自室吃飯，自具一肴，此可記也。〔註40〕

〔註39〕吳曉東：《魯迅的原點》，載《記憶的神話》，第 179 頁。

〔註40〕魯迅：《日記・1923 年 7 月》，載《魯迅全集》（第十五卷），第 475 頁。

7月19日　曇。上午啓孟自持信來，後邀欲問之，不至。〔註41〕

8月2日　雨，午後霽。下午攜婦遷居磚塔胡同六十一號。〔註42〕

《魯迅日記》1924年記載：

2月4日　晴。……舊曆除夕也，飲酒特多。〔註43〕

2月6日　雪雨。休假。……夜失眠，盡酒一瓶。〔註44〕

2月7日　晴。休假。午風。無事。〔註45〕

又《魯迅年譜》1924年2月7日，「作《祝福》。載三月二十五日《東方雜誌》第二十一卷第六號，署名魯迅，收入《彷徨》。」〔註46〕從寫作時間來看，《祝福》寫作於舊曆年的大年初三，與小說裏「祝福」的時間相當。魯迅爲什麼要在這樣一個時間創作出祥林嫂這樣一個形象呢？我們通常認爲《祝福》是一篇反封建的小說，可是以魯迅當時所處的這樣的一個環境及心境，他爲什麼在一年多沒有創作小說〔註47〕之後，寫的第一篇小說竟是一部以婦女爲題材的反封建小說呢？祥林嫂的模特兒又是從何而來呢？在談到這個問題時，周作人認爲，「這顯然有一個模型在那裡，……那是魯迅的一個本家遠房的伯母。……她爲了失去兒子的悲哀，精神有點失常，……祥林嫂的悲劇是女人的再嫁問題，但其精神失常的原因乃在於阿毛的被狼所吃，也即是失去兒子的悲哀，在這一點上她們兩人可以說是有些相同的。」〔註48〕周作人的這番話的意圖很明顯，他顯然是想從他們（他和魯迅）早年的記憶中去搜尋故事的某些痕跡。但這只是痕跡而已，並不足以說明問題的全部。當然周作人並沒有將話說盡，以他對魯迅的瞭解，他很清楚，如果這個早年記憶的「痕跡」果眞如他所說的那樣存在於祥林嫂的故事之中的話，那充其量也只是構成因素之一，因爲他知道，「祥林嫂的故事是用了好些成分合成起來的。」〔註49〕

〔註41〕魯迅：《日記・1923年7月》，載《魯迅全集》（第十五卷），第475頁。

〔註42〕魯迅：《日記・1923年8月》，載《魯迅全集》（第十五卷），人民文學出版社2005年版，第477頁。

〔註43〕魯迅：《日記・1924年2月》，載《魯迅全集》（第十五卷），第500頁。

〔註44〕魯迅：《日記・1924年2月》，載《魯迅全集》（第十五卷），第500頁。

〔註45〕魯迅：《日記・1924年2月》，載《魯迅全集》（第十五卷），第501頁。

〔註46〕《魯迅年譜》（第二卷），魯迅博物館、魯迅研究室編，人民文學出版社1983年版，第124頁。

〔註47〕《吶喊》最後三篇小說《鴨的喜劇》《兔和貓》《社戲》都是創作於1922年10月。

〔註48〕周作人：《魯迅小說裏的人物》，河北教育出版社2002年版，第193～194頁。

〔註49〕周作人：《魯迅小說裏的人物》，第193頁。

既然如此，那麼除了這個早年記憶的「痕跡」之外，其他的合成成分是什麼呢？這正是我們亟待解決的問題。

正如周作人指出的那樣，《祝福》中婦女再嫁問題是引發祥林嫂悲劇的關鍵因素。圍繞這個問題展開的敘述與議論組成了《祝福》反封建的主題。這是故事的第一個層面，也是最淺顯的、誰都看得出來的層面。從敘事學的角度來講，這個層面是《祝福》最核心的部分，也就是故事層。它講述的是一個年輕的寡婦在封建社會如何淪落爲乞丐以致於死的故事。在這個故事層以外，還有一個超故事層，也就是小說中的「我」向讀者講述祥林嫂的悲慘故事，「我」是一個講述者。超故事層講述的是「我」在年關回到故鄉魯鎮的所見所聞，其中最重要的事情就是見證了祥林嫂的死。因此，在祥林嫂的死這個情節上，超故事層和故事層又有重疊的地方。這個重疊的地方就是故事中「我」和祥林嫂遭遇與交談的情節，即祥林嫂之問：「一個人死了之後，究竟有沒有魂靈的？」〔註 50〕這是故事的第二個層面。在這個層面，魯迅的筆鋒從批判封建思想轉向了充當現代啓蒙者角色的「知識分子」本身，實際上將「解剖刀」對準了自己。作爲知識分子的「我」在這個問題前退卻了，

> 我很悚然，一見她的眼釘著我的，背上也就遭了芒刺一般，比在學校裏遇到不及豫防的臨時考，教師又偏是站在身旁的時候，惶急得多了。對於魂靈的有無，我自己是向來毫不介意的；但在此刻，怎樣回答她好呢？我在極短期的躊躇中，想，這裡的人照例相信鬼，然而她，卻疑惑了，——或者不如說希望：希望其有，又希望其無……。人何必增添末路的人的苦惱，一爲她起見，不如說有罷。
>
> 「也許有罷，——我想。」我於是吞吞吐吐的說。〔註 51〕

「也許有罷」的回答已經是很勉強了，然而祥林嫂接下來的追問，終於使「我」顯露了原形，

> ……我已知道自己也還是完全一個愚人，什麼躊躇，什麼計劃，都擋不住三句問，我即刻膽怯起來了，便想全翻過先前的話來，「那是，……實在，我說不清……。其實，究竟有沒有魂靈，我也說不清。」〔註 52〕

〔註 50〕魯迅：《彷徨．祝福》，載《魯迅全集》（第二卷），第 7 頁。
〔註 51〕魯迅：《彷徨．祝福》，載《魯迅全集》（第二卷），第 7 頁。
〔註 52〕魯迅：《彷徨．祝福》，載《魯迅全集》（第二卷），第 7 頁。

實際上，十幾年後，當魯迅眞正面臨死亡時，他對這個問題作出了解答：「這個時候，我才確信，我是到底相信人死無鬼的。」〔註 53〕這句話顯然隱含了這麼一個意思，即：人死後到底有鬼無鬼／有魂靈無魂靈是魯迅長期思考的一個問題。這個思考具體從何時開始，我們不得而知，單知道在《祝福》中借祥林嫂之口說出是一個確切的證據，這至少證明他的 1923、1924 年之交就已經在思考這個問題。1923、1924 年之交可以說是魯迅一生中最困難的時期，與晚年他面對的肉體的死亡相比，他這一時期面對的實際上是一次精神的「死亡」。1923 年夏天的八道灣事件對他無疑是致命的打擊，兄弟失和不單單是他和周作人之間的一次爭吵，而是意味著一次重大的「家變」，更主要的是意味著他早期最後一根精神支柱轟塌了，其影響之大不次於辛亥革命失敗的打擊。搬出八道灣之後的情形使他更加尷尬，他不得不吞咽母親留給他的苦果，那不幸的婚姻是無法擺脫的。磚塔胡同六十一號的二人世界是如此的尷尬以至痛苦、無望。兄弟失和、無望的婚姻、文化陣線上最親密的同志——周作人的失去，如此多的打擊一同襲來，而許廣平的援助之手、青年學生的擁戴還杳無蹤跡，加之身體的惡化，這無疑使得他想到死，想到死後魂靈的有無，翻開《魯迅全集》，他一生中寫到死最多的時期除了晚年之外，就是這個時期了。《彷徨》中大多數篇目都寫到了死，《野草》中更有《死後》《墓碣文》這樣的篇目。絕望的情緒不僅僅表現在文學作品中，也表現在日記和書信當中。如前所引，他在 1924 年年三十獨自喝了很多悶酒，年初二又「夜失眠，盡酒一瓶」。在同年 9 月 24 日致李秉中的信中他將這種情緒講得最清楚不過，「我很憎惡我自己，……我也常常想到自殺，也常想殺人。」「我自己總覺得我的靈魂裏有毒氣和鬼氣，我極憎惡他，想除去他，而不能。」〔註 54〕這些無疑又加重了魯迅的多疑，「憎惡自己」其實就是多疑思維的一種經典的表達，「憎惡自己」表現在文本中就是對啓蒙者的否定，其實就是魯迅的自我否定。「我」在祥林嫂追問之下的支支吾吾及逃遁，同《狂人日記》中「我」發現自己「誤食」了妹子的肉的效果是相同的，都是對主體「我思」確定性的否定，即魯迅往復深化型「多疑」的表達。其實，《祝福》中不僅「我」有魯迅的影子，祥林嫂身上同樣有魯迅的影子在。首先，祥林嫂之問是魯迅長期以來一直存於胸中的疑問，雖然到晚年似乎得到一個「確信」的答案，但直到臨死的前

〔註 53〕魯迅：《且介亭雜文末編・死》，載《魯迅全集》（第六卷），第 634 頁。
〔註 54〕魯迅：《書信・240924 致李秉中》，載《魯迅全集》（第十五卷），第 452～453 頁。

一天，魯迅還興致勃勃地同日本友人大談特談鬼魂〔註 55〕，這很容易使人聯想到許多年前他筆下那位臨死前不斷追問「死後」的祥林嫂，甚至還讓人懷疑他死前在文章中所作的死後無鬼的「確信」是否在他心目中眞正存在過。其次，《祝福》中的一個不起眼的細節證明了祥林嫂與作者的聯繫。那就是祥林嫂的被驅逐。

> ……幸虧有兒子；她又能做，打柴摘茶養蠶都來得，本來還可以守著，誰知道那孩子又會給狼銜去的呢？春天快完了，村上倒反來了狼，誰料到？現在她只剩了一個光身了。大伯來收屋，又趕她。她眞是走投無路了，……〔註 56〕

這是祥林嫂的第一次被驅逐，還有第二次，

> ……他們於是想打發她走了，教她回到衛老婆子那裡去。但當我還在魯鎭的時候，不過單是這樣說；看現在的情狀，可見後來終於實行了。然而她是從四叔家出去就成了乞丐的呢，還是先到衛老婆子家然後再成乞丐的呢？那我可不知道。〔註 57〕

我們知道，對於八道灣事件，魯迅一直認爲是被羽太信子趕出家門的，所以才有他後來作品中的「宴之敖者」這個人物的出現。實際上在 1924 年撰寫的《〈俟堂專文雜集〉題記》，他就曾署名「宴之敖者」〔註 58〕。後來許廣平在《欣慰的紀念・略談魯迅先生的筆名》一文中解釋得很清楚：「先生說：『宴從宀（家），從日，從女；敖從出，從放（《說文》作𢾕，遊也，從出從放）；我是被家裏的日本女人逐出的。』〔註 59〕因此，從被驅逐這一點來看，祥林嫂身上有著魯迅的影子。除此之外，孤獨也是祥林嫂和魯迅的共通之處。寫作《祝福》前後幾天，魯迅幾乎是在失眠和飲酒當中度過的，證明了他內心是相當孤獨與痛苦的。而小說中的祥林嫂同樣是孤獨的，第二次來魯鎭後，她先是完全沉浸在喪子的痛苦當中，她在孤獨中一遍又一遍地講述喪子的經過，「我眞傻……」，「我眞

〔註 55〕見池田幸子的紀念文章《最後一天的魯迅》和鹿地亙的紀念文章《魯迅和我》，載《魯迅回憶錄》（散篇）（下冊），魯迅博物館、魯迅研究室、《魯迅研究月刊》選編，北京出版社 1999 年版。

〔註 56〕魯迅：《彷徨・祝福》，載《魯迅全集》（第二卷），第 15 頁。

〔註 57〕魯迅：《彷徨・祝福》，載《魯迅全集》（第二卷），第 21 頁。

〔註 58〕魯迅：《古籍序跋集・〈俟堂專文雜集〉題記》，載《魯迅全集》（第十卷），第 68 頁。

〔註 59〕許廣平：《欣慰的紀念・略談魯迅先生的筆名》，載《魯迅回憶錄》（專著）（上冊），魯迅博物館、魯迅研究室、《魯迅研究月刊》選編，第 327 頁。

傻……」，在重複的講述中，魯迅將祥林嫂的孤獨描繪得淋漓盡致。實際上，在這個故事當中，重複本身就是孤獨的一種絕佳的表達。

在證明了祥林嫂身上有魯迅的身影後，我們發現，在《祝福》中有兩個魯迅的身影在晃動：其一是祥林嫂，其一是「我」。並且我們還在這兩個身影中發現了兩個共通點：其一，他們都是無家可歸者；其二，他們都有被魯四老爺斥為「謬種」的嫌疑：

「不早不遲，偏偏要在這時候——這就可見是一個謬種！」〔註60〕

……我從他儼然的臉色上，又忽而疑他正以為我不早不遲，偏要在這時候來打攪他，也是一個謬種。〔註61〕

於是我們看到了這兩個身影的遭遇與交談，這就是小說開篇的「祥林嫂之問」。發問是這樣開始的：

「你回來了？」她先這樣問。

「是的。」〔註62〕

開始交談的雙方沒有彼此稱呼與寒暄，證明他們是相當熟悉的。隨後就是我們前面講過的「魂靈有無之問」。身影之一的「我」在身影之二的祥林嫂的追問下落荒而逃，其後就是祥林嫂之死。那麼，我們到底如何看待這一奇特之問呢？我認為「祥林嫂之問」實際上是魯迅在精神面臨絕境之際的一場「自我」與「自我」的對話，其實質是魯迅的精神之問。這是《祝福》這個故事的第三個層面，也是最核心的層面。這場精神之問，一方面延續了魯迅自辛亥革命以來對啓蒙者主體一貫的懷疑，而更重要的是，它在另一方面展示了魯迅思想發展的一個新階段，即：在個人自我解剖方面，他進入到了最深處：靈魂。比較而言，魯迅在辛亥革命後對自我的反思與解剖主要是停留在「我」與社會結合的這一層面，而八道灣事件之後，他自我的解剖進入到了靈魂深處。從文章來看，這個轉折點就是《彷徨》的首篇《祝福》。關於這一點，王曉明先生實際上在《魯迅傳》中已經點到了，「在他的小說中，《祝福》是一個轉折，正是從這篇起，他的自我分析正式登場了。」〔註63〕所謂「自我分析正式登場」實際上就是指魯迅對自我的解剖進入到靈魂層面。從這個角度

〔註60〕魯迅：《彷徨・祝福》，載《魯迅全集》（第二卷），第8頁。
〔註61〕魯迅：《彷徨・祝福》，載《魯迅全集》（第二卷），第9～10頁。
〔註62〕魯迅：《彷徨・祝福》，載《魯迅全集》（第二卷），第6頁。
〔註63〕王曉明：《無法直面的人生——魯迅傳》，第101頁。

理解，我們完全可以將「祥林嫂之死」視為魯迅的一次精神之死。並且顯然魯迅這個時候對「出路」是茫然的，在《祝福》中這表現為「我」的回鄉與出走的打算，而另一篇小說《在酒樓上》對這一時期的「道路」問題作了更明確的講述：

「我在少年時，看見蜂子或蠅子停在一個地方，給什麼來一嚇，即刻飛去了，但是飛了一個小圈子，便又回來停在原地點，便以為這實在很可笑，也可憐。可不料現在我自己也飛回來了，不過繞了一點小圈子。又不料你也回來了。你不能飛得更遠些麼？」〔註64〕

圍著「原地點」繞圈子實際上就是找不到「出路」的一個隱喻。世事輪迴，可是如果在這個輪迴當中找不到一個行動的突破點，那麼，這輪迴就是無法掌控的宿命。魯迅顯然對找到這一行動的突破點還有些茫然，這證明他這個時候對自身身-位感的把握飄忽不定，靈魂之問其實是最好的證明。

然而這一時期的「精神之死」與對「出路」的茫然並沒有擊垮魯迅，相反他卻表現出了「精神之死」後的某種輕鬆以及對跨出新的精神之旅的第一步的堅信，這正是魯迅偉大的地方。這輕鬆與堅信集中體現在《祝福》《在酒樓上》《傷逝》和《孤獨者》這幾篇小說的結尾上：

我在這繁響的擁抱中，也懶散而且舒適，從白天以至初夜的疑慮，全給祝福的空氣一掃而空了，只覺得天地聖眾歆享了牲醴和香煙，都醉醺醺的在空中蹣跚，豫備給魯鎮的人們以無限的幸福。〔註65〕

我獨自向著自己的旅館走，寒風和雪片撲在臉上，倒覺得很爽快。〔註66〕

我要向著新的生路跨進第一步去，我要將眞實深深地藏在心的創傷中，默默地前行，用遺忘和說謊做我的前導……。〔註67〕

我的心地就輕鬆起來，坦然地在潮濕的石路上走，月光底下。〔註68〕

行文至此，我們其實已經回答了本文開頭的一個問題，即祥林嫂的模特兒除

〔註64〕魯迅：《彷徨．在酒樓上》，載《魯迅全集》（第二卷），第27頁。
〔註65〕魯迅：《彷徨．祝福》，載《魯迅全集》（第二卷），第21頁。
〔註66〕魯迅：《彷徨．在酒樓上》，載《魯迅全集》（第二卷），第34頁。
〔註67〕魯迅：《彷徨．傷逝》，載《魯迅全集》（第二卷），第133頁。
〔註68〕魯迅：《彷徨．孤獨者》，載《魯迅全集》（第二卷），第110頁。

了那個早年記憶的痕跡之外，其他的合成成分是什麼。以上行文提供的答案是：魯迅自己。但我認爲除此之外，還有一個重要的合成成分，那就是實際上生活中的另一個孤獨者：朱安。《祝福》行文中一個核心的問題是封建社會婦女再嫁問題，我認爲這個一直糾纏著魯迅的問題與其自身的處境及其與朱安的關係有某種隱秘的聯繫。據俞芳的回憶，魯迅在 1923 年 8 月搬出八道灣之前，就曾想了結與朱安的婚姻，「實行事實上的離婚」〔註 69〕，但他最終放棄了這種做法，主動徵求了朱安的意見，並最終和朱安一起搬到磚塔胡同六十一號臨時住所。關於此事，俞芳作了很好的分析：

> 他（魯迅）總是爲大師母設身處地地考慮：紹興習俗，一個嫁出去的女人，如果退回娘家，人們就認爲這是被夫家「休」回去的，那時家人的歧視，輿論的譴責，將無情地向她襲來，從此她的處境將不堪設想；還有她的社會地位，也將一落千丈。性格軟弱的女人，一般說是擋不住這種遭遇的，有的竟會自殺，了此一生。大先生從不欺侮弱小，遇事總是設身處地地爲別人著想的好心腸，使他下不了決心，一直沒有這麼做。〔註 70〕

將這段話同魯迅當時所處的環境結合起來就能很清楚地說明我們上面的問題，即 1924 年舊曆初三，孤獨者魯迅在創作祥林嫂這一人物形象時，朱安的身影在他眼前是揮之不去的。對此，王曉明先生也有同感，

> 如果還記得他搬出八道灣時，與朱安作的那番談話，如果也能夠想像，他面對朱安欲言又止的複雜心態，我想誰都能看出，他這種分析「我」的「說不清」的困境的強烈興趣，是來自什麼地方。〔註 71〕

第八講　《弟兄》

在魯迅的一生中，有四件事情對他構成終生的影響，即少時的家庭變故，日本時代的幻燈片事件〔註 72〕，辛亥革命和兄弟失和，兩爲社會，兩爲家庭，

〔註 69〕〔日〕丸尾常喜：《頹敗下去的「進化論」》，載《「人」與「鬼」的糾葛》附錄二，秦弓譯，人民文學出版社 1995 年版，第 268 頁。

〔註 70〕俞芳：《我記憶中的魯迅先生》，載《魯迅回憶錄》（專著）（下冊），魯迅博物館、魯迅研究室、《魯迅研究月刊》選編，第 1582 頁。

〔註 71〕王曉明：《無法直面的人生——魯迅傳》，第 101 頁。

〔註 72〕已經有許多研究者指出幻燈片事件可能是出於魯迅的虛構，這種說法最初爲李歐梵所提出，「從文學觀點看，魯迅所寫的幻燈片事件既是一次具體動人的

而後兩者的影響尤爲深廣。兄弟失和給魯迅造成的是一種永恆的創傷記憶，這種創傷記憶同幻燈片事件中的示眾記憶後來都成爲魯迅的創作母題。兄弟失和記憶在《魯迅全集》中很多處都存在，最著名的有《弟兄》《鑄劍》和《孤獨者》三篇。此外，在這個問題上還有兩部頗存爭議的作品，其一是《傷逝》，其一是《頹敗線的顫動》。周作人晚年在《知堂回想錄・不辯解說（下）》中說，《傷逝》是「假借男女的死亡來哀悼兄弟恩情的斷絕的」〔註 73〕，但此後和者寥寥。至於《野草》中的《頹敗線的顫動》是否帶有「兄弟失和的創傷記憶」則歷來爭議很大。我將另有文章論述。寫兄弟之情最直接的文本當然還是收在《彷徨》集中的《弟兄》。這篇小說歷來少有人注意，據張夢陽先生《中國魯迅學通史》（索引卷）統計，從《弟兄》誕生起到 2002 年專篇研究論文僅四篇〔註 74〕，其中建國後僅兩篇（如果算上周作人先生的兩篇〔註 75〕，則建國後有四篇），足見受冷落程度之深。民國時期兩篇研究文章的作者，一是趙景深，一是許壽裳，都是極熟悉魯迅的。許壽裳先生寫作於 1942 年的《關於〈弟兄〉》從實證的角度來闡釋這篇小說，他認爲，「這篇小說的材料，大半屬於回憶的成份，很可以用回憶文體來表現的，然而作者那時別有傷感，不願做回憶的文，便做成這樣的小說了。這篇小說裏含有的諷刺的成份少，而抒情的成份多，就是因爲有作者本身親歷的事實在內的緣故。」〔註 76〕後

經歷，同時也是一個充滿意義的隱喻。幻燈片尚未找到，作者可能有虛構。」見氏《鐵屋中的吶喊》，尹慧珉譯，長沙：嶽麓書社，1999，第 17 頁。王德威後來在他的《從「頭」談起——魯迅、沈從文與砍頭》一文中也應和了這種觀點，見氏《想像中國的方法》，北京：三聯書店，1998，第 136 頁。

〔註 73〕周作人在《知堂回想錄・不辯解說（下）》中說，「《傷逝》這篇小說很是難懂，但如果把這和《弟兄》合起來看時，後者有十分之九以上是『眞實』，而《傷逝》乃是全個是『詩』。詩的成分是空靈的，魯迅照例喜歡用《離騷》的手法來寫詩，這裡又用的不是溫李的詞藻，而是安特萊也夫一派的句子，所以結果更似乎很是晦澀了。《傷逝》不是普通戀愛小說，乃是假借男女的死亡來哀悼兄弟恩情的斷絕的，我這樣說，或者世人都要以爲我爲妄吧，但是我有我的感受，深信這是不大會錯的。因爲我以不知爲不知，聲明自己不懂文學，不敢插嘴來批評，但對於魯迅寫作這些小說的動機，卻是能夠懂得。」見《苦茶——周作人回想錄》，第 332 頁。

〔註 74〕張夢陽編：《中國魯迅學通史》（索引卷），廣東教育出版社 2002 年版，第 565～566 頁。

〔註 75〕《魯迅的青年時代》中的《魯迅與〈弟兄〉》和《魯迅小說裏的人物》中的《弟兄》。

〔註 76〕許壽裳：《關於〈弟兄〉》，載《1913—1983 魯迅研究學術論著資料彙編》（第三卷），中國社會科學院文學研究所魯迅研究室編，中國文聯出版公司 1986

來周作人在《魯迅小說裏的人物・弟兄》中同樣延續了這種實證式的闡釋，只是周作人絲毫沒有去推測魯迅寫這篇小說的心境，對該篇小說是語含諷刺還是抒情未置可否〔註 77〕。所謂「諷刺」，便是許文中所說的，「有人以爲他和《肥皀》中的四銘，《高老夫子》的主人公高爾礎差不多，其實大不然。」〔註 78〕這「有的人」即是指趙景深。在《彷徨》出版的第二年，即 1927 年，趙景深就以《魯迅的〈弟兄〉》做過相關評論。同許壽裳後來的意見形成鮮明對照的是，趙認爲《弟兄》乃諷刺之作，「《弟兄》一篇，蓋諷刺人性之虛僞而作也。我們看張沛君口口聲聲稱讚自己兄弟和睦，不過是沽名釣譽，圖得人家稱讚他幾句罷了。」〔註 79〕許、趙二人對《弟兄》的理解爲什麼會出現如此的反差呢？究其原因是他們對小說中一段心理描寫和一段夢境描寫解釋的不同。從周作人後來的考證來看，《弟兄》確實如許壽裳所言大半是一篇回憶的作品，但魯迅在回憶的成份中加上了一段心理描寫和一大段夢境描寫，這著實讓實證派大棘其手，周作人認爲，「末後一段裏夢的分析也帶有自己譴責的意義，那卻可能又是詩的部分了。」〔註 80〕許壽裳則乾脆認爲，「描寫那凌亂的思緒，以及那一段惝恍迷離的夢境」是「出於虛造，並非實情。」〔註 81〕到底這些描寫是實有還是虛寫，其實並不重要。重要的是我們如何來對之進行闡釋。先來看看許、趙二人的闡釋。許壽裳先生認爲，「這一段夢境的描寫，也就是一種上文所述（二）的『暴露』〔註 82〕：魯迅在沛君的身上，發掘下意識的另一面貌，把它暴露出來。」〔註 83〕許先生的解釋意在強調「暴

年版，第 1223 頁。原載 1943 年 4 月 30 日《文壇》（重慶）第二卷第一期。

〔註 77〕周作人：《魯迅小說裏的人物》，第 235～236 頁。

〔註 78〕許壽裳：《關於〈弟兄〉》，載《1913—1983 魯迅研究學術論著資料彙編》（第三卷），中國社會科學院文學研究所魯迅研究室編，第 1223 頁。

〔註 79〕趙景深：《魯迅的〈弟兄〉》，載《1913—1983 魯迅研究學術論著資料彙編》（第一卷），中國社會科學院文學研究所魯迅研究室編，第 283 頁。

〔註 80〕周作人：《魯迅的青年時代・魯迅與〈弟兄〉》，載《魯迅回憶錄》（專著）（中冊），魯迅博物館魯迅研究室《魯迅研究月刊》選編，第 856 頁。

〔註 81〕許壽裳：《關於〈弟兄〉》，載《1913—1983 魯迅研究學術論著資料彙編》（第三卷），中國社會科學院文學研究所魯迅研究室編，第 1222 頁。

〔註 82〕「上文所述（二）的『暴露』」是指文章第一段的一句話，「（二）要深究舊社會的病根，把它暴露出來，催人留心，設法加以療治的希望。」許壽裳：《關於〈弟兄〉》，載《1913—1983 魯迅研究學術論著資料彙編》（第三卷），中國社會科學院文學研究所魯迅研究室編，第 1222 頁。

〔註 83〕許壽裳：《關於〈弟兄〉》，載《1913—1983 魯迅研究學術論著資料彙編》（第三卷），中國社會科學院文學研究所魯迅研究室編，第 1222 頁。

露」，猶「批判國民性」也。所以他把沛君的這段夢境和文中秦益堂家中的兄弟相打以及中醫白問山的診斷含糊相提並論，認爲都是在「揭發舊社會的病根」。〔註84〕趙景深對這個問題的解釋則構成了他整篇論文的核心，其立論建立在對文本細讀的基礎上，「『他彷彿已經有什麼大難臨頭似的。』這是表示他對弟弟的疾痛，並非眞心著急。『彷彿』兩字，用得多麼冷酷！」〔註85〕接著他舉出了那段心理描寫和後面的夢境，他說，「像這樣用夢境刻露沛君的心情，而又寫得極恰當，是我所最佩服的。我……知道夢是實際生活缺陷的塡補，……沛君待弟弟完全是一番假意，鬱積在心中，於是在夢中將他的希望滿足了，他實在是想虐待靖甫的孩子。」〔註86〕總之，趙景深認爲，沛君「凌亂的思緒」和夢境是魯迅諷刺手法的成功運用。其實，所謂諷刺手法根本上也是「暴露」的一種，它同樣希望設法加以療治。所以許、趙兩位先生雖然對整篇小說的理解大不相同，但在「暴露」這一點上其實已經達成了共識。

許的所謂「暴露」，趙的所謂「諷刺」其實都是魯迅早期「批判國民性」的另一種說法，從二位先生的論述來看，這種「暴露」或「諷刺」即「批判」的主詞是作爲主體的魯迅，賓詞是所謂「客體」他者的各種惡的品性，合起來就是：

主體（魯迅）+批判（或暴露或諷刺）+客體（他者的各種惡的品性）

這也就是我們過去常常提到的反封建的二元對立的主題。誠然，這是一方面，可是魯迅還說，「我的確時時解剖別人，然而更多的是更無情面地解剖我自己。」〔註87〕五四時期並不乏「解剖別人」的高手，而乏的是那種在被「解剖」的他者中看見自己，或在自己中看見被「解剖」的他者的「更無情地解剖我自己的」思想者。而魯迅正是這樣的思想者，這也正是魯迅奇特與可珍貴處。作爲奇特思想者，魯迅「更無情地解剖我自己」的思想是通過懷疑主體的方式完成的。其思維方式就是尾崎文昭先生所謂往復深化型「多疑」思維方式中的「自我否定」型的那種〔註88〕，即魯迅的「多疑」。所以在本文中，

〔註84〕許壽裳：《關於〈弟兄〉》，載《1913—1983魯迅研究學術論著資料彙編》（第三卷），中國社會科學院文學研究所魯迅研究室編，第1223頁。

〔註85〕趙景深：《魯迅的〈弟兄〉》，載《1913—1983魯迅研究學術論著資料彙編》（第一卷），第283頁。

〔註86〕趙景深：《魯迅的〈弟兄〉》，載《1913—1983魯迅研究學術論著資料彙編》（第一卷），第284頁。

〔註87〕魯迅：《墳・寫在〈墳〉後面》，載《魯迅全集》（第一卷），第300頁。

〔註88〕〔日〕尾崎文昭：《試論魯迅「多疑」的思維方式》，孫歌譯，《魯迅研究月刊》，1993年第1期，第21頁。在尾崎看來，魯迅的「多疑」思維方式集中表現爲

魯迅除了諷刺、揭露、否定沛君這一類型的僞善君子外，更重要的是借沛君形象來無情地解剖我自己。

然而，正如魯迅自己是一個極其複雜的人一樣，沛君同樣也是一個複雜的文學形象。他除了是一個被無情揭露與諷刺的對象外，同時還是一個爲家族所累的缺乏自我的一個灰色人物，並且實際上對親情產生了厭倦。

……那麼，家計怎麼支持呢，靠自己一個？雖然住在小城裏，可是百物也昂貴起來了……。自己的三個孩子，他的兩個，養活尚且難，還能進學校去讀書麼？……

後事怎麼辦呢，連買棺木的款子也不夠，怎麼能夠運回家，……

這「凌亂的思緒」顯示了沛君在支持大家庭方面的疲憊與無可奈何，從這個角度說，這又未嘗不是魯迅的親身體驗，周作人的一段話或許能證實當時魯迅的這種心境，「事實上他也對我說曾經說過，在重病的時候『我怕的不是你會得死，乃是將來須得養你的妻子的事。』」〔註 89〕

同忙急得像熱鍋上的螞蟻的沛君相比，靖甫雖然重病在身，心境卻似乎很沉靜：

靖甫不答話，合了眼。

「你原來這麼大了，竟還沒有出過疹子？」他遇到了什麼奇蹟似的，驚奇地問。

「…………」

「你自己是不會記得的。須得問母親才知道。」

「…………」

「母親又不在這裡。竟沒有出過疹子。哈哈哈！」

靖甫伸手要過書去，但只將書面一看，書脊上的金字一摩，便放在枕邊，默默地合上眼睛了。過了一會，高興地低聲說：

三種形式：定向否定深化型「多疑」思維方式、往復否定型「多疑」思維方式、往復深化型「多疑」思維方式，而第三種最爲重要。往復深化型「多疑」思維方式在小說創作中表現爲「小說結構性自我否定」，但尾崎認爲這種類型的「多疑」思維方式不僅局限於魯迅的小說和雜文中，它是魯迅先生進行文學創作和認識的一個普遍的思維方式。

〔註 89〕周作人：《魯迅的青年時代．魯迅與〈弟兄〉》，載《魯迅回憶錄》（專著）（中冊），魯迅博物館魯迅研究室《魯迅研究月刊》選編，北京出版社 1999 年版，第 856 頁。

「等我好起來，……」

第一段引文中的「不答話」，第二段引文中的兩個省略號，第三段引文中靖甫拿書後的神態，將靖甫的沉靜之態活靈活現地凸顯了出來，然而這沉靜在另一面也說明了靖甫生活上對哥哥的依靠。所以，小說寫道：「你原來這麼大了，竟還沒有出過疹子？」雖然是一個病，卻將靖甫的不承擔與沛君的承擔分明地托了出來。從上面這些描寫中，我們也分明能夠感覺到魯迅對靖甫的諷刺，如果說魯迅對沛君是喜劇性的諷刺，並且諷刺無所不在的話，那麼他對靖甫的諷刺則是不露聲色的冷嘲。

在這篇小說中，魯迅先生正是通過這諷刺和冷嘲將所謂人間的親情可怕地撕裂開來，他讓你看到這溫情脈脈的背後不是別的而是赤裸裸的金錢、利用與被利用。所以小說一方面似乎在描寫溫情脈脈的兄弟之情，另一方面卻毫不猶豫地用「凌亂的思緒」與可怕的夢境來拆解這溫情的面紗，他讓你看到了這人間最醜陋的面目，如魔鬼一樣赤裸裸的利用，赤裸裸的利己以及無比僞善的辯護。親情是什麼？它是娼妓，將你的血吸乾後，把你拋棄。「拋棄」這是魯迅恒久的創傷記憶。而小說結尾被「拋棄」的無名男屍又會不會是某種隱喻呢？

顯然，魯迅對人間最牢靠的親情的拆解源自 1923 年的兄弟失和。從某種意義上說，親情應該是人在社會中最後的一道屏障，也是最不可動搖的確信。而 1923 年的打擊，將這一切撕得粉碎。這一打擊的沉重只有辛亥革命失敗後的痛苦才堪與相比，甚而比它更加沉重，因其是從最意想不到的內面來的。於是，魯迅先生更加多疑起來。他甚至會不時流露出對最親近的母親的多疑與不滿來。而這多疑與不滿又多半與他的家庭之累相關。

……原想二十日左右才回，後來一看，那邊，家裏別有世界，我之在不在毫沒有什麼關係，而講演之類，又多起來，……所以早走了。〔註 90〕

……舍間交際之法，實亦令人望而生畏，即我在北京家居時，亦常惴惴不寧，時時進言而從來不採納，道盡援絕，一歎置之久矣。〔註 91〕

負擔親族生活，實爲大苦，我一生亦大半困於此事，……〔註 92〕

〔註 90〕魯迅：《書信・290625 致章廷謙》，《魯迅全集》（第十二卷），第 190 頁。
〔註 91〕魯迅：《書信・320604 致李秉中》，《魯迅全集》（第十二卷），第 306 頁。
〔註 92〕魯迅：《書信・320605 致臺靜農》，《魯迅全集》（第十二卷），第 308 頁。

……她和我談的，大抵是二三十年前的和鄰居的事情，我不大有興味，但也得聽之。她和我們的感情很好，海嬰的照片放在床頭，逢人即獻出，但二老爺的孩子們的照相則掛在牆上，初，我頗不平，……〔註93〕

……本月內母親又要到上海，一個擔子，挑的是一老一小，怎麼辦呢？〔註94〕

……不久，我的母親大約要來了，會令我連靜靜的寫字的地方也沒有。中國的家族制度，眞是麻煩，就是一個人關係太多，許多時間都不是自己的。〔註95〕

與家人的「道盡援絕」，這該是怎樣的淒痛。家族，家族，這個魯迅曾經無比憎恨，無情撕裂的詞語，竟然終生如幽靈一般如影隨形地跟隨他、困擾他、戲弄他，甚至反過來將他無情地撕毀，讓他迷失自我。那當年兄弟三人的誓約呢？不是發誓永不分開嗎？可是母親是柔弱的，她只能對孝順的孩子說一不二。在八道灣吵鬧的天空上，從來就不曾有過她的聲音，那怕是哭聲。可是正是這個柔弱的母親在 1906 年，給意氣風發的青年魯迅以第一次打擊，送給他一件不能推，然而不想要的禮物〔註 96〕，甚至連支持朱安的周作人晚年也不得不承認母親做了一件不甚高明的事。〔註 97〕這樁不幸的婚姻整整影響了魯迅的一生。從 1906 年到 1927 年長達 22 年的獨身生活，對一個正處壯年的正常人來說是一種怎樣的煎熬啊！而這一切卻是自己最親近的人，那個慈祥的母親給的。而現在最親近的兄弟又反睦成仇，這世間還有什麼東西是長存的呢？還有什麼東西是可以値得信賴的呢？最根基的確信，來自「血緣」的確信甚至都不能保證，他能不多疑嗎？獨身生活對性格的某種扭曲，能不讓他產生多疑的心理嗎？而這兩種多疑的混合，形成了一個獨特的魯迅，一個眾說紛紜、莫衷一是的魯迅，這或許也就是他的魅力之所在吧！

〔註93〕魯迅：《書信．321120（1）致許廣平》，《魯迅全集》（第十二卷），第 341 頁。
〔註94〕魯迅：《書信．350313 致蕭軍、蕭紅》，《魯迅全集》（第十三卷），第 408 頁。
〔註95〕魯迅：《書信．350319 致蕭軍》，《魯迅全集》（第十三卷），第 415 頁。
〔註96〕許壽裳先生說，「朱夫人是舊式女子，結婚係出於太夫人的主張，魯迅曾對我說過：『這是母親給我的一件禮物，我只能好好地供養它，愛情是我所不知道的』。」見許壽裳《亡友魯迅印象記．西三條胡同住屋》，載《魯迅回憶錄》（專著）（上冊），魯迅博物館魯迅研究室《魯迅研究月刊》選編，第 260 頁。
〔註97〕周作人：《苦茶——周作人回想錄》，第 134 頁。

與家人的「道盡援絕」使得魯迅形成了非常奇特的家庭觀，他對家庭的觀念甚至是非常功利的，對其中的任何親人都抱有本能的懷疑，1928 年他在寫給他的學生李秉中的信中甚至這樣來評說婚姻，「……以『結婚然否問題』見詢，難以下筆，……但據我個人意見，則以爲禁欲，是不行的，中世紀之修道士，即是前車。但染病，是萬不可的。十九世紀末之文藝家，雖曾讚頌毒酒之辭，病毒之死，但讚頌固不妨，身歷卻是大苦。於是歸根結蒂，只好結婚。結婚之後，也有大苦，有大累，怨天尤人，往往不免。但兩害相權，我以爲結婚較小。否則易於得病，一得病，終身相隨矣。」〔註 98〕這是何樣的功利，不僅如此，如前所述，他在上海，甚至連新生兒——海嬰也要抱怨。對於自己家庭持這樣一種功利性的觀念其主要原因還在於 1923 年兄弟失和的打擊，但也有一小部分要歸責於 1906 年那場不幸的婚姻，其實早在 1918 年魯迅便開始抱怨家庭，1918 年 6 月 19 日，魯迅得知許壽裳喪偶，致信表示弔慰，同年 8 月 20 日，再致季市信則說出了一句讓人震驚的話，「人有恆言：『婦人弱也，而爲母則強。』僕爲一轉曰：『孺子弱也，而失母則強。』此意久不語人，知君能解此意，故敢言之矣。」〔註 99〕從這句話中，足見得他對母親的不滿爲時日久。而另一方面的用意也很明顯，要「孺子」強，也就是早日脫離家庭的負累，成爲獨立的一個，即主體的人。這是也是魯迅的理想，但是在實際的家庭生活上，魯迅卻從來沒有成爲一個獨立的主體，而是一生糾纏在家族血緣的網絡之中，即使到了上海，他的感覺仍然是這樣，不信，有上面的引文爲證。

〔註 98〕魯迅：《書信 · 280409 致李秉中》，《魯迅全集》（第十二卷），第 113 頁。
〔註 99〕魯迅：《書信 · 180820 致許壽裳》，《魯迅全集》（第十一卷），第 365 頁。

第三輯　《野草》《朝花夕拾》解讀（上）

第九講　《野草》前六篇箋釋

一、《秋夜》

在我的後園，可以看見牆外有兩株樹，一株是棗樹，還有一株也是棗樹。

我不知道那些花草眞叫什麼名字，人們叫他們什麼名字。我記得有一種開過極細小的粉紅花，現在還開著，但是更極細小了，她在冷的夜氣中，瑟縮地做夢，夢見春的到來，夢見秋的到來，夢見瘦的詩人將眼淚擦在她最末的花瓣上，告訴她秋雖然來，冬雖然來，而此後接著還是春，胡蝶亂飛，蜜蜂都唱起春詞來了。她於是一笑，雖然顏色凍得紅慘慘地，仍然瑟縮著。

棗樹，他們簡直落盡了葉子。先前，還有一兩個孩子來打他們別人打剩的棗子，現在是一個也不剩了，連葉子也落盡了，他知道小粉紅花的夢，秋後要有春；他也知道落葉的夢，春後還是秋。他簡直落盡葉子，單剩幹子，然而脫了當初滿樹是果實和葉子時候的弧形，欠伸得很舒服。但是，有幾枝還低亞著，護定他從打棗的竿梢所得的皮傷，而最直最長的幾枝，卻已默默地鐵似的直刺著奇怪而高的天空，使天空閃閃地鬼䀹眼；直刺著天空中圓滿的月亮，使月亮窘得發白。

鬼䀹眼的天空越加非常之藍，不安了，彷彿想離去人間，避開棗樹，只將月亮剩下。然而月亮也暗暗地躲到東邊去了。而一無所有的幹子，卻仍然默默地鐵似的直刺著奇怪而高的天空，一意要制他的死命，不管他各式各樣地䀹著許多蠱惑的眼睛。

哇的一聲，夜遊的惡鳥飛過了。

我忽而聽到夜半的笑聲，吃吃地，似乎不願意驚動睡著的人，然而四圍的空氣都應和著笑。夜半，沒有別的人，我即刻聽出這聲音就在我嘴裏，我也即刻被這笑聲所驅逐，回進自己的房。燈火的帶子也即刻被我旋高了。

後窗的玻璃上丁丁地響，還有許多小飛蟲亂撞。不多久，幾個進來了，許是從窗紙的破孔進來的。他們一進來，又在玻璃的燈罩上撞得丁丁地響。一個從上面撞進去了，他於是遇到火，而且我以爲這火是眞的。兩三個卻休息在燈的紙罩上喘氣。那罩是昨晚新換的罩，雪白的紙，折出波浪紋的疊痕，一角還畫出一枝猩紅色的梔子。

猩紅的梔子開花時，棗樹又要做小粉紅花的夢，青蔥地彎成弧形了……。我又聽到夜半的笑聲；我趕緊砍斷我的心緒，看那老在白紙罩上的小青蟲，頭大尾小，向日葵子似的，只有半粒小麥那麼大，遍身的顏色蒼翠得可愛，可憐。我打一個呵欠，點起一支紙煙，噴出煙來，對著燈默默地敬奠這些蒼翠精緻的英雄們。

一九二四年九月十五日。

《秋夜》是著名散文詩集《野草》的首篇，寫作於 1924 年 9 月 15 日，載同年 12 月 1 日《語絲》週刊第 3 期。該篇並沒有直接題名爲「秋夜」，而是在《野草》大題目下用二級標題《一秋夜》，署名魯迅，可見作者寫作此篇時有一個系列創作的計劃。

關於《野草》的創作背景，魯迅說，「後來《新青年》的團體散掉了，有的高升，有的退隱，有的前進，我又經驗了一回同一戰陣中的夥伴還是會這麼變化，並且落得一個『作家』的頭銜，依然在沙漠中走來走去，不過已經逃不出在散漫的刊物上做文字，叫作隨便談談。有了小感觸，就寫些短文，誇大點說，就是散文詩，以後印成一本，謂之《野草》。」（《〈自選集〉自序》）魯迅曾告訴過他的一位朋友（章衣萍）說，他的哲學都包括在他的《野草》裏面。

《野草》寫作之前，魯迅經歷了五四新文化運動的退潮和兄弟失和，1923、1924 兩年間，是魯迅寫作的低谷。1924 年上半年，魯迅重啓小說的寫作，開始寫作《彷徨》，然而，因爲買房搬家等瑣事又停了下來，這一年的暑期他去西安講學，本打算寫一部關於「楊貴妃」的長篇小說。但是回來之後不了了之。然後在 9 月中旬就寫了這一篇《秋夜》，並開啓了《野草》的系列創作。

作爲《野草》的首篇，《秋夜》有幾點新的寫作傾向值得我們注意：

其一，有一個鮮明的戰鬥的主體形象嵌入。這就是該文中的「棗樹」形象。這是一個以象徵主義手法所書寫的「堅韌」的戰鬥者的形象，很顯然帶有魯迅自況的性質。此後的「過客」、「死火」、「這樣的戰士」等皆應屬於此形象系列。日本學者伊藤虎丸後來將此命名爲魯迅的「黑色人」形象系列——包括魏連殳、范愛農、宴之敖、墨子、大禹等形象。

其二，不斷反顧留日及辛亥革命經歷。本篇當中對「小粉紅花」的夢及其經歷的書寫即是。接下來的《希望》《雪》《死火》《失掉的好地獄》等都延續了這一書寫模式。願意提及過去的經歷在某種意義上表明了魯迅有從《吶喊》時期的一味沉浸於辛亥革命失敗的苦痛經歷中慢慢復蘇的跡象。

其三，同情五四以來的當下青年的戰鬥與犧牲，並表明自我的立場。散文詩後半部分對「飛蛾投火」的小青蟲們的書寫正是作者對當下青年的犧牲與戰鬥寄予了同情，並且正是因爲這些「身外的青春」的戰鬥而「復活」了自我的青春：「棗樹又要做小粉紅花的夢，青蔥地彎成弧形了……」。

然而，散文詩的前後兩部分（以「哇的一聲，夜遊的惡鳥飛過了」爲節點）不約而同地都以「吃吃的」「夜半的笑聲」爲收束，分別對「棗樹」的戰鬥和「復活」的自我的青春投以「多疑」的質問，或許在某個層面上表明了辛亥革命失敗的苦痛依然存在於作者的內面吧！

二、《影的告別》

人睡到不知道時候的時候，就會有影來告別，說出那些話——

有我所不樂意的在天堂裏，我不願去；有我所不樂意的在地獄裏，我不願去；有我所不樂意的在你們將來的黃金世界裏，我不願去。

然而你就是我所不樂意的。

朋友，我不想跟隨你了，我不願住。

我不願意！

嗚乎嗚乎，我不願意，我不如彷徨於無地。

我不過一個影，要別你而沉沒在黑暗裏了。然而黑暗又會吞併我，然而光明又會使我消失。

然而我不願彷徨於明暗之間，我不如在黑暗裏沉沒。

然而我終於彷徨於明暗之間，我不知道是黃昏還是黎明。我姑且舉灰黑的手裝作喝乾一杯酒，我將在不知道時候的時候獨自遠行。

嗚乎嗚乎，倘若黃昏，黑夜自然會來沉沒我，否則我要被白天消失，如果現是黎明。

朋友，時候近了。

我將向黑暗裏彷徨於無地。

你還想我的贈品。我能獻你甚麼呢？無已，則仍是黑暗和虛空而已。但是，我願意只是黑暗，或者會消失於你的白天；我願意只是虛空，決不占你的心地。

我願意這樣，朋友——

我獨自遠行，不但沒有你，並且再沒有別的影在黑暗裏。只有我被黑暗沉沒，那世界全屬於我自己。

一九二四年九月二十四日。

《影的告別》寫作於 1924 年 9 月 24 日，載同年 12 月 8 日《語絲》週刊第 4 期，同期發表的還有《求乞者》《我的失戀》兩篇，在大標題《野草》下分列小標題二、三、四加各自的題名，署名魯迅。

《影的告別》和《求乞者》寫作於同一天，兩篇作品皆透露出濃鬱的「惟『黑暗與虛無』乃是『實有』」（《兩地書・四》）的思想，同一天，魯迅在給李秉中的書信當中則直接袒露了這種虛無感，「我很憎惡我自己……我也常常想到自殺，也常常想殺人……」，「我自己總覺得我的靈魂裏有毒氣和鬼氣，我極憎惡他，想除去他，而不能……」（《致李秉中信》，1924 年 9 月 24 日）。

結合魯迅的日常自述，我們再回過頭來看這首散文詩就會好理解得多。所謂「影」無非是另一個自我的化身，抑或是自我「精神」的表達也無不可。「影」要跟「人」告別，其實就是自我對自我的離棄，「天堂和地獄」那段話來自魯迅此前翻譯的俄國作家阿爾志跋綏夫的作品《工人綏惠略夫》，裏面有所謂的「你們將黃金時代的出現豫約給這些人們的子孫了，但有什麼給這些人們自己呢？」這其中自然包涵了魯迅對社會革命的質疑及其不信任，其經驗當然源自於他所親歷的辛亥革命的失敗。然而更黑暗與虛無的思想是來自於對自我的「憎惡」，所以「你就是我所不樂意的」，其後的「我不願住」「我不願意！」「嗚乎嗚乎，我不願意，我不如彷徨於無地」則表達了對自我的強烈厭惡及其決絕的離棄的態度。然而，「影」又在彷徨猶豫，「我不過一個影」似乎表明了本身無足輕重的地位，黑暗與光明都將「消失」我，我無論如何都避免不了「彷徨於無地」的尷尬，然而更尷尬的是，我不得不「彷徨」於我所不願意的「明暗之間」，並且同「我所不樂意的」「你」一起「苟活」。這是「影」無論如何所忍受不了的，於是更爲決絕的告別／離棄到來了，「朋友，時候近了。」這一句以下，「黑暗」作爲一個關鍵詞五度出現，表明了「影」的最終抉擇及其對「黑暗」的迷戀。

散文詩的最後一段一反前面的「否定」方式，而變爲肯定的語態：「我願意這樣，朋友」，這無異於在向世界同時也是在向自我宣告／宣戰：我不能苟活，因此，我將「獨自遠行」，「不但沒有你，並且再沒有別的影在黑暗裏。只有我被黑暗沉沒，那世界全屬於我自己」。將自我完全沉沒在無他的「黑暗」裏只有「很憎惡我自己」的人才能做到，其情形無異於「自殺」。

魯迅這一段時間的極度黑暗的思想要到半年之後才慢慢解開，1925 年 3 月魯迅寫給許廣平的信中再次表達了這種黑暗的思想，「我的作品太黑暗了，因爲我常常覺得惟『黑暗與虛無』乃是『實有』」，然而，他隨即又講到，「也許未必一定的確的，因爲我終於不能證實：惟黑暗與虛無乃是實有」（《兩地書・四》），這已是不同於完全沉沒於「黑暗」的思想了。

三、《求乞者》

我順著剝落的高牆走路，踏著鬆的灰土。另外有幾個人，各自走路。微風起來，露在牆頭的高樹的枝條帶著還未乾枯的葉子在我頭上搖動。

微風起來，四面都是灰土。

一個孩子向我求乞，也穿著夾衣，也不見得悲戚，而攔著磕頭，追著哀呼。

我厭惡他的聲調，態度。我憎惡他並不悲哀，近於兒戲；我煩厭他這追著哀呼。

我走路。另外有幾個人各自走路。微風起來，四面都是灰土。

一個孩子向我求乞，也穿著夾衣，也不見得悲戚，但是啞的，攤開手，裝著手勢。

我就憎惡他這手勢。而且，他或者並不啞，這不過是一種求乞的法子。

我不佈施，我無佈施心，我但居佈施者之上，給與煩膩，疑心，憎惡。

我順著倒敗的泥牆走路，斷磚疊在牆缺口，牆裏面沒有什麼。微風起來，送秋寒穿透我的夾衣；四面都是灰土。

我想著我將用什麼方法求乞：發聲，用怎樣聲調？裝啞，用怎樣手勢？……

另外有幾個人各自走路。

我將得不到佈施，得不到佈施心；我將得到自居於佈施之上者的煩膩，疑心，憎惡。

我將用無所爲和沉默求乞……我至少將得到虛無。

微風起來，四面都是灰土。另外有幾個人各自走路。灰土，灰土，……

………………

灰土……

一九二四年九月二十四日。

《求乞者》和上一篇《影的告別》寫作於同一天，發表於同一期《語絲》週刊。其寫作的具體語境我們也在上一篇中交代過了。不過有一點可以補充的是，在寫作這兩篇散文詩時，魯迅應該正在翻譯日本文學理論家廚川白村的《苦悶的象徵》一書。1924 年 9 月 22 日魯迅日記記載「夜譯《苦悶的象徵》開手」，幾天後的 26 日，魯迅即寫作了《譯〈苦悶的象徵〉後三日序》。

這看似可有可無的關於寫作語境的一點補充，其實極有可能是解讀這一篇的關鍵。《苦悶的象徵》於魯迅可以說是發生了觸電一樣的感覺，如若不然，也不會在開手翻譯三天就寫一篇序言，序言中魯迅明確交代了翻譯該書的原因是「因爲這於我有翻譯的必要」，足以見得他當時如獲至寶的狀態，而一個人這樣的閱讀與翻譯狀態不影響到他同時進行的文藝創作恐怕是不可能的事情吧！

《苦悶的象徵》之所以能夠給魯迅以如此強烈的認同感，究其根底是因爲這是一本講「生命力」的書——所謂「生命力受壓抑而生的苦悶懊惱乃是文藝的根柢」（《譯〈苦悶的象徵〉後三日序》），就其思想傳承而言，是繼承叔本華、尼采、伯格森「生命意志」一路的，而眾所周知，這正是留日時期形成魯迅思想的核心資源之一，即「個人的無治主義」。事實上，魯迅後來就坦誠地承認過，在他的思想中是「『人道主義』和『個人的無治主義』的兩種思想的消長起伏」（《致許廣平信》，1925 年 5 月 30 日）。只不過是，在五四時期，「人道主義」思想佔據其思想的主流，所謂「肩住了黑暗的閘門」放孩子們「到寬闊光明的地方去」（《我們現在怎樣做父親》），然而，到了《野草》寫作的時期，其思想中的「個人的無治主義」又重新復蘇了。《求乞者》就正是這思想復蘇的一個文本。

「剝落的高牆」、「灰土」、「各自走路」的人和求乞的孩子等或許是魯迅日常所見的秋日北京的實景，然而，在文中有著各自的象徵意味。魯迅看似有意要用這幾個意象將自己寫作時的荒涼孤寂的內心烘托了出來，然而，更爲重要的意圖應該是要用這樣一些壓抑、頹敗、荒涼、冷漠、做作的意象將人們生活世界裏的「生命力」衰頹的現象表徵出來予以唾棄，「我不佈施，我無佈施心，我但居佈施者之上，給與煩膩，疑心，憎惡。」這活脫脫是一副尼采靈魂附體的模樣。

並且不止於此，接下來的由孩子的求乞聯想到了「我」的求乞，也依然還是尼采的思維。在《快樂的科學》第 3 部第 125 節中，尼采說晚上一個瘋子進到一個滿是人的屋子裏面，指著燈光說，呔，太陽！滿屋子的人哄堂大笑，然後尼采說，其實有什麼好笑的呢，我們又比瘋子強到哪裏去呢！這種由彼及己的聯想魯迅在很多地方都用到過，典型的就是《故鄉》結尾部分討論到「希望」的話題時，由閏土崇拜偶像而聯想到自己的希望無非也是「自己手製的偶像」罷了。這是一種深刻的自省思維，由厭惡他人，而延及「憎惡」自我，「我將得不到佈施，得不到佈施心；我將得到自居於佈施之上者的煩膩，疑心，憎惡。」

然而該篇的結尾並沒有像《故鄉》的結尾那樣一味的自省，而是在自省之中突然來了一個上揚，「我至少將得到虛無」：儘管是「虛無」，然而卻是「至少」，比那些衰頹的「生命力」總歸要好一些！這似乎又有點「超人」哲學的意味了。

四、《我的失戀》

——擬古的新打油詩

我的所愛在山腰；
想去尋她山太高，
低頭無法淚沾袍。
愛人贈我百蝶巾；
回她什麼：貓頭鷹。
從此翻臉不理我，
不知何故兮使我心驚。
我的所愛在鬧市；
想去尋她人擁擠，
仰頭無法淚沾耳。
愛人贈我雙燕圖；
回她什麼：冰糖壺盧。
從此翻臉不理我，
不知何故兮使我胡塗。
我的所愛在河濱；
想去尋她河水深，
歪頭無法淚沾襟。
愛人贈我金表索；
回她什麼：發汗藥。
從此翻臉不理我，
不知何故兮使我神經衰弱。
我的所愛在豪家；
想去尋她兮沒有汽車，

搖頭無法淚如麻。

愛人贈我玫瑰花；

回她什麼：赤練蛇。

從此翻臉不理我，

不知何故兮——由她去罷。

一九二四年十月三日。

《我的失戀》寫作於 1924 年 10 月 3 日，載同年 12 月 8 日《語絲》週刊第 4 期，和《影的告別》《求乞者》同期發表，題名爲「四　我的失戀」，副標題「擬古的新打油詩」，署名魯迅。

所謂「擬古」，是指模擬東漢文學家張衡的《四愁詩》的格式。該詩共四首，最早見於昭明太子蕭統所編的《文選》，每首都以「我所思兮在××」開始，以「何爲懷憂心××」作結，故稱「四愁」。

關於這首詩的寫作緣起，魯迅後來在幾篇文章中都有所交代，最早在 1929 年年末寫作的《我和〈語絲〉的始終》一文中說，「那稿子不過是三段打油詩，題作《我的失戀》，是看見當時『阿呀阿唷，我要死了』之類的失戀詩盛行，故意做一首用『由她去罷』收場的東西，開開玩笑的。這詩後來又添了一段，登在《語絲》上，再後來就收在《野草》中。」1931 年《〈野草〉英文譯本序》當中又作了簡短地說明，「因爲諷刺當時盛行的失戀詩，作《我的失戀》……」這兩處交代得很清楚，就是因爲有感於當時的失戀詩歌的盛行而作《我的失戀》加以諷刺。

這首詩的有名，還因爲它在文學史上引起了一段公案，並由此誕生了一個著名的文學刊物——《語絲》。「一九二四年十月，魯迅先生寫了一首詩《我的失戀》，寄給了《晨報副刊》。稿已經排發，在見報的頭天晚上，我到報館看大樣時，魯迅先生的詩被代理總編輯劉勉己抽掉了，抽去這稿，我已經按捺不住火氣，再加上劉勉己又跑來說那首詩實在要不得，……於是我氣極了，就順手打了他一個嘴巴，還追著大罵他一頓。第二天我氣忿忿地跑到魯迅先生的寓所，告訴他『我辭職了』。」（孫伏園《魯迅和當年北京的幾個副刊》）1925 年魯迅致孫伏園的公開通信就曾提及此事，「想不至於像我去年那篇打油詩《我的失戀》一般，恭逢總主筆先生白眼，賜以驅除，而且至於打破你的飯碗的罷。」（《通訊（致孫伏園）》）1929 年的《我和〈語絲〉的始終》再次提及此事，並詳細講述了《語絲》週刊的由來，「但我很抱歉伏園為了我的稿子而辭職，心上似乎壓了一塊沉重的石頭。幾天之後，他提議要自辦刊物了，我自然答應願意竭力『吶喊』。……這便是《語絲》。」

這首打油詩固然很好懂，但是在一個細節方面應該稍加留意，或許對於理解魯迅的思想有所增益。因為是諷刺詩，所以在手法上運用了強烈的對比法，四節詩歌，每一節都有「愛人贈我××」，「回她什麼：××」，所贈的一律是正統喜慶的物品：百蝶巾、雙燕圖、金表索、玫瑰花，而所回贈的則一律都是貓頭鷹、冰糖壺盧、發汗藥、赤練蛇之類的不對等的令人心驚的不祥或粗獷之物。雖然我們可以辯解說這回贈的四類物品都是魯迅平常的喜好，但我們依然可以從中瞥見魯迅思想中某種「粗糲」的基底：即文學不應該成為「情感」或者「趣味」的小擺設，而應該是「投槍」和「匕首」。這其實是留日以來魯迅一貫的思想，只不過因為辛亥革命失敗的頓挫而隱匿了起來，到此冒了一個小頭，而到了 1925 年則要全面復蘇了，「我所要多登的是議論，而寄來的偏多小說，詩。先前是虛偽的『花呀』『愛呀』的詩，現在是虛偽的『死呀』『血呀』的詩。嗚呼，頭痛極了！」(《兩地書．三四》)「野草」時期之後，魯迅全面轉向「雜文」寫作恐怕也難同此種思想脫離干係吧！

五、《復仇》

> 人的皮膚之厚，大概不到半分，鮮紅的熱血，就循著那後面，在比密密層層地爬在牆壁上的槐蠶更其密的血管裏奔流，散出溫熱。於是各以這溫熱互相蠱惑，煽動，牽引，拚命地希求偎倚，接吻，擁抱，以得生命的沉酣的大歡喜。
>
> 但倘若用一柄尖銳的利刃，只一擊，穿透這桃紅色的，菲薄的皮膚，將見那鮮紅的熱血激箭似的以所有溫熱直接灌溉殺戮者；其次，則給以冰冷的呼吸，示以淡白的嘴唇，使之人性茫然，得到生命的飛揚的極致的大歡喜；而其自身，則永遠沉浸於生命的飛揚的極致的大歡喜中。
>
> 這樣，所以，有他們倆裸著全身，捏著利刃，對立於廣漠的曠野之上。
>
> 他們倆將要擁抱，將要殺戮……

路人們從四面奔來，密密層層地，如槐蠶爬上牆壁，如馬蟻要扛鯗頭。衣服都漂亮，手倒空的。然而從四面奔來，而且拚命地伸長頸子，要賞鑒這擁抱或殺戮。他們已經豫覺著事後的自己的舌上的汗或血的鮮味。

然而他們倆對立著，在廣漠的曠野之上，裸著全身，捏著利刃，然而也不擁抱，也不殺戮，而且也不見有擁抱或殺戮之意。

他們倆這樣地至於永久，圓活的身體，已將乾枯，然而毫不見有擁抱或殺戮之意。

路人們於是乎無聊；覺得有無聊鑽進他們的毛孔，覺得有無聊從他們自己的心中由毛孔鑽出，爬滿曠野，又鑽進別人的毛孔中。他們於是覺得喉舌乾燥，脖子也乏了；終至於面面相覷，慢慢走散；甚而至於居然覺得乾枯到失了生趣。

於是只剩下廣漠的曠野，而他們倆在其間裸著全身，捏著利刃，乾枯地立著；以死人似的眼光，賞鑒這路人們的乾枯，無血的大戮，而永遠沉浸於生命的飛揚的極致的大歡喜中。

一九二四年十二月二十日。

《復仇》寫作於 1924 年 12 月 20 日，載同年 12 月 29 日《語絲》週刊第 7 期，和《復仇（其二）》寫作於同一天，同期發表。並且，從這兩篇開始，散文詩不再設《野草》大標題，而是直接以題名爲大標題，然後副標題一律標注「野草之×」，署名魯迅。

對於該篇，魯迅在 1931 年的《〈野草〉英文譯本序》中說，「因爲憎惡社會上旁觀者之多，作《復仇》第一篇。」又在 1934 年 5 月 16 日致鄭振鐸信中說，「我在《野草》中，曾記一男一女，持刀對立曠野中，無聊人競隨而往，以爲必有事件，慰其無聊，而二人從此毫無動作，以致無聊人仍然無聊，至於老死，題曰《復仇》，亦是此意。但此亦不過憤激之談，該二人或相愛，或相殺，還是照所欲而行的爲是。」

通觀魯迅此後的一些列帶有「復仇」傾向的篇目，如《復仇（其二）》《頹敗線的顫動》《鑄劍》等，皆是描述爲他人所傷害的一個「主體」向著具體目標復仇的故事，而此篇顯然不同，倒是多少使人想起《藥》當中「古軒亭口」的場景，或者《阿 Q 正傳》最後一章「大團圓」當中街頭的看客場景，抑或是幾個月之後創作的《示眾》裏面的描寫。可是這三篇當中對看客的描寫並沒有「復仇」的意味。描寫庸眾生命的頹廢，並向之復仇，會使人情不自禁地想起魯迅所翻譯的俄國無政府主義小說《工人綏惠略夫》裏面的場景，小說的最後，綏惠略夫在劇場中無分別地向群眾開槍射擊，意味著向民眾復仇。觸發魯迅寫作此篇的具體事件或許眞的如魯迅所言因爲社會上旁觀者太多，從而勾起了作者早年的苦痛記憶。然而，魯迅寫作當下的個人經歷或者閱讀或許更能夠觸醒此記憶吧！1923 年 7 月兄弟失和，以至於爭吵、打罵、被驅逐，這其中肯定少不了旁／圍觀者。1924 年 6 月 11 日魯迅最後一次回八道灣取書及什器，又是一頓打罵，這其中也一定少不了旁／圍觀者，這對於魯迅來說是何其苦痛的創傷記憶！後來魯迅不止一次地描寫小孩子對著「被侮辱者」拿著樹葉做打槍狀的「吧！」其實正是這種創傷記憶的生動再現。這種創傷記憶或許也同時影響到魯迅的閱讀、翻譯以及創作。在寫作《復仇》的前四天，魯迅在《京報副刊》上發表了一篇他所翻譯的荷蘭作家 Multatulid 的散文詩，名字叫《無禮與非禮》，就講述了一個勤勞的薩木夜提年輕人因爲世俗的原因而被庸眾剝奪了勞動成果並遭毒打的故事。這些或許都成爲魯迅選擇以「復仇」爲主題而寫作該散文詩的因子吧！

不過，除此之外，寫作這篇散文詩的最重要影響應該還是來自於廚川白村。散文詩中不厭其煩地對「生命的飛揚的極致的大歡喜」的禮讚，其直接來源正是魯迅剛剛翻譯完成的《苦悶的象徵》中廚川白村對「生命力」和「生的歡喜（joy of life）」的無限讚美。而在創作《復仇》當月的 5 日，魯迅翻譯了廚川白村的另一部作品《出了象牙之塔》中的一部分《觀照享樂的生活》。這部作品則更直接地提倡「生命之力」和「生命享樂的大歡喜」，「當生命奔逸的時候，有時跳出了道德的圈外，便和理智的命令也違反。有時也許會不顧利害的關係，而踴躍於生命的奔騰中。在這裡，眞的活著的人味才出現。」（《觀照享樂的生活》）從這段引文，我們或許能看到些許魯迅寫作的來源吧！

六、《復仇（其二）》

因爲他自以爲神之子，以色列的王，所以去釘十字架。

兵丁們給他穿上紫袍，戴上荊冠，慶賀他；又拿一根葦子打他的頭，吐他，屈膝拜他；戲弄完了，就給他脫了紫袍，仍穿他自己的衣服。

看哪，他們打他的頭，吐他，拜他……

他不肯喝那用沒藥調和的酒，要分明地玩味以色列人怎樣對付他們的神之子，而且較永久地悲憫他們的前途，然而仇恨他們的現在。

四面都是敵意，可悲憫的，可咒詛的。

丁丁地響，釘尖從掌心穿透，他們要釘殺他們的神之子了，可憫的人們呵，使他痛得柔和。丁丁地響，釘尖從腳背穿透，釘碎了一塊骨，痛楚也透到心髓中，然而他們自己釘殺著他們的神之子了，可咒詛的人們呵，這使他痛得舒服。

十字架豎起來了；他懸在虛空中。

他沒有喝那用沒藥調和的酒，要分明地玩味以色列人怎樣對付他們的神之子，而且較永久地悲憫他們的前途，然而仇恨他們的現在。

路人都辱罵他，祭司長和文士也戲弄他，和他同釘的兩個強盜也譏誚他。

看哪，和他同釘的……

四面都是敵意，可悲憫的，可咒詛的。

他在手足的痛楚中，玩味著可憫的人們的釘殺神之子的悲哀和可咒詛的人們要釘殺神之子，而神之子就要被釘殺了的歡喜。突然間，碎骨的大痛楚透到心髓了，他即沉酣於大歡喜和大悲憫中。

他腹部波動了，悲憫和咒詛的痛楚的波。

遍地都黑暗了。

「以羅伊，以羅伊，拉馬撒巴各大尼？！」（翻出來，就是：我的上帝，你爲甚麼離棄我？！）

上帝離棄了他，他終於還是一個「人之子」；然而以色列人連「人之子」都釘殺了。

釘殺了「人之子」的人們的身上，比釘殺了「神之子」的尤其血污，血腥。

一九二四年十二月二十日。

《復仇（其二）》和上一篇《復仇》寫作於同一天，發表於同一期《語絲》週刊。其寫作的具體語境我們在上一篇中也略做過交代。

該篇借用的是耶穌基督在各各他「被釘」的故事，魯迅在重寫中去掉了後面的「復活」的情節，而著意描寫了耶穌基督「被侮辱」和「被釘」的部分。耶穌基督「被釘」而後復活的故事《新約全書》中的四大福音書皆有描寫，不過描寫的方式略有出入。對照四大福音書，並依據魯迅文本中所採用的「以羅伊，以羅伊，拉馬撒巴各大尼」和「用沒藥調和的酒」的兩處描寫，基本上可以判定魯迅重寫此故事所依照的版本是《馬可福音》。

如上一篇所述，魯迅在寫作這兩篇《復仇》的前四天，魯迅在《京報副刊》上發表的翻譯作品《無禮與非禮》講述一個勤勞的薩木夜提年輕人因爲世俗的原因而被庸眾剝奪了勞動成果並遭毒打的故事有可能是刺激魯迅接連寫作兩篇《復仇》散文詩的直接動因之一。這個故事當中對庸眾隨聲附和作惡的描寫或許在某種層面上勾起了魯迅類似的過往記憶:S 城的古軒亭口、北大講義風潮……於是，對庸眾的厭惡附和著魯迅這一時期對「人類」厭惡的情緒撲面而來，加之五四時期身體裏被壓抑著的「尼采的幽靈」因這個時期對廚川白村《苦悶的象徵》和《出了象牙之塔》兩個文本觸電般的閱讀和翻譯而被釋放出來，一方面是強力的生命奔騰的律動，一方面則是庸眾乾枯委頓無聊的「頹廢相」，這強烈的兩相比較，就自然促成了魯迅對於強力生命之大歡喜的近似於「唯美」的禮讚，而唾棄相反的一種，此之謂復仇其一。

強力之生命固然使人得生命的大酣暢與大歡喜，然而終究沒有逃脫被世俗秩序所「侮辱」與「損害」的命運。辛亥中犧牲的秋瑾、徐錫麟、北大講義風潮中的馮省三、工人綏惠略夫以及自己所創作的《不周山》當中的「女媧」等爲世人而反被世人「侮辱」與「損害」的形象或許在魯迅寫作完《復仇》之後紛沓而至，使得魯迅欲擱筆而不能，然後寫下了這篇《復仇（其二）》。

不過同《藥》當中夏瑜對庸眾「哀其不幸」的態度不同的是，《復仇（其二）》中的耶穌儘管「悲憫他們的」未來，然而始終不寬恕和仇恨「他們」的現在。而且，還至始至終「玩味」著可悲憫與可詛咒的庸眾對他的侮辱與「釘殺」。在「釘殺」的那一刻，出現於前一篇的「唯美」的生命的「大歡喜」與「大酣暢」的禮讚再一次到來。

悲憫其未來，仇恨其現在，沉酣於唯美的生命「大歡喜」之中而「玩味」自我的「被侮辱」和「被損害」，這與其說是魯迅筆下的耶穌形象，而毋寧說是他借了「被釘殺」的「人之子」的形象而書寫了他過往的革命同仁同他自己，「……也逐漸被社會所棄，變了『藥渣』了，雖然也曾煎熬了請人喝過汁。一變藥渣，便什麼人都來踐踏，連先前喝過汁的人也來踐踏，不但踐踏，還要冷笑。」「我先前何嘗不出於自願，在生活的路上，將血一滴一滴地滴過去，以飼別人，雖自覺漸漸瘦弱，也以爲快活。而現在呢，人們笑我瘦弱了，連飮過我的血的人，也來嘲笑我的瘦弱了。」（《兩地書・九五》）

以此篇爲起點，魯迅接下來寫作了令人印象更爲深刻的「復仇」文學《頹敗線的顫動》和《鑄劍》。

第十講　《希望》《過客》與「故鄉三部曲」箋釋

七、《希望》

我的心分外地寂寞。

然而我的心很平安：沒有愛憎，沒有哀樂，也沒有顏色和聲音。

我大概老了。我的頭髮已經蒼白，不是很明白的事麼？我的手顫抖著，不是很明白的事麼？那麼，我的魂靈的手一定也顫抖著，頭髮也一定蒼白了。

然而這是許多年前的事了。

這以前，我的心也曾充滿過血腥的歌聲：血和鐵，火焰和毒，恢復和報仇。而忽而這些都空虛了，但有時故意地塡以沒奈何的自欺的希望。希望，希望，用這希望的盾，抗拒那空虛中的暗夜的襲來，雖然盾後面也依然是空虛中的暗夜。

然而就是如此，陸續地耗盡了我的青春。我早先豈不知我的青春已經逝去了？但以爲身外的青春固在：星，月光，僵墜的胡蝶，暗中的花，貓頭鷹的不祥之言，杜鵑的啼血，笑的渺茫，愛的翔舞……。雖然是悲涼漂渺的青春罷，然而究竟是青春。

然而現在何以如此寂寞？難道連身外的青春也都逝去，世上的青年也多衰老了麼？

我只得由我來肉薄這空虛中的暗夜了。我放下了希望之盾，我聽到 Petöfi Sándor（1823～49）的「希望」之歌：希望是甚麼？是娼妓：她對誰都蠱惑，將一切都獻給；待你犧牲了極多的寶貝——你的青春——她就棄掉你。

這偉大的抒情詩人，匈牙利的愛國者，爲了祖國而死在可薩克兵的矛尖上，已經七十五年了。悲哉死也，然而更可悲的是他的詩至今沒有死。

但是，可慘的人生！桀驁英勇如 Petöfi，也終於對了暗夜止步，回顧著茫茫的東方了。他說：絕望之爲虛妄，正與希望相同。倘使我還得偷生在不明不暗的這「虛妄」中，我就還要尋求那逝去的悲涼漂渺的青春，但不妨在我的身外。因爲身外的青春倘一消滅，我身中的遲暮也即凋零了。

然而現在沒有星和月光，沒有僵墜的胡蝶以至笑的渺茫，愛的翔舞。然而青年們很平安。

我只得由我來肉薄這空虛中的暗夜了，縱使尋不到身外的青春，也總得自己來一擲我身中的遲暮。但暗夜又在那裡呢？現在沒有星，沒有月光以至笑的渺茫和愛的翔舞；青年們很平安，而我的面前又竟至於並且沒有眞的暗夜。

絕望之爲虛妄，正與希望相同！

一九二五年一月一日。

《希望》寫作於 1925 年元旦，以「野草之七」的副標題刊發於 1925 年 1 月 19 日的《語絲》週刊第 10 期，署名魯迅。關於此篇寫作的緣起，後來魯迅在《〈野草〉英文譯本序》中說，「因爲驚異於青年之消沉，作《希望》。」

元旦對於魯迅來說其實是個很重要的節日，他通常會在前一天對過往的一年做一個總結：做一年的書帳。跟隨「總結」而來的自然就是「開啓」，所以寫作於元旦這一天的《希望》或許正隱含著此意吧！

「我的心分外地寂寞」一段應該是指辛亥革命之後，他到北京教育部任職而住在紹興會館的那段時光，那時他天天抄古碑，讀佛經，沉浸到古代去，以忘卻那痛苦的青春，所以他說他自己蒼白了，很平安，然而很寂寞。「這以前，我的心也曾充滿過血腥的歌聲」應該指的是留日和回國初期，那時他參加了辛亥的「光復」，有著所謂「寂寞的青春之叫喊」，即《秋夜》中小粉花的夢。「而忽然這些都空虛了」指的是辛亥革命以後的失敗所帶來的苦痛，看他後來寫的《范愛農》就知道，「光復」時期的魯迅是異常興奮且熱烈參與的，可是後來發現革命失敗了，於是失望並且感到空虛，「說起民元的事來，那時確是光明得多，……一到二年二次革命失敗之後，即漸漸壞下去，壞而又壞，遂成了現在的情形。」（《兩地書・八》）辛亥革命失敗後，魯迅經歷了一段灰暗的時期，然而「寂寞之青春的喊叫」並沒有被遺忘，而是埋藏在心底，儘管「這樣地陸續耗盡了我的青春」，但依然「以爲身外的青春固在」，即到了五四時期，身外的那些年輕人，就像他留日期一樣的在吶喊，有「星，月光，僵墜的胡蝶，暗中的花，……」這些都是他曾經有過的，而現在「身外的青春」的這些年輕人，也在做同樣的事情。

可是這些年輕人的「吶喊」卻越來越消沉，以至於「只得由我來肉薄這空虛中的暗夜了」。也就是「我」的一直沒有被遺忘的埋在心底的青春因了「身外的青春」而重燃，現在「身外的青春也都逝去」了，那麼，「我」來上陣吧！可是這個時候卻聽到了絕望之歌：「希望是什麼？是娼妓，她對誰都蠱惑，……」這「希望之歌」就像《秋夜》當中的那個夜半吃吃的笑聲一樣來嘲諷「我」的「肉搏」。

行文至此，本篇的書寫結構同《秋夜》非常相近，然而，《希望》又往前進了一步，否定了這「嘲笑」之聲：「絕望之爲虛妄，正與希望相同」。既然「絕望」是「虛妄」的，那麼，希望就不至於全無，於是，「我」依然寄希望於「身外的青春」，然而，最終還是沒有，「青年們很平安」，那麼，好吧！依然「由我來肉薄這空虛中的暗夜」吧！

可是詩到終了魯迅突然又一轉，「但暗夜又在那裡呢？」「青年們很平安，而我的面前又竟至於並且沒有眞的暗夜。絕望之爲虛妄，正與希望相同！」詩的最後這一句「詩眼」式的重複，其強調的重點既沒有落在「絕望」上，也沒有落在「希望」上，而是落在了「虛妄」這個詞上。其實「虛妄」就是生活的一個中間狀態：既沒有完美的絕望，也沒有完美的希望，生活它就是一種「虛妄」。

八、「故鄉三部曲」之一：《雪》

> 暖國的雨，向來沒有變過冰冷的堅硬的燦爛的雪花。博識的人們覺得他單調，他自己也以爲不幸否耶？江南的雪，可是滋潤美豔之至了；那是還在隱約著的青春的消息，是極壯健的處子的皮膚。

雪野中有血紅的寶珠山茶，白中隱青的單瓣梅花，深黃的磬口的蠟梅花；雪下面還有冷綠的雜草。胡蝶確乎沒有；蜜蜂是否來採山茶花和梅花的蜜，我可記不眞切了。但我的眼前彷彿看見冬花開在雪野中，有許多蜜蜂們忙碌地飛著，也聽得他們嗡嗡地鬧著。

孩子們呵著凍得通紅，像紫芽薑一般的小手，七八個一齊來塑雪羅漢。因爲不成功，誰的父親也來幫忙了。羅漢就塑得比孩子們高得多，雖然不過是上小下大的一堆，終於分不清是壺盧還是羅漢；然而很潔白，很明豔，以自身的滋潤相黏結，整個地閃閃地生光。孩子們用龍眼核給他做眼珠，又從誰的母親的脂粉奩中偷得胭脂來塗在嘴唇上。這回確是一個大阿羅漢了。他也就目光灼灼地嘴唇通紅地坐在雪地裏。

第二天還有幾個孩子來訪問他；對了他拍手，點頭，嘻笑。但他終於獨自坐著了。晴天又來消釋他的皮膚，寒夜又使他結一層冰，化作不透明的水晶模樣；連續的晴天又使他成爲不知道算什麼，而嘴上的胭脂也褪盡了。

但是，朔方的雪花在紛飛之後，卻永遠如粉，如沙，他們決不黏連，撒在屋上，地上，枯草上，就是這樣。屋上的雪是早已就有消化了的，因爲屋里居人的火的溫熱。別的，在晴天之下，旋風忽來，便蓬勃地奮飛，在日光中燦燦地生光，如包藏火焰的大霧，旋轉而且升騰，彌漫太空，使太空旋轉而且升騰地閃爍。

在無邊的曠野上，在凜冽的天宇下，閃閃地旋轉升騰著的是雨的精魂……

是的，那是孤獨的雪，是死掉的雨，是雨的精魂。

一九二五年一月十八日。

《雪》寫作於 1925 年 1 月 18 日，以「野草之八」的副標題刊發於 1925 年 1 月 26 日的《語絲》週刊第 11 期，署名魯迅。

1925 年 1 月 18 日，是舊曆臘月二十四，小年的第二天，將近年關。這一篇《雪》同隨後所寫的《風箏》（正月初一）《好的故事》（正月初五）可以稱作是《野草》當中的「故鄉三部曲」，與詩集中多數寫早期留日經歷不同的是，這三篇則多寫兒時故鄉的記憶，而主題多涉及兄弟之情。

關於《雪》的寫作的緣起，有的學者認爲是 1924 年 12 月 31 日北京的一場大雪所觸發的（孫玉石《現實的與哲學的——魯迅〈野草〉重釋》），有的學者則認爲是 1925 年 1 月 16 日，周作人四十歲生日的當天兄弟倆同赴女師大「同樂會」而有可能彼此照面所致（李哲《「雨雪之辯」與精神重生——魯迅〈雪〉箋釋》）。這兩種說法都有道理。不過還有一個因素也應該考慮進來，即這是兄弟失和之後，魯迅慢慢從失和的極度痛苦當中緩過來而重新安置一個新家後同母親和朱安一起正式過的第一個春節。母親在，而兄弟失散，這情景自然而然會觸發魯迅回憶兒時情景並迫使其反躬自省。

文本中具體描寫了同「雪」相關的三種意象：暖國的雨、江南的雪、朔方的雪。三種意象中，只有後兩種同自我的經歷相關，故而文本對「暖國的雨」只是一筆帶過，並不賦予生命的具象。文本幾乎花了主要篇幅描述「江南的雪」，極盡顏色的絢爛並且飽含感情，「江南的雪，可是滋潤美豔之至了；那是還在隱約著的青春的消息，是極壯健的處子的皮膚。」「青春」與「處子」二詞則分明透露著魯迅對少年時光的無限追憶與緬懷。「雪野中有血紅的寶珠山茶，……但我的眼前彷彿看見冬花開在雪野中，有許多蜜蜂們忙碌地飛著，也聽得他們嗡嗡地鬧著。」雪景中紛繁忙碌的動植物描寫未始不是兒時情景的再現，而兄弟怡怡的場景或許時時在作者的腦海中閃現。兒時這一其樂融融的情景在文中堆雪羅漢一段的描寫中達到了高潮。

然而，傷痛自然而然地浮現了，繁華終究有收場的那一刻，「但他終於獨自坐著了。晴天又來消釋他的皮膚，寒夜又使他結一層冰，化作不透明的水晶模樣；連續的晴天又使他成爲不知道算什麼，而嘴上的胭脂也褪盡了。」這自然要使人聯想到《秋夜》中「簡直落盡葉子，單剩幹子」的棗樹了。剛才還「凍得通紅，像紫芽薑一般的小手」的可愛的孩子，這一刻忽而變得不那麼親近了，成了「對了他拍手，點頭，嘻笑」的幫兇。兄弟失和之後，魯迅對孩子「幫兇化」的描寫夾雜著自我苦痛的記憶，頗耐人尋味。

散文詩的最後，作者的筆觸突然一轉，寫到了「朔方的雪」，分明有自況的意味，其肯定的筆調令人覺得這儼然是一篇「朔方的雪」的禮讚：「在晴天之下，旋風忽來，便蓬勃地奮飛，在日光中燦燦地生光，如包藏火焰的大霧，旋轉而且升騰，彌漫太空，使太空旋轉而且升騰地閃爍。」這筆調分明又回到了廚川白村的強力的生之律動與歡喜上來了。

九、「故鄉三部曲」之二：《風箏》

北京的冬季，地上還有積雪，灰黑色的禿樹枝丫叉於晴朗的天空中，而遠處有一二風箏浮動，在我是一種驚異和悲哀。

故鄉的風箏時節，是春二月，倘聽到沙沙的風輪聲，仰頭便能看見一個淡墨色的蟹風箏或嫩藍色的蜈蚣風箏。還有寂寞的瓦片風箏，沒有風輪，又放得很低，伶仃地顯出憔悴可憐模樣。但此時地上的楊柳已經發芽，早的山桃也多吐蕾，和孩子們的天上的點綴相照應，打成一片春日的溫和。我現在在那裡呢？四面都還是嚴冬的肅殺，而久經訣別的故鄉的久經逝去的春天，卻就在這天空中蕩漾了。

但我是向來不愛放風箏的，不但不愛，並且嫌惡他，因爲我以爲這是沒出息孩子所做的玩藝。和我相反的是我的小兄弟，他那時大概十歲內外罷，多病，瘦得不堪，然而最喜歡風箏，自己買不起，我又不許放，他只得張著小嘴，呆看著空中出神，有時至於小半日。遠處的蟹風箏突然落下來了，他驚呼；兩個瓦片風箏的纏繞解開了，他高興得跳躍。他的這些，在我看來都是笑柄，可鄙的。

有一天，我忽然想起，似乎多日不很看見他了，但記得曾見他在後園拾枯竹。我恍然大悟似的，便跑向少有人去的一間堆積雜物的小屋去，推開門，果然就在塵封的什物堆中發見了他。他向著大方凳，坐在小凳上；便很驚惶地站了起來，失了色瑟縮著。大方凳旁靠著一個胡蝶風箏的竹骨，還沒有糊上紙，凳上是一對做眼睛用的小風輪，正用紅紙條裝飾著，將要完工了。我在破獲秘密的滿足中，又很憤怒他的瞞了我的眼睛，這樣苦心孤詣地來偷做沒出息孩子的玩藝。我即刻伸手折斷了胡蝶的一支翅骨，又將風輪擲在地下，踏扁了。論長幼，論力氣，他是都敵不過我的，我當然得到完全的勝利，於是傲然走出，留他絕望地站在小屋裏。後來他怎樣，我不知道，也沒有留心。

然而我的懲罰終於輪到了，在我們離別得很久之後，我已經是中年。我不幸偶而看了一本外國的講論兒童的書，才知道遊戲是兒童最正當的行爲，玩具是兒童的天使。於是二十年來毫不憶及的幼小時候對於精神的虐殺的這一幕，忽地在眼前展開，而我的心也彷彿同時變了鉛塊，很重很重的墮下去了。

但心又不竟墮下去而至於斷絕，他只是很重很重地墮著，墮著。

我也知道補過的方法的：送他風箏，贊成他放，勸他放，我和他一同放。我們嚷著，跑著，笑著。——然而他其時已經和我一樣，早已有了鬍子了。

我也知道還有一個補過的方法的：去討他的寬恕，等他說，「我可是毫不怪你呵。」那麼，我的心一定就輕鬆了，這確是一個可行的方法。有一回，我們會面的時候，是臉上都已添刻了許多「生」的辛苦的條紋，而我的心很沉重。我們漸漸談起兒時的舊事來，我便敘述到這一節，自說少年時代的胡塗。「我可是毫不怪你呵。」我想，他要說了，我即刻便受了寬恕，我的心從此也寬鬆了罷。

「有過這樣的事麼？」他驚異地笑著說，就像旁聽著別人的故事一樣。他什麼也不記得了。

全然忘卻，毫無怨恨，又有什麼寬恕之可言呢？無怨的恕，說謊罷了。

我還能希求什麼呢？我的心只得沉重著。

現在，故鄉的春天又在這異地的空中了，既給我久經逝去的兒時的回憶，而一併也帶著無可把握的悲哀。我倒不如躲到肅殺的嚴冬中去罷，——但是，四面又明明是嚴冬，正給我非常的寒威和冷氣。

一九二五年一月二十四日。

《風箏》寫作於 1925 年 1 月 24 日，舊曆正月初一，以「野草之九」的副標題刊發於 1925 年 2 月 2 日的《語絲》週刊第 12 期，署名魯迅。

1919 年魯迅寫過一組散文詩《自言自語》，其中的一篇名爲《我的兄弟》，可視作《風箏》的初版本。前者只是粗略地講了一個故事的梗概，後者則做了大幅的修改，加進了許多形象的描述，並且惹人注意地更改了文章的題名。這一篇毋寧更像後來的《朝花夕拾》當中的篇什，因爲同樣是出自於《自言自語》組詩，《我的父親》後來就改寫爲《父親的病》而收錄於該散文集當中。

也許是因爲這個印象的緣故，後來圍繞該篇的「詩與眞」有過不少的爭議。主要集中在兩點，其一就是這個故事當中的「小兄弟」到底指的是周作人還是周建人的問題。普通的都會認為「小兄弟」就是周建人，「魯迅在 1925 年寫有一篇小文，題曰《風箏》，……這裡所說的小兄弟也正是松壽……」（周作人《魯迅的青年時代·六　買新書》）「松壽」就是周建人。不過一位日本學者則推測「《風箏》裏的弟弟也許是十歲前後的周作人」（松枝茂夫《周作人先生——傳記的素描》），而周作人為了澄明此事則專門寫信給松枝茂夫予以否認。

爭議的第二點則主要集中在《風箏》中踩壞小兄弟的風箏一事到底是「詩」還是「眞」的問題。對此，周作人、周建人皆予以否認，「魯迅有時候，會把一件事特別強調起來，或者故意說著玩，例如他所寫的關於反對他的兄弟糊風箏和放風箏的文章就是這樣。實際上，他沒有那麼反對得厲害……」（周建人《略講關於魯迅的事情》）「不過《野草》裏所說的是『詩與眞實』和合在一起，糊風箏是眞實，折斷風箏翅骨等乃是詩的成分了。」（周作人《魯迅的青年時代·六　買新書》）「而這些折毀風箏等等事乃屬於詩的部分，是創造出來的。……我曾經看、也幫助他糊過放過，但是這時期大概在戊戌（1898）年以後，那時魯迅已進南京學堂去了。」（周作人《魯迅的青年時代·魯迅與〈弟兄〉》）而有學者則認為，「這還可能是實有其事。魯迅寫得那麼眞切，而且不止一次寫到這件事，可見這事在他記憶中的印象之極了。」（孫玉石《現實的與哲學的——魯迅〈野草〉重釋》）

魯迅確實有為了表達自己的思想而「虛構」事實的習慣，明顯的例子就是《我的父親》中記載父親臨終前讓我大聲喊魂的是我的乳母，而改寫為《父親的病》後，則乳母的壞角色更改為衍太太。周作人就數次對父親臨終前衍太太這一角色的描寫做過說明，指出其「詩」的成分。（周作人《彷徨衍義·S 城人》）因此，《風箏》中的故事大可按照「詩」的角度去理解，所可注意的是，「詩」的背後隱藏了魯迅如何的思想。周作人說，「作者原意重在自己譴責……」（周作人《魯迅的青年時代·魯迅與〈弟兄〉》）這句話或許是解開《風箏》的一把鑰匙。如上一篇所述，《風箏》同《雪》和《好的故事》皆是因為年關而勾連起的對兒時故鄉的回憶，夾雜了兄弟失和的情感在裏面。因此，這一篇《風箏》正應該從這個角度去理解，極可能的是，魯迅借寫三弟松壽放風箏一事，而表達了對兄弟失和的反躬自省。所謂求寬恕而不得，「無怨的恕，說謊罷了」，豈不正是執筆時魯迅心境的寫照嗎？而回過頭來再思量題名由「我的兄弟」更改為「風箏」的用意，不是更為明顯嗎？兄弟失散了，然而牽掛依舊，這不正是「風箏」這一形象所隱含的寓意麼？

十、「故鄉三部曲」之三：《好的故事》

燈火漸漸地縮小了，在預告石油的已經不多；石油又不是老牌，早薰得燈罩很昏暗。鞭爆的繁響在四近，煙草的煙霧在身邊：是昏沉的夜。

我閉了眼睛，向後一仰，靠在椅背上；捏著《初學記》的手擱在膝髁上。

我在蒙朧中，看見一個好的故事。

這故事很美麗，幽雅，有趣。許多美的人和美的事，錯綜起來像一天雲錦，而且萬顆奔星似的飛動著，同時又展開去，以至於無窮。

我彷彿記得曾坐小船經過山陰道，兩岸邊的烏桕，新禾，野花，雞，狗，叢樹和枯樹，茅屋，塔，伽藍，農夫和村婦，村女，曬著的衣裳，和尚，蓑笠，天，雲，竹，……都倒影在澄碧的小河中，隨著每一打槳，各各夾帶了閃爍的日光，並水裏的萍藻遊魚，一同蕩漾。諸影諸物，無不解散，而且搖動，擴大，互相融和；剛一融和，卻又退縮，復近於原形。邊緣都參差如夏雲頭，鑲著日光，發出水銀色焰。凡是我所經過的河，都是如此。

現在我所見的故事也如此。水中的青天的底子，一切事物統在上面交錯，織成一篇，永是生動，永是展開，我看不見這一篇的結束。

河邊枯柳樹下的幾株瘦削的一丈紅，該是村女種的罷。大紅花和斑紅花，都在水裏面浮動，忽而碎散，拉長了，縷縷的胭脂水，然而沒有暈。茅屋，狗，塔，村女，雲，……也都浮動著。大紅花一朵朵全被拉長了，這時是潑剌奔迸的紅錦帶。

帶織入狗中，狗織入白雲中，白雲織入村女中……。在一瞬間，他們又將退縮了。但斑紅花影也已碎散，伸長，就要織進塔，村女，狗，茅屋，雲裏去。

現在我所見的故事清楚起來了，美麗，幽雅，有趣，而且分明。青天上面，有無數美的人和美的事，我一一看見，一一知道。

我就要凝視他們……。

我正要凝視他們時，驟然一驚，睜開眼，雲錦也已皺蹙，凌亂，彷彿有誰擲一塊大石下河水中，水波陡然起立，將整篇的影子撕成片片了。我無意識地趕忙捏住幾乎墜地的《初學記》，眼前還剩著幾點虹霓色的碎影。

我眞愛這一篇好的故事，趁碎影還在，我要追回他，完成他，留下他。我抛了書，欠身伸手去取筆，——何嘗有一絲碎影，只見昏暗的燈光，我不在小船裏了。

但我總記得見過這一篇好的故事，在昏沉的夜……。

一九二五年二月二十四日。

關於《好的故事》的寫作時間有一點小小的爭議，源自於魯迅本人的誤記。收入《野草》中的《好的故事》篇末標明該篇寫作的時間是 1925 年 2 月 24 日，可是該篇又明明於 1925 年 2 月 9 日以「野草之十」的副標題刊發於《語絲》週刊第 13 期，表明魯迅標注的時間確實有誤。又魯迅日記 1925 年 1 月 28 日記載，「作《野草》一篇」。這個時間的前四天，魯迅剛剛寫作了《風箏》，而再往後的《過客》要一個多月後的 3 月 2 日才寫作完成，其間並沒有別的《野草》作品問世。又《好的故事》的開頭有「鞭爆的繁響在四近」，說明還是在新年「祝福」氛圍當中，查日曆，1925 年 1 月 28 日是舊曆正月初五，在北京有所謂「破五」的習俗，即在這一天大家都會放鞭炮以告明春節的臨近尾聲和新一年工作的開始。綜上幾個理由，可以斷定《好的故事》寫作於 1925 年 1 月 28 日。

綜觀《雪》《風箏》《好的故事》這三篇同「故鄉」相關聯的文本，可以看出其中的幾個相似點：其一，都寫了兒時的故鄉；其二，都寫了兒時故鄉的美好；其三，都寫了這兒時美好的「破碎」；其四，都寫了這美好被打破時的「驚異」；其五，而當下的現實則同這兒時的美好有著強烈的反差：或荒蕪昏暗，或粗糲肅殺。

略微有些出入的是，首篇《雪》的結尾高度頌揚了隱喻著「主體」自我的「朔方的雪」，從而反襯了兒時「江南之雪」的柔弱與黏連，顯示了寫作者昂揚的一面，然而到了《風箏》和《好的故事》，寫作主體的這種昂揚的一面則完全被壓抑，而顯示出無限留戀與祈求寬恕的哀婉。「青天上面，有無數美的人和美的事，我一一看見，一一知道」，因此，我想抓住他們，「我就要凝視他們……」，然而「破碎」了，「我眞愛這一篇好的故事，趁碎影還在，我要追回他，完成他，留下他」。這裡已經完全沒有「朔方之雪」的昂揚了，只有追憶、哀怨與惋惜。

從 1925 年 1 月 18 日《雪》落筆到 1 月 28 日完成《好的故事》，其間整整 10 天時間，可以說，這三篇作品爲我們很好地勾勒出了魯迅這十天當中思想變動的軌跡。臘月二十二（1 月 16 日），周作人四十歲生日，兄弟倆無意間同去了女師大同樂會，這個或然的碰面促成了臘月二十四（1 月 18 日）《雪》的寫作，將近年關的時間把魯迅帶到了兒時絢爛多彩的記憶當中，然而記憶的苦痛並沒有迫使寫作者即刻放低姿態，昂揚的一面依然佔據了上風。大年初一（1 月 24 日）本該是兒時兄弟們穿著新衣服互相嬉戲祝福的時刻，可是兄弟失和的殘酷現實令寫作者不得不反躬自省，從而放下了昂揚的姿態，在虛構的世界中祈求寬恕，於是將若干年前的作品《我的兄弟》改寫爲《風箏》，以「風箏飛走了，線還在我手裏」隱喻著兄弟失和之後弟兄的四散分離與牽掛。正月初五（1 月 28 日）新年過盡了，大家都要著手新的一年工作了，兒時新年的記憶就要暫時告一段落了，而我則要拼命地記住他，「趁碎影還在，我要追回他，完成他，留下他」。

所可注意的是，該篇以《初學記》始，以《初學記》終，《初學記》成爲了魯迅寫作此篇的觸媒，而據說該書同樣對周作人影響甚大，「周作人在八道灣住宅後院書房便名之爲『苦雨齋』，其典故亦可由《初學記》中有關『雨』的條目窺見一斑：『雨與雪雜下曰霰。』〈纂要〉云：疾雨曰驟雨，徐雨曰零雨，雨久曰苦雨，亦曰愁霖。」（李哲《「雨雪之辯」與精神重生——魯迅〈雪〉箋釋》）這也在某一方面爲我們理解這一篇散文詩提供線索了吧！

十一、《過客》

時：

或一日的黃昏。

地：

或一處。

人：

老翁——約七十歲，白鬚髮，黑長袍。

女孩——約十歲，紫髮，烏眼珠，白地黑方格長衫。

過客——約三四十歲，狀態困頓倔強，眼光陰沉，黑須，亂髮，黑色短衣褲皆破碎，赤足著破鞋，脅下掛一個口袋，支著等身的竹杖。

東，是幾株雜樹和瓦礫；西，是荒涼破敗的叢葬；其間有一條似路非路的痕跡。一間小土屋向這痕跡開著一扇門；門側有一段枯樹根。

（女孩正要將坐在樹根上的老翁攙起。）

翁——孩子。喂，孩子！怎麼不動了呢？

孩——（向東望著，）有誰走來了，看一看罷。

翁——不用看他。扶我進去罷。太陽要下去了。

孩——我，——看一看。

翁——唉，你這孩子！天天看見天，看見土，看見風，還不夠好看麼？什麼也不比這些好看。你偏是要看誰。太陽下去時候出現的東西，不會給你什麼好處的。……還是進去罷。孩——可是，已經近來了。阿阿，是一個乞丐。

翁——乞丐？不見得罷。

（過客從東面的雜樹間蹌踉走出，暫時躊躕之後，慢慢地走近老翁去。）

客——老丈，你晚上好？

翁——阿，好！託福。你好？

客——老丈，我實在冒昧，我想在你那裡討一杯水喝。我走得渴極了。這地方又沒有一個池塘，一個水窪。

翁——唔，可以可以。你請坐罷。（向女孩）孩子，你拿水來，杯子要洗乾淨。

（女孩默默地走進土屋去。）

翁——客官，你請坐。你是怎麼稱呼的。

客——稱呼？——我不知道。從我還能記得的時候起，我就只一個人。我不知道我本來叫什麼。我一路走，有時人們也隨便稱呼我，各式各樣地，我也記不清楚了，況且相同的稱呼也沒有聽到過第二回。

翁——阿阿。那麼，你是從那裡來的呢？

客——（略略遲疑，）我不知道。從我還能記得的時候起，我就在這麼走。

翁——對了。那麼，我可以問你到那裡去麼？

客——自然可以。——但是，我不知道。從我還能記得的時候起，我就在這麼走，要走到一個地方去，這地方就在前面。我單記得走了許多路，現在來到這裡了。我接著就要走向那邊去，（西指，）前面！

（女孩小心地捧出一個木杯來，遞去。）

客——（接杯，）多謝，姑娘。（將水兩口喝盡，還杯，）多謝，姑娘。這眞是少有的好意。我眞不知道應該怎樣感激！翁——不要這麼感激。這於你是沒有好處的。

客——是的，這於我沒有好處。可是我現在很恢復了些力氣了。我就要前去。老丈，你大約是久住在這裡的，你可知道前面是怎麼一個所在麼？

翁——前面？前面，是墳。

客——（詫異地，）墳？

孩——不，不，不的。那裡有許多許多野百合，野薔薇，我常常去玩，去看他們的。

客——（西顧，彷彿微笑，）不錯。那些地方有許多許多野百合，野薔薇，我也常常去玩過，去看過的。但是，那是墳。（向老翁，）老丈，走完了那墳地之後呢？

翁——走完之後？那我可不知道。我沒有走過。

客——不知道？！

孩——我也不知道。

翁——我單知道南邊；北邊；東邊，你的來路。那是我最熟悉的地方，也許倒是於你們最好的地方。你莫怪我多嘴，據我看來，你已經這麼勞頓了，還不如回轉去，因爲你前去也料不定可能走完。

客——料不定可能走完？……（沉思，忽然驚起，）那不行！

我只得走。回到那裡去，就沒一處沒有名目，沒一處沒有地主，沒一處沒有驅逐和牢籠，沒一處沒有皮面的笑容，沒一處沒有眶外的眼淚。我憎惡他們，我不回轉去！

翁——那也不然。你也會遇見心底的眼淚，爲你的悲哀。

客——不。我不願看見他們心底的眼淚，不要他們爲我的悲哀！

翁——那麼，你，（搖頭，）你只得走了。

客——是的，我只得走了。況且還有聲音常在前面催促我，叫喚我，使我息不下。可恨的是我的腳早經走破了，有許多傷，流了許多血。（舉起一足給老人看，）因此，我的血不夠了；我要喝些血。但血在那裡呢？可是我也不願意喝無論誰的血。我只得喝些水，來補充我的血。一路上總有水，我倒也並不感到什麼不足。只是我的力氣太稀薄了，血裏面太多了水的緣故罷。今天連一個小水窪也遇不到，也就是少走了路的緣故罷。

翁——那也未必。太陽下去了，我想，還不如休息一會的好罷，像我似的。

客——但是，那前面的聲音叫我走。

翁——我知道。

客——你知道？你知道那聲音麼？

翁——是的。他似乎曾經也叫過我。

客——那也就是現在叫我的聲音麼？

翁——那我可不知道。他也就是叫過幾聲，我不理他，他也就不叫了，我也就記不清楚了。

客——唉唉，不理他……。（沉思，忽然吃驚，傾聽著，）不行！我還是走的好。我息不下。可恨我的腳早經走破了。（準備走路。）

孩——給你！（遞給一片布，）裹上你的傷去。

客——多謝，（接取，）姑娘。這眞是……。這眞是極少有的好意。這能使我可以走更多的路。（就斷磚坐下，要將布纏在踝上，）但是，不行！（竭力站起，）姑娘，還了你罷，還是裹不下。況且這太多的好意，我沒法感激。

翁——你不要這麼感激，這於你沒有好處。

客——是的，這於我沒有什麼好處。但在我，這佈施是最上的東西了。你看，我全身上可有這樣的。

翁——你不要當眞就是。

客——是的。但是我不能。我怕我會這樣：倘使我得到了誰的佈施，我就要像兀鷹看見死屍一樣，在四近徘徊，祝願她的滅亡，給我親自看見；或者咒詛她以外的一切全都滅亡，連我自己，因爲我就應該得到咒詛。但是我還沒有這樣的力量；即使有這力量，我也不願意她有這樣的境遇，因爲她們大概總不願意有這樣的境遇。我想，這最穩當。（向女孩，）

姑娘，你這布片太好，可是太小一點了，還了你罷。孩——（驚懼，退後，）我不要了！你帶走！

客——（似笑，）哦哦，……因爲我拿過了？

孩——（點頭，指口袋，）你裝在那裡，去玩玩。

客——（頹唐地退後，）但這背在身上，怎麼走呢？……翁——你息不下，也就背不動。——休息一會，就沒有什麼了。

客——對咧，休息……。（默想，但忽然驚醒，傾聽。）不，我不能！我還是走好。

翁——你總不願意休息麼？

客——我願意休息。

翁——那麼，你就休息一會罷。

客——但是，我不能……。

翁——你總還是覺得走好麼？

客——是的。還是走好。

翁——那麼，你也還是走好罷。

客——（將腰一伸，）好，我告別了。我很感謝你們。（向著女孩，）姑娘，這還你，請你收回去。

（女孩驚懼，斂手，要躲進土屋裏去。）

翁——你帶去罷。要是太重了，可以隨時拋在墳地裏面的。

孩——（走向前，）阿阿，那不行！

客——阿阿，那不行的。

翁——那麼，你掛在野百合野薔薇上就是了。

孩——（拍手，）哈哈！好！

客——哦哦……。

（極暫時中，沉默。）

翁——那麼，再見了。祝你平安。（站起，向女孩，）孩子，扶我進去罷。你看，太陽早已下去了。（轉身向門。）客——多謝你們。祝你們平安。（徘徊，沉思，忽然吃驚，）然而我不能！我只得走。我還是走好罷……。（即刻昂了頭，奮然向西走去。）

（女孩扶老人走進土屋，隨即闔了門。過客向野地裏踉蹌地闖進去，夜色跟在他後面。）

一九二五年三月二日。

《過客》寫作於 1925 年 3 月 2 日，以「野草之十一」的副標題刊發於 1925 年 3 月 9 日的《語絲》週刊第 17 期，署名魯迅。

年前因了廚川白村《苦悶的象徵》和《出了象牙之塔》之「強力生命」哲學的觸動而創作了《野草》中的從《秋夜》到《復仇（其二）》等頗有「戰鬥」姿態的篇什，雖然經歷了新年祝福聲中的低沉，然而，陽春三月卻又呈現出了復蘇的跡象，先是完成了《出了象牙之塔》的翻譯（2 月 18 日），繼而創作了具有「吶喊」遺風的小說《長明燈》（2 月 28 日，據日記日期），緊接著完成了此篇《過客》，幾天之後《苦悶的象徵》則完成了出版（日記 1925 年 3 月 7 日記載，「下午新潮社送《苦悶之象徵》十本。」）。

從《過客》的內容和其後魯迅的文字中時所涉及的討論來看，《過客》可堪稱爲魯迅「行動哲學的宣言」。其文字中對一切阻礙行動之事物的詛咒與打破尤其值得讀者注意。「我敢贈送你一句真實的話，你的善於感激，是於自己有害的，使自己不能高飛遠走。我的百無所成，就是受了這癖氣的害，《語絲》上《過客》中說：『這於你沒有什麼好處』，那『這』字就是指『感激』。我希望你向前進取，不要記著這些小事情。」（《致趙其文》，1925 年 4

月 8 日）「感激，……大概總算是美德罷。但我總覺得這是束縛人的。」「《過客》的意思不過如來信所說那樣，即是雖然明知前路是墳而偏要走，就是反抗絕望，……但這種反抗，每容易蹉跌在『愛』——感激也在內——裏，所以那過客得了小女孩的一片破布的佈施也幾乎不能前進了。」（《致趙其文》，1925 年 4 月 11 日）「又如來信說，凡有死的同我有關的，同時我就憎恨所有與我無關的……，而我正相反，同我有關的活著，我倒不放心，死了，我就安心，這意思也在《過客》中說過，都與小鬼的不同。」（《兩地書・二四》，1925 年 5 月 30 日）

《過客》從構思到寫作，可以看到尼采《查拉圖斯特拉如是說》的影響，不同的是，查拉圖斯特拉是一個巨人，而「過客」則是一個比較現實的，有自況意味的黑色人。散文詩大致可分爲三個部分，第一部分過客來了，見到老翁和女孩，老翁不斷地問過客問題：「你是誰」「你從哪裏來」「你要到哪裏去」。第二部分過客則反過來問老翁，「前面是怎麼一個所在麼？」以及「走完了那墳地之後」的所在。老翁回答了第一個問題，然而回答不了第二個問題，並且勸說過客停下來歇息，這個時候散文詩就轉到了第三個部分，過客說不行，我還得往下走。「走」是整篇散文詩的核心詞。德國的漢學家顧彬曾經說魯迅的哲學是「路的哲學」。（顧彬《關於「異」的研究》）譬如《故鄉》的最後一段。過客的生存狀態就是「走」，「走」是什麼？——走就是生活本身，就是存在。魯迅曾經說，「希望是附麗於存在的，有存在，便有希望，有希望，便是光明。」（《華蓋集續編・記談話》）即「希望」是第二位的，活著是第一位的，我們首先得要活著，然後才有希望。這就是「路的哲學」。而「路」是什麼？「路」是要一步一步地踏實地走的。所以，《過客》所表達的就是魯迅的「行動宣言」：腳踏實地一步一步往前走，並且要破除一切阻礙行動之可能的事物。這就是這篇象徵手法的散文詩所想要表達的內容。

第十一講　「夢七篇」箋釋

十二、《死火》

我夢見自己在冰山間奔馳。

這是高大的冰山，上接冰天，天上凍雲彌漫，片片如魚鱗模樣。

山麓有冰樹林，枝葉都如松杉。一切冰冷，一切青白。

但我忽然墜在冰谷中。

上下四旁無不冰冷，青白。而一切青白冰上，卻有紅影無數，糾結如珊瑚網。我俯看腳下，有火焰在。

這是死火。有炎炎的形，但毫不搖動，全體冰結，像珊瑚枝；尖端還有凝固的黑煙，疑這才從火宅中出，所以枯焦。這樣，映在冰的四壁，而且互相反映，化爲無量數影，使這冰谷，成紅珊瑚色。

哈哈！

當我幼小的時候，本就愛看快艦激起的浪花，洪爐噴出的烈焰。不但愛看，還想看清。可惜他們都息息變幻，永無定形。雖然凝視又凝視，總不留下怎樣一定的跡象。死的火焰，現在先得到了你了！

我拾起死火，正要細看，那冷氣已使我的指頭焦灼；但是，我還熬著，將他塞入衣袋中間。冰谷四面，登時完全青白。我一面思索著走出冰谷的法子。

我的身上噴出一縷黑煙，上升如鐵線蛇。冰谷四面，又登時滿有紅焰流動，如大火聚，將我包圍。我低頭一看，死火已經燃燒，燒穿了我的衣裳，流在冰地上了。

「唉，朋友！你用了你的溫熱，將我驚醒了。」他說。我連忙和他招呼，問他名姓。

「我原先被人遺棄在冰谷中，」他答非所問地說，「遺棄我的早已滅亡，消盡了。我也被冰凍凍得要死。倘使你不給我溫熱，使我重行燒起，我不久就須滅亡。」

「你的醒來，使我歡喜。我正在想著走出冰谷的方法；我願意攜帶你去，使你永不冰結，永得燃燒。」

「唉唉！那麼，我將燒完！」

「你的燒完，使我惋惜。我便將你留下，仍在這裡罷。」「唉唉！那麼，我將凍滅了！」

「那麼，怎麼辦呢？」

「但你自己，又怎麼辦呢？」他反而問。

「我說過了：我要出這冰谷……。」

「那我就不如燒完！」

他忽而躍起，如紅彗星，並我都出冰谷口外。有大石車突然馳來，我終於碾死在車輪底下，但我還來得及看見那車就墜入冰谷中。

「哈哈！你們是再也遇不著死火了！」我得意地笑著說，彷彿就願意這樣似的。

一九二五年四月二十三日。

《死火》寫作於 1925 年 4 月 23 日，以「野草之十二」的副標題刊發於 1925 年 5 月 4 日的《語絲》週刊第 25 期，署名魯迅，是《野草》「夢七篇」之首。同一天魯迅還創作了《狗的駁詰》，亦發表於同一期的《語絲》週刊。

關於這一篇的解讀，有一個魯迅的生活細節值得帶入，就是從寫作這一篇的上一個月始，魯迅同其後來的戀人與伴侶許廣平開始有書信往來，並且一個月中往來書信多達 15 篇之多。日本學者丸尾常喜注意到，同月 12 日，許廣平曾與好友一起到周宅「探檢」，20 日女子師大課堂上魯迅又應學生的要求帶她們遊覽午門上的歷史博物館。而 22 日，也就是寫作《死火》的前一天晚上，魯迅在給許廣平的回信中討論了這兩件事情，而且語氣頗令人玩味，「張王兩篇，也已看過，未免說得我太好些：我自己覺得並無如此『冷靜』，如此能幹，即如『小鬼』們之光降，在未得十六來信以前，我還未悟到已被『探檢』而去，倘如張君所言，從第一至第三，全是『冷靜』，則該早已看破了。」「星期一的比賽『韌性』，我確又失敗了，但究竟抵抗了一點鐘，成績還可以在六十分以上。可惜眾寡不敵，終被逼上午門，此後則遁入公園，避去近於『帶隊』之厄。」（《兩地書・一五》）前引的這同一封信中的兩段話，前一段談論到「探檢」，後一段則討論到遊覽博物館一事。從書信行文的語氣可知魯迅跟許廣平已經相當熟悉，到了可以開玩笑的地步，而且魯迅自招供地談到了自己的「不冷靜」，所謂「張王兩篇」中的「張」指的是張定璜，他曾經在評論魯迅的文章當中連用了三個「冷靜」來稱讚魯迅，而魯迅則自招供地說自己並非如此，這豈不是活脫脫地一個「死火」的形象麼？

由此，又自然令人聯想到 1919 年魯迅發表的散文組詩《自言自語》當中的《火的冰》，很顯然《死火》在很大層面上是自《火的冰》改寫而來，這一點毋庸置疑。而《火的冰》的寫作則確實跟魯迅的私人生活相關聯。1919 年 1 月魯迅在《隨感錄四十》中回答了一個青年關於「愛情」的疑問，對於不幸的婚姻，他則不無悲哀地表示，「只好陪著做一世犧牲，完結了四千年的舊賬」(《隨感錄四十》)。其後所寫的《火的冰》則很顯然是這一思想的文學化的產物，以「火的冰」形象隱喻著將熱情包裹起來的自我。而到了《死火》的寫作當下，這被包裹起來的「火的冰」再次昇華而成爲「死火」的形象，分明因爲遇著身外的「溫熱」而要「死火重溫」了。這樣一個意象，小而言之，是因爲許廣平的出現在他的生命裏，而使得他原本被包裹起來的熱情得以重燃；大而言之，則同《秋夜》與《希望》中的描寫一樣：是因了五四「身外青春」的激蕩而復燃了因革命失敗而被包裹起來的「身內的青春」。這兩方面的解釋其實都沒有什麼問題，抑或魯迅寫作中本就蘊含著這兩層意思也未可知。

不過在這首散文詩中，作者似乎又回到了《影的告別》的兩難的境遇當中。兩難即意味著抉擇，而每逢這樣的時候，散文詩作者的選擇則一定會朝著「生命之力綻放」的那一面走去，哪怕前面等待他的是萬劫的毀滅。這一點則很顯然帶有尼采影響的餘波。

十三、《狗的駁詰》

> 我夢見自己在隘巷中行走，衣履破碎，像乞食者。一條狗在背後叫起來了。
>
> 我傲慢地回顧，叱咤說：「呔！住口！你這勢利的狗！」
>
> 「嘻嘻！」他笑了，還接著說，「不敢，愧不如人呢。」「什麼！？」我氣憤了，覺得這是一個極端的侮辱。「我慚愧：我終於還不知道分別銅和銀；還不知道分別布和綢；還不知道分別官和民；還不知道分別主和奴；還不知道……」
>
> 我逃走了。
>
> 「且慢！我們再談談……」他在後面大聲挽留。
>
> 我一徑逃走，盡力地走，直到逃出夢境，躺在自己的床上。
>
> 一九二五年四月二十三日。

如前所述，《狗的駁詰》同《死火》寫作於同一天，即1925年4月23日，以「野草之十三」的副標題刊發於同一期《語絲》週刊上，署名魯迅。

《狗的駁詰》和其後的《立論》《聰明人和傻子和奴才》，此三者就其寫作形式而論，在《野草》當中顯得有些異類——《我的失戀》除外，頗有些像智者的箴言，有《伊索寓言》的影子在裏面似的。

不過即便如此，《狗的駁詰》就其整體結構而言，在《野草》依然能找到極其相近的作品。如果說上一篇《死火》在結構上神似《影的告別》的話，則這一篇像極了《求乞者》。有意思的是前兩篇寫作於同一天，這後兩篇作品亦寫作於同一天，好像魯迅的思想當中有個「圓環」似的轉來轉去又轉回來了。

《狗的駁詰》中再一次出現「乞食者」的形象。《求乞者》當中求乞的孩子的形象或許來自於魯迅日常所見的社會現實，而這一次卻是「我」夢見自己像是個「乞食者」，這或許跟魯迅早年的某種記憶有關，據周作人講，魯迅早期因「科考案」而避居大舅父家裏的時候曾被人稱作「討飯」的乞丐，「這個刺激的影響很不輕，後來又加上本家的輕蔑與欺侮，造成他的反抗的感情」（周作人《魯迅的青年時代・五　避難》）。乞食者因爲狗在背後叫而叱吒它，然而卻引來了狗對人類的嘲笑，「愧不如人」這一句令人印象深刻。這裡面有著極深的尼采式的厭惡人類的思想。這種思想在接下來的《失掉的好地獄》中又再一次出現，「你是人！我且去尋野獸和惡鬼……」這一句同樣表達了厭惡人類的思想。其實前面的《求乞者》也同樣表達了這個意思，我們在解讀的時候只是沿著尼采的「強力之生命」的個人主義之邏輯一面去解讀的，這個邏輯的另一面其實就是厭惡人類。眾所周知的在上山途中遇見瘦弱者推車將傾而道路被擋住時，托爾斯泰會上前扶一把，而尼采則會去推到，這個故事很形象地將這邏輯的兩面呈現了出來。

如前所述，魯迅自己就承認他經常在「人道主義」和「個人的無治主義」兩種思想之間搖擺，時而是「人道主義」同情與哀憐，時而又是「個人的無治主義」的厭惡與唾棄。這兩種思想的激烈掙扎在五四前後顯得尤其明顯。寫作於 1919 年的《一件小事》和寫作於 1922 年的《無題》就曾先後展現了魯迅思想當中這種掙扎的痕跡。在故事講述的過程當中，兩篇作品皆是無意識地流露出了厭惡（不信任）人類的思想，而後又都在結尾反思了這種極端個人主義的思想而展現出「人道主義」希望的曙光。可是到了《野草》的寫作，我們突然發現這種所謂人道主義式的反思忽然不見了，而尼采式的「強力生命」之「個人的無治主義」獨佔了上風，《求乞者》《狗的駁詰》《失掉的好地獄》無不如此。這也從一個側面窺見了此時魯迅思想的變遷了吧！

十四、《失掉的好地獄》

我夢見自己躺在床上，在荒寒的野外，地獄的旁邊。一切鬼魂們的叫喚無不低微，然有秩序，與火焰的怒吼，油的沸騰，鋼叉的震顫相和鳴，造成醉心的大樂，布告三界：地下太平。

有一偉大的男子站在我面前，美麗，慈悲，遍身有大光輝，然而我知道他是魔鬼。

「一切都已完結，一切都已完結！可憐的鬼魂們將那好的地獄失掉了！」他悲憤地說，於是坐下，講給我一個他所知道的故事——

「天地作蜂蜜色的時候，就是魔鬼戰勝天神，掌握了主宰一切的大威權的時候。他收得天國，收得人間，也收得地獄。他於是親臨地獄，坐在中央，遍身發大光輝，照見一切鬼眾。

「地獄原已廢弛得很久了：劍樹消卻光芒；沸油的邊際早不騰湧；大火聚有時不過冒些青煙，遠處還萌生曼陀羅花，花極細小，慘白可憐。——那是不足爲奇的，因爲地上曾經大被焚燒，自然失了他的肥沃。

「鬼魂們在冷油溫火裏醒來，從魔鬼的光輝中看見地獄小花，慘白可憐，被大蠱惑，倏忽間記起人世，默想至不知幾多年，遂同時向著人間，發一聲反獄的絕叫。

「人類便應聲而起，仗義執言，與魔鬼戰鬥。戰聲遍滿三界，遠過雷霆。終於運大謀略，布大網羅，使魔鬼並且不得不從地獄出走。最後的勝利，是地獄門上也豎了人類的旌旗！

「當鬼魂們一齊歡呼時，人類的整飭地獄使者已臨地獄，坐在中央，用了人類的威嚴，叱吒一切鬼眾。

「當鬼魂們又發一聲反獄的絕叫時，即已成爲人類的叛徒，得到永劫沉淪的罰，遷入劍樹林的中央。

「人類於是完全掌握了主宰地獄的大威權，那威棱且在魔鬼以上。人類於是整頓廢弛，先給牛首阿旁以最高的俸草；而且，添薪加火，磨礪刀山，使地獄全體改觀，一洗先前頹廢的氣象。

「曼陀羅花立即焦枯了。油一樣沸；刀一樣鋩；火一樣熱；鬼眾一樣呻吟，一樣宛轉，至於都不暇記起失掉的好地獄。

「這是人類的成功，是鬼魂的不幸……。

「朋友，你在猜疑我了。是的，你是人！我且去尋野獸和惡鬼……。」

一九二五年六月十六日。

《失掉的好地獄》寫作於 1925 年 6 月 16 日，以「野草之十四」的副標題刊發於 1925 年 6 月 22 日的《語絲》週刊第 32 期，署名魯迅。與《墓碣文》發表在同一期上。

在寫作該篇的這個時間，魯迅正在同以陳西瀅爲首的現代評論派打筆戰。這個語境在某個層面上就決定了他寫作這篇的意圖。現代評論派在五四時期屬於英美派，以徐志摩、胡適和陳西瀅爲代表。這一代人幾乎都出生於 19 世紀 90 年代，同魯迅和陳獨秀他們之間有著代際差別。魯迅和陳獨秀他們都親身經歷或參與過辛亥革命的實踐，對民國的建立及其掙扎的歷史有著特殊的感情，同後來這撥沒有親身經過光復革命的五四一代想法是不一樣的。讀魯迅這個時期的雜感文，我們就發現，他會經常提及「民國」，告誡大家不能忘記民國建立的歷史，並且反覆提到民元時期的「光明」，「說起民元的事來，那時確是光明得多。」（《兩地書・八》）《失掉的好地獄》寫作的當天，魯迅又再次撰文（《雜憶》）重複了這種觀點，並且在深切緬懷辛亥一代的同時表達了對當下五四一代的不滿。這就是《失掉的好地獄》寫作的具體歷史語境。

「有一個偉大的男子站在我面前，美麗，慈悲，遍身有大光輝，然而我知道他是魔鬼」，文中的「魔鬼」一詞其實就是指的辛亥一代的革命者，魯迅留日時期所撰寫的《摩羅詩力說》中的「摩羅」就是「魔鬼／撒旦」的意思。因此，我們在散文詩的末尾就看到「朋友，你在猜疑我了。是的，你是人！我且去尋野獸和惡鬼……」這樣的表達。在魯迅這裡「魔鬼」其實是一個讚美的詞，因此，當魔鬼出現時，他說「天地做蜂蜜色的時候」，蜂蜜色是暖色調，足以見得魯迅回顧辛亥革命時的心情。當「魔鬼戰勝了天神」「親臨地獄」的時候，這個時候的地獄是好地獄，「遠處還萌生曼陀羅花」，雖然「花極細小，慘白可憐」然而畢竟還有生長小白花的可能。後來魯迅在《〈野草〉英文譯本序》當中就把《野草》的寫作比作這種小白花，「所以，這也可以說，大半是廢馳的地獄邊沿的慘白色小花」。

然而他同時又說，「但這地獄也必須失掉。這是由幾個有雄辯和辣手，而當時還未得志的英雄們的臉色和語氣所告訴我的。我於是作《失掉的好地獄》。」這裡所說的「當時還未得志的英雄們」其實指的就是寫作當下困擾魯迅並使之深惡痛絕的「正人君子」之流的現代評論派及其周邊的人物。這些人在同魯迅打筆仗過程中以「正人君子」自居而黨閥一切，令魯迅厭惡至極，並且更爲深層的原因是，這是一幫爬上「高雅文學殿堂」而喪失了「生命之強力」的五四一代的雅人，他們根本不能理解從辛亥中輾轉戰鬥過來的辛亥一代的粗糲與艱辛。於是在筆戰過程中，魯迅便針鋒相對的以「匪徒」自居，把自己的書屋取名爲「綠林書屋」。因此，散文詩當中的「人類」一詞並非如「魔鬼」一樣是個頌詞，而相反隱含著諷刺在裏面。「人類便應聲而起」，「地獄門上也豎了人類的旌旗！」，「人類於是完全掌握了主宰地獄的大威權」，「這是人類的成功，是鬼魂的不幸……」這裡面的「人類」都是同「魔鬼」相反對的，好地獄也就喪失在他們的手裏。這令魯迅沮喪而且厭惡，因此在末尾他才說，「是的，你是人！我且去尋野獸和惡鬼……。」

十五、《墓碣文》

我夢見自己正和墓碣對立，讀著上面的刻辭。那墓碣似是沙石所製，剝落很多，又有苔蘚叢生，僅存有限的文句——

「……於浩歌狂熱之際中寒；於天上看見深淵。於一切眼中看見無所有；於無所希望中得救。……

「……有一遊魂，化爲長蛇，口有毒牙。不以齧人，自齧其身，終以殞顛。……

「……離開！……」

我繞到碣後，才見孤墳，上無草木，且已頹壞。即從大闕口中，窺見死屍，胸腹俱破，中無心肝。而臉上卻絕不顯哀樂之狀，但濛濛如煙然。

我在疑懼中不及回身，然而已看見墓碣陰面的殘存的文句——

「……抉心自食，欲知本味。創痛酷烈，本味何能知？……

「……痛定之後，徐徐食之。然其心已陳舊，本味又何由知？……

「……答我。否則，離開！……」

我就要離開。而死屍已在墳中坐起，口唇不動，然而說——

「待我成塵時，你將見我的微笑！」

我疾走，不敢反顧，生怕看見他的追隨。

一九二五年六月十七日。

《墓碣文》寫作於 1925 年 6 月 17 日，以「野草之十五」的副標題與《失掉的好地獄》同時刊發於 1925 年 6 月 22 日的《語絲》週刊第 32 期，署名魯迅。

《墓碣文》是《野草》「夢七篇」之四。之所以強調這一點是因爲木山英雄先生在「野草論」中認爲「夢七篇」到了《墓碣文》是一個轉折點，甚至《墓碣文》是整部《野草》的一個轉折點。在他看來，魯迅寫作《野草》時期的孤獨和懷疑在《墓碣文》中達到了一個頂點，而此後雖然還有《頹敗線的顫動》這樣的延續，可是卻承啓了「從死和幻想中重返日常性世界」的《死後》這樣的作品，即表明魯迅思想中的「自我危機」得到了解決，並以此預示著日後魯迅將全力投入到日常性「戰鬥」當中，開啓雜文寫作的時代。

同「力度由內向外」的《希望》不同的是，《墓碣文》「步步逼近內面世界」，是《野草》當中表現「黑暗與虛無」思想最深的一篇。詩的第一部分，「我」在夢中看到墓碑上殘存的文字：「於浩歌狂熱之際中寒；於天上看見深淵。於一切眼中看見無所有，於無所希望中得救。」所謂「浩歌」可以簡譯成《希望》當中「血腥的歌聲：血和鐵，火焰和毒，恢復和報仇」，也即「寂寞青春之叫喊」，「中寒」也就是對這樣一些理想主義叫喊的不信，這當然是經過辛亥革命失敗的打擊之後。所以說「於天上看見深淵，於一切眼中看見無所有」，也就是在人們表現出非常熱烈的地方，對「我」而言卻是「空虛」的。並且，只能在「於無所希望中得救」，「無所希望」就是絕望，於絕望中得救，這是非常虛無的一種表達，可另外一方面又表現出了置之死地而後生的想法，所以，可以認爲這是魯迅「多疑」思想的一種表現。第二句交代了「死」之緣由，即「口有毒牙。不以齧人，自齧其身，終以殞顛」，其實換成另外一句話就是「我的確時時解剖別人，然而更多的是更無情面地解剖我自己」（《寫在〈墳〉後面》）。第三句則是沒頭沒尾的一句話「離開！」，聯繫魯迅所說的「我的靈魂裏有毒氣和鬼氣，我極憎惡他，想除去他，而不能……」（《致李秉中信》，1924 年 9 月 24 日）可以理解爲「不要接近我」的意思，這其實是魯迅經常表達的一種思想。

《墓碣文》的第二部分，「我」繞到墓碣的背後，看到了死屍，「胸腹俱破，中無心肝。而臉上卻絕不顯哀樂之狀，但濛濛如煙然」。這是一個非常恐怖而且絕望的形象。墓碣陰面殘存的文字記載著「死」之經過：大意是說想嘗自己的本味，於是把心肝挖出來嘗，可是創痛劇烈，本味不可知，而後等創痛慢慢地平復再「徐徐食之」，可是心肝又變味了，本味仍不可知。我們熟悉的魯迅式的「這樣不行，那樣也不行」的尷尬的「表達」復現了。從前面的閱讀經驗，我們知道，跟隨這種表達而來的必定是一種抉擇。果然，第三句的抉擇來了，「答我。否則，離開！」有意味的是，前面的散文詩篇當面臨著這樣的抉擇時，最後所選擇必定是毀滅或者死亡，而本篇則正好相反，選擇了向「生」的一面逃離，「我疾走，不敢反顧，生怕看見他的追隨」。儘管在逃離過程當中，「我」受到了極大的死之誘惑，「待我成塵時，你將見我的微笑！」然而，最終義無反顧地逃向「生」的抉擇正印證了我們開篇所提到的木山英雄的論斷，即向日常性的回歸，或許魯迅通過《野草》這一系列的寫作，眞的掙脫了其思想當中的某種危機。

十六、《頹敗線的顫動》

我夢見自己在做夢。自身不知所在，眼前卻有一間在深夜中緊閉的小屋的內部，但也看見屋上瓦松的茂密的森林。

板桌上的燈罩是新拭的，照得屋子裏分外明亮。在光明中，在破榻上，在初不相識的披毛的強悍的肉塊底下，有瘦弱渺小的身軀，爲飢餓，苦痛，驚異，羞辱，歡欣而顫動。弛緩，然而尚且豐腴的皮膚光潤了；青白的兩頰泛出輕紅，如鉛上塗了胭脂水。

燈火也因驚懼而縮小了，東方已經發白。

然而空中還彌漫地搖動著飢餓，苦痛，驚異，羞辱，歡欣的波濤……。

「媽！」約略兩歲的女孩被門的開合聲驚醒，在草席圍著的屋角的地上叫起來了。

「還早哩，再睡一會罷！」她驚惶地說。

「媽！我餓，肚子痛。我們今天能有什麼吃的？」

「我們今天有吃的了。等一會有賣燒餅的來，媽就買給你。」她欣慰地更加緊捏著掌中的小銀片，低微的聲音悲涼地發抖，走近屋角去一看她的女兒，移開草席，抱起來放在破榻上。

「還早哩，再睡一會罷。」她說著，同時抬起眼睛，無可告訴地一看破舊的屋頂以上的天空。

空中突然另起了一個很大的波濤，和先前的相撞擊，迴旋而成漩渦，將一切並我盡行淹沒，口鼻都不能呼吸。

我呻吟著醒來，窗外滿是如銀的月色，離天明還很遼遠似的。

我自身不知所在，眼前卻有一間在深夜中緊閉的小屋的內部，我自己知道是在續著殘夢。可是夢的年代隔了許多年了。屋的內外已經這樣整齊；裏面是青年的夫妻，一群小孩子，都怨恨鄙夷地對著一個垂老的女人。

「我們沒有臉見人，就只因爲你，」男人氣忿地說。「你還以爲養大了她，其實正是害苦了她，倒不如小時候餓死的好！」「使我委屈一世的就是你！」女的說。

「還要帶累了我！」男的說。

「還要帶累他們哩！」女的說，指著孩子們。

最小的一個正玩著一片乾蘆葉，這時便向空中一揮，彷彿一柄鋼刀，大聲說道：「殺！」

那垂老的女人口角正在痙攣，登時一怔，接著便都平靜，不多時候，她冷靜地，骨立的石像似的站起來了。她開開板門，邁步在深夜中走出，遺棄了背後一切的冷罵和毒笑。

她在深夜中盡走，一直走到無邊的荒野；四面都是荒野，頭上只有高天，並無一個蟲鳥飛過。她赤身露體地，石像似的站在荒野的中央，於一剎那間照見過往的一切：飢餓，苦痛，驚異，羞辱，歡欣，於是發抖；害苦，委屈，帶累，於是痙攣；殺，於是平靜。……又於一剎那間將一切併合：眷念與決絕，愛撫與復仇，養育與殲除，祝福與咒詛……。她於是舉兩手儘量向天，口唇間漏出人與獸的，非人間所有，所以無詞的言語。

當她說出無詞的言語時，她那偉大如石像，然而已經荒廢的，頹敗的身軀的全面都顫動了。這顫動點點如魚鱗，每一鱗都起伏如沸水在烈火上；空中也即刻一同振顫，彷彿暴風雨中的荒海的波濤。

她於是抬起眼睛向著天空，並無詞的言語也沉默盡絕，惟有顫動，輻射若太陽光，使空中的波濤立刻迴旋，如遭颶風，洶湧奔騰於無邊的荒野。

我夢魘了，自己卻知道是因爲將手擱在胸脯上了的緣故；我夢中還用盡平生之力，要將這十分沉重的手移開。

一九二五年六月二十九日。

《頹敗線的顫動》寫作於 1925 年 6 月 29 日，以「野草之十六」的副標題與《立論》同刊於 1925 年 7 月 13 日的《語絲》週刊第 35 期，署名魯迅。《頹敗線的顫動》刊發於這一期的《語絲》的第 4 版，可是該版頁眉的日期在排版印刷時出現錯誤，本應該是 7 月 13 日，卻誤寫成 7 月 29 日。

《頹敗線的顫動》作爲「夢七篇」之一，並沒有以通常的「我夢見」開頭，而是說「我夢見我在做夢」，是一種「審視」的狀態。這一點頗值得注意。夢境分爲前後兩個部分，第一部分：夢見老婦人還年輕的時候，通過賣身賺錢來養活自己的後代，並且記錄了賣身時候的「苦痛，驚異，羞辱，歡欣」；這段夢「將一切並我盡行淹沒，口鼻都不能呼吸」，並使「我呻吟著醒來」，足以見得是一個噩夢，是夢魘。第二部分：婦人老了，她賣身撫育成人的後代有了自己的家庭和孩子，然而，他們非但不感激她，反而以她爲恥，侮辱她。被侮辱和被損害的老婦人於是走出了家庭，來到了曠野，做無聲的哀告。這個時候，夢醒了，作者明確地說，這是一個「夢魘」。

關於這一篇的創作動機，馮雪峰有過非常中肯的意見，「作者所設想的這個老女人的『顫動』——猛烈的反抗和『復仇』的情緒，不能不是作者自己曾經經驗過的情緒，至少也是他最能體貼的情緒。」（馮雪峰《論野草》）所謂「最能體貼的情緒」其實我們此前講過，就是魯迅身邊「爲大眾而反被大眾所侮辱和損害」的先驅者們——秋瑾、徐錫麟、馮省三等。「老婦人」這個形象中肯定夾雜著這些揮之不去的記憶。然而「作者自己曾經經驗過的情緒」或許較前者有著更爲重要的影響。這種「作者自己曾經經驗過的情緒」概括起來大約有三種組成：其一是對兄弟失和的記憶；其一是魯迅自身作爲「先驅者」的體驗。

1925年魯迅因爲「青年必讀書」和「咬文嚼字」事件而大受攻擊，而另一面則與陳西瀅、章士釗戰，雖聲名雀躍，但卻也十足地體驗了先驅者的孤獨；最後則是因懷疑自己的學生孫伏園對自己的利用而引起的情緒。在寫作該篇的當月魯迅在給許廣平的信當中抱怨孫伏園跟陳西瀅暗中聯絡，有出賣朋友並且利用自己的嫌疑，「每每終於發見純粹的利用，連『互』字也安不上，被利用後，只剩下耗了氣力的自己一個。」（《兩地書・二九》，1925年6月13日）

以上這些或許綜合起來，構成了魯迅刻畫「老婦人」這一形象的原因。所謂「一變藥渣，便什麼人都來踐踏，連先前喝過汁的人也來踐踏，不但踐踏，還要冷笑。」「我先前何嘗不出於自願，在生活的路上，將血一滴一滴地滴過去，以飼別人，雖自覺漸瘦弱，也以爲快活。而現在呢，人們笑我瘦弱了，連飲過我的血的人，也來嘲笑我的瘦弱了。」（《兩地書・九五》）

其實從《墓碣文》深重的黑暗與虛無到《死後》對於日常性的回歸，這中間有兩篇作品集中地將此前兩種分別不同的負面情緒總結性地刻畫了出來，這才使得「日常性的回歸」成爲可能，其一就是《頹敗線的顫動》，它將魯迅此前的「單爲他人而反遭他人損害」的情緒總結性地寫了出來，老婦人最後在曠野中的「無詞」哀告與呼喊，其實就是這一情緒的總爆發，故而魯迅在文尾稱之爲「夢魘」。另外一篇是《這樣的戰士》，它則將社會的虛妄以及自我戰鬥的無力與堅韌傾力地描繪了出來。

十七、《立論》

我夢見自己正在小學校的講堂上預備作文，向老師請教立論的方法。

「難！」老師從眼鏡圈外斜射出眼光來，看著我，說。「我告訴你一件事——

「一家人家生了一個男孩，闔家高興透頂了。滿月的時候，抱出來給客人看，——大概自然是想得一點好兆頭。」

「一個說：『這孩子將來要發財的。』他於是得到一番感謝。」

「一個說：『這孩子將來要做官的。』他於是收回幾句恭維。」

「一個說：『這孩子將來是要死的。』他於是得到一頓大家合力的痛打。」

「說要死的必然，說富貴的許謊。但說謊的得好報，說必然的遭打。你……」

「我願意既不謊人，也不遭打。那麼，老師，我得怎麼說呢？」

「那麼，你得說：『啊呀！這孩子呵！您瞧！多麼……。阿唷！哈哈！Hehe！he，hehehe！』」

一九二五年七月八日。

《立論》寫作於 1925 年 7 月 8 日，以「野草之十七」的副標題與《頹敗線的顫動》同刊於 1925 年 7 月 13 日的《語絲》週刊第 35 期，署名魯迅。

在解讀《狗的駁詰》的時候，我們說過《狗的駁詰》《立論》《聰明人和傻子和奴才》三篇在《野草》當中顯得有些異類（《我的失戀》除外），「頗有些像智者的箴言，有《伊索寓言》的影子在裏面似的」。而這三篇又以《立論》最爲精短簡明。然而就是在這極精短簡明中，卻一語中的地將中國千年的國民性刻畫得惟妙惟肖，並給我們奉獻了一個令人印象深刻的「今天天氣……哈哈哈」的經典形象。

本文以寓言的方式刻畫出了中國國民慣於以「瞞」和「哄／騙」相與欺騙的方式換得心安與太平的形象。十幾天後的 7 月 22 日，魯迅雜感文《論睜了眼看》中則更爲清晰地論述了這一觀點，「我們的聖賢，本來早已教人『非禮勿視』的了；而這『禮』又非常之嚴，不但『正視』，連『平視』『斜視』也不許」，「先既不敢，後便不能，再後，就自然不視，不見了」，「中國的文人也一樣，萬事閉眼睛，聊以自欺，而且欺人，那方法是：瞞和騙」。這樣「瞞和騙」下去的後果只有一個，即「不敢正視各方面，用瞞和騙，造出奇妙的逃路來，而自以爲正路。在這路上，就證明著國民性的怯弱，懶惰，而又巧滑。一天一天的滿足著，即一天一天的墮落著，但卻又覺得日見其光榮」，於是，就造出大量的不敢正視現實和直面人生的「怯弱，懶惰，而又巧滑」的「今天天氣……哈哈哈」的國民。

其實之前在《狂人日記》中，魯迅就疑似用過「今天天氣……」的刻畫手法，當狂人固執地追問大哥「吃人的事，對麼？」大哥最後無言以對，於是就說，「這等事問他什麼。你眞會……說笑話。……今天天氣很好。」1924 年 10 月 30 日，魯迅則在《說鬍鬚》中坦誠自己學會了「今天天氣……哈哈哈」的處事方式，「然而，倘使在現在，我大約還要說：『嗡，嗡，……今天天氣多麼好呀？……那邊的村子叫什麼名字？……』因爲我實在比先前似乎油滑得多了。」

荊有麟後來在《魯迅回憶片斷・哈哈論的形成》一文中交代魯迅這種「哈哈論」的形成，是因爲 1924 年夏天同魯迅一起去西安的京報社記者王小隱的爲人處世方式就是哈哈論，魯迅頗爲領教。後來魯迅對荊有麟說，「我想不到，世界上竟有以哈哈論過生活的人。他的哈哈是贊成，又是否定。似不贊成，也似不否定。讓同他講話的人，如在無人之境。」

魯迅在思想深處對中國這種無可無不可的「瞞和哄」的處事方式深惡痛絕，因此才創作了此篇《立論》。1935 年當他被左聯的一幫人弄得極爲煩惱的時候，寫信給胡風抱怨說，「以我自己而論，總覺得縛了一條鐵索，有一個工頭在背後用鞭子打我，無論我怎樣起勁的做，也是打，而我回頭去問自己的錯處時，他卻拱手客氣的說，我做得好極了，他和我感情好極了，今天天氣哈哈哈……。眞常常令我手足無措。」（《致胡風》，1935 年 9 月 12 日）

1950 年周作人在《天氣哈哈哈》一文中考證了這種寒暄方式的來歷，「清末京官向來遵守少說話多磕頭主義，平時相見只說今天天氣好」，「後來更進步了，說今天天氣只說得半句，底下便接著哈哈一笑」，「這種新寒暄法稱爲『今天天氣哈哈哈』」。

十八、《死後》

我夢見自己死在道路上。

這是那裡，我怎麼到這裡來，怎麼死的，這些事我全不明白。總之，待到我自己知道已經死掉的時候，就已經死在那裡了。

聽到幾聲喜鵲叫，接著是一陣烏老鴉。空氣很清爽，——雖然也帶些土氣息，——大約正當黎明時候罷。我想睜開眼睛來，他卻絲毫也不動，簡直不像是我的眼睛；於是想抬手，也一樣。

恐怖的利鏃忽然穿透我的心了。在我生存時，曾經玩笑地設想：假使一個人的死亡，只是運動神經的廢滅，而知覺還在，那就比全死了更可怕。誰知道我的預想竟的中了，我自己就在證實這預想。

聽到腳步聲，走路的罷。一輛獨輪車從我的頭邊推過，大約是重載的，軋軋地叫得人心煩，還有些牙齒齼。很覺得滿眼緋紅，一定是太陽上來了。那麼，我的臉是朝東的。但那都沒有什麼關係。切切嚓嚓的人聲，看熱鬧的。他們踹起黄土來，飛進我的鼻孔，使我想打噴嚏了，但終於沒有打，僅有想打的心。

陸陸續續地又是腳步聲，都到近旁就停下，還有更多的低語聲：看的人多起來了。我忽然很想聽聽他們的議論。但同時想，我生存時説的什麼批評不值一笑的話，大概是違心之論罷：才死，就露了破綻了。然而還是聽；然而畢竟得不到結論，歸納起來不過是這樣——

「死了？……」

「嗡。——這……」

「哼！……」

「嘖。……唉！……」

我十分高興，因爲始終沒有聽到一個熟識的聲音。否則，或者害得他們傷心；或則要使他們快意；或則要使他們加添些飯後閒談的材料，多破費寶貴的工夫；這都會使我很抱歉。現在誰也看不見，就是誰也不受影響。好了，總算對得起人了！

但是，大約是一個馬蟻，在我的脊樑上爬著，癢癢的。我一點也不能動，已經沒有除去他的能力了；倘在平時，只將身子一扭，就能使他退避。而且，大腿上又爬著一個哩！你們是做什麼的？蟲豸！？

事情可更壞了：嗡的一聲，就有一個青蠅停在我的顴骨上，走了幾步，又一飛，開口便舐我的鼻尖。我懊惱地想：足下，我不是什麼偉人，你無須到我身上來尋做論的材料……。但是不能説出來。他卻從鼻尖跑下，又用冷舌頭來舐我的嘴唇了，不知道可是表示親愛。還有幾個則聚在眉毛上，跨一步，我的毛根就一搖。實在使我煩厭得不堪，——不堪之至。

忽然，一陣風，一片東西從上面蓋下來，他們就一同飛開了，臨走時還説——

「惜哉！……」

我憤怒得幾乎昏厥過去。

木材摔在地上的鈍重的聲音同著地面的震動，使我忽然清醒，前額上感著蘆席的條紋。但那蘆席就被掀去了，又立刻感到了日光的灼熱。還聽得有人說——

「怎麼要死在這裡？……」

這聲音離我很近，他正彎著腰罷。但人應該死在那裡呢？我先前以爲人在地上雖沒有任意生存的權利，卻總有任意死掉的權利的。現在才知道並不然，也很難適合人們的公意。可惜我久沒了紙筆；即有也不能寫，而且即使寫了也沒有地方發表了。只好就這樣地拋開。

有人來抬我，也不知道是誰。聽到刀鞘聲，還有巡警在這裡罷，在我所不應該「死在這裡」的這裡。我被翻了幾個轉身，便覺得向上一舉，又往下一沉；又聽得蓋了蓋，釘著釘。但是，奇怪，只釘了兩個。難道這裡的棺材釘，是只釘兩個的麼？

我想：這回是六面碰壁，外加釘子。眞是完全失敗，嗚呼哀哉了！……

「氣悶！……」我又想。

然而我其實卻比先前已經寧靜得多，雖然知不清埋了沒有。在手背上觸到草席的條紋，覺得這屍衾倒也不惡。只不知道是誰給我化錢的，可惜！但是，可惡，收斂的小子們！我背後的小衫的一角皺起來了，他們並不給我拉平，現在抵得我很難受。你們以爲死人無知，做事就這樣地草率麼？哈哈！

我的身體似乎比活的時候要重得多，所以壓著衣皺便格外的不舒服。但我想，不久就可以習慣的；或者就要腐爛，不至於再有什麼大麻煩。此刻還不如靜靜地靜著想。

「您好？您死了麼？」

是一個頗爲耳熟的聲音。睜眼看時，卻是勃古齋舊書鋪的跑外的小夥計。不見約有二十多年了，倒還是那一副老樣子。我又看看六面的壁，委實太毛糙，簡直毫沒有加過一點修刮，鋸絨還是毛毿毿的。

「那不礙事，那不要緊。」他說，一面打開暗藍色布的包裹來。

「這是明板《公羊傳》，嘉靖黑口本，給您送來了。您留下他罷。這是……。」

「你！」我詫異地看定他的眼睛，說，「你莫非眞正胡塗了？你看我這模樣，還要看什麼明板？……」

「那可以看，那不礙事。」

我即刻閉上眼睛，因爲對他很煩厭。停了一會，沒有聲息，他大約走了。但是似乎一個馬蟻又在脖子上爬起來，終於爬到臉上，只繞著眼眶轉圈子。

萬不料人的思想，是死掉之後也還會變化的。忽而，有一種力將我的心的平安衝破；同時，許多夢也都做在眼前了。幾個朋友祝我安樂，幾個仇敵祝我滅亡。我卻總是既不安樂，也不滅亡地不上不下地生活下來，都不能副任何一面的期望。現在又影一般死掉了，連仇敵也不使知道，不肯贈給他們一點惠而不費的歡欣。……我覺得在快意中要哭出來。這大概是我死後第一次的哭。

然而終於也沒有眼淚流下；只看見眼前彷彿有火花一閃，我於是坐了起來。

一九二五年七月十二日。

《死後》寫作於 1925 年 7 月 12 日，以「野草之十八」的副標題與刊發於 1925 年 7 月 20 日的《語絲》週刊第 36 期，署名魯迅。

《死後》是《野草》「夢七篇」的終結，即最後一篇，同時在象徵的書寫層面則宣告了魯迅此前一味向內探尋的終結，而顯示出日常性的喜怒哀樂的顏色。並且與此前凝練的詩的語言不同的是，該篇則顯示出「小說化」的散文書寫語言的傾向。

所謂書寫向「日常性」的回歸主要體現在兩個方面，一爲環境，一則是「主體」。「環境」的方面指的是「日常性」的熙熙攘攘出現在書寫當中，同想像性的向內探尋的詩性書寫不一樣，對於日常性的刻畫則是散文化的。「主體」的方面則是指書寫當中的「我」或者相當於「我」形象不再囿鬱于自我內心所造的意境與思想當中，而是一切思想的變動皆無不跟肉身的當下的「經驗／觸感」相關，並由此顯示出喜怒哀樂的顏色。

以上這兩點正是《死後》這篇散文詩的書寫特點。作者以「我夢見自己死在道路上」的方式盡情地展現了「環境」與「主體」兩方面書寫的「日常性」。作爲已死然而還有知覺的「我」，被來自日常的各方面打擾，陌生的路人、蟲豸、蒼蠅、收殮者、書店賣書的夥計……於是作爲主體的「我」的情緒隨著各個打擾而起伏波動，顯示出不同的喜怒哀樂的顏色。儘管其中也隱含了其一貫的「國民性」批判的調子，然而並沒有《野草》前半部分書寫當中所鬱結的「黑暗」與出離憤怒的情緒，而相反卻時而帶出「滑稽」的意味來。譬如臨近結尾處對兜售明板公羊傳夥計的描寫就分明帶有晚期《故事新編》當中的「油滑」的成分，閱知令人忍俊不已，其實已經是將自我「對象化」處理的結果，與此前《野草》諸篇中將自我以外的世界「對象化」的處理已經是截然相反了。以及「小衫的一角皺起來」，棺材的毛糙，螞蟻的亂爬，青蠅的亂舔令「我」從一種觸想到另一種觸想的忙不跌停地「移動」則無不淋漓盡致地將一個置身於「日常性」的自我的「日常」烘托了出來。

《死後》散文化的書寫，雖然給人以小說的印象，卻在更生動的層面與雜文的書寫有著更爲緊密的聯繫。作者在形象化的書寫當中幾乎調動了寫作當下的主要的雜文資源。這一點已爲眾多的研究者所指出。譬如木山英雄就指出散文詩開頭的「死然而有知覺」的自我形象源自於四個月前所寫的《春末閒談》當中的「細腰蜂」的故事（木山英雄《正岡子規與魯迅、周作人》）。青蠅「到我身上來尋做論的材料」和飛走時的「惜哉！」則分別來自於雜文《戰士與蒼蠅》和魯迅與陳西瀅的筆仗（丸尾常喜《恥辱與恢復——《吶喊》與《野草》）。而倒數第二段中的「幾個朋友祝我安樂，幾個仇敵祝我滅亡。我卻總是既不安樂，也不滅亡地不上不下地生活下來，都不能副任何一面的期望」兩句則化自《野草》寫作開手時期魯迅致李秉中的一封信，「我很憎惡我自己，因爲有若干人，或則願我有錢，有名，有勢，或則願我隕滅，死亡，而我偏偏無錢無名無勢，又不滅不亡，對於各方面，都無以報答盛意。」（《致李秉中》，1924 年 9 月 24 日）

文末的「我死後第一次地哭」以及「我於是坐了起來」可以視作是魯迅前一段向死與夢裏追尋的《野草》的寫作告一段落，而終於以「哭」的方式宣洩出來並由此宣告「向死」情緒的終結，於是宣告「我」活過來了的隱喻式書寫。「我也常常想到自殺，也常想殺人。」（《致李秉中信》，1924 年 9 月 24 日）「我近來忽然還想活下去了。」（《致李秉中信》，1926 年 6 月 17 日）這《野草》寫作開手與終結時寫給同一個人的前後兩封信的對照，豈不是正好可以說明這一切麼？

第十二講　《野草》後五篇及《題辭》箋釋

十九、《這樣的戰士》

要有這樣的一種戰士——已不是蒙昧如非洲土人而背著雪亮的毛瑟槍的；也並不疲憊如中國綠營兵而卻佩著盒子炮。他毫無乞靈於牛皮和廢鐵的甲冑；他只有自己，但拿著蠻人所用的，脫手一擲的投槍。

他走進無物之陣，所遇見的都對他一式點頭。他知道這點頭就是敵人的武器，是殺人不見血的武器，許多戰士都在此滅亡，正如炮彈一般，使猛士無所用其力。

那些頭上有各種旗幟，繡出各樣好名稱：慈善家，學者，文士，長者，青年，雅人，君子……。頭下有各樣外套，繡出各式好花樣：學問，道德，國粹，民意，邏輯，公義，東方文明……。

但他舉起了投槍。

他們都同聲立了誓來講說，他們的心都在胸膛的中央，和別的偏心的人類兩樣。他們都在胸前放著護心鏡，就爲自己也深信心在胸膛中央的事作證。

但他舉起了投槍。

他微笑，偏側一擲，卻正中了他們的心窩。

一切都頹然倒地；——然而只有一件外套，其中無物。無物之物已經脫走，得了勝利，因爲他這時成了戕害慈善家等類的罪人。

但他舉起了投槍。

他在無物之陣中大踏步走，再見一式的點頭，各種的旗幟，各樣的外套……。

但他舉起了投槍。

他終於在無物之陣中老衰，壽終。他終於不是戰士，但無物之物則是勝者。

在這樣的境地裏，誰也不聞戰叫：太平。

太平……。

但他舉起了投槍！

一九二五年十二月十四日。

《這樣的戰士》寫作於 1925 年 12 月 14 日，以「野草之十九」的副標題與刊發於 1925 年 12 月 21 日的《語絲》週刊第 58 期，署名魯迅。在《〈野草〉英文譯本序》裏魯迅說：「《這樣的戰士》，是有感於文人學士們幫助軍閥而作。」

我們在前面解讀《頹敗線的顫動》時曾經說過，從《墓碣文》的黑暗與虛無到《死後》對於日常性的回歸，這中間有兩篇作品集中地將此前兩種分別不同的負面情緒總結性地刻畫了出來，其一就是《頹敗線的顫動》，它將魯迅此前的「單為他人而反遭他人損害」的情緒總結性地寫了出來，其一篇則是《這樣的戰士》，它則將社會的虛妄以及自我戰鬥的無力與堅韌傾力地描繪了出來。我們這裡所說的「中間兩篇作品」，並非就寫作時間而論，而是從寫作邏輯出發而作的議論。

魯迅就其一生而言，共經歷了兩場思想啓蒙運動和三場社會革命。所謂兩場啓蒙運動就是晚清的思想啓蒙和五四的思想啓蒙；三場革命當然是指辛亥革命、國民革命和共產黨革命。從晚清到辛亥，魯迅雖然還涉世未深，然而卻實實在在地參與了那場啓蒙和革命。從辛亥到五四，當魯迅沉浸於辛亥革命的失敗而苦痛不已的時候，第二場啓蒙卻悄然而至了，跟隨啓蒙而來的自然就是再一次的革命。參與其中的魯迅背負著第一場啓蒙與革命失敗的經歷與教訓「彷徨」地「吶喊」，卻於無意間意想不到的「死火重溫」了。然而，由於有前一次的經驗與教訓，魯迅深知社會的虛妄與兇險，從而顯示出與五四一代迥然不同的「韌」性的戰鬥姿態。這是《這樣的戰士》寫作的大背景。就具體寫作語境而言，諸多的研究者都注意到從《死後》的完成到寫作《這樣的戰士》，其間有 5 個月的時間差，隔著許多的重要文本，並且發生女師大風潮、被教育部免職、「首都革命」等一系列重要的個人與歷史事件。同年上海爆發的五卅運動以及即將到來的「三・一八慘案」預示著下一場腥風血雨的革命迫在眉睫。《這樣的戰士》就是在這樣的歷史語境下構思完成的，如前所述，從某個側面可以說是帶有某種總結性的寫作。同一時期十分接近的作品還有《論「費厄潑賴」應該緩行》（1925 年 12 月 29 日），孫玉石甚至認為它們是「精神上一脈相承的『姐妹篇』」（孫玉石《現實的與哲學的——魯迅〈野草〉重釋》）。

所謂「無物之物」與「無物之陣」是魯迅以文學形象的方式基於自我的經歷對中國社會做出的歷史性總結。魯迅深知這個社會的虛妄性以及他們對「猛士們」的各樣的殺法。「他走進無物之陣，所遇見的都對他一式點頭。他知道這點頭就是敵人的武器，是殺人不見血的武器，許多戰士都在此滅亡，正如炮彈一般，使猛士無所用其力。」他在《論「費厄潑賴」應該緩行》中以其所親歷的血的教訓講述了從晚清到辛亥到二次革命時期的「無物之陣」同「無物之物」以及在「無物之陣」中被「捧殺」的王金發及其他革命同人。因此，面對千年的「無物之陣」「費厄潑賴」應該緩行，並且投槍定要一再舉起。這就是「這樣的戰士」，是從《秋夜》和《過客》中走過來直面眞的人生和社會的「棗樹」與「過客」的化身，在戰叫「太平」的聲音裏「舉起來投槍」！

值得注意的是，在魯迅看來，所謂的「無物之陣」不但包含老派反動勢力，同樣也包含了從新文化陣營中轉變爲幫兇的新派反動勢力，即幫助軍閥的「文人學士」，所謂的「正人君子」之流。

二十、《聰明人和傻子和奴才》

奴才總不過是尋人訴苦。只要這樣，也只能這樣。有一日，他遇到一個聰明人。

「先生！」他悲哀地說，眼淚聯成一線，就從眼角上直流下來。「你知道的。我所過的簡直不是人的生活。吃的是一天未必有一餐，這一餐又不過是高粱皮，連豬狗都不要吃的，尚且只有一小碗……。」

「這實在令人同情。」聰明人也慘然說。

「可不是麼！」他高興了。「可是做工是晝夜無休息的：清早擔水晚燒飯，上午跑街夜磨麵，晴洗衣裳雨張傘，冬燒汽爐夏打扇。半夜要煨銀耳，侍候主人要錢；頭錢從來沒分，有時還挨皮鞭……。」

「唉唉……。」聰明人歎息著，眼圈有些發紅，似乎要下淚。

「先生！我這樣是敷衍不下去的。我總得另外想法子。可是什麼法子呢？……」

「我想，你總會好起來……。」

「是麼？但願如此。可是我對先生訴了冤苦，又得你的同情和慰安，已經舒坦得不少了。可見天理沒有滅絕……。」

但是，不幾日，他又不平起來了，仍然尋人去訴苦。

「先生！」他流著眼淚說，「你知道的。我住的簡直比豬窠還不如。主人並不將我當人；他對他的叭兒狗還要好到幾萬倍……。」

「混帳！」那人大叫起來，使他吃驚了。那人是一個傻子。「先生，我住的只是一間破小屋，又濕，又陰，滿是臭蟲，睡下去就咬得眞可以。穢氣衝著鼻子，四面又沒有一個窗……。」

「你不會要你的主人開一個窗的麼？」

「這怎麼行？……」

「那麼，你帶我去看去！」

傻子跟奴才到他屋外，動手就砸那泥牆。

「先生！你幹什麼？」他大驚地說。

「我給你打開一個窗洞來。」

「這不行！主人要罵的！」

「管他呢！」他仍然砸。

「人來呀！強盜在毀咱們的屋子了！快來呀！遲一點可要打出窟窿來了！……」他哭嚷著，在地上團團地打滾。一群奴才都出來了，將傻子趕走。

聽到了喊聲，慢慢地最後出來的是主人。

「有強盜要來毀咱們的屋子，我首先叫喊起來，大家一同把他趕走了。」他恭敬而得勝地說。

「你不錯。」主人這樣誇獎他。

這一天就來了許多慰問的人，聰明人也在內。

「先生。這回因爲我有功，主人誇獎了我了。你先前說我總會好起來；實在是有先見之明……。」他大有希望似的高興地說。

「可不是麼……。」聰明人也代爲高興似的回答他。

一九二五年十二月二十六日。

《聰明人和傻子和奴才》寫作於 1925 年 12 月 26 日，以「野草之二十」的副標題刊發於1926年1月4日的《語絲》週刊第60期，署名魯迅，和《臘葉》寫作於同一天，同期發表。同《狗的駁詰》和《立論》一樣，《聰明人和傻子和奴才》帶有箴言的屬性，有《伊索寓言》的影子在裏面。

本篇故事其實很簡單，毋庸再復述，只是值得我們注意的是魯迅所用的「奴才」一詞。日本學者注意到「從1925年開始，魯迅除了用『奴隸』一詞外，逐漸地多用『奴才』一詞」，並且「魯迅對『奴隸』的批判，進入30年代幾乎變成了傾向於對『奴才』的批判」（丸尾常喜《恥辱與恢復——《吶喊》與《野草》）。1933年，魯迅對「奴隸」與「奴才」做了明確的區分：「一個活人，當然是總想活下去的，就是眞正老牌的奴隸，也還在打熬著要活下去。然而自己明知道是奴隸，打熬著，並且不平著，掙扎著，一面『意圖』掙脫以至實行掙脫的，即使暫時失敗，還是套上了鐐銬罷，他卻不過是單單的奴隸。如果從奴隸生活中尋出『美』來，讚歎，撫摩，陶醉，那可簡直是萬劫不復的奴才了，他使自己和別人永遠安住於這生活。就因爲奴群中有這一點差別，所以使社會有平安和不安的差別，而在文學上，就分明的顯現了麻醉的和戰鬥的的不同。」（《南腔北調集・漫與》）

就魯迅對社會的參與度及其作品而論，《野草》與《彷徨》以前的作品，包括《吶喊》與「隨感錄」更多的是他對於社會觀察的結果，雖然也痛苦於辛亥革命的失敗，然而其成分則主要來自於同人的犧牲與個我青春之夢想的毀滅，還遠未達到將自我裹挾進同社會與家庭的貼身肉搏，並由此而昇華爲文字的作品。而《野草》與《彷徨》及之後的雜文則正是這種「肉搏」的產物。兄弟失和的切身苦痛，與現代評論派的論戰，女師大風潮等等這一系列的切身事件成爲此時《野草》《彷徨》以及雜文寫作的源源不斷的材料。這些文字大多隱含著魯迅因切身苦痛而輾轉掙扎的「瘢痕」，因此比前期的文字更爲痛切，也更犀利。1925年對「奴隸」的批判一轉而爲批判「奴才」，其根源應該就在這種切身之痛當中。孫玉石對本文中「傻子」一詞來歷的考證，似乎印證了我的這一推測。在《重釋》一書中，孫認爲魯迅本文創作「傻子」的靈感有可能來源於林語堂在前一期《語絲》所發表的《論罵人之難》一文，文中林語堂指出，「有人說《語絲社》盡是土匪，《猛進》社盡是傻子」，而說這話的人正是現代評論派的那些「正人君子」們。因此，可以認爲，魯迅對「奴群」認識的深入跟他和「正人君子」們的論戰關係甚大，是貼身肉搏的切身體驗所凝聚的結果。

不過觸發魯迅創作該篇的靈感或許更應該歸功於魯迅剛剛翻譯的廚川白村的《出了象牙之塔》一書，該書的第一章「七　聰明人」、「八　呆子」、「九　現今的日本」三篇很可能就是魯迅本篇中「聰明人」、「傻子」和「奴才」三個形象的來源。「七」中的「我對於這樣的聰明人，始終總不能不抱著強烈的反感」，「八」中的「人類到現今進到這地步者，就是因爲有那樣的許多呆子之大者拼了命給做事的緣故」，「九」中的對現今的日本「奴性」人太多而呆子太少的感慨，似乎分別對應著本篇中三種形象的刻畫。略爲不同的是，魯迅則更強調「奴性」問題，並成功刻畫了「奴才」這個形象。當然，這應該是加進了自我的切身體會而加以改造的結果。

1925年同本文遙相呼應的是那篇著名的《燈下漫筆》，所謂將中國史概括爲「想做奴隸而不得的時代」和「暫時做穩了奴隸的時代」的循環。不過《燈下漫筆》如果放在本篇之後寫作，或許「奴隸」一詞會替換成「奴才」也未可知。

二十一、《臘葉》

燈下看《雁門集》，忽然翻出一片壓乾的楓葉來。

這使我記起去年的深秋。繁霜夜降，木葉多半凋零，庭前的一株小小的楓樹也變成紅色了。我曾繞樹徘徊，細看葉片的顏色，當他青葱的時候是從沒有這麼注意的。他也並非全樹通紅，最多的是淺絳，有幾片則在緋紅地上，還帶著幾團濃綠。一片獨有一點蛀孔，鑲著烏黑的花邊，在紅，黃和綠的斑駁中，明眸似的向人凝視。我自念：這是病葉呵！便將他摘了下來，夾在剛才買到的《雁門集》裏。大概是願使這將墜的被蝕而斑斕的顏色，暫得保存，不即與群葉一同飄散罷。

但今夜他卻黃蠟似的躺在我的眼前，那眸子也不復似去年一般灼灼。假使再過幾年，舊時的顏色在我記憶中消去，怕連我也不知道他何以夾在書裏面的原因了。將墜的病葉的斑斕，似乎也只能在極短時中相對，更何況是葱鬱的呢。看看窗外，很能耐寒的樹木也早經禿盡了；楓樹更何消說得。當深秋時，想來也許有和這去年的模樣相似的病葉的罷，但可惜我今年竟沒有賞玩秋樹的餘閒。

一九二五年十二月二十六日。

《臘葉》寫作於 1925 年 12 月 26 日，以「野草之二十一」的副標題刊發於 1926 年 1 月 4 日的《語絲》週刊第 60 期，署名魯迅，和《聰明人和傻子和奴才》寫作於同一天，同期發表。

據魯迅本人說：「《臘葉》，是爲愛我者的想要保存我而作的。」（《〈野草〉英文譯本序》）許廣平則說，「在《野草》中的那篇《臘葉》，那假設被摘下來夾在《雁門集》裏的斑駁的楓葉，就是自況的」。（許廣平《因校對〈三十年集〉而引起的話舊》）那麼，魯迅所說的「愛我者」是誰呢？據孫伏園回憶，魯迅曾當面告訴他答案：「許公很鼓勵我，希望我努力工作，不要鬆懈，不要怠忽；但又很愛護我，希望我多加保養，不要過勞，不要發很。這是不能兩全的，這裡面有著矛盾。《臘葉》的感興就從這兒得來，《雁門集》等等卻是無關宏旨的。」並且他接著說，「那時先生口頭的『許公』「確指的是景宋先生」。（孫伏園《魯迅先生二三事·《臘葉》）景宋是許廣平的筆名，因此，「愛我者」當然就是指許廣平。前面在解讀《死火》時，我們已經觸及到魯迅同許廣平的交往問題，所謂「周宅探檢」，遊覽午門博物館以及二人的不絕如縷的通信等。此後，二人交往逐漸增多，書信來往日益頻繁。值得注意的是，1925 年 5 月 27 日許廣平致魯迅的書信突然談及自我思想的形成，因過早的接觸死亡，加之進女師大的第一年「也曾因猩紅熱幾乎死去」，因此形成了兩種頗耐人尋味的人生觀：其一，「無論老幼幾時都可遇到可死的機會」；其二，在遇到可死之機會之前，權當自己是一個「廢物」，可利用則利用一下。許廣平的這兩點人生觀，尤其是第一點，很可能是促使她同比自己年齡大得多的魯迅組成家庭一個非常重要的因素。也因此，許廣平在此後的書信中不斷地敦促魯迅戒酒戒煙，多「住」些時日。「然而，廢物利用一句話把她留住，那麼，她的存在，是爲人。於己，可以說豪不感著興味，就是爲了他的愛而不得不勉強聽從他的規勸，對於肉體上注意，拒絕了杯中物。」（許廣平《同行者》）

然而，於魯迅的一面，則多所顧忌。其一是自己有家室；其一是年紀地位的巨大差異；其一，則恐怕是因爲對自我身體狀況的感知而帶來的對自己能「住」多久的擔憂。這三點令魯迅在這場感情中自卑不已，因而流露出踟躕的心態。「我先前偶一想到愛，總立刻自己慚愧，怕不配，因而也不敢愛某一個人。」（《兩地書・一一二》，1927 年 1 月 11 日）「異性，我是愛的，但我一向不敢，因爲我自己明白各種缺點，深怕辱沒了對手。」（《致韋素園》，1929 年 3 月 22 日）這些雖然是後來說的話，然而形容此時魯迅的心態恐怕再合適不過了。因此，接下來的《臘葉》第二部分充分表明了魯迅這種躑躅的心態，「假使再過幾年」「怕連我也不知道他何以夾在書裏面的原因了」，「將墜的病葉的斑斕，似乎也只能在極短時中相對，更何況是蔥鬱的呢」。

同魯迅這種心態相對應的是許廣平一往無前的「勇氣」。她曾以勃朗寧《神未必這樣想》詩篇中年長的男人愛上青年的女性卻因男人的躑躅錯過彼此的戀愛而遺憾終身的故事來激勵魯迅前行，而這詩的故事正是魯迅一邊翻譯一邊作爲教材講給許廣平她們的廚川白村的《出了象牙之塔》中所介紹的，被許廣平活學活用了，對此，魯迅報之以「中毒太深」（於藍《許廣平的風采》）作答，然而，魯迅自己又豈非沒有「中毒」？這不禁令人想起木山英雄「野草論」最末尾的一個說法，「他的戀愛本身就像一部作品」，而「《野草》還意味著，正是這樣的文學家魯迅所完成的重要過程，其本身昇華爲作品了。」

二十二、《淡淡的血痕中》

——記念幾個死者和生者和未生者

目前的造物主，還是一個怯弱者。

他暗暗地使天變地異，卻不敢毀滅一個這地球；暗暗地使生物衰亡，卻不敢長存一切屍體；暗暗地使人類流血，卻不敢使血色永遠鮮穠；暗暗地使人類受苦，卻不敢使人類永遠記得。

他專爲他的同類——人類中的怯弱者——設想，用廢墟荒墳來襯托華屋，用時光來沖淡苦痛和血痕；日日斟出一杯微甘的苦酒，不太少，不太多，以能微醉爲度，遞給人間，使飲者可以哭，可以歌，也如醒，也如醉，若有知，若無知，也欲死，也欲生。他必須使一切也欲生；他還沒有滅盡人類的勇氣。

幾片廢墟和幾個荒墳散在地上，映以淡淡的血痕，人們都在其間咀嚼著人我的渺茫的悲苦。但是不肯吐棄，以爲究竟勝於空虛，各各自稱爲「天之僇民」，以作咀嚼著人我的渺茫的悲苦的辯解，而且悚息著靜待新的悲苦的到來。新的，這就使他們恐懼，而又渴欲相遇。

這都是造物主的良民。他就需要這樣。

叛逆的猛士出於人間；他屹立著，洞見一切已改和現有的廢墟和荒墳，記得一切深廣和久遠的苦痛，正視一切重疊淤積的凝血，深知一切已死，方生，將生和未生。他看透了造化的把戲；他將要起來使人類蘇生，或者使人類滅盡，這些造物主的良民們。

造物主，怯弱者，羞慚了，於是伏藏。天地在猛士的眼中於是變色。

一九二六年四月八日。

《淡淡的血痕中》寫作於 1926 年 4 月 8 日，以「野草之二十二」的副標題刊發於 1926 年 4 月 19 日的《語絲》週刊第 75 期，署名魯迅，和《野草》的最後一篇《一覺》同期發表。1927 年 7 月《野草》出版時加了增加了副標題「記念幾個死者和生者和未生者」。

《臘葉》之後，《野草》的寫作又被擱置了 4 個多月魯迅才連續動筆完成最後兩篇的寫作。其情形類似於從《死後》到《這樣的戰士》，寫作的密度確實降了下來，預示著散文詩系列寫作的將要收場。較之前次，本次停頓期間發生的事件更爲重要，南方的國民革命風雨欲來，北伐戰爭即將來開序幕，傾向於南方國民革命的馮玉祥國民軍同奉系軍閥張作霖開戰，最終導致以日本爲首的帝國主義列強的干涉，以此爲契機而引起了「三・一八」慘案，段祺瑞執政府向徒手請願的學生開槍，導致了死亡 47 人，傷 150 多人的慘案，被魯迅稱爲是「民國以來最黑暗的一天」(《無花的薔薇之二》)。慘案發生後，魯迅懷著悲憤的心情接連寫下了《無花的薔薇之二》(後半部分)《「死地」》《可慘與可笑》《記念劉和珍君》《空談》《如此「討赤」》《淡淡的血痕中》，直接從與現代評論派的論戰轉到了對鎮壓者及其幫兇的聲討中。因此，對於本篇，魯迅在《〈野草〉英文譯本序》中說，「段祺瑞政府槍擊徒手民眾後，作《淡淡的血痕中》，其時我已避居別處。」慘案之後，政府下令通緝李大釗等五人，3 月 25 日，魯迅赴女師大參加劉和珍楊德群追悼會，次日《京報》披露政府通緝令中的五十人大名單，魯迅名列其中，自 3 月 26 日起，魯迅陸續避居於西城錦什坊街九十六號莽原社、山本醫院、德國醫院、法國醫院等多地，一直到 5 月 2 日方恢復正常生活。魯迅所謂的「其時我已避居別處」即指此。其時同魯迅一同避難的許壽裳後來回憶說，魯迅「在這樣流離顛沛之中，還是寫作不止」(《亡友魯迅印象記・一九　三・一八慘案》)。《記念劉和珍君》和本篇就是寫作於這樣的環境中。

正因爲如此，這兩篇文字在思想內容上有著非常相近的地方。如果說《記念劉和珍君》是以散文的方式抒發了作者對「眞的猛士」被暴力的政府所「屠戮」的憤怒與悲哀的話，《淡淡的血痕中》則是以詩的方式表達了對未來使天地變色的猛士的期待，然而對造化的庸人與良民的批判，對統治的暴虐的控訴卻是一致的。「眞的猛士，敢於直面慘淡的人生，敢於正視淋漓的鮮血。這是怎樣的哀痛者和幸福者？然而造化又常常爲庸人設計，以時間的流駛，來洗滌舊跡，僅使留下淡紅的血色和微漠的悲哀。在這淡紅的血色和微漠的悲哀中，又給人暫得偷生，維持著這似人非人的世界。我不知道這樣的世界何時是一個盡頭！」《記念劉和珍君》中這段對「庸人」批判同《淡淡的血痕中》對「良民」的批判何其相似，「幾片廢墟和幾個荒墳散在地上，映以淡淡的血痕，人們都在其間咀嚼著人我的渺茫的悲苦。但是不肯吐棄，以爲究竟勝於空虛，各各自稱爲『天之僇民』以作咀嚼著人我的渺茫的悲苦的辯解，而且悚息著靜待新的悲苦的到來。」然而，時隔 7 天之後，魯迅一掃《記念劉和珍君》中因「猛士」被「屠戮」所帶來的低沉和對未來無望的哀歎，轉而在文字中呼喚使天地變色的新的「猛士」的到來。這「猛士」將「洞見一切已改和現有的廢墟和荒墳，記得一切深廣和久遠的苦痛，正視一切重疊淤積的凝血，深知一切已死，方生，將生和未生。他看透了造化的把戲；他將要起來使人類蘇生，或者使人類滅盡，這些造物主的良民們」。這是魯迅對革命「大時代」的呼喚，而其時這個「大時代」已經在到來之中了。

二十三、《一覺》

飛機負了擲下炸彈的使命，像學校的上課似的，每日上午在北京城上飛行。每聽得機件搏擊空氣的聲音，我常覺到一種輕微的緊張，宛然目睹了「死」的襲來，但同時也深切地感著「生」的存在。

隱約聽到一二爆發聲以後，飛機嗡嗡地叫著，冉冉地飛去了。也許有人死傷了罷，然而天下卻似乎更顯得太平。窗外的白楊的嫩葉，在日光下發烏金光；榆葉梅也比昨日開得更爛漫。收拾了散亂滿床的日報，拂去昨夜聚在書桌上的蒼白的微塵，我的四方的小書齋，今日也依然是所謂「窗明几淨」。

因爲或一種原因，我開手編校那歷來積壓在我這裡的青年作者的文稿了；我要全都給一個清理。我照作品的年月看下去，這些不肯塗脂抹粉的青年們的魂靈便依次屹立在我眼前。他們是綽約的，是純眞的，——阿，然而他們苦惱了，呻吟了，憤怒，而且終於粗暴了，我的可愛的青年們！

魂靈被風沙打擊得粗暴，因爲這是人的魂靈，我愛這樣的魂靈：我願意在無形無色的鮮血淋漓的粗暴上接吻。漂渺的名園中，奇花盛開著，紅顏的靜女正在超然無事地逍遙，鶴唳一聲，白雲郁然而起……。這自然使人神往的罷，然而我總記得我活在人間。

我忽然記起一件事：兩三年前，我在北京大學的教員預備室裏，看見進來了一個並不熟識的青年，默默地給我一包書，便出去了，打開看時，是一本《淺草》。就在這默默中，使我懂得了許多話。阿，這贈品是多麼豐饒呵！可惜那《淺草》不再出版了，似乎只成了《沉鐘》的前身。那《沉鐘》就在這風沙澒洞中，深深地在人海的底裏寂寞地鳴動。

野薊經了幾乎致命的摧折，還要開一朵小花，我記得托爾斯泰曾受了很大的感動，因此寫出一篇小說來。但是，草木在旱乾的沙漠中間，拚命伸長他的根，吸取深地中的水泉，來造成碧綠的林莽，自然是爲了自己的「生」的，然而使疲勞枯渴的旅人，一見就怡然覺得遇到了暫時息肩之所，這是如何的可以感激，而且可以悲哀的事！？

《沉鐘》的《無題》——代啓事——說：「有人說：我們的社會是一片沙漠。——如果當眞是一片沙漠，這雖然荒漠一點也還靜肅；雖然寂寞一點也還會使你感覺蒼茫。何至於像這樣的混沌，這樣的陰沉，而且這樣的離奇變幻！」

是的，青年的魂靈屹立在我眼前，他們已經粗暴了，或者將要粗暴了，然而我愛這些流血和隱痛的魂靈，因爲他使我覺得是在人間，是在人間活著。

在編校中夕陽居然西下，燈火給我接續的光。各樣的青春在眼前一一馳去了，身外但有昏黃環繞。我疲勞著，捏著紙煙，在無名的思想中靜靜地合了眼睛，看見很長的夢。忽而驚覺，身外也還是環繞著昏黃；煙篆在不動的空氣中上升，如幾片小小夏雲，徐徐幻出難以指名的形象。

一九二六年四月十日。

《一覺》寫作於 1926 年 4 月 10 日，以「野草之二十三」的副標題刊發於 1926 年 4 月 19 日的《語絲》週刊第 75 期，署名魯迅，與《淡淡的血痕中》同期發表，如果不計《野草・題辭》的話，《一覺》算是《野草》的最後一篇作品。

《〈野草〉英文譯本序》當中說，「奉天派和直隸派軍閥戰爭的時候，作《一覺》。」又《朝花夕拾・小引》當中講，「聽到飛機在頭上鳴叫，竟記得了一年前在北京城上日日旋繞的飛機。我那時還做了一篇短文，叫做《一覺》。現在是，連這『一覺』也沒有了。」李何林從《小引》這段話和《一覺》最後的「忽而驚覺」的表述中斷定，所謂「一覺」是「『驚覺』或『醒覺』之意」（《魯迅〈野草〉注解》）。本篇與上篇《淡淡的血痕中》寫作時間只隔兩天，皆是在輾轉流離中創作的。除了四處躲避追捕外，直奉軍閥的戰火也正在身旁燃燒，開篇對於飛機擲炸彈的刻畫乃是寫實。

由於語境的相同，《野草》最後兩篇在立意上就有許多相近的地方。上一篇是因了「三・一八慘案」的刺激而呼喚使天地變色的「猛士」，而本篇則期盼靈魂「粗暴」的青年的到來。二者在強調「生命之強力」的一面是一致的。1925 年 12 月 31 日在總結這一年的生命歷程時，魯迅就曾抒發過對「靈魂粗糙」的喜愛，「而我所獲得的，乃是我自己的靈魂的荒涼和粗糙。但是我並不懼憚這些，也不想遮蓋這些，而且實在有些愛他們了，因爲這是我轉輾而生活於風沙中的瘢痕」，不但喜愛，而且還寄希望於「同類」的心領神會，「凡有自己也覺得在風沙中轉輾而生活著的，會知道這意思」（《華蓋集・題記》）。這「猛士」與「靈魂的粗糙」其實無需過多解釋，是我們在前面解讀各篇時反覆提到過的，即「生命之強力」思想，這思想幾乎貫穿著魯迅一生，並在《野草》時期又被廚川白村的《苦悶的象徵》和《出了象牙之塔》強化了。

不過儘管仍帶有類似於上一篇的憤怒，可是同詩化的書寫的方式略有不同的是，本篇似乎又回到了《死後》散文化的「日常性」書寫方式了。將憤怒隱含於散文化的「日常性」書寫之中，這似乎成爲《死後》以來《野草》乃至整個後期魯迅寫作的一個趨勢，只不過其間被「三・一八慘案」這樣出離憤怒的事件所打斷而已。這種變化一方面源於自身生活的變遷，一方面是對社會認識逐步加深的緣故，但其中廚川白村的影響不可忽略。在《出了象牙之塔》第一章「四　缺陷之美」和「五　詩人勃朗寧」中，廚川曾反覆論述了缺陷與惡存在的意義以及善惡之辯證關係，「因爲有惡，所以有善的」，「倘沒有善和惡的衝突，又怎麼會有進化，怎麼會有向上呢？」「我們的生活史經過這善惡明暗之境，不斷地無休無息地進轉著的」。這些話題在 1926 年及其以後的魯迅文本中多有閃現，似乎也影響到了他對「黑暗」的看法。並且跟隨這種轉變而來的是其「戰法」的調整，而對此記錄最多的文本無疑是《野草》。正因爲如此，我們才看到這最末一篇的《一覺》和最初一篇的《秋夜》在處理「身外的青春」的時候有著頗爲醒目的變化：《秋夜》中隱喻著「身外的青春」的「小飛蟲」不見了，取而代之的是「靈魂粗暴」的青年；結尾同樣都是因爲「身外的青春」而「夢」著什麼，並且同樣都有「驚覺」，然而夜半「吃吃」的嘲諷的笑聲不見了，取而代之的是莫名的期待：「徐徐幻出難以指名的形象」。

《野草》首尾這一頗有意味的呼應似乎預示著魯迅所呼喚的某個「大時代」的到來，但這「大時代」「並不一定指可以由此得生，而也可以由此得死」（《而已集·〈塵影〉題辭》）。

二十四、《野草·題辭》

當我沉默著的時候，我覺得充實：我將開口，同時感到空虛。

過去的生命已經死亡。我對於這死亡有大歡喜，因爲我藉此知道它曾經存活。死亡的生命已經朽腐。我對於這朽腐有大歡喜，因爲我藉此知道它還非空虛。

生命的泥委棄在地面上，不生喬木，只生野草，這是我的罪過。

野草，根本不深，花葉不美，然而吸取露，吸取水，吸取陳死人的血和肉，各各奪取它的生存。當生存時，還是將遭踐踏，將遭刪刈，直至於死亡而朽腐。

但我坦然，欣然。我將大笑，我將歌唱。

我自愛我的野草，但我憎惡這以野草作裝飾的地面。

地火在地下運行，奔突；熔岩一旦噴出，將燒盡一切野草，以及喬木，於是並且無可朽腐。

但我坦然，欣然。我將大笑，我將歌唱。

天地有如此靜穆，我不能大笑而且歌唱。天地即不如此靜穆，我或者也將不能。我以這一叢野草，在明與暗，生與死，過去與未來之際，獻於友與仇，人與獸，愛者與不愛者之前作證。

為我自己，為友與仇，人與獸，愛者與不愛者，我希望這野草的死亡與朽腐，火速到來。要不然，我先就未曾生存，這實在比死亡與朽腐更其不幸。

去罷，野草，連著我的題辭！

一九二七年四月二十六日，魯迅記於廣州之白雲樓上。

《野草・題辭》作於1927年4月26日，最初刊發於同年7月2日的《語絲》週刊第138期，在《野草》最初幾次版都曾收入，標題為「題辭」，1931年5月，上海北新書局印第七版時被國民黨書報檢查機關抽去，1938年20卷《魯迅全集》未收入，1941年上海魯迅全集出版社出版《魯迅三十年集》時才重新編入。

本篇作為《野草》最後的總結性的收束，距離《一覺》的完成有一年多的時間。其間魯迅的生活以及外界的環境發生了巨變。扼言之，魯迅1926年8月離開北京，在上海同許廣平分別，赴廈門任教，在廈門期間二人通信達77封之多，正式確立了戀愛關係。而此時的國民革命也正如火如荼。1927年1月魯迅從廈門奔赴革命策源地廣州，赴中山大學任教，與許廣平會合，組成了一個實質上的小家庭。然而，革命風雲變化，一面北伐成功，南京政府成立，而另一面則國共合作破裂，白色恐怖到來。寫作該篇的前不久，上海和廣州分別發生了「四・一二」和「四・一五」清黨運動，魯迅目睹了新一輪的大屠殺，使得他的思想發生了大觸動，他堅決辭去了中山大學的教職，表示「我漂流了兩省，幻夢醒了不少」（《致翟永坤》，1929年9月19日）。所謂「夢幻醒了不少」應該理解為同「三・一八慘案」性質不同的是，國民革命其實是五四退潮以後魯迅所心嚮往之的「自己人」的革命，因之，魯迅對這場革命心存認同，畢竟是辛亥同人及其繼起者所發起的一場繼續革命。然而，「血腥」的清黨運動以及白色恐怖令他的「幻夢」破滅了，「我的一種妄想破滅了。我至今為止，時時有一種樂觀，以為壓迫，殺戮青年的，大概是老人。這種老人漸漸死去，中國總可比較地有生氣。現在我知道不然了，殺戮青年的，似乎倒大概是青年」（《而已集・答有恆先生》）。

這樣的時代語境以及對歷史及自我的「中間物」的定位合力促成了本篇的寫作。在《怎麼寫（夜記之一）》中魯迅說，「我沉靜下去了。寂靜濃到如酒，令人微醺。……我靠了石欄遠眺，聽得自己的心音，四遠還彷彿有無量悲哀，苦惱，零落，死滅，都雜入這寂靜中，……這時，我曾經想要寫，但是不能寫，無從寫。這也就是我所謂『當我沉默著的時候，我覺得充實，我將開口，同時感到空虛』。」然而這「世界苦惱」卻抵不過一隻蚊子的叮咬，並由此得出「雖然不過是蚊子的一叮，總是本身上的事來得切實」的結論，因此「倘非寫不可，我想，也只能寫一些這類小事情」，並且「這些都應該和時光一同消逝」。這令人想起《寫在〈墳〉後面》的話：「但仍應該和光陰偕逝，逐漸消亡，至多不過是橋樑中的一木一石，並非什麼前途的目標，狀本。」這些話化到《題辭》裏就是「生命的泥委棄在地面上，不生喬木，只生野草，這是我的罪過」。「野草，根本不深」一段其實在《一覺》中就有類似的表達，「草木在旱乾的沙漠中間，拚命伸長他的根，吸取深地中的水泉，來造成碧綠的林莽，自然是爲了自己的『生』的，然而使疲勞枯渴的旅人，一見就怡然覺得遇到了暫時息肩之所，這是如何的可以感激，而且可以悲哀的事！？」「生」是魯迅所歡喜的，然而被人當做「息肩之所」雖可感激，但也不無「悲哀」，因爲被「大地」做了「裝飾」的緣故。於是魯迅一如既往地呼喚「猛士」的到來，這裡的「猛士」就是「地火」。「地火」的到來實際上就是「並不一定指可以由此得生，而也可以由此得死」的「大時代」（《而已集·〈塵影〉題辭》）的到來。然而，「我」現在卻「不能大笑而且歌唱」，因爲「天地有如此靜穆」（指當下的白色恐怖），或者將來「天地即不如此靜穆」（即沒有白色恐怖），「我」可能也「不能大笑而且歌唱」，因爲「地火」將燒盡一切，連同「我」在內。「我」將這預言說在這裡，並以這《野草》作證。爲了所有人，「我」希望這「地火」的「大時代」火速到了，如果不來，那就太不幸了。這就是「我」的《野草・題辭》，現在都結束了。

第四輯 《野草》《朝花夕拾》解讀（下）

第十三講 《頹敗線的顫動》寫作動機考釋

1923 年的兄弟失和給魯迅留下的是一種永恆的創傷記憶，這種創傷記憶同幻燈片事件中的示眾記憶後來都成爲魯迅的創作母題。兄弟失和記憶在《魯迅全集》中很多地方都有顯示，最著名的有《弟兄》《鑄劍》和《孤獨者》三篇。此外，在這個問題上還有兩部頗存爭議的作品，其一是《傷逝》，其一是《頹敗線的顫動》。說《傷逝》是「假借男女的死亡來哀悼兄弟恩情的斷絕的」肇始於周作人〔註 1〕，但以後應和者寥寥。而對於《野草》中的《頹敗線的顫動》是否帶有「兄弟失和的創傷記憶」則歷來爭議很大。對於這個問題，近年來的研究多傾向於持否定意見，其中的代表人物是孫玉石先生。孫先生是國內研究《野草》的權威，其代表作《現實的與哲學的——魯迅〈野草〉重釋》在《野草》研究史上應該算是一部具有里程碑性質的作品。在該書第十七篇《關於〈頹敗線的顫動〉》的注釋〔17〕中，孫玉石先生明確地反對將這

〔註 1〕 周作人在《知堂回想錄 · 不辯解說（下）》中說，「《傷逝》這篇小說很是難懂，但如果把這和《弟兄》合起來看時，後者有十分之九以上是『眞實』，而《傷逝》乃是全個是『詩』。詩的成分是空靈的，魯迅照例喜歡用《離騷》的手法來寫詩，這裡又用的不是溫李的詞藻，而是安特萊也夫一派的句子，所以結果更似乎很是晦澀了。《傷逝》不是普通戀愛小說，乃是假借男女的死亡來哀悼兄弟恩情的斷絕的，我這樣說，或者世人都要以爲我爲妄吧，但是我有我的感受，深信這是不大會錯的。因爲我以不知爲不知，聲明自己不懂文學，不敢插嘴來批評，但對於魯迅寫作這些小說的動機，卻是能夠懂得。」見《苦茶——周作人回想錄》，第 332 頁。

篇作品與對周作人的影射聯繫起來，爲了論述方便起見，我想還是有必要將全文引錄如下：

> 關於此文爲作者過去養活周作人一家，反被他們所欺侮，因而產生這一作品，以表達自己的反抗思想，這種説法，李何林先生的著作中已經指出是不科學的，許傑先生也反對作不必要的索引派式的象徵事實的考證。但是時至今日，仍然有這樣一類的研究文章發表。我覺得這是魯迅研究中過去就存有毛病的繼續發展。第一，魯迅在雜文中確曾有不少針對某個人的思想行爲而發的作品，但是，即使如此，魯迅也是把它當成一種社會的「類型」看待；而散文詩《野草》卻不在其列。魯迅是對於生命存在和社會現實中存在的一些問題和自己的感觸，才寫這些作品的。他不會爲周作人一家的恩怨作此散文詩的。周作人與他可謂同輩手足，並非下一代，而這篇作品分明是寫下一代或年青人的忘恩負義的，形象的規定性與創作的動機大體應是一致的。第二，象徵主義的作品的多義性，給讀者解讀作品的形象內涵以更大的想像的空間，但這並不意味著可以對作品的內涵作任意的索解，特別是把作品的意義弄得更爲狹窄的理解。對周作人一家報復論，即屬此類。讀解象徵的作品，應具有創造性的象徵的思維，不然就會走入「五四」前後《紅樓夢》研究中的「索引派」的老路，《野草》研究中屢屢出現這樣的毛病，從思維方面的原因來看，根源即在於此。第三，因爲這篇作品已經從生活的層面的思考，上升到人類倫理道德的哲學層面進行文明批判，它所容納的思想就有很大的開放性。周作人一家的行爲也屬以怨報德的性質，當然可以去作這方面的推測。如果一定説作品的複雜情緒裏含有這個方面的感情，那也只能是有的闡釋者個人理解的作品形象的一種客觀意義，而非作者創作這篇散文詩的主觀意旨。〔註 2〕

這個注釋長達六百多字，講述了作者反對將《頹敗線的顫動》闡釋爲對周作人及其家人行爲的影射的三個理由，其意圖很明顯，孫先生認爲該篇散文詩「分明是寫下一代或年青人的忘恩負義的」。在正文中，孫先生也正是這樣認爲的，他說，「他（魯迅）的內心裏湧動的感情之至眞，痛苦絕望之

〔註 2〕孫玉石：《現實的與哲學的——魯迅〈野草〉重釋》，上海書店出版社 2001 年版，第 218 頁。

深沉，往往給《野草》一些篇章中所表現的這種生命哲學的悲劇色彩，帶來除了令人廣遠的沉思之外的一種更為令人的靈魂震撼和顫慄的藝術力量……他因為痛苦於青年們的忘恩負義而寫的散文詩《頹敗線的顫動》，更是如此。」〔註 3〕「他（魯迅）熱心地用自己的心血和生命，培養青年一代的作家，想多造就一些對於社會不平的新的反抗者。但是，這些人中間，有的等他們成長為自立者並有一定的名氣之後，就由於某一些原因，反過來譏諷，嘲罵，攻擊起魯迅來。」〔註 4〕「魯迅的這篇散文詩《頹敗線的顫動》，就是在老婦人的生命的悲劇與反抗的表層故事的後面，傳達的主要是作者作為一個先驅者所經歷的心靈深處的一種極端痛苦的情緒和憤怒抗議的精神，即對於自己用鮮血養育的青年一代忘恩負義的道德惡行的復仇。」〔註 5〕很明顯，孫先生文中的「忘恩負義」的青年主要是指「狂飆社」的一般青年高長虹、高歌、向培良之流。他們確實比周作人更適合於作本篇散文詩的影射者。但情況是不是像孫玉石先生說的那樣呢？在做出結論以前，還是先讓我們再仔細作一下分梳吧！

查《魯迅全集》，《頹敗線的顫動》寫作於 1925 年 6 月 29 日，同年 7 月 13 日發表於《語絲》週刊第三十五期〔註 6〕。《魯迅日記》1925 年 6 月 29 日記載，「晴。上午寄向培良信。寄許廣平信。晚得許廣平信並稿，即復。長虹來並交有麟信又《醫築紀念刊》一本。夜雨。得孫伏園信。」〔註 7〕《頹敗線的顫動》寫作的當天，高長虹還到過魯迅的寓所，並且日記裏親切地稱呼為「長虹」，而對於後來成為他的愛人的許廣平則全稱呼之，足見得高長虹與魯迅當時的關係的密切了〔註 8〕。那麼，是不是當天高長虹來與魯迅鬧翻了，所以才有當天（可能是

〔註 3〕孫玉石：《現實的與哲學的——魯迅〈野草〉重釋》，上海書店出版社 2001 年版，第 205 頁。

〔註 4〕孫玉石：《現實的與哲學的——魯迅〈野草〉重釋》，上海書店出版社 2001 年版，第 213 頁。

〔註 5〕孫玉石：《現實的與哲學的——魯迅〈野草〉重釋》，上海書店出版社 2001 年版，第 208～209 頁。

〔註 6〕參見《野草・頹敗線的顫動》注釋〔1〕，載《魯迅全集》（第二卷），第 211 頁。

〔註 7〕魯迅：《日記・日記十四（1925 年）六月》，載《魯迅全集》（第十五卷），第 570 頁。

〔註 8〕高長虹和魯迅此時關係的密切據後來陳學昭的回憶是非同一般的，「記得有一次，我正在魯迅先生家裏，一個穿著布長衫的矮小個子的男子，來訪魯迅先生，這人的頭髮式樣，走路的姿勢，說話的神氣，學得都那麼地像魯迅先生，使我十分吃驚。不知的人還要以為那是他的弟弟了。魯迅先生馬上立起來去

晚上寫作的）「忘恩負義」之感呢？〔註 9〕1925 年 7 月日記：「五日　晴。……晚長虹來。」「十四日　晴。……長虹來。」「十九日　晴。……長虹來。」「二十日　晴。……夜長虹來。」「二十七日　雨。……長虹來。」〔註 10〕同年 7 月的交往打消了我們上面的推斷。又，是不是魯迅在心裏厭惡他而表面與其往來周旋呢？肯定不是，理由有三：其一，魯迅其爲人不善此道，所謂「一言不合，拂袖而起」，足見其眞性情；其二，若如此，日記斷沒有如此「長虹」記錄；其三，有書信爲證，1925 年 4 月 28 日魯迅至許廣平信爲其釋疑曰，「……長虹確不是我，乃是我今年新認識的，意見也有一部分和我相合，而似是安那其主義者。他很能做文章，……」〔註 11〕又，高長虹 1940 年的《一點回憶——關於魯迅和我》中談到自己和魯迅的交往時說，「我同魯迅的認識，是在一九二四年的冬天。在北平分手時是在一九二六年夏天。最後的一次見面是在上海，時間是一九二六年的秋天。友誼經歷兩年之久。最契合的時候，當然要算是一九二五年同辦莽原的時候了。」〔註 12〕翻看《魯迅日記》，1925 年魯迅和高長虹等後來的「狂飆社」成員確實來往密切。魯迅高長虹關係的破裂應該是在 1926 年 10 月〔註 13〕。也就是

招待這個貴客。後來，人家告訴我這個人就是高長虹。」見陳學昭：《魯迅先生回憶》，載《魯迅回憶錄》（散篇）（中冊），魯迅博物館、魯迅研究室、《魯迅研究月刊》選編，第 686 頁。

〔註 9〕事實上，據後來高長虹的回憶，他「同魯迅第一次傷感情的事是閃光的出版。閃光……是在一九二五年的夏天用狂飆社的名義出版的。」（見高長虹：《一點回憶——關於魯迅和我》，載《魯迅回憶錄》（散篇）（上冊），第 192 頁。）據廖久明先生的考證，「一九二五年的夏天」至少應該是在本年的 8 月份以後了，「從高長虹到魯迅寓所次數的急劇減少——8 月 11 次 9 月 7 次、10 月 4 次——可以知道，至少高長虹認爲，《閃光》的出版已在他和魯迅之間『造成了初次的裂痕』。」（見廖久明：《高長虹與魯迅及許廣平》，東方出版社 2005 年版，第 56 頁。）但即便如此，1925 年 6 月 29 日及其以前魯高二人的關係也不足以讓魯迅寫出直接針對高長虹的影射作品。

〔註 10〕魯迅：《日記 · 日記十四（1925 年）七月》，載《魯迅全集》（第十五卷），第 572～574 頁。

〔註 11〕魯迅：《兩地書 · 一七》，載《魯迅全集》（第十一卷），第 63 頁。

〔註 12〕高長虹：《一點回憶——關於魯迅和我》，見《魯迅回憶錄》（散篇）（上冊），第 179 頁。

〔註 13〕魯迅與高長虹的裂痕應該是在 1926 年秋天，10 月 10 日爲「未名社」爲退稿一事，高長虹在《狂飆》週刊上發表致魯迅的公開信，言語不遜。（見高長虹：《通訊——給魯迅先生》，載《1913—1983 魯迅研究學術論著資料彙編》（第一卷），中國社會科學院文學研究所魯迅研究室編，中國文聯出版公司 1986 年版，第 188 頁。原載 1926 年 10 月 17 日《狂飆》（週刊）（上海）第二期。）同年 12 月 10 日魯迅在《莽原》半月刊第二十三期發表《所謂「思想界先驅

說，魯迅罵以高長虹爲首的青年「忘恩負義」應該是在他去了廈門之後。那麼，通過以上證明我們似乎可以斷定《頽敗線的顫動》不會是魯迅對高長虹爲首的「狂飆社」青年的影射之作。

於是，我又起了疑問，是不是在與高長虹們接觸之前，魯迅就覺得有一些青年對他「忘恩負義」呢？我們再來翻看《魯迅日記》，從魯迅 1925 年 6 月 29 日之前的記載看，魯迅與青年的交往其實是與作爲作家的魯迅的崛起幾乎是同步的，而且他的聲名愈大，慕名而來的青年就愈多。並且有一個重要的事實是，魯迅與青年眞正的接觸是始於他的大學執教生涯之後的。1920 年 12 月 24 日日記載，「晴。午許季市來。午後往大學講。」〔註 14〕「大學」即北大。這是魯迅到北京後的第一次執教。之後，魯迅又分別於 1921 年 1 月、1923 年 9 月和 10 月在北京高等師範學校、世界語專門學校和北京女高師三所學校開課，與青年的交往機會大大增多。而且値得注意的是，1923 年 9、10 月的開課是在《吶喊》出版後，魯迅聲名雀躍之時。〔註 15〕我們再來看看魯迅同青年的交往史。在執教之前，魯迅與青年的交往幾乎僅限於以往在浙江執教時的幾個學生如孫伏園、宋紫佩等。倒是有兩個文學青年與他通過信，一個是宮竹心，一個是汪靜之，但起先其實都是找周作人的，因爲周作人當時在西山養病，所以通信與知道的任務才落到魯迅頭上。〔註 16〕魯迅執教後與他最先交往的應該是北大的學

者」魯迅啓事》（魯迅：《華蓋集續編的續編 · 所謂「思想界先驅者」魯迅啓事》，《魯迅全集》（第三卷），第 410 頁。）予以反擊，該篇文章又同時發表於《語絲》《北新》《新女性》等期刊。

〔註 14〕魯迅：《日記 · 日記第九（1920 年）十二月》，載《魯迅全集》（第十五卷），第 417 頁。

〔註 15〕《吶喊》出版於 1923 年 8 月，它的出版對於魯迅聲名的傳播所起的作用，高長虹曾經有過這樣的表述，「魯迅文名的普遍，在吶喊出版以前，是遠趕不上周作人的。吶喊出版以後，看的人多了，名氣也廣播起來了……」見高長虹：《一點回憶——關於魯迅和我》，載《魯迅回憶錄》（散篇）（上册），第 182 頁。許廣平在《欣慰的紀念 · 魯迅和青年們》中這樣描述魯迅第一次到女高師上課的心情，「當魯迅先生來上課的瞬間，人們震於他的聲名，每個學生都懷著研究這新先生的一種好奇心。」見許廣平：《欣慰的紀念》，載《魯迅回憶錄》（專著）（上册），第 344 頁。

〔註 16〕見魯迅 1921 年 7 月 29 日致宮竹心的信。（魯迅：《書信 · 210729 致宮竹心》，載《魯迅全集》（第十一卷），第 399～400 頁。）關於汪靜之，《魯迅日記》1921 年 6 月 13 日記載，「曇。上午寄汪靜之信。」（魯迅：《日記 · 日記第十（1921 年）六月》，載《魯迅全集》（第十五卷），第 434 頁。）又《魯迅回憶錄》（散篇）（上册）第 385 頁汪靜之的回憶文章《魯迅——蒔花的園地丁》的作者簡介說，汪靜之 1921 年「在杭州第一師範學校學習時，將自己的詩集《蕙的風》

生馮省三。時間大約是在1922年，由於1922年日記遺失，具體日期無從考證，但1923年1月20日記載，「曇。……晚愛羅先珂君與二弟招飲今村、井上、清水、丸山四君及我，省三亦來。」〔註17〕稱呼頗親切，又查該年1月1日至1月19日的日記和1922年以前的日記均並沒有「馮省三來」的記錄，足見馮省三與魯迅的交往當在1922年。這一年除了馮省三之外，同魯迅來往的青年當有汪靜之等湖畔詩社的幾個年青人〔註18〕，但從1923年的日記看並沒有延續這種交往。1923年與馮省三交往最多，此外，許欽文於該年1月開始與魯迅交往〔註19〕。1924年12月以前，同魯迅新交往的青年中也僅有李秉中、向培良和荊有麟三人，其中李秉中來往密切，荊有麟該年11月才始與魯迅交往。〔註20〕1924年12月10日記載，「晴。……長虹來並贈《狂飆》及《世界語週刊》。」12月20日記載，「晴。……午後雲五、長虹、高歌來。」〔註21〕自此，魯迅與青年的交往益廣大，至1925年6月29日以前，和青年新拓展的交往如下：

1月18日　晴。……午後孫席珍來。

2月10日　晴。……夜得李霽野信並文稿三篇。

2月15日　晴。……馮文炳來，未見，置所贈《現代評論》及《語絲》去。

3月11日　晴。……得許廣平信。

4月2日　晴。……馮文炳來。

4月3日　晴，風。……午後往北大講。淺草社員贈《淺草》一卷之四期一本。〔註22〕

寄周作人求教，由於周作人其時在北平西山養病，故由魯迅代爲辦理。」

〔註17〕魯迅：《日記．日記十二（1923年）一月》，載《魯迅全集》（第十五卷），第458頁。

〔註18〕見馬蹄疾《一九二二年魯迅日記疏證》1922年5月11日，「晴。得汪靜之寄贈《湖畔》詩集一本。……（據魯迅藏書《湖畔》、《周作人日記》）」，載《魯迅佚文全集》（下卷），劉運峰編，群言出版社2001年版，第737～738頁。

〔註19〕《魯迅日記》1923年1月15日記載，「晴。下午許欽文君持伏園信來。」（魯迅：《日記．日記十二（1923年）一月》，載《魯迅全集》（第十五卷），第458頁。）

〔註20〕《魯迅日記》1924年11月16日記載，「晴。星期休息。午後荊有麟來。……」（魯迅：《日記．日記十三（1924年）十一月》，載《魯迅全集》（第十五卷），第535頁。）此後，直到魯迅南下，荊有麟與魯迅先生來往十分頻繁。

〔註21〕魯迅：《日記．日記十三（1924年）十二月》，載《魯迅全集》（第十五卷），第538～539頁。

〔註22〕據馮至回憶錄《魯迅與沉鐘社》，日記中的「淺草社員」當是馮至，「魯迅在

5月14日　晴。……靜農、魯彥來。

5月17日　曇。……魯彥、靜農、素園、霽野來。

5月20日　晴，風。……得曹靖華信。

5月31日　雨，上午霽。陳翔鶴、陳煒謨來。〔註23〕

以上還只是當時初與魯迅交往的青年當中的主要一部分人，大致包括了當時文壇比較活躍的一批青年，他們分別歸屬於以下幾個文學社團：1、淺草-沉鐘社：馮至、陳翔鶴、陳煒謨等；2、湖畔詩社：汪靜之等；3、莽原社：魯彥、臺靜農、韋素園、李霽野、曹靖華、高長虹、高歌、向培良、尚鉞、荊有麟等。其中，莽原社後來又分爲未名社和狂飆社，臺靜農、韋素園、李霽野、曹靖華等爲未名社主要成員，高長虹、高歌、向培良、尚鉞等爲狂飆社主要成員。以上這些青年與魯迅的交往結果如下：1、馮省三1922年因北大徵收講義費風潮被開除〔註24〕，1922、23年與魯迅交往密切，1924年大概離開北京，遂與魯迅失去聯繫〔註25〕；2、李秉中、許欽文、臺靜農、曹靖華等成爲終其一生的朋友；3、未名社則是魯迅鼎力扶持的一批年青人，後來除韋叢蕪外，魯迅對其他人並無不滿；4、淺草-沉鐘社和湖畔詩社都是魯迅所欣賞的社團，而且湖畔詩社成員之一的馮雪峰則成爲魯迅晚年的知己，過從密切；5、只有後來的狂飆社才是魯迅所謂的「忘恩負義」的青年，而他們的「忘恩」之舉是要到1926年10月以後的。

從上面我們對1925年6月29日以前的魯迅與青年交往史的仔細梳理來看，我們好像也沒有理由認爲創作於1925年6月29日的《頽敗線的顫動》是魯迅「對於自己用鮮血養育的青年一代忘恩負義的道德惡行的復仇」。〔註26〕

一九二五年四月三日的日記裏寫著：『午後往北大講。淺草社員贈《淺草》一卷之四期一本。』這段記載引起我的回憶，跟我讀《一件小事》時一樣清晰。那天下午，魯迅將完課後，我跟隨他走到教員休息室，把一本用報紙包好的《淺草》交給他。」（見馮至：《魯迅與沉鐘社》，載《魯迅回憶錄》（散篇）（上冊），第340頁。）

〔註23〕陳翔鶴最早拜訪魯迅是在1924年7月3日，「曇。……夜郁達夫偕陳翔鶴、陳厶君來談。」（魯迅：《日記．日記十三（1924年）七月》，載《魯迅全集》（第十五卷），第519頁。）

〔註24〕魯迅爲此風潮寫了雜文《即小見大》。參見魯迅：《熱風．即小見大》，《魯迅全集》（第一卷），第429頁。

〔註25〕《魯迅日記》最後一次記載馮省三來是1924年4月3日，「曇，大風。午後省三來。」（魯迅：《日記．日記十三（1924年）四月》，載《魯迅全集》（第十五卷），第507頁。）

〔註26〕孫玉石：《現實的與哲學的——魯迅〈野草〉重釋》，第209頁。

那麼，到底是什麼原因使孫玉石先生作出以上那樣肯定的結論呢？從孫玉石先生的論證來看，我認其原因有二：其一是對許傑先生研究成果的沿用；其一是對《兩地書》的斷章取義。

我們首先來看看第一點。在談到許傑的研究之前，孫玉石先生先對馮雪峰的研究做了一番肯定。馮雪峰認爲，「作者（魯迅）所設想的這個老女人的『顫動』——猛烈的反抗和『復仇』的情緒，不能不是作者自己曾經經驗過的情緒，至少也是他最能體貼的情緒。這種情緒是在愛與憎發生激烈的矛盾鬥爭時才有的，是一個熱烈地愛人們而反抗性也極強烈的人，在遭著像這個老女人這樣的待遇的時候才會發生的。這是一種最痛苦的情緒。」〔註 27〕孫玉石先生認爲馮雪峰的觀點「更接近作品原意」，但在相當長的時間裏沒有受到重視，既與建國後馮的政治遭遇有關，也與魯迅的被神化有關係，他認爲，八十年代以後在闡釋這個問題上，「較早與馮雪峰先生的見解接近，能夠從上述的關於魯迅自身思想情緒的表達這個角度，來讀解這篇散文詩的，是許傑先生。……他在八十年代初寫成的關於《頹敗線的顫動》詮釋的文字中，……所提出的進一步的論證與看法，可以說是對於作者原意的更爲切近的文本闡釋。他這樣說：

> 一句極其通俗的話，叫作『日有所思，夜有所夢』，我們不敢肯定當時魯迅先生心靈上眞有這樣的經歷，但也不敢肯定魯迅先生心靈上根本就沒有這樣的經歷。用屈辱偷生、忍辱負重的精神來營養新的一代，然而得不到新的一代的同情與諒解，甚至對他加以訕笑、辱罵、鞭打與殺戮的，在現實生活中，又何嘗沒有呢？吃的是草，擠的是奶、是血，然而卻遭人們鞭打的形象，不就是從另一角度透露這種心情嗎？也就是這部《野草》中，《復仇》其二所寫的被釘殺在十字架上的耶穌，『路人都辱罵他，祭司長和文士也戲弄他，和他同釘的兩個強盜也譏誚他』，爲的不是要把眞理帶到人間，拯救這些可悲憫的以色列人的前途嗎？這並不是一種夢魘，在人間社會中，先驅著的心靈，是可以有這種心靈的經歷的。我們又何必推尋這究竟暗示什麼、象徵什麼，作一些無謂的考證呢？

許傑先生從魯迅乃至一切先驅者的心靈經歷的角度，即他們用屈辱偷生、忍辱

〔註 27〕馮雪峰：《論野草》，載《馮雪峰論文集》（下），人民文學出版社 1981 年版，第 375 頁。

負重的精神養育下一代，然而得到的是訕笑與辱罵的惡報，來解釋這篇散文詩以夢境的形式出現的故事的內涵。他實際上突破了故事表層的意義，同時對於從某一個人（如周作人一家）的個人恩怨來作無謂的考證的方法，也表示了自己的異議。許傑先生的這種闡釋，是接近對於這首非常獨特的象徵主義散文詩的深層意蘊的把握的。」〔註 28〕孫玉石先生對魯迅這篇散文詩的闡釋正是在吸收了馮、許二位先生的故有研究成果的基礎上完成的。那麼，他是如何吸的呢？

馮雪峰的闡釋其實是極其深刻而最接近魯迅原意的。馮將這篇散文詩歸結爲「情緒」的體驗，而且這種情緒「不能不是作者自己曾經經驗過的情緒，至少也是他最能體貼的情緒」。在這句話中，馮雪峰作了一個讓步，「至少是他最能體貼的情緒」這一句話意味著，「老婦人」的復仇情緒可能是別一個人的，而不一定是魯迅本人親身經歷過的情緒體驗，但魯迅「最能體貼」這種情緒體驗，譬如革命先驅者爲群眾謀幸福反而不被庸眾理解，甚至被他們訕笑、辱罵、鞭打以至於殺戮的無奈與憤怒的情緒體驗等。這是極中肯的闡釋。值得注意的是，馮雪峰先生並沒有明確指出「老婦人」憤怒的對象是什麼，而這在許傑先生的論述中具體化了，「用屈辱偷生、忍辱負重的精神來營養新的一代，然而得不到新的一代的同情與諒解，甚至對他加以訕笑、辱罵、鞭打與殺戮的，在現實生活中，又何嘗沒有呢？」這句話顯然是有所指，它強調了「新一代」，這就暗示了「老婦人」憤怒的對象是「忘恩負義」的青年，只是許傑先生沒有明確指出來。孫玉石先生卻很明確地指出了這一點，他認爲魯迅是「因爲痛苦於青年們的忘恩負義而寫」散文詩《頹敗線的顫動》的。這可以說是孫先生對許傑先生的第一點繼承，第二點是許傑先生的一句話，孫先生在整篇論文的闡釋中貫徹始終，即「我們又何必推尋這究竟暗示什麼、象徵什麼，作一些無謂的考證呢？」他們反對作「無謂的考證」實際上是針對那些將此文窄化爲影射周作人一家的以怨報德的惡行的研究而言的。可是在他們作這種警惕時，卻走入了另一個極端，即將《頹敗線的顫動》僅僅理解爲「忘恩負義」青年說。這其實同樣也是將《頹敗線的顫動》窄化了，只不過將「周作人一家」換做「忘恩負義」的青年罷了。我的問題是，您憑什麼就認爲《頹敗線的顫動》是「對於自己用鮮血養育的青年一代忘恩負義的道德惡行的復仇」〔註 29〕呢？在提出自己的論點後，孫玉石先生對文本做了

〔註 28〕孫玉石：《現實的與哲學的——魯迅〈野草〉重釋》，第 206～208 頁。
〔註 29〕孫玉石：《現實的與哲學的——魯迅〈野草〉重釋》，第 209 頁

仔細的闡釋，隨後他提出了自己的論據：

> 魯迅在二十年代中期，即寫作《彷徨》、《野草》的時候，在自己的生命中確實體驗和經歷了類似老婦人所經歷的痛苦的心靈歷程。他熱心地用自己的心血和生命，培養青年一代的作家，想多造就一些對於社會不平的新的反抗者。但是，這些人中間，有的等他們成長爲自立者並有一定的名氣之後，就由於某一些原因，反過來譏諷，嘲罵，攻擊起魯迅來。〔註 30〕

「二十年代中期」其實是一個模糊的概念，它包含 1924、25、26 三個年份，但實際上 1926 年的魯迅與 1924 年的魯迅相比較在名望和地位上是發生了很大的變化的。慕名拜訪魯迅的青年的多寡是衡量魯迅聲名的一個重要的指標。而從我們前面的梳理來看，1925 年才是魯迅大量接觸青年的開始，這證明 1925 年魯迅的聲名和地位在新文化界和思想界發生了突變，有高長虹的回憶爲證，「一九二五年北京文化界的鬥爭，最大的損失是三一八慘案犧牲了女師大的學生劉和珍和奉軍入關後槍決了京報記者邵飄萍。魯迅在生活上雖然也受到了一點損失，不過同他的收穫比較起來，那就是很小很小的了。他在思想界幾乎做了一時的盟主。韋素園在一個新開廣告上把他稱做思想界的權威者，在當時進步的青年界抱反感的人是很少的。」〔註 31〕1925 年魯迅在新文化界聲名的飆升一方面由於他的小說聲名的日益廣大，但更大程度上是得益於他在與章士釗、陳西瀅筆戰和「青年必讀書」事件中所表現出的戰鬥姿態。在這一年魯迅開始大批地「培養青年一代的作家」，一個例證就是 1925 年 4 月 11 日莽原社的成立〔註 32〕。而這個時間距離 1925 年 6 月 29 日《頹敗線的顫動》的寫作僅兩個多月，顯然在如此短的時間裏，「這些人中間，有的等他們成長爲自立者並有一定的名氣之後，就由於某一些原因，反過來譏諷，嘲罵，攻擊起魯迅來」的事情是不會發生的。並且，另外一個事實是：《彷徨》

〔註 30〕孫玉石：《現實的與哲學的——魯迅〈野草〉重釋》，第 213 頁。

〔註 31〕高長虹：《一點回憶——關於魯迅和我》，見《魯迅回憶錄》（散篇）（上冊），第 194 頁。

〔註 32〕魯迅 1925 年 4 月 11 日日記記載，「十一日　晴。……夜買酒並邀長虹、培良、有麟共飲，大醉。……」（魯迅：《日記．日記十四（1925 年）四月》），載《魯迅全集》（第十五卷），第 560 頁。）《全集》對該條日記的注釋如下，「邀長虹、培良、有麟共飲席間，魯迅等商定創辦《莽原》週刊，並於十天後開始編輯。」（魯迅：《日記．日記十四（1925 年）四月》），載《魯迅全集》（第十五卷），第 563 頁。）

出版於 1926 年 8 月，其中具體篇目寫作於 1924 年 2 月至 1925 年 11 月，《野草》除了《題辭》而外均寫作於 1926 年 5 月以前，這些都發生在 1926 年 10 月魯迅和高長虹關係破裂之前，因此，說「寫作《彷徨》、《野草》的時候」魯迅就有「用自己的心血和生命，培養青年一代的作家」等他們「有一定的名氣之後，就由於某一些原因，反過來譏諷，嘲罵，攻擊」他的經歷和親身體驗是不符合歷史事實的。

第二點是對《兩地書》的斷章取義地理解。在舉到具體例子時，孫玉石先生截取了魯迅給許廣平的一封信：

> 我明知道幾個人做事，眞出於「爲天下」是很少的。但人於現狀，總該有點不平，反抗，改良的意思。只這一點共同目的，便可以合作。即使含些「利用」的私心也不防，利用別人，又給別人做點事，說得好看一點，就是「互助」。但是，我總是「罪孽深重，禍延」自己，每每終於發見純粹的利用，連「互」字也安不上，被利用後，只剩下耗了氣力的自己一個。有時候，他還要反而罵你：不罵你，還要謝他的洪恩。我的時常無聊，就是爲此，但我還能將一切忘卻，休息一時之後，從新再來，即使明知道後來的運命未必會勝於過去。〔註 33〕

雖然孫玉石先生沒有直接點明說魯迅先生這段話本身是針對「忘恩負義」的青年如高長虹而言的，但他的意思很明白：這是可以用來證明《頹敗線的顫動》是「寫下一代或年青人的忘恩負義的」。然而，孫先生不幸而犯了斷章取義的錯了。魯迅先生這封信寫於 1925 年 6 月 13 日，正是他和以陳西瀅爲首表的「現代評論」派筆戰正酣的時候。而在同一天的《京報副刊》上，孫伏園發表了《救國談片》一文，其中有這樣的言辭，「《語絲》、《現代評論》、《猛進》三家是兄弟週刊。」並說《現代評論》在五卅運動中「也有許多時事短評，社員做實際活動的更不少。」〔註 34〕這些話引起了魯迅的不滿，於是當天晚上，魯迅便寫了這封信給許廣平，抒發了他對孫伏園的不滿，並對他的立場起了懷疑：

> □□的態度我近來頗懷疑，因爲似乎已與西瀅大有聯絡。其登載幾篇反楊之稿，蓋出於不得已。今天在《京副》上，至於指《猛

〔註 33〕魯迅：《兩地書・二九》，載《魯迅全集》（第十一卷），第 92 頁。

〔註 34〕孫伏園：《救國片談》，《京報副刊》1925 年 6 月 13 日。

進》，《語絲》，《現代》爲「兄弟週刊」，大有賣《語絲》以與《現代》拉攏之觀。或者《京副》之專登滬事，不登他文，也還有別種隱情（但這也許是我的妄猜），《晨副》即不如此。〔註35〕

《魯迅全集》第十一卷第93頁注釋〔4〕：「□□　原信作伏園。」這段話下面緊接著就是孫先生所引的那段魯迅先生的牢騷話。所以，魯迅先生所說的「利用」的話，以及自己感到被別人純粹利用，是針對孫伏園而言的。這分明是魯迅先生的遷怒與多疑的性格所致的言論。他因爲極度憎惡「現代評論派」的正人君子而遷怒於企圖與他們和解的孫伏園，並懷疑他們背後還有什麼不可告人的「隱情」，實際上在作這種猜測時，魯迅也認爲這可能是自己多疑，所以說「但這也許是我的妄猜」。而不幸他的多疑被許廣平6月17日的回信給點破了：

《京報副刊》有它的不得已的苦衷，也實在可惜。從他所沒收和所發表的文章看起來，蛛絲馬蹟，固然大有可尋，但也不必因此憤激。其實這也是人情（即面子）之常，何必多責呢。吾師以爲「發見純粹的利用」，對□□有點不滿（不知是否誤猜），但是，屢次的「碰壁」，是不是爲激於義憤所利用呢？橫豎是一個利用，請付之一笑，再浮一大白可也。〔註36〕

「冰凍三尺，非一日之寒」，早在1924年底《語絲》和《京報副刊》創刊不久，〔註37〕孫伏園的一句無心的話就引起了魯迅的多疑：

……至於對於《晨報》的影響，我不知道，但似乎也頗受些打擊，曾經和伏園來說和，伏園得意之餘，忘其所以，曾以勝利者的笑容，笑著對我說道：「眞好，他們竟不料踏在炸藥上了！」

這話對別人說是不算什麼的。但對我說，卻好像澆了一碗冷水，因爲我即刻覺得這「炸藥」是指我而言，用思索，做文章，都不過使自己爲別人的一個小糾葛而粉身碎骨，心裏就一面想：

「眞糟，我竟不料被埋在地下了！」

我於是乎「彷徨」起來。〔註38〕

〔註35〕魯迅：《兩地書・二九》，載《魯迅全集》（第十一卷），第92頁。

〔註36〕許廣平：《兩地書・三〇》，載《魯迅全集》（第十一卷），第96頁。

〔註37〕《語絲》創辦於1924年10月，《京報副刊》創辦於同年12月5日。

〔註38〕魯迅：《三閒集・我和〈語絲〉的始終》，載《魯迅全集》（第四卷），第171～172頁。

據荊有麟的回憶，《晨副》向孫伏園講和並非是由於《語絲》，而是《京副》〔註39〕。從文章看，孫伏園的得意顯然是衝著《晨副》去的，而且「炸彈」當然也是無心說出來的，而魯迅竟然懷疑伏園在利用他，這完全是他多疑個性的顯露。

通過上面的論證，我們可以得出一個結論，即《兩地書》（二九）並不能證明《頹敗線的顫動》是魯迅針對高長虹們的「忘恩負義」而發的。

綜上所述，我覺得孫玉石先生關於《頹敗線的顫動》一文的闡釋在許多關鍵地方是值得商榷的。然而問題到此並沒有結束，我們的問題是，《頹敗線的顫動》到底是魯迅先生怎樣的一種情緒的表達呢？

我認爲馮雪峰先生在這個問題上的表述非常深刻中肯，讓我們再仔細看一下馮先生的原話：

> 作者所設想的這個老女人的「顫動」——猛烈的反抗和「復仇」的情緒，不能不是作者自己曾經經驗過的情緒，至少也是他最能體貼的情緒。這種情緒是在愛與憎發生激烈的矛盾鬥爭時才有的，是一個熱烈地愛人們而反抗性也極強烈的人，在遭著像這個老女人這樣的待遇的時候才會發生的。這是一種最痛苦的情緒。〔註40〕

馮雪峰先生認爲這篇散文詩是魯迅先生兩種情緒的表達，其一是「作者自己曾經經驗過的情緒」，其二是「他最能體貼的情緒」。在這兩點中，「情緒」的直接主詞是兩個，而不是一個。第一個「情緒」的直接主詞是魯迅本人；第二個「情緒」的直接主詞是魯迅以外的其他先驅者，然而，魯迅與他們有「通感」，所以馮先生用了「體貼」一詞，表示感同身受。同「經驗」相比，「體貼」所得的「情緒」顯然是間接的。第二種情緒的「體貼」是魯迅從革命者秋瑾（即《藥》中的夏瑜）、范愛農、孫中山，至大至遠則「人之子」耶穌，至小至近則因徵收講義費風潮而充當「散胙」的馮省三等各種先驅者身上得來的。從1924年到1925年的創作中，魯迅對這種「體貼」情緒的描寫達到淋漓盡致的地步，1924年的《復仇（其二）》，1925年的《犧牲謨》《戰士和蒼蠅》和《頹敗線的顫動》都是這種情緒的表達。同第二種情緒相比，第一種情緒則要複雜得多，它是魯迅「曾經經驗過」各種情緒的總匯。其主要成分有三：

首先，是對兄弟失和的記憶。兄弟失和及周作人一家對魯迅造成的心靈創傷是恒久的，1925年6月距離他們失和的1923年7月不到兩年，魯迅很可

〔註39〕荊有麟：《魯迅回憶斷片》，載《魯迅回憶錄》（專著）（上冊），第188頁。
〔註40〕馮雪峰：《論野草》，載《馮雪峰論文集》（下），第375頁。

能沒有從這種創傷中走出來。在談到魯迅南下路過上海時，高長虹說，「魯迅氣急地談起來周作人來，好像有一點事情都是想暗害他的樣子。」〔註 41〕在《關於〈頹敗線的顫動〉》一文中，孫玉石先生指出，「周作人與他（魯迅）可謂同輩手足，並非下一代」〔註 42〕，因此，《頹敗線的顫動》不可能是針對周作人而作的。但在父親去世後，魯迅在周氏兄弟中充當的是「長兄如父」的角色，這一點應該是眾所周知的事情。並且我們認為魯迅在該篇散文詩中所表達的僅僅是一種情緒的體驗，而並非是就事論事的實指。

其次，是魯迅自身作為「先驅者」的體驗。1925 年魯迅因為「青年必讀書」和「咬文嚼字」事件而大受攻擊，而另一面則與陳西瀅、章士釗戰，雖然聲名飆升，但他卻也十足地體驗了先驅者的孤獨。

再次，則是上文提到的魯迅對自己的學生孫伏園的多疑。「我總是『罪孽深重，禍延』自己，每每終於發見純粹的利用，連『互』字也安不上，被利用後，只剩下耗了氣力的自己一個」正是《頹敗線的顫動》中「老婦人」的「顫動」的體驗。

然而，還有一個更重要的多疑，這就是對正在同自己熱烈交往中的青年的多疑，尤其是高長虹他們。這樣說是不是同自己前面的論證相矛盾呢？其實不然。我們前面花了大量的篇幅只是在說明一個事實，即從史實的角度我們並不能證明魯迅在寫作《頹敗線的顫動》時「曾經經驗過」自己用心血培養起來的新一代的青年作家對他「忘恩負義」的惡行，因此，我們從史實的角度是不能證明《頹敗線的顫動》僅僅是「寫下一代或年青人的忘恩負義的」。但我們並沒有否認這篇散文詩包含著魯迅抒發對「下一代或年青人的忘恩負義」的不滿情緒的可能。這種可能是通過魯迅先生特有的多疑思維方式完成的。從《兩地書》中看，魯迅對孫伏園的行為是非常不滿的，其原因如上所述有二：其一是對被利用的憤怒，所謂「埋在地下」是也；其二是對孫伏園向陳西瀅示好的不滿。這兩點如前所述都是由於魯迅的多疑的個性使然。但無論如何，魯迅對被自己的學生利用這一點上，是痛切的，這或許使他一下子回憶起與學生交往中的許多不快的事情來，如我們在上一章所舉到的因做化學實驗被學生所騙而血濺點名冊的例子，又如魯迅在晚年回憶起的在北京世界語學校種痘時為學生所騙的事件〔註 43〕，這些經驗教

〔註 41〕高長虹：《一點回憶》，見《魯迅回憶錄》（散篇）（上冊），第 196 頁。

〔註 42〕孫玉石：《現實的與哲學的——魯迅〈野草〉重釋》，第 218 頁。

〔註 43〕「最末的種痘，是十年前，在北京混混的時候。那時也在世界語專門學校裏

訓使得他在與青年人的交往中常常用一種他平素觀察歷史的方法來看待青年，歷史是「輪迴」的，未來未必就比現在強，青年人也一樣，過去的學生利用我欺騙我，現在的學生和青年就未必強到那裡去，因此他才在懷疑孫伏園的那封信裏說，「後來的運命未必會勝於過去。」〔註44〕魯迅常常對許廣平說的一句話是，「我不能因爲一個人做了賊，就疑心一切的人！」〔註45〕這其實從反面證明了他對一切都是存有疑心的。因此之故，雖然 1925 年魯迅同高長虹這些年青人來往密切，但正是這種密切的來往很可能使得魯迅產生相反的悲觀預感，即他們日後也許會背叛他以至是辱罵他。這是魯迅多疑思維的一個經典的表達：於熱烈中感到冰涼，「於浩歌狂熱之際中寒」〔註46〕。《墓碣文》僅僅寫作於前 12 天，《頹敗線的顫動》完全可以看作是對這篇奇文形象而生動的闡釋。「於浩歌狂熱之際中寒」的多疑思維究其實質是對確信的一種懷疑，即在別人看來很牢靠的地方，魯迅發現了鬆動。這種思維在其文章與生活中是十分常見的，譬如他對長生殿上唐明皇與楊玉環的愛情表白的獨特理解就是有力的證明。〔註47〕從這種思維方式，我們可以推論魯迅 1925 年在同青年們熱烈交往的同時很可能產生我們上面所說的悲觀預感，而這種悲觀的預感在《頹敗線的顫動》一文中的表達，即是孫玉石先生所說的魯迅抒發對「下一代或年青人的忘恩負義」的不滿情緒。從這個方面說，我們在結論上與孫玉石先生達成了一致意見，但根本區別在於論證過程的不同，

教幾點鐘書，總該是天花流行了罷，正值我在講書的時間內，校醫前來種痘了。我是一向煽動人們種痘的，……

……總之，我在講堂上就又竭力煽動了，然而困難得很，因爲大家說種痘是痛的。再四磋商的結果，終於公舉我首先種痘，作爲青年的模範，於是我就成了群眾所推戴的領袖，率領了青年軍，浩浩蕩蕩，奔向校醫室裏來。

雖是春天，北京卻還未暖和的，脫去衣服，點上四粒豆漿，又趕緊穿上衣服，也很費一點時光。但等我一面扣衣，一面轉臉去看時，我的青年軍已經溜得一個也沒有了。」（魯迅：《集外集拾遺補編・我的種痘》，載《魯迅全集》（第八卷），第 387～388 頁。）

〔註44〕魯迅：《兩地書・二九》，載《魯迅全集》（第十一卷），第 92 頁。

〔註45〕許廣平：《欣慰的紀念・魯迅和青年們》，載《魯迅回憶錄》（專著）（上冊），第 355 頁。

〔註46〕魯迅：《野草・墓碣文》，載《魯迅全集》（第二卷），第 207 頁。

〔註47〕「他的寫法，曾經對我說過，係起於明皇被刺的一刹那間，從此倒回上去，把他的生平一幕一幕似的映出來。他看穿明皇和貴妃兩人間的愛情早就衰歇了，不然何以會有『七月七日長生殿』，兩人密誓願世世爲夫婦的情形呢？在愛情濃烈的時候，哪裏會想到來世呢？他的知人論世，總比別人深刻一層。」許壽裳《亡友魯迅印象記》，載《魯迅回憶錄》（專著）（上冊），第 253 頁。

並且在另一方面，我認爲孫先生對這篇散文詩的理解作了窄化的處理（完全排除魯迅的兄弟失和的記憶）。

魯迅的這種獨特的判斷也許是在潛意識中進行的，然而它終有一天將浮上水面。1926 年 10 月，高長虹公然與他反目，他的這種潛意識便如泄了閘的洪水奔湧而出，在其上又加以兄弟失和的記憶以及過去種種的其他不快，其憤怒與悲哀的程度前所未有：

……這樣地玩「雜耍」一兩年，就只剩下些油滑學問，失了專長，而也逐漸被社會所棄，變了「藥渣」了，雖然也曾煎熬了請人喝過汁。一變藥渣，便什麼人都來踐踏，連先前喝過汁的人也來踐踏，不但踐踏，還要冷笑。

……我先前何嘗不出於自願，在生活的路上，將血一滴一滴地滴過去，以飼別人，雖自覺漸瘦弱，也以爲快活。而現在呢，人們笑我瘦弱了，連飲過我的血的人，也來嘲笑我的瘦弱了。……〔註 48〕

這該是怎樣的悲哀呀！於是，此後在與青年的交往中魯迅先生便「彷徨」起來：

……我近來忽然對於做教員發生厭惡，於學生也不願意親近起來，接見這裡的學生時，自己覺得很不熱心，不誠懇。〔註 49〕

你說我受學生的歡迎，足以自慰麼？不，我對於他們不大敢有希望，我覺得特出者很少，或者竟沒有。〔註 50〕

我現在對於做文章的青年，實在有些失望；……他們多是掛新招牌的利己主義者。而他們竟自以爲比我新一二十年，我眞覺得他們無自知之明，這也就是他們之所以「小」的地方。〔註 51〕

……總之，我的主意，是在想少陪無聊之客而已。倘在學校，誰都可以直衝而入，並無可談，而東拉西扯，坐著不走，殊可厭也。〔註 52〕

可是正如魯迅先生自己說的，「但我還能將一切忘卻，休息一時之後，從新再來，即使明知道後來的運命未必會勝於過去」，因此，他的「『彷徨』並不用

〔註 48〕魯迅：《兩地書・九五》，載《魯迅全集》（第十一卷），第 253 頁。
〔註 49〕魯迅：《兩地書・七五》，載《魯迅全集》（第十一卷），第 209 頁。
〔註 50〕魯迅：《兩地書・七九》，載《魯迅全集》（第十一卷），第 217 頁。
〔註 51〕魯迅：《兩地書・八五》，載《魯迅全集》（第十一卷），第 231 頁。
〔註 52〕魯迅：《兩地書・九三》，載《魯迅全集》（第十一卷），第 246 頁。

許多時」就又開始往出「擠」東西，「從我這裡只要能擠出——雖然不過是擠出——文章來，就擠了去罷」〔註 53〕。於是，他一面在抱怨青年，一面卻又不停的在爲他們做事：

> 我先前在北京爲文學青年打雜，耗去生命不少，自己是知道的。但到這裡，又有幾個學生辦了一種月刊，叫作《波艇》，我卻仍然去打雜。〔註 54〕

雖感到「虛無」，然而還拼命做，這裡面或許就隱藏著魯迅思想的某種秘密吧！

第十四講　《失掉的好地獄》詳解

一

在過去眾多的對《野草》的解讀當中，李長之的意見很獨特：

> 我附帶要說的，我不承認《野草》是散文詩集，自然，散文是沒有問題的，但乃是散文的雜感，而不是詩。因爲詩的性質是重在主觀的，情緒的，從自我出發的，純粹的審美的，但是《野草》卻並不如此，它還重在攻擊愚妄者，重在禮讚戰鬥，諷刺的氣息勝於抒情的氣息，理智的色彩幾等於情緒的色彩，它是不純粹的，它不是審美的，所以這不是一部散文詩集。——要說有一部分是「詩的」，我當然沒有話說。〔註 55〕

正因爲如此，李長之將《野草》置於「魯迅之雜感文」這一部分，同《熱風》《華蓋集》《華蓋集續編》和《朝花夕拾》〔註 56〕一起討論。這樣的觀點當然有絕對化的嫌疑，不過也爲我們打開《野草》提供了別一樣的路徑，即在純文學的觀照之外，我們有必要注意《野草》的「雜感性」特徵。要理解所謂的「雜感性」，有兩點很重要，即戰鬥性與此刻當下性。木山英雄在「野草論」當中以 1924、1925 年爲節點將魯迅的一生分爲兩個時代：「我們也可以提出包括了東京留學的 1924、1925 年之前和之後的兩個階段劃分法。……前期爲

〔註 53〕魯迅：《三閒集．我和〈語絲〉的始終》，載《魯迅全集》（第四卷），第 172 頁。
〔註 54〕魯迅：《兩地書．七三》，載《魯迅全集》（第十一卷），第 203 頁。
〔註 55〕李長之：《魯迅批判．魯迅之雜感文》，載《李長之批評文集》郜元寶、李書編，珠海出版社 1998 年版，第 89 頁。
〔註 56〕將《朝花夕拾》放在「雜感文」系列中同樣引人注意。

『寂寞』引發喊叫的時代，後期爲現在的運動立刻成爲下一個運動之根據的時代。」〔註 57〕通俗地講，就是前期喊叫多因「觀念」而發，後期的戰鬥則具有自身此刻的當下性。《野草》雖然被視爲從前期到後期過渡性的作品，但其實已經具備了「此刻當下」的戰鬥性特徵，也就是李長之所說的「雜感性」，不過，這一點長期被研究者忽略。

但，或許有人會提出這樣的疑問，即以《失掉的好地獄》爲例，多數研究者不是都注意到了其戰鬥性的一面嗎？譬如，李何林就曾認爲《失掉的好地獄》是魯迅在影射當時的北洋軍閥統治，而驚人地預測了未來國民黨統治的糟糕。〔註 58〕這一觀點後來也被孫玉石繼承，「我想，李何林先生的看法是大體接近作品實際的。」〔註 59〕然而，木山英雄在《讀〈野草〉》當中斷然否定了這種解讀，「眾多的研究者把這個地獄的故事與以辛亥革命爲中心的中國近代史相對照來解讀，也不是沒有道理的。其中最有影響的是這樣一種解釋方案：『天神』爲清朝統治，『魔鬼』爲辛亥革命後的軍閥統治，『人類』則爲主導了北伐國民國民的國民黨統治。對於這種解釋，有人覺得魯迅早就預見到了於這篇作品寫作之際才開始的國民革命的前途，未免漂亮得太離譜了，於是，將歷史向上推進了一個階段，而提出明朝統治、清朝統治、辛亥革命的結果這樣的修改方案。然而，這些解讀法的最大難點在於，與故事敘述者兼故事主角的『魔鬼』之特性完全相合的歷史上的統治者，畢竟是不可能有的。」〔註 60〕很顯然，雙方爭論的焦點不是在「戰鬥性」，因爲即便是木山也承認將「地獄的故事與……中國近代史相對照來解讀，也不是沒有道理」，而是在「此刻當下性」。所謂此刻當下性是魯迅後期一個非常重要的特點，就是所談論的問題始終圍繞自身的經驗（包括閱讀經驗）遭際展開，即便是談論宏闊的問題，也是從自身的此刻當下的經驗而擴展的結果。木山英雄對這一

〔註 57〕〔日〕木山英雄：《〈野草〉主體構建的邏輯及其方法》，載《文學復古與文學革命——木山英雄中國現代文學思想論集》，趙京華編譯，第 55 頁。

〔註 58〕「當時作者所在的北方軍閥統治，確實是一個人間地獄；有些紳士、學者、正人君子則在維護它，反對改革，反對不滿現狀，豈不是說是一座好地獄嗎？但對於當時已經開始和北洋軍閥在爭奪這地獄的統治權的國民黨右派，作者也預感到他們將來的統治，不會比軍閥們更好。這預感是驚人的！」語見李何林：《魯迅〈野草〉注解》，陝西人民出版社 1981 年版，第 125 頁。

〔註 59〕孫玉石：《現實的與哲學的——魯迅〈野草〉重釋》，第 180 頁。

〔註 60〕〔日〕木山英雄：《讀〈野草〉》，載《文學復古與文學革命——木山英雄中國現代文學思想論集》，趙京華編譯，第 334～335 頁。

點把握得相當精準，於是他接下來便把闡釋的方向引向了魯迅自身的此刻當下，他說，「特別是最後『魔鬼』向著人類的『我』順口說出對『野獸和惡鬼』的期待等，比起可以想像的任何統治者的言辭來，其實更接近於作者自己下面這一段述懷吧。」〔註 61〕接著他就引用了魯迅《寫在〈墳〉後面》那段著名的自我解剖的話（「我的確時時解剖別人，然而更多的是更無情面地解剖我自己。」〔註 62〕）將解讀導向魯迅自身而不是外在的世界。在我看來，在眾多對《失掉的好地獄》結尾這一句的闡釋中，木山的這一解讀是最有魅力和說服力的，它將魯迅這篇短文的內在悖論性和含混性和盤托了出來。在我的閱讀經驗中，似乎很少有人注意到這一點。〔註 63〕關於結尾的這一點，本文將在後面有更爲詳盡的論述和分析。在這之前，我想有必要將《失掉的好地獄》寫作之時的魯迅此刻當下性的外在方面充分揭示出來。

二

所謂「此刻當下性的外在方面」，並非是指魯迅寫作《失掉的好地獄》時的宏大的歷史語境，而相反是指與魯迅日常生活經驗息息相關的，引起魯迅痛感或快感的那些瑣碎的個人生活語境。這些生活語境在某一個階段中，像一張網一樣構成了魯迅生活寫作（日記、書信等）與文學寫作的互文性，而我們闡釋的工作，就是要將這一互文性充分展現出來。換言之，我們在闡釋文學文本時必須對言說者主體在這一段時期內所關注的重心是什麼及爲什麼有一個充分的把握，這樣我們才能準確地把握文學文本的言說主旨，否則不是縹緲之言，就是盲人摸象。

把握互文性的方法有多種，最簡便的方法是由近及遠，即文本寫作的前後，或者當天言說者有什麼樣的文本與此相關。1925 年 6 月 16 日寫作《失掉的好地獄》的當天，魯迅寫了一篇名爲《雜憶》的雜感文。這篇文章由 4

〔註 61〕〔日〕木山英雄：《讀〈野草〉》，載《文學復古與文學革命——木山英雄中國現代文學思想論集》，趙京華編譯，第 335 頁。

〔註 62〕魯迅：《墳・寫在〈墳〉後面》，載《魯迅全集》（第一卷），第 300 頁。

〔註 63〕李中揚似乎觸摸到了這一點，「更爲發人深省的是，魯迅認爲肩負著『啓蒙』重任的知識分子往往不是站在『鬼魂們』一邊，而是『人類』之一員，甚至於他自己也可能是『人類』之一員，所以『魔鬼』說：『是的，你是人！我且去尋野獸和惡鬼……。』」見李中揚：《地獄邊的曼陀羅花——解析〈野草・失掉的好地獄〉中的隱喻形象》，《名作欣賞》2007 年第 6 期，第 44 頁。

節組成，大致是講光復前後及目下的中國狀況，每一節所講的內容清晰有致，第 1 節講光復前的叫喊與復仇，並清晰地指出當時的精神資源有二，其一是以拜倫（Byron）爲首的西方摩羅詩人的詩歌之力，其二是明末遺民的血之聲音及光復之志；第 2 節主要講光復後中國社會短暫的光亮，雖然那時也有壞現象，然而少且溫和，並且都能及時制止，然而可惜的是這少有的光亮到了後來則頹唐下去了；第 3 節講成長於清末與成長於民國兩代人之間的精神差異，「果然，連大學教授，也已經不解何以小說要描寫下等社會的緣故了，我和現代人要相距一世紀的話，似乎有些確鑿。」〔註 64〕「……還譯他的劇本《桃色的雲》。其實，我當時的意思，不過要傳播被虐待者的苦痛的呼聲和激發國人對於強權者的憎惡和憤怒而已，並不是從什麼『藝術之宮』裏伸出手來，拔了海外的奇花瑤草，來移植在華國的藝苑。」〔註 65〕這一節正式魯迅此刻當下性的很好的證明，所謂文學之力與藝術之宮的爭鋒相對正是 1925 年困擾魯迅的話題，同時也是魯迅此後一系列寫作的動因；第 4 節講到了國民性的問題，發出了「卑怯的人，即使有萬丈的憤火，除弱草以外，又能燒掉甚麼呢？」〔註 66〕的深刻洞見，並指出所謂的太平盛世則正是「因爲自己先已互相殘殺過了，所蘊蓄的怨憤都已消除」〔註 67〕的緣故，然而結尾，魯迅還是誠懇地提出療治的藥方，「總之，我以爲國民倘沒有智，沒有勇，而單靠一種所謂「氣」，實在是非常危險的。現在，應該更進而著手於較爲堅實的工作了。」〔註 68〕

這一段雜感文很自然地令人想起兩個多月前魯迅給許廣平的一封書信裏面的話：

> 說起民元的事來，那時確是光明得多，當時我也在南京教育部，覺得中國將來很有希望。自然，那時惡劣分子固然也有，然而他們總失敗。一到二年二次革命失敗之後，即漸漸壞下去，壞而又壞，遂成了現在的情形。其實這不是新添的壞，乃是塗飾的新漆剝落已盡，於是舊相又顯了出來，使奴才主持家政，那裡會有好樣子。最初的革命是排滿，容易做到的，其次的改革是要國

〔註 64〕魯迅：《墳・雜憶》，載《魯迅全集》（第一卷），第 236 頁。
〔註 65〕魯迅：《墳・雜憶》，載《魯迅全集》（第一卷），第 237 頁。
〔註 66〕魯迅：《墳・雜憶》，載《魯迅全集》（第一卷），第 238 頁。
〔註 67〕魯迅：《墳・雜憶》，載《魯迅全集》（第一卷），第 239 頁。
〔註 68〕魯迅：《墳・雜憶》，載《魯迅全集》（第一卷），第 239 頁。

民改革自己的壞根性，於是就不肯了。所以此後最要緊的是改革國民性，否則，無論是專制，是共和，是什麼什麼，招牌雖換，貨色照舊，全不行。〔註69〕

將這段文字同《雜憶》兩相對照，我們就能一目了然地看到兩者之間的互文性關聯。《雜憶》只不過是將《兩地書》中的生活書寫用文學的方式展開了而已。略微不同的是，書信中缺少了雜感文第 3 節關於兩代人之差異的話題，不過，關於這一點，魯迅其實在另外一封書信中同許廣平詳細談論過，

……至於「還要反抗」，倒是眞的，但我知道這「所以反抗之故」，與小鬼截然不同。你的反抗，是爲希望光明的到來罷？（我想，一定是如此的。）但我的反抗，卻不過是偏與黑暗搗亂。大約我的意見，小鬼很有幾點不大了然，這是年齡，經歷，環境等等不同之故，不足爲奇。〔註70〕

當然，同《雜憶》第 3 節略帶憤怒與諷刺的筆調不同的是，這裡對「小鬼」的態度是溫和的，然而，無論語氣如何，其所強調的代際區隔卻是一致的。

三

魯迅與五四一代〔註 71〕的這種代際區隔由來已久。其最初進入新文化運動的態度就是這種代際區隔的最早印證。「鐵屋子」中所謂「希望之必有」同「希望之必無」的碰撞，以及以「不能以我之必無的證明來折服了他只所謂可有」的理由而「敷衍」地加入到「新青年」陣營當中的史實都從一個側面證明了這種代際區隔的存在。僅就這篇《雜憶》的第 3 節當中所談的代際區隔問題就不是無的放矢，而是有所指的。

不知道我的性質特別壞，還是脫不出往昔的環境的影響之故，我總覺得復仇是不足爲奇的，雖然也並不想誣無抵抗主義者爲無人格。但有時也想：報復，誰來裁判，怎能公平呢？便又立刻自答：自己裁判，自己執行；既沒有上帝來主持，人便不妨以目償頭，也

〔註69〕魯迅：《兩地書・八》，載《魯迅全集》（第十一卷），第 31～32 頁。

〔註70〕魯迅：《兩地書・二四》，載《魯迅全集》（第十一卷），第 80～81 頁。

〔註71〕本文中「五四一代」的說法取寬泛的「五四」之意，實質上就是魯迅所謂的成長於民國的一代人，在年齡上大概指 1890 年代以後出生的，其成長經驗中並沒有參與過辛亥革命的，然而在五四時期成爲五四新文化的發起者或參與者的這樣一撥人。

不妨以頭償目。有時也覺得寬恕是美德，但立刻也疑心這話是怯漢所發明，因爲他沒有報復的勇氣；或者倒是卑怯的壞人所創造，因爲他貽害於人而怕人來報復，便騙以寬恕的美名。〔註 72〕

眾所周知，胡適是五四時期提倡自由主義最力的一位，「寬容」作爲自由主義的組成部分自然是其所提倡的重點。魯迅的這番話很可能就是針對胡適而發的。儘管胡適系統地提出「容忍與自由」〔註 73〕的理論是在其晚期，但在五四時期，他就早已身體力行「寬容主義」了。1926 年 5 月 24 日在《致魯迅、周作人、陳源》的信當中，胡適就強調容忍精神的重要性，「讓我們都學學大海。『大水沖了龍王廟，一家人不認得一家人。』『他們』的石子和穢水，尚且可以容忍；何況『我們』自家人的一點子誤解，一點子小猜疑呢？」〔註 74〕當然，這差不多是《雜憶》寫作近一年之後的事情，並不能作爲魯迅表這番議論的直接證據，不過，其時的魯迅應該是對胡適的「寬容主義」有所耳聞〔註 75〕

〔註 72〕 魯迅：《墳．雜憶》，載《魯迅全集》（第一卷），第 236 頁。

〔註 73〕 《寬容與自由——〈自由中國十週年紀念會上講詞〉》，胡適講，楊欣泉記，《日記 1959 年附錄》，載《胡適全集》（第 34 卷），安徽教育出版社 2013 年版，第 566～576 頁。另，在 1948 年 8 月的《自由主義是什麼？》（載《胡適全集》（第 22 卷），第 725～728 頁。）一文中，首次談到容忍在政治上的重要意義，並第一次正式地把容忍納入自由主義並視其爲自由主義的一個重要組成部分。同年 9 月在北平電臺廣播詞《自由主義》中，胡適進一步將容忍列爲自由主義的四個意義之一，「總結起來，自由主義的第一個意義是自由，第二個意義是民主，第三個意義是容忍——容忍反對黨，第四個意義是和平的漸進改革。」並說，「容忍就是自由的根源，沒有容忍，就沒有自由可說了。至少在現代，自由的保障全靠一種互相容忍的精神，無論是東風壓倒西風，還是西風壓倒東風，都是不容忍，都是摧殘自由。」見胡適：《自由主義》，載《胡適全集》（第 22 卷），第 740 頁。

〔註 74〕 胡適：《書信．致魯迅、周作人、陳源》，載《胡適全集》（第 34 卷），第 426 頁。

〔註 75〕 這一年（1925 年）的 2 月，胡適、章士釗互題合照詩在當時應該是頗有名的事件。章士釗先題白話新詩送給胡適，語帶諷刺：

你姓胡，我姓章
你講甚麼新文學，
我開口還是我的老腔。
你不攻來我不駁，
雙雙並坐，各有各的心腸。
將來三五十年後，
這個相片好作文學紀念看。
哈，哈，
我寫白話歪詞送把你，
總算是老章投了降。

才發表了這番議論。對於胡適而言，提倡自由主義與寬容精神大概是從健康的理性角度對社會的發展所做出的觀念性選擇吧。然而，於魯迅而言，情形並非如此，究其根本，他是親身經過辛亥革命的「血和鐵，火焰和毒，恢復和報仇」〔註 76〕的腥風血雨，「脫不出往昔的環境的影響之故」〔註 77〕，所以，雖然「有時也覺得寬恕是美德，但立刻也疑心這話是怯漢所發明，因爲他沒有報復的勇氣；或者倒是卑怯的壞人所創造，因爲他貽害於人而怕人來報復，便騙以寬恕的美名。」〔註 78〕我想，這大概正是代際區隔所引起的精神差異吧！更何況其時魯迅正身陷女師大事件而與現代評論派論戰，而胡適則選擇站在楊蔭榆陳源一邊呢！現實的這種情況也勢必會從某一個側面加深魯迅對他同五四一代的代際區隔的認知吧！

四

魯迅同五四一代的代際區隔總體而言表現在兩個根本性的方面：其一是在當時對中國的前途看得比他們暗淡，其一是對「文學之力」的不懈追尋。目前學界對第一點談論得比較多，對第二點的認知似乎尚在起步階段。〔註 79〕關於第一點，王曉明就曾指出，「魯迅是以一種非常獨特的方式，加入『五四』那一代啓蒙者的行列的，這獨特並不在他的戰鬥熱情比其他人高，也不在他的啓蒙主張比其他人對，他的獨特是在另一面，那就是對啓

而胡適不以爲意，報之以舊體詩，語氣寬厚：
「但開風氣不爲師」，
龔生此言吾最喜。
同是曾開風氣人，
願長相親不相鄙。
見胡適《題章士釗、胡適合照》，載《胡適全集》（第 10 卷），第 289 頁。

〔註 76〕魯迅：《野草・希望》，載《魯迅全集》（第二卷），第 181 頁。

〔註 77〕魯迅：《墳・雜憶》，載《魯迅全集》（第一卷），第 236 頁。

〔註 78〕魯迅：《墳・雜憶》，載《魯迅全集》（第一卷），第 236 頁。

〔註 79〕汪衛東在其專著《現代轉型之痛苦「肉身」：魯迅思想與文學新論》一書中提出的「文學主義」的觀念，用以強調魯迅留日時期通過《摩羅詩力說》等文言論文所建立起來的一種具有行動力的文學觀念。這一概念的提出似乎觸碰到了這一點。汪衛東：《現代轉型之痛苦「肉身」：魯迅思想與文學新論》，北京大學出版社 2013 年版，第 40 頁。此外，符傑祥近期在《文藝爭鳴》發表的文章《〈野草〉命名來源與「根本」問題》試圖勾連從「摩羅」到《野草》之間的精神脈絡，也屬於這方面有益的探索。符傑祥：《〈野草〉命名來源與「根本」問題》，《文藝爭鳴》2018 年第 5 期，第 32～40 頁。

蒙的信心，他其實比其他人小，對中國的前途，也看得比其他人糟。」〔註80〕其實大陸學界前兩年曾經熱議的竹內好的「迴心」〔註81〕說，大體就是指第一點而言的。不過，竹內好的那本《魯迅》闡釋的重點其實並不在這裡，而是在他對第二點，即「文學之力」的觸碰。所謂「文學之力」並不是單純指一種文學書寫當中的內部問題，而是指文學或者文章的寫作並非單純的呈現爲藝術或者是文字，而是透過文字所滲透出來的行動之力，這種行動之力又是同革命與改造世界緊密相連的。所謂「摩羅詩力」就是這個意思。〔註82〕竹內魯迅所關注的重心自始至終就沒有停留在魯迅的「文學」之上，而是從一開始就將目光投向了魯迅的「文學之力」，也就是他的「文學行動」上。關於這一點，我曾經在《多疑魯迅》中有過說明，不妨抄在這裡：

> 雖然我們前面說過，「竹內魯迅」最著名的地方在於其以「迴心」爲軸，將魯迅的文學歸結爲「罪」的自覺的文學，但竹內好對魯迅最核心的解釋卻不是在這裡。在《魯迅》的第四章「政治和文學」中，竹內將魯迅歸結爲受孫文的「不斷革命」和尼采的「永劫回歸」思想影響的「永遠的革命者」，這才是竹內好先生解釋魯迅的核心之所在。「把孫文看做『永遠的革命者』的魯迅，在『永遠的革命者』身上看到了自己。」〔註83〕

其實我們這裡著重要指出的是，魯迅關於「文學之力」的體認，並由此而來的對於自身同五四一代的代際區隔的認知正是他創作《失掉的好地獄》及其同類作品的此刻當下性的外在方面的重要因素。

如前所引的，魯迅說自己翻譯愛羅先珂的《桃色的雲》「不過要傳播被虐待者的苦痛的呼聲和激發國人對於強權者的憎惡和憤怒而已，並不是從什麼『藝術之宮』裏伸出手來，拔了海外的奇花瑤草，來移植在華國的藝苑。」〔註84〕

〔註80〕王曉明：《無法直面的人生——魯迅傳》，第59頁。

〔註81〕〔日〕竹內好：《魯迅》，李心峰譯，第46頁。

〔註82〕然而，目前的學界似乎都只關注到魯迅文學之力來源於拜倫等西方資源，而嚴重忽視了魯迅對晚明遺民的文章之力的繼承。其實關於文學之力的這兩個來源，魯迅在《雜憶》中已經說得很明白了。

〔註83〕劉春勇：《多疑魯迅——魯迅世界中主體生成困境之研究》，中國傳媒大學出版社2009年版，第215～216頁。

〔註84〕魯迅：《墳·雜憶》，載《魯迅全集》（第一卷），第237頁。

他又在同一年的12月《華蓋集・題記》中同樣提到了「藝術之宮」的話題：

> 也有人勸我不要做這樣的短評。那好意，我是很感激的，而且也並非不知道創作之可貴。然而要做這樣的東西的時候，恐怕也還要做這樣的東西，我以爲如果藝術之宮裏有這麼麻煩的禁令，倒不如不進去；還是站在沙漠上，看看飛沙走石，樂則大笑，悲則大叫，憤則大罵，即使被沙礫打得遍身粗糙，頭破血流，而時時撫摩自己的凝血，覺得若有花紋，也未必不及跟著中國的文士們去陪莎士比亞吃黃油麵包之有趣。〔註85〕

而把持著「藝術之宮」的則正是魯迅所謂的「已經不解何以小說要描寫下等社會的」〔註86〕大學教授們，當然還有眾多的被引入歧途的青年們。面對這樣的局面，魯迅所努力要做的就是要將光復前後的「文學之力」用文字不斷書寫出來，從而一方面將自身與五四一代的代際區隔揭示出來，重新進行自我確證，另一方面則藉此「文學之力」將「藝術之宮」與「正人君子」的本來面目撕扯開，以證實其孱弱的本質。當然，1925 年的女師大事件及同現代評論派論戰，對魯迅最大的震撼就是，他第一次親眼看到了在民國中成長起來的這一代人——五四一代——同強權擁抱而將腳踐踏向跟他們曾經一樣的弱者。這些人不但把守著「藝術之宮」，而且「立論都公允妥洽，平正通達，像『正人君子』一般」，〔註87〕魯迅所深惡痛絕者爲此。

我想，這些大概就是魯迅在 1925 年不斷在文字中重返民國起點的根本原因吧！

從 1925 年元旦所寫的《希望》開始，魯迅陸陸續續在各種文字中提到民國及其歷史：

> 我覺得彷彿久沒有所謂中華民國。
>
> ……
>
> 我覺得有許多民國國民而是民國的敵人。
>
> ……
>
> 退一萬步說罷，我希望有人好好地做一部民國的建國史給少

〔註85〕魯迅：《華蓋集・題記》，載《魯迅全集》（第三卷），第 4 頁。
〔註86〕魯迅：《墳・雜憶》，載《魯迅全集》（第一卷），第 236 頁。
〔註87〕魯迅：《華蓋集・題記》，載《魯迅全集》（第三卷），第 3 頁。

> 年看，因爲我覺得民國的來源，實在已經失傳了，雖然還只有十四年！〔註 88〕
>
> 說起民元的事來，那時確是光明得多，當時我也在南京教育部，覺得中國將來很有希望。自然，那時惡劣分子固然也有，然而他們總失敗。一到二年二次革命失敗之後，即漸漸壞下去，壞而又壞，遂成了現在的情形。〔註 89〕
>
> 不獨英雄式的名號而已，便是悲壯淋漓的詩文，也不過是紙片上的東西，於後來的武昌起義怕沒有什麼大關係。倘說影響，則別的千言萬語，大概都抵不過淺近直截的「革命軍馬前卒鄒容」所做的《革命軍》。〔註 90〕

而以形象的方式書寫出來的則有 1925 年 10 月寫就的《孤獨者》，或許在某種層面上還應該算上 1924 年 2 月寫就的《在酒樓上》和 1926 年 11 月完成的《范愛農》。

不過，就所寫的內容而言，1925 年 6 月 16 日所寫的《雜憶》則最爲詳盡，幾乎是光復前後到作者寫作當下的一份標準的民國精神簡史。而寫作於同一天的《失掉的好地獄》則恐怕同樣也應該放置在這樣一個精神史的脈絡中才能得到較爲妥當的解讀吧？

五

以上是我們梳理的魯迅寫作《失掉的好地獄》之時的此刻當下性的外在方面，掌握了這樣一些信息，並從互文性的角度再度回到文本本身，可能會使得解讀輕鬆許多。

所以，在我看來，《失掉的好地獄》同當天完成的《雜憶》幾乎都可以當做光復前後到作者寫作當下的一份民國精神簡史來閱讀。注意是「精神簡史」而不能對照實際的社會政治史來閱讀。因此，李何林及其後繼者的解讀顯然是不可取的，其實關於這一點，木山英雄也曾有過相同的意見，「然而，這歷史終歸是作爲寓言的歷史，故將此還原到現實的歷史來閱讀是不成的。」〔註 91〕

〔註 88〕魯迅：《華蓋集・忽然想到（三）》，載《魯迅全集》（第三卷），第 16～17 頁。

〔註 89〕魯迅：《兩地書・八》，載《魯迅全集》（第十一卷），第 31～32 頁。

〔註 90〕魯迅：《墳・雜憶》，載《魯迅全集》（第一卷），第 234 頁。

〔註 91〕〔日〕木山英雄：《讀〈野草〉》，載《文學復古與文學革命——木山英雄中國現代文學思想論集》，趙京華編譯，第 331～332 頁。

然而，他並沒有注意到本文同《雜憶》的互文性關聯，因此在否認掉將文本比照現實政治歷史的解讀的同時，也否認掉了比照精神史解讀的可能。不過他還是認爲「這個地獄的故事最終當作『精神界』的寓言來閱讀當更爲合適」〔註92〕。從這一點來講，木山有著同本文較爲接近的思路，因此，在他看來，本文中的「『魔鬼』一詞是作者青年時代用以翻譯西洋的 satum 的『摩羅』的延續」〔註93〕，這樣的解讀正印證了《雜憶》第 1 節對拜倫爲首的西洋摩羅詩人的回顧，在我看來是可以接受的。實際上，李玉明也贊同這樣的解讀，「綜合文本，我認爲，魔鬼象徵著尼采式的『超人』，具有強力的挑戰的精神特徵。」〔註94〕符傑祥則認爲，「對於魯迅來說，《野草》的『詩心』與『根本』，仍然是在壓抑與變形之後更具張力的『摩羅詩力』。」〔註95〕儘管他沒有直接論述到《失掉的好地獄》這一篇當中「魔鬼」的形象，但其對《野草》的整體把握的大致方向是可取的。而相反，在張潔宇看來，「魔鬼」就是眞的「惡魔」，是魯迅所諷刺的對象，「他『美麗，慈悲，遍身有大光輝』，看起來如同天神一樣完美，『然而我知道他是魔鬼』，這正是魯迅對於身邊很多僞君子、僞善的當權者和欺騙者的尖銳諷刺和揭露。有時候，越是魔鬼是越要做出美麗慈悲的模樣來的，這不僅是傳說和神話中常見的，其實更是人類世界的『規則』。」〔註96〕這樣地理解「魔鬼」形象實際上是誤入了李何林和孫玉石的具體政治歷史比照解讀的陷阱當中，而無視魯迅的此刻當下的生活語境的結果。當然，我也不完全贊同木山英雄和李玉明僅僅把「魔鬼」單純比照「摩羅詩人」的做法，恐怕這裡的「魔鬼」形象中除了有西洋的摩羅詩人的影子，則更多帶有光復前後的爲民國前仆後繼的先烈們（如秋瑾，鄒容等）的影子吧，並且從某個側面來說，恐怕還帶有作者的幾分自況在裏面吧？《希望》中不是曾經明確說過「我的心也曾充滿過血腥的歌聲：血和鐵，火焰和毒，恢復和報仇」嗎？當然，有人可

〔註92〕〔日〕木山英雄：《讀〈野草〉》，載《文學復古與文學革命——木山英雄中國現代文學思想論集》，趙京華編譯，第 336 頁。

〔註93〕〔日〕木山英雄：《讀〈野草〉》，載《文學復古與文學革命——木山英雄中國現代文學思想論集》，趙京華編譯，第 335 頁。

〔註94〕李玉明：《〈失掉的好地獄〉：反獄的絕叫》，載李玉明：《「人之子」的絕叫：〈野草〉與魯迅意識特徵研究》，北京大學出版社 2012 年版，第 114 頁。

〔註95〕符傑祥：《〈野草〉命名來源與「根本」問題》，《文藝爭鳴》2018 年第 5 期，第 39 頁。

〔註96〕張潔宇：《「愧不如人」的神龜獸——細讀〈狗的駁詰〉與〈失掉的好地獄〉》，載張潔宇：《獨醒者與他的燈：魯迅〈野草〉細讀與研究》，北京大學出版社 2013 年版，第 205～206 頁。

能疑問，既然說「魔鬼」有可能是作者自身，那麼敘述者／夢者「我」又怎麼解釋呢？其實魯迅的作品中，將自我分裂爲多數而進行對話的場景還少嗎？而恰恰這就是魯迅所擅長的啊！只有把自我投射進夢中的「魔鬼」角色身上，我們才能看到前文所說的「代際區隔」在這文本裏是如何發生其作用。「魔鬼」正是魯迅所強調的成長於晚清的一代，爲著光復拋灑著鮮血與生命，而後文所出現的「人類」則正是成長於民國的五四一代，說得直接一點，就是寫作當時困擾魯迅並使之深惡痛絕的「正人君子」之流的現代評論派及其周邊的人物（或許也包括胡適）。對此，丸尾常喜有著卓越的洞見，

> 促使魯迅創作這篇詩的「幾個有雄辯和辣手，而那時還未得志的英雄們」又是指哪些人呢？……我認爲，這是指《現代評論》的代表性論客北京大學教授陳源等人。……陳源則從最初以言論介入北京女子師範大學風潮，發展到一邊裝中立、公正的樣子，一邊露出攻擊的姿態。魯迅從其言論的背後感受到了某種殺氣，這一點從魯迅後來把他與稱爲「鋼刀子」的軍閥勢力並稱爲「軟刀子」便可知曉。他們與軍閥勢力、復古勢力的結合，顯示出歐洲教養的脆弱，與此同時，他們作爲替帝國主義全面性的展開而鳴鑼開道的新動向，使得魯迅不能不警惕。〔註97〕

丸尾常喜的這番議論並非憑空而發，他還就此舉了1925年6月2日《兩地書·二六》當中的魯迅的原話來印證自己的議論，「可從西瀅的文字上看來，此輩一得志，則不但滅族，怕還要『滅系』、『滅籍』了。」〔註98〕

所謂「幾個有雄辯和辣手，而那時還未得志的英雄們」一段話，是指魯迅在《〈野草〉英文譯本序》所說的話，其原文如下：

> 所以，這也可以說，大半是廢弛的地獄邊沿的慘白色小花，當然不會美麗。但這地獄也必須失掉。這是由幾個有雄辯和辣手，而那時還未得志的英雄們的臉色和語氣所告訴我的。我於是作《失掉的好地獄》。〔註99〕

文中所謂的「這地獄也必須失掉」，正是指「好地獄」的失去，之所以是「好地獄」，是因爲那時統治地獄的「魔鬼」發大光輝，照見一切鬼眾，地獄當中

〔註97〕〔日〕丸尾常喜：《恥辱與恢復——〈吶喊〉與〈野草〉》，秦弓、孫麗華編譯，北京大學出版社2009年版，第274～275頁。

〔註98〕魯迅：《兩地書·二六》，載《魯迅全集》（第十一卷），第84頁。

〔註99〕魯迅：《二心集·〈野草〉英文譯本序》，載《魯迅全集》（第四卷），第365頁。

還有光亮，還能生長小白花，這正是魯迅《兩地書・八》中所說的「說起民元的事來，那時確是光明得多」的互文性文本。不過，關於「好地獄」是在什麼時段，學界的解讀眾說紛紜，就是下面這一段比較費解：

> 「地獄原已廢弛得很久了：劍樹消卻光芒；沸油的邊際早不騰湧；大火聚有時不過冒些青煙，遠處還萌生曼陀羅花，花極細小，慘白可憐。——那是不足爲奇的，因爲地上曾經大被焚燒，自然失了他的肥沃。〔註 100〕

這一段是在「魔鬼戰勝天神，……親臨地獄，坐在中央，遍身發大光輝，照見一切鬼眾」之後，因爲文中有一個「原」字，所以普遍把這個廢弛的地獄當做是天神統治時期的結果，「魔鬼統治了三界以後，開始整頓地獄的秩序，地獄已經廢弛了很久，這是因爲在這場創世紀之戰之前，三界都有天神統管，天神的暴政大約並不那麼殘暴，因此，當魔鬼接手的時候：『地獄原已廢弛得很久了……』」〔註 101〕這樣的解讀其實矛盾重重，且不說「天神的暴政大約並不那麼殘暴」說不通，最關鍵的是根據文本，所謂「好地獄」正是指「廢弛得很久」的，長著細小的慘白可憐的曼陀羅花的地獄，但如果如這段分析所言，這樣的「好地獄」是在天神統治時期，那麼，魔鬼又有什麼好感歎「好地獄」的失掉呢？其實順著魯迅文本逆推，也可以看得出，「好地獄」正是地獄在魔鬼統治時期所顯的短暫光亮。因此，木山英雄下面的這段話是妥當的，

> 但「原已」是站在哪個時間起點上而言的呢？僅就這個詞來說，我們既可以解讀爲「魔鬼」戰勝「天神」的那個時點，也可以解讀爲自此以後又經過漫長的歲月，而「鬼魂們」終於醒來的那個時點。但若是前者，則「魔鬼」勝利後「鬼魂們」便馬上反叛起來，其「好地獄」的時代便不存在了，所以不便採用它。如以後者來觀之，有關地獄的荒廢，其間一直該是支配者的「魔鬼」彷彿與自己無關似的講述著，雖然，這裡若說有「魔鬼」的特性在，或者也說得通。〔註 102〕

也就是說，「地獄原已廢弛得很久了」的時間是在「鬼魂們」終於醒來的那

〔註 100〕魯迅：《野草・失掉的好地獄》，載《魯迅全集》（第二卷），第 204 頁。

〔註 101〕張潔宇：《「愧不如人」的神龜獸——細讀〈狗的駁詰〉與〈失掉的好地獄〉》，載張潔宇：《獨醒者與他的燈：魯迅〈野草〉細讀與研究》，第 206 頁。

〔註 102〕〔日〕木山英雄：《讀〈野草〉》，載《文學復古與文學革命——木山英雄中國現代文學思想論集》，趙京華編譯，第 332～333 頁。

個時候，而不是在「魔鬼」戰勝「天神」的那個時候。這樣解讀，那麼「好地獄」就是在魔鬼統治的時期，而最終魔鬼發出惋惜的感歎就順理成章了。因此，丸尾常喜才說，「這篇作品裏最不可思議的是，『魔鬼』雖然掌握了統治一切的『大權威』，但是對於強化其統治、恢復地獄秩序，卻幾乎沒有採取任何行動。『魔鬼』所做的，幾乎唯一的只是用它那『大光輝』照見地獄和鬼魂。」〔註 103〕

六

將以上文本的分析同本文第四節開頭所提出的魯迅同五四一代的代際區隔的兩種表現相結合起來考察，或許將有意想不到的收穫。

其實代際區隔的這兩種表現在《野草》當中有頗爲明晰的顯現，前一種的代表篇目是《秋夜》和《希望》兩篇，後一種代表的篇目就是《失掉的好地獄》和《狗的駁詰》，或許在某種層面上還要包括《頹敗線的顫動》。所謂因辛亥革命是失敗而引起的魯迅在五四重新站起來檢討過去之歷史的話題，在我們過去的研究當中幾乎佔據著魯迅闡釋的主流。以《吶喊》「隨感錄」爲中心的對過去社會（包括對辛亥革命）的批判，這是魯迅檢討過去歷史之外部的話題，這個又是主流之主流，所謂魯迅的反封建問題都是沿著這個話題談論的。其實無論是 1980 年代之前的還是 1980 年代之後的魯迅研究幾乎都沿著這個思路前行。到了 1990 年代之後以及新世紀，由於「後學」的興起，加之日本魯迅研究的大量翻譯與傳播，關注的重心則逐漸從魯迅對歷史檢討的外部走向了對內在的檢討，這方面的代表有汪暉、王曉明等，所討論的重心則從《吶喊》「隨感錄」時期移到了《彷徨》《野草》時期。即便是談論到了《吶喊》，也更多的是以內部檢討爲主，如竹內好的「迴心」說。當然在這個方面走得更徹底的是木山英雄的「野草論」。這些研究無論有多大的差別，但有一點是始終不變的，就是以五四爲魯迅的原點來談論魯迅，而極少有人以辛亥革命爲其原點來進行研究。〔註 104〕誠然，辛亥革命的失敗確實給魯迅帶了痛苦的經歷，使之不斷

〔註 103〕〔日〕丸尾常喜：《恥辱與恢復——〈吶喊〉與〈野草〉》，秦弓、孫麗華編譯，第 274～275 頁。

〔註 104〕伊藤虎丸的研究儘管將魯迅的原點挪移到留日時期，然而他的邏輯始終在竹內好的框架之內，依然局限於魯迅對辛亥革命失敗之歷史檢討的內部問題，即個的自覺的問題。甚至他對魯迅與尼采關係的討論也依然在這樣一個範疇當中，始終關注內部而忽視了「強力意志」的問題。符傑祥、汪衛東的論述

反省與檢討這段歷史，包括自身。然而，我們更要看到的是，魯迅對辛亥革命無限的熱戀，他是這場革命的親身經歷者，並且正是這場革命將魯迅終身定型為一個「戰士」，而非一個文學家。魯迅及其同志們用他們的青春和熱血編織成了一個璀璨的「辛亥文化」，而五四，魯迅則始終是一個參與者與同路人而已，他始終不能同五四融合為一體，就像他後來始終不能同左翼眞正融合在一起一樣，其實五四是左翼、右翼的五四，始終不是魯迅的五四。《秋夜》中的那些「野花草」不就從「摩羅」詩人的「瘦的詩人」那裡來的麼？〔註 105〕《野草》從一開始就深切地緬懷那一段青春，而呼喚「惡鳥」的出現，然而「夜半的笑聲，吃吃地」〔註 106〕從「我」嘴裏發出來，分明是在自嘲，因為不能忘卻自己的青春，所以對小飛蟲們寄予同情和憐憫，並且同時鼓舞了自我青春之未滅的灰燼，然而自嘲又跟隨而來。《秋夜》的這樣生動的描寫活脫脫將魯迅同五四一代的代際關聯與區隔展現了出來：對中國的前途看得比較暗淡。這樣的情景在隨後的《希望》當中再度展現出來，儘管主題有所加深，然而思路仍然是一致的。其中尤為値得我們品味的是魯迅對「身外的青春」的態度（也就是魯迅對五四一代的態度），從這兩篇作品中我們看到的仍然是憐憫與同情，儘管《希望》當中流露出失望的情緒，然而基調還是不變的。這讓我想起前文所引的魯迅在《兩地書・二四》當中對許廣平說的那番關於「反抗之故」的話題，「但我知道這『所以反抗之故』，與小鬼截然不同。你的反抗，是為希望光明的到來罷？（我想，一定是如此的。）但我的反抗，卻不過是偏與黑暗搗亂。」〔註 107〕這豈不正是對魯迅作為五四的「同路人」的最好的闡釋嗎？

然而，魯迅始終不曾忘卻辛亥革命中建立起來的「文學之力」與「反抗之力」，即竹內好所謂的「把孫文看做『永遠的革命者』的魯迅，在『永遠的革命者』身上看到了自己。」〔註 108〕這「文學之力」與「反抗之力」即正是魯迅的原點，或者可以說魯迅不是五四的魯迅，魯迅是辛亥革命的魯迅，站在我的立場上，這樣表述雖然有些絕對，但對於糾正歷史的偏見則是不得已的選擇吧！

儘管關注到文學之力與「摩羅」的關聯問題，可是始終把這樣的一個問題局限在魯迅世界內部，而沒有從辛亥革命這個中國現代歷史的原點著手進行講述，我想在這些地方還是有商榷的空間吧！

〔註 105〕符傑祥的闡釋値得令人注意。符傑祥：《〈野草〉命名來源與「根本」問題》，《文藝爭鳴》2018 年第 5 期，第 32～40 頁。

〔註 106〕魯迅：《野草・秋夜》，載《魯迅全集》（第二卷），第 167 頁。

〔註 107〕魯迅：《兩地書・二四》，載《魯迅全集》（第十一卷），第 80～81 頁。

〔註 108〕〔日〕竹內好：《魯迅》，李心峰譯，第 130 頁。

至於「文學之力」與「反抗之力」這個原點的建立，自然要歸功於光復與革命，然而其資以建立的資源其實並不止是西洋的「摩羅詩人」傳統，明末遺民的血之蒸騰的吶喊與對「文」的質樸之力的復歸的提倡起到了幾乎同樣的作用。這在《雜憶》中已經有過明晰的「自供」不是嗎？

正是這永遠的反抗之力，魯迅才在 1925 年對文學之宮殿化，及民國成長起來的五四一代人當中的一部分「右轉」（爲當局者說話而壓制如同曾經自己一樣的弱小者）有著出人意料的激烈反應。而不幸的是，「右轉」與把守「文學之宮」的似乎又是同一夥人。所以《雜憶》中第 4 節，所謂弱者不向強者去反抗，反而是向更弱者去踐踏自己的雙腳的一番關於國民性的理論〔註 109〕其實就是針對這樣一些人而發的。而這些雜感轉化爲文學的形象寫作，就化在了《失掉的好地獄》當中，因此，這首散文詩（我還是願意叫做雜感散文）除了有具體的針對對象外，同時也把《雜憶》中對國民性的思考融了進來。〔註 110〕

對「地獄」及其輪替的象徵性書寫確實是隱含著魯迅對中國社會歷史的批判，正如諸多研究者所徵引的《燈下漫筆》中「想做奴隸而不得的時代」和「暫時做穩了奴隸的時代」的所謂中國「一治一亂」的歷史洞見一樣。〔註 111〕然而，我個人認爲，這並不是本文書寫的重心。如果以此爲重心書寫，那麼，對魔鬼及其統治的「好地獄」的書寫一定是不堪的，然而，實際上並非如此，反而是寄予了歎息、同情與無盡的愛惜與憐憫。「天地作蜂蜜色的時候，就是魔鬼戰勝天神……」〔註 112〕研究者們一致同聲地將「蜂蜜色」的天空當作對「遠古」或者「久遠」的書寫，然而「蜂蜜」不是甜蜜的麼？「天地作蜂蜜色的時候」豈不就是暖色調的令人無限甜蜜而且回憶的時代麼？這不正可說明作者對魔鬼的喜悅與無限愛戀麼？

然而，魯迅畢竟是多疑的，這也正是魯迅的文字難解的地方。文本的結尾，作者的筆鋒突然的一轉，「朋友，你在猜疑我了。是的，你是人！我且去

〔註 109〕魯迅：《墳．雜憶》，載《魯迅全集》（第一卷），第 238～239 頁。

〔註 110〕在諸多的研究者當中，只有朱崇科注意到了這一點。見朱崇科：《解／構「國民性」——重讀〈失掉的好地獄〉》，載朱崇科：《〈野草〉文本心詮》，人民出版社 2016 年版，201～212 頁。

〔註 111〕魯迅：《墳．燈下漫筆》，載《魯迅全集》（第一卷），第 225 頁。

〔註 112〕魯迅：《野草．失掉的好地獄》，載《魯迅全集》（第二卷），北京：人民文學出版社，2005，第 204 頁。

尋野獸和惡鬼……。」正是魯迅多疑思維的表徵，儘管給文本的闡釋增添了麻煩，然而不也正是閱讀的樂趣所在麼？

這段話可以拆分成前後兩部分來理解：「朋友，你在猜疑我了。是的，你是人！」這是前一個部分；「是的，你是人！我且去尋野獸和惡鬼……。」這是後一個部分。都可以視作是作者魯迅撕裂的自我與自我的對白。所謂撕裂的自我，在本文中姑且可以認爲存在著「辛亥的魯迅」和「五四的魯迅」兩個魯迅的自我。這兩個魯迅的自我在文本的末尾有交鋒，並且最終做出了對其中的一個的選擇與認可。對話的前本部分是「辛亥的魯迅」認爲「五四的魯迅」在猜疑他，那原因是「你是人！」儘管魯迅在這篇文本中對代表「人類」的五四「右轉」的一代給予了謾罵與詛咒，然而，他畢竟是參與過五四的「人」之吶喊的陣營，雖然是「在而不屬於」的「同路人」，然而因爲青春的灰燼尚未滅盡的緣故，在內心還是多少有些「屬於」的「同路人」吧！〔註113〕以此之故，他並不能同五四一代完全脫離干係，因此在這裡，借「魔鬼」之口，或者說用「辛亥的魯迅」而對「五四的魯迅」自我提出質疑吧！而在另外一方面，反過來說，「五四的魯迅」對「辛亥的魯迅」也不無疑慮，即是，中國的歷史「一治一亂」的循環，即便是「魔鬼」之力也恐怕並不能使之從恐怖的循環當中脫離出來吧，所以儘管是讚歎與惋惜的「好地獄」，也還終究還是「地獄」吧！「《摩羅詩力說》的神和惡魔、人的關係，在寓言中變成了如『天神』和『魔鬼』、『人類』，乃至『鬼眾』（鬼魂）那樣有些複雜化了，這乃是與對拜倫、尼采那樣的『精神界之戰士』的天才信仰發生動搖相呼應的。」〔註114〕

這段話的後半部分「是的，你是人！我且去尋野獸和惡鬼……。」既可用於看作是「辛亥的魯迅」對「五四的魯迅」揚棄，〔註115〕也可以看做是魯

〔註113〕丸尾常喜對此有著較爲清醒的認識，「創作《狂人日記》等作品的『五四』時期，世界上出現了新的『人道主義』高潮，魯迅也敏銳地感應到，心中強化了對『人類』的信賴。魯迅的『人類主義』，成爲規定其生活方式的『進化論』的重要基礎……」「可是，以1925年爲界，在魯迅的文章中表現出濃鬱悲痛感覺，譬如1934年發表的《答國際文學社問》……這給魯迅的『人類主義』帶來你了破綻，從外部強烈地動搖了其『進化論』。」語見〔日〕丸尾常喜：《恥辱與恢復——〈吶喊〉與〈野草〉》，秦弓、孫麗華編譯，第268頁。

〔註114〕〔日〕木山英雄：《讀〈野草〉》，載《文學復古與文學革命——木山英雄中國現代文學思想論集》，趙京華編譯，第336頁。

〔註115〕關於這一點，我在《文章在茲——非文學的文學家魯迅及其轉變》一書當中

迅對五四的反思與揚棄。這樣的語氣常常使人聯想起《野草》的上一篇《狗的駁詰》中的一句點睛的話，「愧不如人」〔註116〕。事實上，這兩篇的立意確實相近，是同一思考的產物。

1926年召喚「魔鬼」的聲音再次出現在魯迅的文本中，「S城人的臉早經看熟，如此而已，連心肝也似乎似乎有些了然。總得尋別一類人們去，去尋爲S城人所詬病的人們，無論其爲畜生或魔鬼。」〔註117〕《朝花夕拾·瑣記》中的這次對「魔鬼」的召喚與《失掉的好地獄》的結尾有著等同的效果，兩相比較起來，我們「會感覺到魯迅正重新返回他的原點。」〔註118〕而事實上，一整本《朝花夕拾》不正是魯迅給予「辛亥原點」的招魂麼？返還原點並非僅僅重拾記憶那麼簡單，一切返還原點都隱含著當下行動的屬性，對於諳習「復古以革新」的魯迅來說更是如此。《朝花夕拾》的書名從一般陳述式的「舊事重提」而更改爲更具積極行動性質的「朝花夕拾」不正表明了以魯迅重返「辛亥原點」的決心而去迎接新的革命的到來嗎？此時，他才正式從辛亥革命之失敗的頓挫中爬了出來，向上一個階段告別，而去尋找「別一類」的人們。而此時，國民革命正在他身邊如火如荼地進行著，另一場更「新」的革命則離他也不遠了！

第十五講　《朝花夕拾》與非虛構寫作

截止到2015年9月，由豆瓣網所舉辦的「豆瓣閱讀徵文大賽」連續進行了三屆，頗爲引人注目。不過，令我更爲感興趣的是這個徵文大賽的欄目設置：小說組和非虛構組。這樣的欄目設置或許並未引起評論界的足夠重視，抑或大家只是看到了它對非虛構寫作的某種促進作用，而忽略了其致命的文學史意義。從某個側面來說，將非虛構寫作與傳統小說並舉這樣的一種欄目設置至少表明了過去以小說爲主的文學一統天下的局面受到了前所未有的衝擊，非虛構寫作〔註119〕分一杯羹的趨勢越來越明顯。2010年初，作爲傳統文

有過較爲詳細的論述。參見劉春勇：《文章在茲——非文學的文學家魯迅及其轉變》，吉林大學出版社2015年版。

〔註116〕魯迅：《野草·狗的駁詰》，載《魯迅全集》（第二卷），第203頁。

〔註117〕魯迅：《朝花夕拾·瑣記》，《魯迅全集》（第二卷），第303頁。

〔註118〕【日】丸尾常喜：《恥辱與恢復——〈吶喊〉與〈野草〉》，秦弓、孫麗華編譯，北京大學出版社2009年版，第276頁。

〔註119〕其實非虛構寫作也並非是最近幾年才出現的新事物，早在上個世紀末，張承

學陣地的《人民文學》雜誌開設了「非虛構」欄目，顯現了主流文學方對非虛構寫作的接納與吸收，著名的非虛構作家梁鴻〔註 120〕即因此而崛起，以一部《中國在梁莊》一炮走紅。同年，野夫〔註 121〕的非虛構文集《江上的母親》在臺灣獲得「臺北 2010 國際書展非虛構類圖書大獎」，四年後，蔡崇達的非虛構作品《皮囊》〔註 122〕同樣獲得了廣泛的閱讀與認可。到目前爲止，可以說非虛構寫作已然對傳統文學格局構成了強烈的衝擊。然而，有意味的是，中國當下評論界似乎對非虛構寫作這一文壇現象準備略爲不足。2014 年第六屆魯迅文學獎評選的過程與結果就充分暴露了這樣一個問題。由於體例問題阿來的非虛構作品《瞻對》〔註 123〕先是被置於「報告文學組」評獎，後又以零票落選魯迅文學獎。這件事情在中國文壇引起了不小的爭議，爭議點主要聚焦在「應該如何處置非虛構寫作」以及「非虛構寫做到底算不算文學」等幾個關鍵問題上。

將非虛構作品《瞻對》置於「報告文學組」評獎，這件事情本身讓我們看到了非虛構寫作的某種尷尬，或者這種尷尬是傳統文學的也未可知。因爲，但凡尷尬一定出現在新事物到來之初，或者舊事物要退而未退之際，這個時候的尷尬會是一場喜劇，而事實上，《瞻對》在第六屆魯迅文學獎上的經歷不就是一場喜劇麼？不過，儘管阿來收穫了某種尷尬，但我以爲更大的尷尬將屬於傳統所謂的「文學」這個物。因爲從目前的狀況來看，非虛構寫作並非爲要退而未退之物，而是典型的到來之初的新事物。在中國，非虛構寫作所遭遇的這種尷尬境遇一百多年前「文學/小說」也曾同樣遭遇過。那個時候，「文學／小說」在面對中國強大的「文」的傳統時所遭遇的尷尬，絲毫不比當下非虛構寫作所遭際的尷尬要遜色。然而，眾所周知，那場遭際其尷尬的苦果

志《心靈史》（花城出版社 1991 年版）的寫作其實已具有非虛構的形態，而其後的張承志一系列的寫作都就再也未回到其初期的文學虛構範式中，而是往非虛構的更深的層次探尋了，《敬重與惜別》（中國友誼出版公司 2009 年版）等皆是坎本。

〔註 120〕梁鴻近幾年先後出版過《中國在梁莊》（江蘇人民出版社 2010 年版）、《出梁莊記》（花城出版社 2013 年版）等非虛構作品。

〔註 121〕野夫在國內出版的散文集主要有：《塵世・輓歌》（新星出版社 2010 年版）《鄉關何處》（中信出版社 2012 年版）、《身邊的江湖》（廣東人民出版社 2013 年版）等。

〔註 122〕蔡崇達：《皮囊》，天津人民出版社 2014 年版。

〔註 123〕《瞻對》2013 年 8 月在《人民文學》雜誌刊登，並獲得「2013 年度人民文學非虛構類作品大獎」。阿來：《瞻對》，四川文藝出版社 2014 年版。

並非爲「文學／小說」所最終吞咽，吞咽它的恰恰是其初強大的「文」。「文／文章」在後來20世紀中國的尷尬遭遇人所共知，我們耳熟能詳的是某某文學家，又有誰聽說過文章家呢？

我說這些無意於要說非虛構寫作會在某個將來取「文學／小說」而代之，也無意於說從「文／文章」到「文學／小說」到非虛構寫作構成一個從古典到現代到後現代的線性敘事模式的轉換——而實際上本文後面的講述會讓我們看到非虛構寫作同「文／文章」的某種內在的循環往復。在此，我所感興趣的乃是「文／文章」、「文學／小說」和非虛構寫作這三者當中的精神構造問題，或者說得更明白的一點，就是非虛構和虛構的問題。

那麼，何爲「虛構」？何爲非「虛構」？「虛構」在文學中佔據著怎樣的位置？又在「現代」中佔據著怎樣的位置呢？

其實同這幾個問題相糾纏的還有另外一個關鍵問題，即「文學」與「現代」之間的相互關聯到底是什麼？若按照流俗的理解，文學自古就有，古代有古典文學，現代有現代文學，這樣的話，「文學」這個物同「現代」這個詞語就沒有什麼特殊的關聯。〔註124〕但柄谷行人警示我們說，其實在這樣的一種對文學流俗的理解中隱含著某種「顛倒」〔註125〕。之所有這種顛倒，是因爲我們現在通常所說的「文學」乃是一個十足的現代性裝置，或者說文學同現代屬於某種同謀共生的關係。同我們古典時代所說的「文學」這個詞不同的是，現代「文學」是一種具有某種特定透視點的裝置，具有焦點敘事的意味，並且這種敘事範式帶有結構力的特點，通常閱讀者會透過敘事的表層去搜尋所謂敘事的深度與意義。坦白地說，以「小說」爲主體的現代「文學」實質上是一種世俗化的產物，而所謂世俗化其實是廢止了神聖與永恆維度的時間產物，在時間之中一切轉瞬即逝，因此也就沒有深度與意義。所謂具有透視點裝置的焦點敘事實際上就是要在世俗的時間中去替補已經被廢止的神聖與永恆的維度，從某種層面上說，這就是文學的本質功能，而同時這種功

〔註124〕也有學者認爲，「文學」同「現代」的關聯在於歷史敘述模式的轉變，「(我們從晚清開始）就告別了文苑傳、藝文志等傳統的文學歷史的敘事體裁，轉而以西方的理論、概念、方法、體系、框架、模式來梳理、評判和建構中國文學的歷史。」賈振勇：《文學史的限度、挑戰與理想——兼論作爲學術增長點的「民國文學史」》，《文史哲》2015年第1期，第39頁。

〔註125〕關於「顛倒」以及下面的「結構力」的觀點請參閱《日本現代文學的起源》第一章和第六章。〔日〕柄谷行人：《日本現代文學的起源》，趙京華譯，生活、讀書、新知三聯書店，2003年版。

能也屬於「現代」。然而困難的是，在「祛魅」的語境中，這樣的替補在實質層面無法進行，於是「虛構」得以誕生。虛構正是以文學爲媒介侵入現代，並成爲現代的核心與本質。因此，到底是現代成就了文學，還是文學成就了現代，這是一個古老的蛋生雞雞生蛋的問題。我們現在唯一明瞭的就是文學同現代具有同謀的關係。關於這一點，米蘭・昆德拉在其短評《小說及其生殖》〔註126〕中有過精彩的論述，他說：

> 重讀《百年孤獨》的時候，一個奇怪的念頭出現在我腦海裏：這些偉大的小說裏的主人翁都沒有小孩。世界上只有百分之一的人口沒有小孩，可是這些偉大的小說人物至少有百分之五十以上，直到小說結束都沒有繁殖下一代。拉伯雷《巨人傳》的龐大固埃沒有，巴奴日也沒有後代。堂吉訶德也沒有後代。《危險的關係》裏的瓦爾蒙子爵沒有，梅特伊侯爵夫人沒有，貞潔的德・圖爾韋院長夫人也沒有。菲爾丁最著名的主人翁湯姆・瓊斯也沒有。少年維特也沒有。司湯達所有的主人翁都沒有小孩，巴爾扎克筆下的許多人物也是如此，陀思妥耶夫斯基的也是，剛剛過去的那個世紀，《追憶似水年華》的敘述者馬塞爾也沒有。當然，還有穆齊爾的所有偉大人物——烏爾里希、他的妹妹阿加特、瓦爾特和他的妻子克拉麗瑟和狄奧蒂瑪；還有哈謝克的好兵帥克；還有卡夫卡筆下的主角們，唯一的例外是非常年輕的卡爾・羅斯曼，他讓一個女傭懷了孩子，不過正是爲了這件事，爲了將這個孩子從他的生命中抹去，他逃到美國，才生出了《美國》這部小說。這貧瘠不育並非緣自小說家刻意所爲，這是小說藝術的靈（或者說，是小說藝術的潛意識）厭惡生殖。

現代將人變成「唯一眞正的主體」，變成一切的基礎（套用海

〔註126〕〔捷〕米蘭・昆德拉：《小說及其生殖》，載〔捷〕米蘭・昆德拉：《相遇》，尉遲秀譯，第47～50頁。在讀到此文之前，我的一個朋友對中國當代小說主人翁的無子問題的論述引起了我的注意，「從上述介紹中，我們似乎看到了一種近乎荒誕的現象，作家們在對於不合時宜的人物的命運進行描述時，總是把他置於一個在『種』上近於滅亡的狀態中。在路遙、古華、賈平凹那裡，這種滅絕的方式是以現實的方式進行的，正是這種力量的存在推動了現實的發展。」石天強：《斷裂地帶的精神流亡——路遙的文學實踐及其文化意義》，北京：北京大學出版社，2009，第71頁。

德格爾的說法)。而小說，是與現代一同誕生的。人作爲個體立足於歐洲的舞臺，有很大部分要歸功於小說。在遠離小說的日常生活裏，我們對於父母在我們出生之前的樣貌所知非常有限，我們只知道親朋好友的片片段段，我們看著他們來，看著他們走。人才剛走，他們的位子就被別人佔了——這些可以互相替代的人排起來是長長的一列。只有小說將個體隔離，闡明個體的生平、想法、感覺，將之變成無可替代：將之變成一切的中心。

堂吉訶德死了，小說完成了。只有在堂吉訶德沒有孩子的情況下，這個完成才會確立得如此完美。如果有孩子，他的生命就會被延續、被模仿或被懷疑，被維護或被背叛。一個父親的死亡會留下一扇敞開的門，這也正是我們從小就聽到的——你的生命將在你的孩子身上繼續，你的孩子就是不朽的你。可是如果我的故事在我自己的生命之外仍可繼續，這就是說，我的生命並非獨立的實體；這就是說，我的生命是未完成的；這就是說，生命裏有些十分具體且世俗的東西，個體立足於其上，同意融入這些東西，同意被遺忘：家庭、子孫、氏族、國家。這就是說，個體作爲「一切的基礎」是一種幻象，一種賭注，是歐洲幾個世紀的夢。

有了加西亞·馬爾克斯的《百年孤獨》，小說的藝術似乎走出了這場夢，注意力的中心不再是一個個體，而是一整列的個體。這些個體每一個都是獨特的、無法模仿的，然而他們每一個卻又只是一道陽光映在河面上稍縱即逝的粼粼波光；他們每一個都把未來對自己的遺忘帶在身上，而且也都有此自覺；沒有人從頭到尾都留在小說的舞臺上；這一整個氏族的母親老烏蘇娜死時一百二十歲，距離小說結束還有很長的時間；而且每一個人的名字都彼此相似，阿卡蒂奧·霍塞·布恩蒂亞、霍塞·阿卡蒂奧、小霍塞·阿卡蒂奧、奥雷連諾·布恩蒂亞、小奥雷連諾，爲的就是要讓那些可以區別他們的輪廓變得模糊不清，讓讀者把這些人物搞混。從一切跡象看來，歐洲個人主義的時代已經不再是他們的時代了。可是他們的時代是什麼？是回溯到美洲印第安人的過去的時代嗎？或是未來的時代，人類的個體混同在密麻如蟻的人群中？我的感覺是，這部小說帶給小說藝術神化的殊榮，同時也是向小說的年代的一次告別。

在短短的一千多字中，昆德拉對文學／小說與現代以及二者同虛構的關係做了透徹的分析，並同時還提供了走出這一虛構的坎本與方法——《百年孤獨》及其寫作方式。歸結起來，昆德拉說了以下幾點：

文學／小說與現代具有同構關係：「而小說，是與現代一同誕生的。」並且現代可以說是「小說的年代」。

文學／小說之所以厭惡生殖，是因爲要使主人公撇清同世俗的關聯，從而使人「變成一切的中心」、「一切的基礎」和「唯一真正的主體」。

然而，「個體作為『一切的基礎』是一種幻象，一種賭注，是歐洲幾個世紀的夢。」

《百年孤獨》是一種「向小說的年代」告別的小說，它提供了某種走出這一幻象與夢境的寫作模式：小說「注意力的中心不再是一個個體，而是一整列的個體」，記憶與遺忘的回歸使得小說中的主人公不再同時間與世俗相互隔絕，同時也不再是「一切的中心」。

從文字中我們看到，昆德拉似乎在描述什麼，似乎又不止於簡單的描述，似乎在提供某種價值判斷，又似乎在搜尋某種出路，他提供了某種「告別小說的年代」的方式，然而，又似乎對於告別小說年代之後的前景一片茫然。不過，我所感興趣的是：爲什麼要告別「小說的年代」？其動因是什麼？

從昆德拉對現代——「小說的年代」的描述中，我們不難看出他的微詞，他所使用的「幻象」、「賭注」等描述性詞匯都不具備積極的意味。不過，有意味的是昆德拉在極其簡短的文字中所給出描述與議論有一種動人心魄的力量。甚至可以說，他三言兩語就對「小說」下了一個定義，並同時對「現代」做出了某種本質性的規定。通過他的描述，我們知道，現代以及小說的核心功能就是要在「祛神」的時代將人構建成主體，並使之成爲一切的中心與基石。這樣的主體既在又不在世俗之中，既「祛神」同時又渴求成爲神性之物，是一個綜合的矛盾體，一個僭妄的替補。如前所述，這樣一個僭妄的替補在實質層面無法進行，於是虛構便得以誕生。虛構的本質乃是世俗對神聖的模仿，是時間對永恆的僭越。而虛構所催生的小說從根本上來說其實就是一種類聖經書寫。〔註 127〕

作爲類聖經書寫的文學／小說其實同時也是反聖經書寫，或者說是一種反

〔註 127〕參見劉春勇：《類聖經書寫與文學之死——以魯迅爲例》，《魯迅研究月刊》2014 年第 12 期，第 16～25 頁。

聖經的類聖經書寫。這是一個悖論式描述，然而其中卻隱含著文學／小說及其時代之危機的全部秘密。由於「現代」同文學／小說的同構關係，因此這種悖論式的描述也同樣適用於對「現代」的評判。實際上，卡爾・洛維特在一整本的《世界歷史與救贖歷史》中始終都在處理這樣一個問題。「在洛維特看來，……近代歷史哲學就其想在現世歷史中實現舊約的終極救贖歷史而言，是基督教式的歷史觀；但就近代歷史哲學把《聖經》中的末世期待和預定信仰轉換成現世歷史的未來式進步意識而言，它又是反基督教的。」〔註 128〕「洛維特提出的基本論點是：……近代歷史哲學的思想架構取自基督教歷史神學，但顛倒了歷史神學的歷史道義論，因而是一種反基督教的基督教世界觀，因之，以超越此世爲目的的歷史神學滋育了以改造此世爲目的的近代歷史哲學。」〔註 129〕在現代，這樣的一種反聖經的類聖經書寫，或者說反基督教的基督教世界觀，一方面試圖「祛神」，一方面又試圖在世俗時間中實現神性的解決，其必然的後果就是虛無主義以及暴力的來臨。小說要成就現代的「唯一眞正的主體」和「一切的基礎」就必須隔離一切具體而世俗的東西，從而使之「完成」，這樣的狀態是一種抗爭的狀態，是非和解的。這就是類聖經書寫所帶來的後果，這也是文學存在的眞實狀況。在現世中不顧一切的剪除和隔離具體的世俗之物，從而成就「唯一眞正的主體」，其最終目的，是要成就類彌賽亞的福祉，而這之中自然就隱含著虛無主義乃至是暴力。尼采說虛無主義乃是「最高價值自行貶黜」〔註 130〕，對這句話完整的闡釋應該是：最高價值的自行貶黜，並且人作爲現代性主體僭越了最高價值。換言之，引起虛無主義的關鍵是「僭越」，而不「缺席」。只有這樣，我們才能夠理解洛維特對尼采的解讀，「尼探自始至終不遺餘力地攻擊的不是教義式的基督教，而是其世俗變形：現代市民社會和道德的『潛在』基督教。尼采思考得最多的不是『上帝死了』，而是『上帝死了』的陰影般苟延殘喘，是古老的基督教展現在現代世界的騙局。」〔註 131〕很顯然，作爲類聖經書寫的文學／小說也正是尼采所要攻擊的基督教的「世俗變形」之一。我想，

〔註 128〕劉小楓：《世界歷史與救贖歷史・中譯本導言》，見卡爾・洛維特：《世界歷史與救贖歷史》，李秋零、田薇譯，第ｘｘｖ頁。

〔註 129〕劉小楓：《世界歷史與救贖歷史・中譯本導言》，見卡爾・洛維特：《世界歷史與救贖歷史》，李秋零、田薇譯，第ｘｘiii頁。

〔註 130〕〔德〕尼采：《權力意志——重估一切價值的嘗試》，張念東、凌素心譯，第 280 頁。

〔註 131〕〔德〕卡爾・洛維特：《尼采的敵基督登山訓眾》，吳增定譯，載《牆上的書寫——尼采與基督教》，洛維特／沃格林等著，田立年、吳增定等譯，第 13 頁。

昆德拉關於「小說年代」的微詞也應該同此相關。並且以此爲契機，昆德拉提出了走出小說或者現代的解決方案，那就是《百年孤獨》式的寫作方案：一種告別小說年代的小說，一種叢林式的寫作。

然而，我要說的是，《百年孤獨》也許是這樣一種解決方案中最爲經典的寫作案列，但一定不是最早出現的。至少在我知道的作家當中，1920 年代的魯迅就曾經做過這樣的嘗試。

到 1926、27 年爲止，魯迅在其文學世界中不斷在做減法運動，從酷愛和堅信到動搖和懷疑到徹底否定，他一步步撤離和退出文學陣地。對於這樣的一個結局，即便是魯迅自身恐怕也是始料不及的吧！早年對其師章太炎質樸文學觀的拒絕接受〔註 132〕，而轉身擁抱現代「文學」觀，遂以長篇大論的方式、滔滔不絕的言辭〔註 133〕堅定其對「主觀內面之精神」與現代「文學」觀念的信仰。然而，這一切在辛亥革命之後，在那個著名的蟄伏期，在《狂人日記》的寫作中開始漸次崩毀。儘管《狂人日記》是魯迅現代「文學」創作之始，然而其中卻記錄了他對曾經執著過的「文學」這個物的懷疑與動搖，其表徵就是那個著名的「鐵屋子的吶喊」以及狂人對「我也吃過人」的自覺。竹內好將此稱之爲魯迅的「迴心」。〔註 134〕我想大概是在秋瑾等同人的熱血中抑或是在包括自我在內的革命先驅者之吶喊既無反對亦無贊同的苦痛現實中，魯迅伸手觸摸到了世界的某種無可奈何的虛妄性，而對虛無的「極致」主義產生了懷疑與動搖，並以此爲契機意識到了替補的不可能性，從而開始了從「僭越」到「懸置」的轉變。〔註 135〕然而，只是開始，這並不能說明魯迅自《狂人日記》起就有一個徹底的轉變。對此，木山英雄有著清醒的認識，他說，「儘管如此作家終於介入了作品創作的行爲，而在那裡『寂寞』是一直存在著的。」〔註 136〕所謂「儘管如此」是木山針對竹內好的「迴心」說而言

〔註 132〕「……許壽裳回憶說，在講習會席間，魯迅回答章先生的文學定義問題時回答說，『文學和學說不同，學說所以啓人思，文學所以增人感』，受到先生的反駁，魯迅並不心服，過後對許說：先生詮釋文學過於寬泛。」轉引自木山英雄：《「文學復古」與「文學革命」》，載《文學復古與文學革命——木山英雄中國現代文學思想論集》，趙京華編譯，第 223 頁。

〔註 133〕指魯迅留日時期的長篇文言論文《摩羅詩力說》《文化偏至論》《破惡聲論》等。

〔註 134〕〔日〕竹內好：《魯迅》，李心峰譯，第 46 頁。

〔註 135〕相關論述參見劉春勇：《理解魯迅的幾個關鍵詞》，《文藝報》2013 年 9 月 11 日，第 8 版。

〔註 136〕〔日〕木山英雄：《〈野草〉主體構建的邏輯及其方法》，《文學復古與文學革

的，竹內的「迴心」相當我上文所說的魯迅對虛妄性的感到，在竹內好看來，魯迅在《狂人日記》中「迴心」的那一剎那，就有一個決定性的轉變，而木山對此加以否定。在木山看來，儘管在《狂人日記》及其之後的《吶喊》的其他小說中，魯迅對虛無的「極致」主義產生了懷疑與動搖，並意識到了替補的不可能性，但仍然堅持用小說這一「主體形而上學」的範式進行創作，這個行爲本身說明了魯迅對青春之寂寞叫喊的不能遺忘。因之，從《吶喊》之作爲小說的寫作實踐來看，大抵還在昆德拉所謂的「厭惡生殖」的那類經典小說的範疇中。狂人沒有後代、孔乙己沒有後代、夏瑜、阿 Q 等也都沒有後代。「堂吉訶德死了，小說完成了。」魯迅筆下的這些形象鮮明的個體——也許還要加上《彷徨》裏的人物——在中國現代主體之創生的過程當中劃下了最初的掙扎痕跡。關於「吶喊」時期的這種苦痛掙扎，魯迅後來在《野草》的寫作中用了一個極爲濃縮的意象表達出來，那就是「死火」。

不過，魯迅最終還是揚棄了他青春時期所建立的對虛無之「至極主義」的信仰，而選擇了向虛妄的荊途中踏去。在 1925 年的《希望》當中，我們看到了魯迅虛妄世界像的最終確立：所謂「『絕望之爲虛妄，正如希望相同』，在最終定型的這句話中，既沒有站在絕望一邊，也沒有站在希望一邊，而是站到『虛妄』之上。」〔註 137〕虛妄世界像乃是對僭妄之替補可能性的剔除，是對世界最高價值退場之後所空餘位置之留白的結果。「在一個平面上疾走而過」〔註 138〕後，魯迅的虛妄世界像最終在 1926 年《寫在〈墳〉後面》一文中得以定型，就是那個著名的表達：中間物。如果沒有虛妄世界像的建立，中間物概念的提出是難以想像的。如前所述，虛妄世界像是建基在對世界最高價值退場之後所空餘位置的留白基礎之上的，也正是在這個意義上，可以說，中間物意識也就是「留白」〔註 139〕意識。

命——木山英雄中國現代文學思想論集》，趙京華編譯，第 22 頁。

〔註 137〕汪衛東：《魯迅雜文與 20 世紀中國的「文學性」》，載《反思與突破——在經典與現實中走向縱深的魯迅研究》，壽永明、王曉初主編，安徽文藝出版社 2013 年版，第 329 頁。在這個地方，汪衛東的文章和著作稍微有些出入，我注意到這句話及其相關論述在《現代轉型之痛苦「肉身」：魯迅思想與文學新論》裏是沒有的。

〔註 138〕〔日〕木山英雄：《〈野草〉主體構建的邏輯及其方法》，載《文學復古與文學革命——木山英雄中國現代文學思想論集》，趙京華編譯，第 22 頁。

〔註 139〕參見劉春勇：《留白與虛妄：魯迅雜文的發生》，《中國現代文學研究叢刊》2014 年第 1 期，第 168～175 頁。

「中間物」／「留白」意識的提出是在1920年代的中後期，稍有文學史常識的人都知道這個時期正是中國現代「文學」浩浩湯湯向其成熟期行進而吹響號角的時候。然而，正是在這個時候魯迅卻揚棄了他所開創的「文學」這個物，而轉向了「文」的續接與回歸。

其後，魯迅的寫作大體沿著三個理路展開：1、及時性：雜文；2、回憶性：《朝花夕拾》以及雜文集中諸多回憶的篇章；3、改寫性：《故事新編》。這三個寫作理路雖略有區別，但有一個共同之處，就是都消解了現代「文學」所特有某種特定透視點裝置的焦點敘事，同時也都消解了現代「文學」所特有「虛構性」——至於《故事新編》的「改寫性」具不具備現代「文學」的「虛構性」，這是一個複雜的問題，筆者將在另外的文章詳細討論——，換言之，魯迅後期這三個理路的寫作都可以稱之爲「非虛構寫作」。而事實上，如果仔細考察的話，我們會驚訝地發現，魯迅晚期這三個理路的非虛構寫作也正是當下風頭正勁的非虛構寫作的三個寫作路向：1、及時性與紀錄性：梁鴻的「梁莊」系列；2、回憶性：野夫的《鄉關何處》《江上的母親》系列、蔡崇達的《皮囊》；3、改寫性：阿來的《瞻對》。從魯迅的揚棄「文學」而從「文」到新世紀的非虛構寫作，這之間間隔了有小一個世紀，而這小一個世紀也正好是中國苦痛掙扎的「現代」和「文學」時代，至於這之間生活在中國這片土地上的人們經歷了怎樣的虛無主義及其暴力我們都心知肚明。但，我要說的就是，其實早在1920年代末期，魯迅就已經提供了一種現代的解決方案，然而我們忽略過了。

文章的最後，我不得不就《朝花夕拾》做一些必要的說明。

傳統的《朝花夕拾》研究〔註140〕主要集中在作品集的創作語境及其在魯

〔註140〕就目前的統計來看，《朝花夕拾》研究在整體的魯迅研究中屬於偏冷的領域。2013年8月，李林榮發表在《東嶽論叢》2013年第8期上的文章《20世紀中國文學進程中的〈朝花夕拾〉》對此做了較爲詳細的說明，「在據張夢陽先生的歸納、統計，1927～2002年有關《朝花夕拾》的代表性研究文獻，僅有36篇和1部專書，加上1928～2002年間關於魯迅散文總體情況主要研究文獻11篇，總數48。這也才只能與魯迅各體裁作品研究中偏居邊緣的詩歌研究1931～1997年間的主要研究文獻，在數量上勉強持平，遠不足與魯迅小說研究和魯迅雜文研究方面規模浩繁的文獻累積數量的一個兩位數零頭相比。但即便在同等數量的研究文獻中，魯迅詩歌研究的專書也多達10餘部，《朝花夕拾》的研究專書卻僅1部。參閱張夢陽編：《中國魯迅學通史》（索引卷），廣州：廣東教育出版社，2002年版，第668～679頁。」參見李林榮：《20世紀中國文學進程中的〈朝花夕拾〉》，《東嶽論叢》2013年第8期，第95頁注釋④。

迅文學中的意義和地位（王瑤〔註 141〕、錢理群〔註 142〕）、作品集在魯迅整體創作中的功效以及意義（李怡〔註 143〕、《朝花夕拾》的文體及其在 20 世紀文學史進程中的位置（李林榮〔註 144〕）以及《朝花夕拾》創作的心理機制與精神結構（張顯鳳〔註 145〕）等幾個方面。但是從《朝花夕拾》對現代主體創生的角度，或者從魯迅對「現代」的解決方案的角度進行論述的似乎還沒有看到。從我的思路來講，《朝花夕拾》在魯迅的整體寫作中具有昆德拉意義上的「告別小說的年代的小說」的位置，只不過昆德拉還依然將《百年孤獨》看做是一種小說——儘管它同此前的傳統小說大不相同——，而我寧願將《朝花夕拾》看做是魯迅對其師章太炎質樸文學觀——傳統之「文」——的一種續接與回歸。在現代「文學」史的傳統中，我們通常會把《朝花夕拾》歸類爲散文作品，但其實，同《吶喊》一樣，《朝花夕拾》在魯迅的寫作中承擔著敘事的功能。然而，這二者所給予讀者的閱讀感受顯然大不一樣：前者緊張、沉悶、灰暗，具有一切非和解的性質，而後者則閒適、溫暖、有韻味，具有一切和解的性質。決定這兩種不同閱讀感受的，與其說是這二者背後的小說或者散文文體的不同，而毋寧說是支撐這兩種敘事模式背後的寫作觀念的根本差異。《吶喊》背後的寫作觀念顯然有著很大成分的「主體形而上學」思想，而《朝花夕拾》則實際上打破了這樣一種「圍繞主題」的焦點敘事模式。從《朝花夕拾》的閱讀中我們不難發現，敘事中的主人公不再是一個個孤立的個體，而是前後相繼的一個系列當中的個體，並且前一篇敘事當中的主人公在後一篇敘事當中就變成了次要的存在，而且很快就會被如煙的敘事所淹沒。《朝花夕拾》當中的這樣一種敘事模式其實就是昆德拉所說的《百年孤獨》式的叢林敘事。在這種敘事模式當中，人物不再與世俗和時間相隔絕，也不再是一切的中心和基礎；每個人物都在時間當中生活、成長、死亡，直至被

〔註 141〕王瑤：《論魯迅的〈朝花夕拾〉》，《北京大學學報（哲學社會科學版）》1984 年第 1 期，第 2～15 頁。

〔註 142〕錢理群：《文本閱讀：從〈朝花夕拾〉到〈野草〉》，《江蘇社會科學》2003 年第 4 期，第 103～109 頁。

〔註 143〕李怡：《〈朝花夕拾〉：魯迅的「休息」與「溝通」》，《首都師範大學學報（社會科學版）》2009 年第 1 期，第 103～108 頁。

〔註 144〕李林榮：《20 世紀中國文學進程中的〈朝花夕拾〉》，《東嶽論叢》2013 年第 8 期，第 94～98 頁。

〔註 145〕張顯鳳：《母親的缺席與隱秘的傷痛——再讀〈朝花夕拾〉》，《魯迅研究月刊》2013 年第 3 期，第 62～68 頁。

遺忘；敘事的重心也不再是永恆獨立的個體，而是回憶與遺忘。可以說，在以上這幾點上，《朝花夕拾》同《百年孤獨》有著驚人的相似。

昆德拉說，《百年孤獨》是「告別小說的年代的小說」，我們也可以說，《朝花夕拾》是魯迅非文學的「文」之寫作。如果從效果上來說，《百年孤獨》讓西方小說，乃至西方現代走出了歐洲幾個世紀的幻象與夢境，從而使得西方在幾百年之後能夠走出反聖經的類聖經書寫之悖論及其虛無主義的後果的話，那麼，同樣我們也可以說，《朝花夕拾》使得魯迅走出了相同的困境。

然而，歷史總是充滿著弔詭，1980 年代的馬爾克斯或許是幸運的，《百年孤獨》的成功使得他有無以數計的追隨者與傚仿者，而半個世紀之前的魯迅則帶著《朝花夕拾》孤獨地走過 1930 年代。我們似乎更願意記住 1936 年 10 月上海的那場濃重葬禮上的萬人簇擁，而在大多數時候卻忘卻了那個孤冷的靈魂是如何在浩蕩的文學時代中踽踽獨行。

又有誰是他的隔世知音呢？非虛構書寫者們？抑或是張承志？

第十六講　《狗．貓．鼠》

魯迅的仇貓在許多人看來，是深不以爲然的，甚至許多人認爲這正是他心理病態的一種證明。早在上個世紀三十年代，以謾罵魯迅而著名的蘇雪林就堅持這一觀點。蘇雪林認爲，魯迅天性「陰賊，巉刻，多疑，善妒，氣量褊狹，復仇心強烈堅韌，處處都到了令人可怕的地步」〔註 146〕，而仇貓正是他陰賊天性的表露，「（他）爲了一匹所愛的『隱鼠』之失蹤，而至於殘酷地殺害許多貓，而至於加保姆以『謀害』的罪名。這很容易使人聯想到《史記》的張湯幼時掘鼠的故事。」〔註 147〕張湯是漢武帝時的酷吏，以刀筆起家，性殘酷，然清廉。〔註 148〕以魯迅比張湯，意在言魯迅刀筆之犀利刻薄及生性之殘酷。這裡蘇雪林所舉魯迅仇貓之事顯然取之於《朝花夕拾》的首篇《狗．貓．鼠》。在這篇文章中，魯迅先生詳細解釋了自己仇貓的原因：

〔註 146〕蘇雪林：《論魯迅的雜感文》，載《1913—1983 魯迅研究學術論著資料彙編》（第二卷），中國社會科學院文學研究所魯迅研究室編，第 723 頁，原載 1937 年 3 月 15 日《文藝》（月刊）（湖北武昌）第四卷第三期。

〔註 147〕蘇雪林：《論魯迅的雜感文》，載《1913—1983 魯迅研究學術論著資料彙編》（第二卷），中國社會科學院文學研究所魯迅研究室編，第 723 頁，原載 1937 年 3 月 15 日《文藝》（月刊）（湖北武昌）第四卷第三期。

〔註 148〕司馬遷：《史記》（四），上海書店 1988 年版，第 1962～1966 頁。

現在説起我仇貓的原因來，自己覺得是理由充足，而且光明正大的。一、它的性情就和別的猛獸不同，凡捕食雀、鼠，總不肯一口咬死，定要盡情玩弄，放走，又捉住，捉住，又放走，直待自己玩厭了，這才吃下去，頗與人們的幸災樂禍，慢慢地折磨弱者的壞脾氣相同。二、它不是和獅虎同族的麼？可是有這麼一副媚態！〔註149〕

作者認爲「現在」對仇貓的解釋「自己覺得理由充足，而且光明正大的」，這表明他對以前自己的解釋不滿意，認爲有點牽強，甚至有些陰暗，而現在的解釋要「光明正大」得多。這聽起來似乎有點在辯誣。那麼，魯迅原先對仇貓又是如何解釋的呢？1922年10月發表於《晨報副刊》，後收入《吶喊》的小說《兔和貓》應該是最初一篇揭示魯迅仇貓的文章，其中有這麼一段話講述了仇貓的原因：

……而我在全家的口碑上，卻的確算一個貓敵。我曾經害過貓，平時也常打貓，尤其是在他們配合的時候。但我之所以打的原因並非因爲他們配合，是因爲他們嚷，嚷到使我睡不著，我以爲配合是不必這樣大嚷而特嚷的。

況且黑貓害了小兔，我更是「師出有名」的了。……〔註150〕

末一段，「貓害了小兔」，其實只是進一步加強了「我」對貓的憎惡，而「我」眞正仇貓的原因，是因爲它們配合時的嚷嚷，「嚷到使我睡不著」。這就是魯迅先生先前對仇貓的解釋，但「現在」他暗示了這種解釋的陰暗（即不光明正大），於是，他決定找一種堂而皇之的解釋以便讓「自己覺得理由充足，而且光明正大」，這就出現了上邊的兩條解釋。然而奇怪的是，魯迅先生緊接著又否定了這兩條堂而皇之的解釋，「然而，這些口實，彷彿又是現在提起筆來的時候添出來的，雖然也像是當時湧上心來的理由。」〔註151〕顯然，魯迅不願意欺騙自己的固執個性又一次佔了上風。那麼，在他心裏仇貓的原因到底是什麼呢？「要說得可靠一點，或者倒不如說不過因爲它們配合時候的嗥叫，手續竟有這麼繁重，鬧得別人心煩，尤其是夜間要看書，睡覺的時候。」〔註152〕這豈不是又回到原點了嗎？既然文章開頭已經「暗示」了這種解釋的不充足性與非光明性，爲什麼還要堅持這種「陰暗」的解釋呢？顯然，魯迅先生執拗地認爲，他仇貓的眞實原因就在這裡。然而，即使如此，它依然還只是個「陰暗」的解釋，它的正當性依然需要塗抹：

〔註149〕魯迅：《朝花夕拾·狗·貓·鼠》，載《魯迅全集》（第二卷），第240頁。
〔註150〕魯迅：《吶喊·兔和貓》，載《魯迅全集》（第一卷），第581頁。
〔註151〕魯迅：《朝花夕拾·狗·貓·鼠》，載《魯迅全集》（第二卷），第240頁。
〔註152〕魯迅：《朝花夕拾·狗·貓·鼠》，載《魯迅全集》（第二卷），第240頁。

> 但是，這都是近時的話。再一回憶，我的仇貓卻遠在能夠說出這些理由之前，也許是還在十歲上下的時候了。至今還分明記得，那原因是極其簡單的：只因爲它吃老鼠，——吃了我飼養著的可愛的小小的隱鼠。〔註153〕

這似乎是一個正當的仇貓原因：貓吃了我飼養著的可愛的小小隱鼠，所以我仇貓。然而，後來的事實證明，這是一種誣陷，殺死隱鼠的不是貓，而是長媽媽。這又一次對前述的原因構成了消解。

於是，仇貓原因就只剩下那個不「光明正大」的解釋了。而這也正是魯迅先生仇貓的眞正原因。據周作人晚年回憶，這些都是實有其事的。《知堂回想錄·補樹書屋的生活》一節有這樣的記載，「那麼舊的屋裏該有老鼠，卻也並不見，倒是不知道誰家的貓常來屋上騷擾，往往叫人整半夜誰不著覺。查一九一八年舊日記，裏邊便有三四處記著，『夜爲貓所擾，不能安睡。』不知道魯迅在日記上有無記載，事實上在那時候大都是大怒而起，拿著一枝竹竿，我搬了小茶几，在後簷下放好，他便上去用竹竿痛打，把它們打散，但也不能長治久安，往往過一會兒又來了。《朝花夕拾》中間有一篇講到貓的文章，其中有些是與這有關的。」〔註154〕事實上，《魯迅日記》1917年12月18日確有過一次對貓的記載，曰：「夜豸來。」〔註155〕如此看來，魯迅的仇貓以此爲由應該是光明正大的呀，爲什麼還故意要找別的「口實」來塗了又塗，抹了又抹呢？其實，這條理由中讓魯迅覺得不「光明正大」的只能是貓的配合。儘管是動物，這個問題也還是容易讓人疑心他的對性的敏感，如果不，他又何苦在這個問題上反反覆覆不辭辛勞地強調呢？

> ……我之所以打的原因並非因爲他們配合，是因爲他們嚷……〔註156〕

> ……因此也可見我的仇貓，理由實在簡簡單單，只爲了它們在我的耳朵邊盡嚷的緣故。……〔註157〕

〔註153〕魯迅：《朝花夕拾·狗·貓·鼠》，載《魯迅全集》（第二卷），第241頁。

〔註154〕周作人：《苦茶——周作人回想錄》，第234頁。又《魯迅的故家》中也有相同的文字，見《魯迅回憶錄》（專著）（中冊），魯迅博物館、魯迅研究室、《魯迅研究月刊》選編，第1065頁。

〔註155〕魯迅：《日記·1917年12月》，載《魯迅全集》（第十五卷），第304頁。

〔註156〕魯迅：《吶喊·兔和貓》，載《魯迅全集》（第一卷），第581頁。

〔註157〕魯迅：《朝花夕拾·狗·貓·鼠》，載《魯迅全集》（第二卷），第241頁。

「因此也可見」表明他在解釋「並非因為他們配合，是因為他們嚷」這個問題上頗費了一番周折，而事實也正式如此，為了證明「因此也可見」，魯迅從貓的配合講到狗的配合，講到弗羅特（S.Freud）的精神分析說，最後講到他的著名的論斷：結婚儀式充其量不過是合法性交的廣告而已。說明一個簡單的問題如此鋪陳，這不得不讓人聯想起魯迅終生保持的對性與「性變態」的濃厚興趣〔註 158〕。儘管魯迅一再聲稱，是貓的嚷而不是配合成為他仇貓的原因，但考察這個原因的形成時間，應該不是在童年的養隱鼠時期，而是在他忍受著獨身煎熬的「補樹書屋」時期。而趕貓除了能讓人心情清靜，睡好覺之外，是不是也在某種程度上反映出獨身生活時期魯迅的某種性心理呢？對於這個問題，我們可以借鑒一下吳俊的研究。在其博士論文《魯迅性心理研究》中，吳俊曾經就魯迅的獨身生活對他的性心理的影響作過精闢的論述，「當然，在探討魯迅的性愛意識、心理和生活時，我也不能不注意並重視這一事實及其可能的影響，即：魯迅雖然早結婚，但在他與許廣平同居前，從 1906 年到 1926、1927 年的這二十年間，魯迅實際上過的是一種獨身生活。這正是魯迅年富力強的從 25 歲到 45 歲的一段時期。那麼，在這段青壯年時期的獨身生活中，魯迅是否會感到和遭受禁欲與性壓抑的痛苦呢？在他的心理上，是否又會有一種性的渴望和煎熬呢？我想，儘管魯迅是一個人格堅強的偉人，但他既食人間煙火，也就不可能沒有普通人的七情六欲，他以後的生活選擇也充分證明了這一點。」〔註 159〕接著他舉魯迅《寡婦主義》中的一段話論證他的觀點（魯迅這段話原文如下）：

> 至於因為不得已而過著獨身生活者，則無論男女，精神上常不免發生變化，有著執拗猜疑陰險的性質者居多。歐洲中世的教士，日本維新前的御殿女中（女內侍），中國歷代的宦官，那冷酷險狠，都超出常人許多倍。別的獨身者也一樣，生活既不合自然，心狀也

〔註 158〕孫隆基在《「世紀末」的魯迅》一文中認為，「魯迅對『性變態』的興趣一直保持到參加左聯以後。」但孫認為，魯迅的這種興趣多少與當時的「變態-遺傳-墮落」的新話語體系的興起有關係，與這個體系直接相關的新學科是優生學，而眾所周知，周建人在當時是一個知名的優生學家。見孫隆基：《歷史學家的經線》，廣西師範大學出版社 2004 年版，第 231 頁。實際上，李歐梵在《魯迅與現代藝術意識》一文中也提出過相似的看法，見李歐梵：《鐵屋中的吶喊》（附錄），尹慧珉譯，嶽麓書社 1999 年版，第 235～262 頁。

〔註 159〕吳俊：《愛之衷曲——魯迅性愛心理分析之一》，《魯迅研究月刊》1991 年第 1 期，第 34 頁。

> 就大變，覺得世事都無味，人物都可憎，看見有些天真歡樂的人，便生恨惡。尤其是因為壓抑性欲之故，所以於別人的性底事件就敏感，多疑；欣羨，因而妒嫉。其實這也是勢所必至的事：為社會所逼迫，表面上固不能不裝作純潔，但內心卻終於逃不掉本能之力的牽掣，不自主地蠢動著缺憾之感的。〔註 160〕

吳俊認為，魯迅的這段分析在某種程度上也適用於他本人，「不管他有沒有自覺，在一定程度上，魯迅的這種分析對他自己是否有意義，我看也不應該因其揭露的深刻和無情，而作斷然的否認。」在作這樣的分析時，吳俊承認他有所顧慮，他說，「如果不是由於性乃是一個非常敏感的問題，而我自己對這個問題的一些看法還有所顧慮的話，我幾乎要說，魯迅的這番分析實際上就帶有某種自況的程度，或者至少，也有著他自己切身體驗的痕跡。」〔註 161〕我認為，吳俊的分析大抵是符合實情的。作為一個「不吃冷豬肉」〔註 162〕的常人，魯迅先生長達 20 年的獨身生活一定會造成他某種程度上的心理壓抑，以至變形。而這也並非沒有證明的。在 1910 年 11 月 15 日致許壽裳的書信中，魯迅就說，「僕荒落殆盡，手不觸書，惟搜採植物，不殊曩日，又翻類書，薈集古逸書數種，此非求學，以代醇酒婦人者也。」〔註 163〕這分明是魯迅自我壓抑的證明。又郁達夫曾引一個學生的話說，「魯迅雖在冬天，也不穿棉褲，是壓抑性欲的意思。」〔註 164〕也可以作為旁證。從某種意義上說，魯迅多疑個性中的一些所謂的病態因素即根源於此。《寡婦主義》中魯迅分析的「不得已而過著獨身生活者」大抵在精神上「有著執拗猜疑陰險的性質」，也正是蘇雪林們眼中魯迅的性格。由此看來，將魯迅的一部分多疑個性歸結於他的「不得已而過著獨身生活」的結果，並且帶有某種程度的病態大抵是不為過的。

但魯迅的仇貓所透露出來的信息並不止這一點，還有兩點值得我們注意，一是敏感，一是對弱者的同情。魯迅的敏感幾乎同他的多疑易怒一樣著名。而毋寧說，魯迅的多疑易怒即是源於他敏感的個性。在仇貓中顯示魯迅

〔註 160〕魯迅：《墳．寡婦主義》，載《魯迅全集》（第二卷），第 280～281 頁。

〔註 161〕吳俊：《愛之衷曲——魯迅性愛心理分析之一》，《魯迅研究月刊》1991 年第 1 期，第 34 頁。

〔註 162〕曹聚仁：《我與魯迅》，載《魯迅回憶錄》（散篇）（中冊），魯迅博物館、魯迅研究室、《魯迅研究月刊》選編，第 801 頁。

〔註 163〕魯迅：《書信．101115 致許壽裳》，載《魯迅全集》（第十一卷），第 335 頁。

〔註 164〕郁達夫：《回憶魯迅》，載《魯迅回憶錄》（散篇）（上冊），魯迅博物館、魯迅研究室、《魯迅研究月刊》選編，第 150 頁。

敏感的是貓配合時的嚷嚷讓他不得安心看書與休眠。儘管周作人的日記也記載著因貓的叫擾而失眠的記錄，但至少他還沒有怒起而打貓。況且周作人還有「孩子大哭於旁而能無動於衷依然看書的本領」，而魯迅是「無論如何做不到的」〔註 165〕。過於敏感的人一般有兩個特點，其一是愛整潔，其一是某種程度上的神經衰弱。而不幸魯迅於這兩方面的特點都有。魯迅的愛整潔據魯瑞老太太的意見是秉承了乃父的性格。「太師母說：你們的大先生從小就很愛護書籍和文具用品，總是把它們收拾得整整齊齊，就是包一個紙包也是方方正正的。他的這些習慣，很像太先生。太先生身體一直不大好，但他酷愛整齊。」〔註 166〕相似的記載散見於許羨蘇、許廣平和周建人的回憶錄裏，茲不再舉。神經衰弱則突出地表現在魯迅先生的睡眠上，除了這裡的怕貓吵鬧外，《魯迅日記》還有很多關於失眠的記錄，而其中有些即源於外界的吵鬧：

> 1912 年 8 月 12 日　惟神經衰弱所當理耳。……半夜後鄰客以閩音高談，狺狺如犬相齧，不得安睡。〔註 167〕
>
> 1912 年 9 月 18 日　夜鄰室有閩客大嘩。〔註 168〕
>
> 1912 年 9 月 20 日　夜雨不已。鄰室又有閩客來，至夜半猶大嗥如野犬，出而叱之，少戢。〔註 169〕
>
> 1914 年 1 月 31 日　夜鄰室王某處忽來一人，高談大呼，至雞鳴不止，爲之展轉不得眠，眠亦屢醒，因出屬發音稍低。而此人遽大漫罵，且以英語雜廁。〔註 170〕
>
> 1914 年 7 月 9 日　夜鄰室博簺擾睡。〔註 171〕

〔註 165〕許廣平在《魯迅回憶錄．所謂兄弟》中轉述魯迅評價周作人的話，「魯迅曾經提到過，『像周作人時常在孩子大哭於旁而能無動於衷依然看書的本領，我無論如何是做不到的！』」載《魯迅回憶錄》（專著）（下冊），第 1127 頁。

〔註 166〕俞芳：《我記憶中的魯迅先生》，載《魯迅回憶錄》（專著）（下冊），第 1541 頁。至於魯迅先生從日本回國後，在衣著打扮上邋遢不修邊幅，連魯瑞老太太也百思不得其解，但在對待書籍上，他卻終生保持著愛整潔的習慣。又見許羨蘇的《回憶魯迅先生》，「在老太太看起來，後來魯迅先生把自己弄得像『囚首垢面』的樣子覺得有些奇怪……」（許羨蘇：《回憶魯迅先生》，載《魯迅回憶錄》（散篇）（上冊），第 316 頁。）

〔註 167〕魯迅：《日記．1912 年 8 月》，載《魯迅全集》（第十五卷），第 16 頁。

〔註 168〕魯迅：《日記．1912 年 9 月》，載《魯迅全集》（第十五卷），第 21 頁。

〔註 169〕魯迅：《日記．1912 年 9 月》，載《魯迅全集》（第十五卷），第 21 頁。

〔註 170〕魯迅：《日記．1914 年 1 月》，載《魯迅全集》（第十五卷），第 103 頁。

〔註 171〕魯迅：《日記．1914 年 7 月》，載《魯迅全集》（第十五卷），第 124 頁。

1914 年 7 月 29 日　夜鄰室大賭博，後又大諍，至黎明諍已散去，始得睡。〔註 172〕

1915 年 5 月 9 日　夜半鄰室諸人聚而高談，爲不得眠孰。〔註 173〕

1916 年 5 月 6 日　下午以避喧移入補樹書屋住。〔註 174〕

以上均是證明。太敏感就容易導致多疑，這在李長之的《魯迅批判》中就早有過論述。「魯迅又多疑」〔註 175〕，李長之舉出了《爲了忘卻的記念》中的一段話爲例：

他說的並不是空話，眞也在從新學起來了，其時他曾經帶了一個朋友來訪我，那就是馮鏗女士。談了一些天，我對於她終於很隔膜，我疑心她有點羅曼諦克，急於事功；我又疑心柔石的近來要做大部的小說，是發源於她的主張的。但我又疑心我自己，也許是柔石的先前的斬釘截鐵的回答，正中了我那其實是偷懶的主張的傷疤，所以不自覺地遷怒到她身上去了。——我其實也並不比我所怕見的神經過敏而自尊的文學青年高明。〔註 176〕

李長之認爲，「太銳感就很容易變到多疑上去。」〔註 177〕而且，「這種多疑的性格，魯迅也會表現在詩裏：

很多的夢，趁黃昏起哄。

前夢才擠卻大前夢時，後夢又趕走了前夢。

去的前夢黑如墨，在的後夢墨一般黑；

去的在的彷彿都說，「看我眞好顏色。」

而且不知道，說話的是誰？（《集外集》，頁一九）

要知道『說話的是誰』麼？我知道的，就是魯迅內心。『顏色許好』，是表面，

〔註 172〕魯迅：《日記 · 1914 年 7 月》，載《魯迅全集》（第十五卷），第 126 頁。
〔註 173〕魯迅：《日記 · 1915 年 5 月》，載《魯迅全集》（第十五卷），第 171 頁。
〔註 174〕魯迅：《日記 · 1916 年 5 月》，載《魯迅全集》（第十五卷），第 226 頁。
〔註 175〕李長之：《詩人和戰士的魯迅：魯迅之本質及其批評——魯迅批判之總結》，載《1913—1983 魯迅研究學術論著資料彙編》（第一卷），中國社會科學院文學研究所魯迅研究室編，第 1331 頁。原載 1935 年 8 月 14 日《益世報》（天津）。
〔註 176〕魯迅：《南腔北調集 · 爲了忘卻的記念》，載《魯迅全集》（第四卷），第 498 頁。
〔註 177〕李長之：《詩人和戰士的魯迅：魯迅之本質及其批評——魯迅批判之總結》，載《1913—1983 魯迅研究學術論著資料彙編》（第一卷），中國社會科學院文學研究所魯迅研究室編，第 1331 頁。原載 1935 年 8 月 14 日《益世報》（天津）。

眞正如何，魯迅便在懷疑著。」〔註 178〕

魯迅的仇貓中表現其同情弱者的個性有三處，一處是對隱鼠的同情，一處是對被吃的兔子的祭奠，這兩點很容易看出來，第三處則很隱藏，是對祖母的懷念。

> ……那是一個我的幼時的夏夜，我躺在一株大桂樹下的小板桌上乘涼，祖母搖著芭蕉扇坐在桌旁，給我猜謎，講故事。忽然，桂樹上沙沙地有趾爪的爬搔聲，一對閃閃的眼睛在暗中隨聲而下，使我吃驚，也將祖母講著的話打斷，另講貓的故事了——〔註 179〕

這個在魯迅小時候經常給他講故事的祖母，是深爲魯迅所喜愛的蔣祖母，也是孤獨者中魏連殳的祖母的原型：

> 「……但那時，抱著我的一個女工總指了一幅像說：『這是你自己的祖母。拜拜罷，保祐你生龍活虎似的大得快。』我眞不懂得我明明有著一個祖母，怎麼又會有什麼『自己的祖母』來。可是我愛這『自己的祖母』，她不比家裏的祖母一般老；她年青，好看，穿著描金的紅衣服，戴著珠冠，和我母親的像差不多。我看她時，她的眼睛也注視我，而且口角上漸漸增多了笑影：我知道她一定也是極其愛我的。
>
> 「然而我也愛那家裏的，終日坐在窗下慢慢地做針線的祖母。……」〔註 180〕

「家裏的」祖母即是我深愛著的，而畫上的祖母原型是魯迅的嫡祖母，即乃父伯宜公的母親孫夫人，她在伯宜公很小的時候去世，蔣祖母是他的繼母。後來周作人在《魯迅小說裏的人物》中解讀《孤獨者》時認爲魯迅上面這段話「影射出蔣太君做繼母的不幸的生涯，她自己沒有兒子，只生一個女兒，出嫁後卻又早死了，在一群家人中間孤獨的生存著，這景況是很可悲的。」〔註 181〕女人在那個年代本來就是弱者，更何況沒有子嗣。然而，周作人認爲造成蔣祖母悲慘處境的更大原因還不在於此，而是「被遺棄」，「（她）後來遺棄在

〔註 178〕李長之：《詩人和戰士的魯迅：魯迅之本質及其批評——魯迅批判之總結》，載《1913—1983 魯迅研究學術論著資料彙編》（第一卷），中國社會科學院文學研究所魯迅研究室編，第 1331～1332 頁。原載 1935 年 8 月 14 日《益世報》（天津）。

〔註 179〕魯迅：《朝花夕拾・狗・貓・鼠》，載《魯迅全集》（第二卷），第 242 頁。

〔註 180〕魯迅：《彷徨・孤獨者》，載《魯迅全集》（第二卷），第 99 頁。

〔註 181〕周作人：《魯迅小說裏的人物》，河北教育出版社 2002 年版，第 228 頁。

家，介孚公做著京官，前後蓄妾好些人，末後帶了回去，終年的咒罵欺凌她，眞是不可忍受的。」〔註 182〕「祖父對於兒媳，不好當面斥罵，……至於對了祖母，則毫不客氣的破口大罵了，有一回聽他說出了『長毛嫂嫂』，還含糊的說了一句房幃隱語，那時見祖母哭了起來，說『你這成什麼話呢？』就走進她的臥房去了。」〔註 183〕魯迅終生認爲可悲慘的，極同情然而極愛的一個人物就是這位倍受欺凌的蔣祖母，這或許是他終生不喜歡其祖父介孚公的原因。對弱者的同情同他自己從小因家庭的意外變故而受盡世態炎涼的關係也極大，這使他養成了倔強的復仇心理。但另一方面也使得他形成了一種受迫害的心理，在魯迅那裡這兩種心理是相輔相成的，只不過前者爲人津津樂道，而後者爲人所不樂意提起罷了。與胡適總是站在時代的中心與主流地位不同，魯迅終其一生是作爲一個邊緣的永在抗爭者的形象出現的。因此，受迫害的心理幾乎不曾中斷過，即使在後來的左聯時期也是這樣的〔註 184〕。而這種受迫害的心理很自然也是魯迅多疑「坩堝的許多鐵片中的一片」〔註 185〕。關於這二者的相互關係，講得最透徹的是《狂人日記》。狂人的迫害狂心理多少帶有一點魯迅自況的影子，這一點早已經爲蘇雪林指出過。「《狂人日記》聞狗吠則以爲對他吠，趙貴翁看他一眼則以爲有陰謀，其兄與人偶語則以爲商議著要吃他的肉，雖是描寫狂人心理，也就是我們作家自己性格的流露。或謂魯迅所患乃患『迫害狂』，一半是根於天性，一半則是小時困厄的環境造成，檢查魯迅的性格，不得以不爲然。」〔註 186〕

綜上所述，我認爲，魯迅多疑的生成與他的成長環境密切相關。他敏感的天性、因環境而養成的受迫害心理，以及 20 年的獨身生活所造成的性壓抑

〔註 182〕周作人：《魯迅小說裏的人物》，河北教育出版社 2002 年版，第 228 頁。

〔註 183〕周作人：《苦茶——周作人回想錄》，第 52 頁。

〔註 184〕馮雪峰的《回憶魯迅》寫到 1936 年 4 月底他從陝北到上海，第二天拜訪魯迅。魯迅與他見面的第一句話是，「這兩年的事情，慢慢告訴你罷。」但據陳漱渝先生的說法，馮雪峰後來承認魯迅先生的原話是，「這兩年我給他們（按：指周揚等人）擺佈得可以。」（馮雪峰：《回憶魯迅》，載《魯迅回憶錄》（專著）（中冊），魯迅博物館、魯迅研究室、《魯迅研究月刊》選編，第 649 頁。陳漱渝：《「高山安可仰　徒此揖清芬」——〈魯迅回憶錄〉序言》，亦見該書。）

〔註 185〕〔日〕竹內好：《魯迅》，李心峰譯，第 54 頁。

〔註 186〕蘇雪林：《論魯迅的雜感文》，載《1913—1983 魯迅研究學術論著資料彙編》（第二卷），中國社會科學院文學研究所魯迅研究室編，北京：中國文聯出版公司，1986，第 723 頁。原載 1937 年 3 月 15 日《文藝》（月刊）（湖北武昌）第四卷第三期。

心理都可能是他多疑「坩堝的許多鐵片中的一片」，而最後一點尤其值得注意。但我們又必須看到另外一點，即多疑個性又可能反過來在客觀上促進了這些個性與心理的發展。

第五輯　《故事新編》解讀（上）

第十七講　重估《故事新編》

《故事新編》是一本不太好理解的小說集，因此，其價值也往往被低估。

自 1922 年的《不周山》（後改名《補天》）始，到 1935 年的最後一篇《起死》止，《故事新編》集結成書，前後經歷了 13 年。總的來說，其創作大概可以分爲早、中、晚三個時期，即 1922 年的《不周山》，1926～27 年之交的《眉間尺》（後改名《鑄劍》）《奔月》以及 1934～35 年的《非攻》《理水》《采薇》《出關》《起死》。就風格而言，後五篇比較一致，寫作手法澄明輕快，係《故事新編》的代表作品，在我們不分篇目整體談論《故事新編》時，往往指的是晚期的這五篇。不過再往前折時，我們會發現，《奔月》也屬於這種澄明輕快的風格，而且《鑄劍》的第 4 節就已經有這種風格的萌芽，但就整篇而言，《奔月》是這一風格的肇始。或者說，自《奔月》始誕生了一種新鮮的文風。關於這一點，木山英雄也表達了同樣的意思，「比《鑄劍》僅僅晚兩個月創作的《奔月》，似乎令人覺得作者經過《鑄劍》得到了某種淨化，表現出了又一種新鮮的文風。」〔註 1〕儘管學界關於《鑄劍》與《奔月》的創作孰先孰後一直存有爭議，但「《鑄劍》的寫作時間仍不妨認爲是在《奔月》之前，這樣的順序至少可與上述文風的變化過程相吻合。」〔註 2〕

〔註 1〕〔日〕木山英雄：《〈故事新編〉譯後解說》，劉金才、劉生社譯，《魯迅研究動態》1988 年第 11 期，第 20 頁。

〔註 2〕〔日〕木山英雄：《〈故事新編〉譯後解說》，劉金才、劉生社譯，《魯迅研究這裡有兩個不容忽視的問題，即這種「新鮮的文風」到底是指一種什麼樣的文風？以及如何解讀《鑄劍》？這兩個問題直接關係到我們對《故事新編》價值的重估。

既然《奔月》是「作者經過《鑄劍》得到了某種淨化，表現出了又一種新鮮的文風」，而這種「新鮮的文風」又一直持續到《故事新編》的終末，並最終成為《故事新編》所特有的文風，而且如上所述，「《鑄劍》的第 4 節就已經有這種風格的萌芽」，那麼，很顯然，《鑄劍》是整個《故事新編》轉折的關捩。既如此，《鑄劍》的創作時間和地點就顯得尤為重要，根據現有的資料以及學界的辨析，大致可以確定《鑄劍》的 1、2 兩節創作於 1926 年 10 月與 11 月之間的廈門，3、4 兩節則續作於 1927 年初的廣州。關於這一點，丸尾常喜的說法較有代表性，「……翌月 11 日又作《寫在〈墳〉後面》時的那種心靈大激動，又促使他創作了《鑄劍》。這個短篇因作者去廣州的決斷與《奔月》的執筆（12 月）而一時中斷，翌年在廣州續寫，完成於 4 月 3 日。我認為這樣看更接近現實。」〔註 3〕確定《鑄劍》創作的起首時間在 1926 年 11 月之所以重要，在於確認它與《寫在〈墳〉後面》這一篇關係到魯迅一生文字轉折點的文章的同時性。換言之，其寫作的語境與心境若相近，其文字的內容就極可能有相通之處。如若將魯迅一生的文字分為早、中、晚三期的話，則《寫在〈墳〉後面》可以視為魯迅中前期文字生涯的一個總結，並同時開啓了其晚期「新鮮的文風」之門。所謂「總結」即是對過去自我的揚棄以及對當下自我的重新定位，即「在進化的鏈子上，一切都是中間物」〔註 4〕。這句頗具「斷語」意味的文句在原文當中即便是拿來陳述作者自我同古文二者之間的關係，卻並不妨礙我們將其視為是魯迅的一次自我的重新定位，而其背後所透露出來的則是魯迅世界觀念的轉變，即從追求一種極致完美世界觀的虛無世界像轉變為承認世界存在於「中間狀態」的虛妄世界像。

虛無世界像乃是現代人對上帝或天道退隱之後所遺留下來的那個「空位」的僭越。而毋寧說，現代的本質就是虛無。在消解了上帝或天道這樣一種人同世界相互和解的方式之後，現代人必須直面世界，並將自身從世界中抽拔出來，從而成為像「上帝」一樣的獨一無二的「主體」。將這個過程用敘事的方式呈現出來的就是現代小說／文學，因此，昆德拉說，「小說」同「現代」

動態》1988 年第 11 期，第 21 頁。

〔註 3〕〔日〕丸尾常喜：《復仇與埋葬——關於魯迅的〈鑄劍〉》，秦弓譯，《中國現代文學研究叢刊》1995 年第 3 期，第 74～75 頁。

〔註 4〕魯迅：《墳・寫在〈墳〉後面》，載《魯迅全集》（第一卷），第 302 頁。

在本質上具有同構關係。將自我「主體化」世界「客體化」的必然結果是人同世界的對抗性與非和解性，並進而形成善惡敘事的模式，即將自我置於善與正義的一面而將世界對象化爲惡與非正義的一面，並進行「想像性」的改造與被改造運動。這樣下去的結果，要麼「想像」對象化世界被成功改造，從而彰顯理想主義的光芒，要麼「想像」自我被惡的對象化世界所吞沒，從而墜入絕望之深淵，彷彿整個世界「惟黑暗與虛無乃是實有」。

這樣的從理想或曰希望到絕望的道路，不正是魯迅從留日到五四兩個時期所走過的道路麼？留日時期的青年魯迅熱切地擁抱現代，呼喚具有「主觀內面之精神」的人與摩羅詩力，對文學之力的崇拜到了信仰與癡狂的程度。不過隨著其親身所參與的辛亥革命的失敗，他在留日時期所建立的虛無世界像開始鬆動以至於漸次崩毀。記錄這一過程的第一篇文字是《狂人日記》。不過，因爲不能忘卻留日時期「寂寞青春之喊叫」（木山英雄語）以及對這一喊叫的「忠誠」（汪暉語），五四時期魯迅的虛無世界像儘管出現了鬆動，但介入「小說」創作的行爲這一事實本身卻實實在在地證明了魯迅這一時期並沒有從根本上背離虛無世界像。也惟其如此，才使得魯迅感覺到「惟黑暗與虛無乃是實有」。因爲世界中有太多的黑暗與虛無，於是感到不得不甩掉它們，這才誕生了《野草》的寫作。《野草》是虛無的集大成之作，同時也是通向虛妄的道路。魯迅前期「黑暗與虛無」的精神通過它得以淨化，從而完成了從向死到向生，從虛無到虛妄的轉變，而標誌著這一轉變完成的文字是《寫在〈墳〉後面》和《鑄劍》。

由於中間物觀念的提出，人們大多注意到了《寫在〈墳〉後面》在魯迅世界中的轉折意義，但很少人注意到《鑄劍》具有相同的功能。這兩篇幾乎寫作於同一時段的文字其實都是在講「埋葬與自我」的主題，一議一敘，完全可以當做互文性文本來對讀。這兩篇文字都超越了一般的虛無世界像下的善惡敘事模式，將世界對象化的同時首先將自我對象化，如《寫在〈墳〉後面》的，「我的確時時解剖別人，然而更多的是更無情面地解剖我自己」〔註 5〕，以及《鑄劍》當中的黑色人所說的，「你的就是我的；他也就是我。我的魂靈上是有這麼多的，人我所加的傷，我已經憎惡了我自己！」〔註 6〕正因爲如此，要消滅黑暗，首先要滅掉「我」自己。所以，《鑄劍》當中的「三王冢」應該從這個角度去理解，其中包涵了超善惡敘事，而其根底在於魯迅對世界虛妄像的感到。在

〔註 5〕魯迅：《墳・寫在〈墳〉後面》，載《魯迅全集》（第一卷），第 300 頁。
〔註 6〕魯迅：《故事新編・鑄劍》，載《魯迅全集》（第二卷），第 441 頁。

虛無世界像下，小說作爲敘事文本一般都主題鮮明，一切同主題不相扣的雜聲都將被剪除，這就使得現代小說在敘事方面總給人一種不輕鬆、沒有餘裕的感覺。與此相反的是，由於對世界虛妄像的感知，超善惡敘事一般都打破了主題（焦點）敘事的模式，而將古典敘事當中的雜聲——古典戲劇當中的歌隊或者中國傳統戲曲當中二醜的插科打揮——引進到敘事文本當中，從而造成一種輕鬆、有餘裕的留白敘事美學。因之，我們才在《鑄劍》第 4 節當中看到了類似於歌隊的雜聲敘事——一種澄明輕快的敘事手法在徹底甩掉虛無與黑暗之後終於登場了。在《故事新編》當中，我們通常將這種敘事手法稱爲「油滑」。對於現代敘事文本而言，「油滑」的確是一種前所未有的「新鮮的文風」，其根底在於虛妄世界像下的留白美學。在魯迅晚期的文本當中留白不僅僅存在於《故事新編》的「油滑」當中，而且也普遍運用於雜文當中，甚至簡直可以說，留白是魯迅晚期「新鮮的文風」的根底之所在。

至於魯迅所說的，「油滑」始於《不周山》，其實是一個需要辨析的話題。扼要言之，1922 年所作的《不周山》其實還是在一個虛無世界像的主導之下，其敘事手法更接近於善惡敘事的《吶喊》而非後來的奠基於超善惡敘事之上的《故事新編》，因之，魯迅所謂《不周山》當中的「油滑」，其手法更接近於《吶喊》集當中的「諷刺」而非後來根基於留白美學的「油滑」。

綜上所述，我們可以說，《故事新編》是一本借用古典超善惡敘事手法而超越了以善惡敘事爲其根底的現代小說的新型現代敘事文本。其風格是前所未有的，而不能以一般的「文學概論」之小說看待。

第十八講　《故事新編》的讀法

一

魯迅在《〈故事新編〉序言》中說，「仍舊拾取古代的傳說之類，預備足成八則《故事新編》。不足稱爲『文學概論』之所謂小說。」〔註 7〕對此，尾崎文昭是這樣解釋的，「其意思應該理解爲：這個小說不是已有的『文學概論』範疇裏的小說，而是很新穎的，請讀者不要以過去的概念來看。」基於此，尾崎認爲《故事新編》既不是歷史小說也不是諷刺小說，「只能認爲兩個都不是。應該

〔註 7〕魯迅：《故事新編．序言》，載《魯迅全集》（第二卷），第 354 頁。

說，這種一定要歸納到歷史小說或者諷刺小說的觀點本身有問題。《故事新編》應該認爲是超越近代文學範疇的新文體。」〔註 8〕高遠東也有類似的看法，「像 20 世紀 50 年代關於《故事新編》是『歷史小說』還是『諷刺小說』的討論，我以爲就是囿於教科書成見的交鋒，兩派主張雖尖銳對立，但提問的出發點卻都錯了，學術上收穫不多是難免的。記得唐弢先生把這比喻爲在教科書的概念裏『推磨』，『轉來轉去仍然沒有跳出原來的圈子』。」〔註 9〕對現有的關於《故事新編》的解讀，高認爲，「……或用布萊希特的『間離效果』理論，或用巴赫金的『狂歡節』理論，或用『表現主義』，或借用後現代的『解構主義』，等等，來理解《故事新編》的特性。這樣的讀法，兼及《故事新編》的特殊性和其文學意義的普遍性，或對照、或聯想，視野寬廣，聯繫廣泛，可以揭示《故事新編》的特質及貢獻，也出現一些重要的成果（其中最優秀的著作，當屬鄭家建《〈故事新編〉的詩學》），我以爲是不錯的。」「然而還是有遺憾。最大的遺憾，在於這種讀法對魯迅文學產生的『小宇宙』關注不夠，對魯迅之思想和藝術追求之『文脈』把握不足，在於對已有的文學成規還是太當回事。」進而，高提出了關於《故事新編》的「好的讀法」:「我以爲不僅要把《故事新編》視爲一部有獨特形式和趣味的小說，把它和古今中外有關作家的相關作品對照來看，建立它與古今中外文學之『大宇宙』的聯繫，而且也應該進入作家創作的深處，把握作家思想和藝術之創造血脈的精微流動，建立與綜合體現著作家思想和藝術追求的文學生產的『小宇宙』的聯繫。這樣才能面面俱到，既『串聯』，又『並聯』，所建立的閱讀座標才是完整的科學的，其對小說之『雜文化』、『寓言性』等特質的揭示才可能是令人信服的。」但，高也意識到，「這樣好的讀法，說來容易做來難」〔註 10〕。關於《故事新編》，高有幾篇非常了不起的文字，對解讀這部奇怪的小說集有著不可或缺的貢獻〔註 11〕，於我有過很大的啓發，同樣，他上面所提出的在魯迅的「思想和藝術之創造血脈的精微流動」之「文脈」中

〔註 8〕引文均轉引自〔日〕尾崎文昭 2013 年 3 月 27、28 日中國人民大學、北京大學的講演稿《日本學者眼中的〈故事新編〉》。

〔註 9〕高遠東：《〈故事新編〉的讀法》，《中國現代文學研究叢刊》2012 年第 12 期，第 174 頁。

〔註 10〕以上四處引文皆轉引自高遠東：《〈故事新編〉的讀法》，《中國現代文學研究叢刊》2012 年第 12 期，第 175 頁。

〔註 11〕高遠東：《歌吟中的復仇哲學——〈鑄劍〉與〈哈哈愛兮歌〉的相互關係解讀》，《魯迅研究月刊》1992 年第 7 期，第 37～41 頁。高遠東：《論魯迅與墨子的思想聯繫》，《中國現代文學研究叢刊》1999 年第 2 期，第 165～181 頁。

整體把握《故事新編》這一觀點對我也有不小的啓發。本文正是想沿著這樣的一個思路，做一點不自量力的嘗試，希望完成後，能有一點微末的收穫。

二

關於魯迅的「文脈」，我之前也有過簡單的論述〔註 12〕，魯迅這一「文脈」

〔註 12〕「就我目前的理解而言，我認爲魯迅一生的文學生涯可以劃分爲三個時期。賴以劃分這三個時期的兩個節點分別是魯迅一生中最具轉折意味的兩篇文字：《狂人日記》和《寫在〈墳〉後面》。對於《狂人日記》之前的時期，我們經常名之爲留日時期，也就是汪衛東所説的『文學自覺』的時期，或者竹內好的『迴心』之前的時期。大體來看，我們對這段時期基本上取得了較爲統一的意見（當然，只能説是『大體上』，因爲這裡面的分歧還是相當大），即這一時期是魯迅主體形而上學建立的時期，屬於『希望-絕望』哲學的範疇，有著青春之寂寞的喊叫以及汪衛東意義上的『文學主義』的東西存在。用我自己的話來説，這個時期是眞正意義上的屬於魯迅個人的『文學時代』。然而這一切堅固的東西在《狂人日記》誕生的那一刹那都煙消雲散了。之後，魯迅就進入到屬於他個人的一個大的『之間』之中，這種『之間』的狀態一直持續到 1926 年的 11 月 11 日，在廈門的那個晚上，魯迅不無悲傷地爲自己的前半生做了一個總結，這就是《寫在〈墳〉後面》。『以爲一切事物，在轉變中，是總有多少中間物的。動植之間，無脊椎和脊椎動物之間，都有中間物；或者簡直可以説，在進化的鏈子上，一切都是中間物。』『中間物』的提出是對前面這樣一個大的『之間』的一個告別辭，同時也不無總結自己前半生的意味，然而，更爲重要的是，它開啓了屬於魯迅個人的一個輝煌的未來時代：雜文時代——而我更願意用我個人的術語『文章時代』來替換『雜文時代』。過去，我們對『雜文』這樣的概念始終摸不著頭腦，以爲一定是魯迅的全新創造，然而，魯迅其實講得很明白，雜文，其實古已有之，即古代的文章寫作。文學及其時代實際上是現代性主體形而上學的產物及其組成部分，在那個大的『之間』的時期，通過對自我生命的體驗與觸摸，魯迅大概隱約明瞭所謂『文學』的一些根本性問題及其局限，於是在『雜文時代』的一開始，他便有意識地揚棄他過去曾經爲之迷狂的『文學』這個事物。他説，『我們試去查一通美國的『文學概論』或中國什麼大學的講義，的確，總不能發見一種叫作 Tsa-wen 的東西。這眞要使有志於成爲偉大的文學家的青年，見雜文而心灰意懶：原來這並不是爬進高尚的文學樓臺去的梯子。托爾斯泰將要動筆時，是否查了美國的『文學概論』或中國什麼大學的講義之後，明白了小説是文學的正宗，這才決心來做《戰爭與和平》似的偉大的創作的呢？我不知道。但我知道中國的這幾年的雜文作者，他的作文，卻沒有一個想到『文學概論』的規定，或者希圖文學史上的位置的，他以爲非這樣寫不可，他就這樣寫，因爲他只知道這樣的寫起來，於大家有益。』揚棄『文學』，其實質就是揚棄主體形而上學的世界觀念與思維模式以及揚棄建基於此二者之上的所謂純粹文學的創作，只有這樣，作爲『文章』寫作的的雜文（注意是寫作，而不是創作）才可能眞正出現。因此，魯迅雜文的寫作一定是主體徹底沉沒的結果。」參見劉春勇：《非文學的文學家魯迅及其轉變——竹內好、簡單地講就是：《狂人日記》之前的留日時期，魯迅信奉著笛卡爾意義上的具有「主觀內面之精神」的主體形而上學的虛無世界像，踐行「純文學」的觀念。《狂人日記》之後，一直到《寫在〈墳〉後面》，這「之間」，魯迅此前樹立起來的建基於主體形而上學基礎上的「純文學」觀念漸次崩毀，竹內好所謂「我也吃過人」的罪的自覺獲得的那一刹那，即「迴心」，是這崩毀的開始。「虛無世界像乃是對世界終極的那個消失點的僭越的結果，而笛卡爾意義上的主體我思之人的絕對精神的自信亦是這一僭越的產兒，同時這也就是魯迅留日時期所向往的『主觀內面之精神』的人。但是，於日本建立起來的這一信仰在《狂人日記》誕生的前後開始崩毀。所謂『我也吃過人』的覺醒一方面是絕望的對象及於自身的表現，但同時亦是對絕對精神之自信或者對世界終極的那個消失點僭越之結果的反思之始，而虛妄就此閃現。」〔註13〕此後，魯迅的虛無世界像逐漸退場，虛妄世界像〔註14〕慢慢在他的世界中清晰起來。這兩種世界像以潮退潮起的方式緩慢更替的時期，也正是魯迅經由從《吶喊》、「隨感錄」到《野草》《彷徨》再到《朝花夕拾》寫作的時期。《寫在〈墳〉後面》是成為這一替換的終點。「魯迅虛妄的世界像最終在1926年《寫在〈墳〉後面》一文中得以定型，就是那個著名的表達：中間物。如果沒有虛妄世界像的建立，中間物概念的提出是難以想像的。」〔註15〕虛妄世界像的建立，伴隨著魯迅「雜文時代」的開啓，即我之所謂「文章的時代」，不過，現在我更願意說「雜文時代」是魯迅「文」的寫作的時代。「文」是中國的一個古老的概念，爲魯迅的老師章太炎所強調。章太炎認爲，「把文字記載於竹帛之上謂之『文』，論其法式者爲『文學』。」〔註16〕但，留日時期的魯迅並不心服這個概念，

> ……與此相關，在有別於最初演講章的文學論的「國學講習會」的另一個特爲數位關係密切的留學生所開設的講習會上，有這樣的

木山英雄以及汪衛東關於魯迅分期的論述及其問題》，《東嶽論叢》2014年第9期，第30～31頁。

〔註13〕劉春勇：《非文學的文學家魯迅及其轉變——竹內好、木山英雄以及汪衛東關於魯迅分期的論述及其問題》，《東嶽論叢》2014年第9期，第31頁。

〔註14〕參見劉春勇：《魯迅的世界像：虛妄》，《華夏文化論壇》（第十輯），第60～67頁。

〔註15〕劉春勇：《非文學的文學家魯迅及其轉變——竹內好、木山英雄以及汪衛東關於魯迅分期的論述及其問題》，《東嶽論叢》2014年第9期，第32頁。

〔註16〕轉引自〔日〕木山英雄：《「文學復古」與「文學革命」》，載《文學復古與文學革命——木山英雄中國現代文學思想論集》，趙京華編譯，第220頁。

> 小插曲：根據當時與魯迅和周作人一道前去參加的許壽裳回憶說，在講習會席間，魯迅回答章先生的文學定義問題時回答說，「文學和學說不同，學說所以啓人思，文學所以增人感」，受到先生的反駁，魯迅並不心服，過後對許說：先生詮釋文學過於寬泛。〔註17〕

說「不心服」或者有爲聖者諱的嫌疑，我倒是更傾向於另外一種揣測，即以留日時期魯迅的學歷和經歷，並不足以全然領會其師太炎先生的小學文辭保種〔註18〕的本意（所謂借文學的復古以造成的文學革命〔註19〕），而到了1926年，魯迅經過了總總經歷之後，他慢慢生發出了一種「大迴心」，即向當初其「不心服」的太炎先生的教誨回歸，其「文脈」的走向漸次由「文學」而退回到「文」的理路上來。同竹內好著名的以《狂人日記》所定義的「迴心」比較起來，1926年以《寫在〈墳〉後面》爲中心所發生的這個「大迴心」似乎更值得我們注意。所謂的「由『文學』而退回到『文』的理路上來」，這裡的「退回」並沒有「退步」或「倒退」的意思，而且非但沒有這樣的一些意思，甚至還含有日本學者所謂的「用前近代的東西作爲否定性媒介超越近代性的方法」〔註20〕。

三

尾崎文昭說，「按張夢陽先生的整理，爭論集中在三個問題。其一，體裁性質以及『油滑』的評價，其二，創作方法，其三，現代小說史上的地位和

〔註17〕《國粹學報祝辭》，1908年，《國粹學報》第4年第1號。轉引自〔日〕木山英雄：《文學復古與文學革命——木山英雄中國現代文學思想論集》，趙京華編譯，第223頁。

〔註18〕章太炎在《東京留學生歡迎會演說辭》中說，「但由我們看去，自然本種的文辭，方爲優美。可惜小學日衰，文辭也不成個樣子，若是提倡小學，能夠達到文學復古的時候，這愛國保種的力量，不由你不偉大的。」（語見章炳麟：《東京留學生歡迎會演說辭》，1906，《民報》第6號。轉引〔日〕自木山英雄：《文學復古與文學革命——木山英雄中國現代文學思想論集》，趙京華編譯，第211頁。）章太炎這種由文學的復古抵達文學革命的語文觀念同尼采關於古希臘的語文觀念似乎有某種相似之處。

〔註19〕關於文學復古與文學革命之關聯的話題，詳見木山英雄的《「文學復古」與「文學革命」》，載〔日〕木山英雄：《文學復古與文學革命——木山英雄中國現代文學思想論集》。

〔註20〕〔日〕花田清輝語，他雖然是在用這句話講述《故事新編》，但在我看來，這句話同樣適用於魯迅後期的雜文。見〔日〕尾崎文昭2013年3月27、28日中國人民大學、北京大學的講演稿《日本學者眼中的〈故事新編〉》。

作用。」〔註 21〕其中，我覺得最重要的問題是體裁定性的問題，這是個根基性的問題，也是後面所有問題得以回答的基礎。這或許也是 20 世紀 50 年代關於《故事新編》的討論主要集中在第一問題上的原因。「建國後的主要討論在第一問題上進行，就是到底它是歷史小說還是諷刺小說。可是討論沒有達到大家能共同承認的結論。」〔註 22〕如前所論，無論對《故事新編》定性爲歷史小說還是諷刺小說，都還是局限在「文學概論」、「教科書」的範疇內，從一開始就已經背離了魯迅所設想和踐行的《故事新編》寫作。但在當時眾多的爭論中，伊凡的《故事新編》是「以故事形式寫出來的雜文」〔註 23〕的觀點是值得我們注意的。隨著時間的發展，關於這一問題的討論還依然存在，「1987 年出版的《中國現代文學三十年》延續了這一認識，認爲雖然《故事新編》在整體上『保持著小說的基本特質』，但其中『穿插』的『喜劇人物』以及『大量現代語言，情節和細節』，體現的是『雜文的功能和特色』，因此，這部小說集可以說是『雜文化的小說』。」〔註 24〕「雜文化的小說」這一提法雖然較歷史小說或諷刺小說的定性有了一定的進步，但依然還是在「文學概論」的範疇當中。2011 年出版的陳方競的研究著作《魯迅與中國現代文學批評》在討論這個問題的時候則在《中國現代文學三十年》的基礎上又往前跨進了一步。「在魯迅的全部小說中，《故事新編》與他的雜文之間有更緊密的聯繫，這更是表現方式上的，在古代神話傳說題材中置入現實生活題材的『油滑』之筆，即『古今雜糅』，與雜文的『拉扯牽連，若及若離』，特別是『挖祖墳』、『翻老賬』等古今聯繫、比較的運用一樣，都可以追溯到紹興民眾戲劇目連戲的啓示。但在我看來，《故事新編》的這種藝術表現方式，更是在雜文對此成熟運用的基礎上依照『小說方式』發展起來的，與魯迅後期雜文有更直接的聯繫。」〔註 25〕收入該書的一篇長文《魯迅雜文及其文體考辨》雖然主要在討論魯迅的雜文，但在我看來，其中的一些主要觀點同樣適用於《故

〔註 21〕〔日〕尾崎文昭 2013 年 3 月 27、28 日中國人民大學、北京大學的講演稿《日本學者眼中的〈故事新編〉》。

〔註 22〕〔日〕尾崎文昭 2013 年 3 月 27、28 日中國人民大學、北京大學的講演稿《日本學者眼中的〈故事新編〉》。

〔註 23〕伊凡：《魯迅先生的〈故事新編〉》，《文藝報》1953 年 14 號。

〔註 24〕陳方競：《魯迅雜文及其文體考辨》，載陳方競：《魯迅與中國現代文學批評》，第 447 頁。

〔註 25〕陳方競：《魯迅雜文及其文體考辨》，載陳方競：《魯迅與中國現代文學批評》，第 457 頁。

事新編》。「在他看來魯迅後來的雜文觀念同其 1925 年前後傾注全力翻譯的廚川白村的『餘裕』的文學觀有很大的關聯，並且在他另外一篇長文《魯迅與中國現代文學批評》中，陳方競對此做了詳細的考證，梳理了從夏目漱石到廚川白村的『有餘裕』的文學觀對魯迅的影響和啓發，並闡述了『有餘裕』的文學觀在魯迅雜文成立上所起的決定性作用。」〔註 26〕他認爲，「這是有助於我們感受和認識魯迅『雜文』的，同時亦可見魯迅的『雜文』與『雜感』的差異：如前所述，後者更爲斂抑、集中、緊張，有十分具體的針對，……前者如《說鬍鬚》、《看鏡有感》、《春末閒談》、《燈下漫筆》、《雜憶》……題目就可見，並沒有具體的針對，……將一切『擺脫』，『給自己輕鬆一下』，而頗顯『餘裕』的寫法，……」〔註 27〕「『雜文』較之『雜感』更近於『魏晉文章』。」〔註 28〕陳方競所論述的「雜文」的「沒有具體的針對，……將一切『擺脫』，『給自己輕鬆一下』，而頗顯『餘裕』的寫法」其實正是《故事新編》「油滑」手法的精髓。總體來看，陳方競雖然沒有對《故事新編》的性質做出決定性的論斷，但他對其表現方法的論述，關於「有餘裕」的寫作手法同雜文和《故事新編》寫作之內在邏輯的關聯所做的精彩論述，儘管有繼承王瑤、劉柏青〔註 29〕、錢理群等前人的研究成果，但不得不說在某種程度上是有更大的創見。2014 年 1 月我發表的拙文《留白與虛妄：魯迅雜文的發生》則是沿著陳方競的思路繼續的探索，與陳方競不同的是，該文徑直把 20 世紀 50 年代伊凡的問題重新拎了出來，「在我看來，後期的《故事新編》並非是傳統意義上的小說，而是雜文，是以某種類小說形式寫作的雜文。」〔註 30〕在陳方競的論述基礎上，我將「有餘裕」的創作手法概括爲「留白」〔註 31〕。「留白」不僅是魯迅後期雜文（包括《故事新編》）的創作手法，它甚至是魯迅的

〔註 26〕劉春勇：《虛妄與留白：魯迅雜文的發生》，《中國現代文學研究叢刊》2014 年第 1 期，第 170 頁。

〔註 27〕陳方競：《魯迅雜文及其文體考辨》，載陳方競：《魯迅與中國現代文學批評》，第 415 頁。

〔註 28〕陳方競：《魯迅雜文及其文體考辨》，載陳方競：《魯迅與中國現代文學批評》，第 415 頁。

〔註 29〕較早論述魯迅後期「有餘裕」的創作方法的是劉柏青先生。參見其著作《魯迅與日本文學》，吉林大學出版社 1985 年版。

〔註 30〕劉春勇：《虛妄與留白：魯迅雜文的發生》，《中國現代文學研究叢刊》2014 年第 1 期，第 174 頁。

〔註 31〕劉春勇：《虛妄與留白：魯迅雜文的發生》，《中國現代文學研究叢刊》2014 年第 1 期，第 171、172 頁。

美學原則乃至生活倫理法則，其建立的基礎是魯迅「虛妄」世界像的確立。〔註32〕在此基礎上，2014 年我在另外一篇文章中則乾脆將雜文（這裡面自然也包括《故事新編》）稱之爲與現代裝置性的「文學」相對的「文章」，「它開啓了屬於魯迅個人的一個輝煌的未來時代：雜文時代——而我更願意用我個人的術語『文章時代』來替換『雜文時代』。過去，我們對『雜文』這樣的概念始終摸不著頭腦，以爲一定是魯迅的全新創造，然而，魯迅其實講得很明白，雜文，其實古已有之，即古代的文章寫作。」〔註33〕如前所述，所謂回到「文章」（即「文」）的寫作並不是倒退，而是「魯迅要寫故事結束以後的事情，此事意味著從混沌中出現而向混沌裏消失，此種敘述結構就是近代以前的小說形式，或者說，如要克服近代絕對的觀念，也許需要在第三世界裏反照到這樣的世界。」〔註34〕

四

《故事新編》當中的「油滑」問題其實也應該放在這樣的一個「文脈」當中才能理解。「油滑」根本不是一個簡單的手法問題，而是使用這一手法的作者同世界的深刻交流當中的一種遊刃「有餘」的態度，甚至是作者同世界和解的產物。當一個人身處虛無世界像當中時，他同世界的關係一定是緊張的、不和解的，虛無世界像是主體形而上學的產物，是將自我主體化和世界客體化之後所產生的「世界圖像」，在這樣的一個「世界圖像」當中，人成爲一切的中心和唯一的實體，用昆德拉的話說，「現代將人變成『唯一眞正的主體』，變成一切的基礎（套用海德格爾的說法）。而小說，是與現代一同誕生的。人作爲個體立足於歐洲的舞臺，有很大部分要歸功於小說。」「只有小說將個體隔離，闡明個體的生平、想法、感覺，將之變成無可替代：將之變成一切的中心。」然而，「個體作爲『一切的基礎』是一種幻象，一種賭注，是歐洲幾個世紀的夢。」〔註35〕在虛無世界像當中，作爲「一切的基礎」的個

〔註32〕劉春勇：《虛妄與留白：魯迅雜文的發生》，《中國現代文學研究叢刊》2014年第1期，第174頁。

〔註33〕劉春勇：《非文學的文學家魯迅及其轉變——竹內好、木山英雄以及汪衛東關於魯迅分期的論述及其問題》，《東嶽論叢》2014年第9期，第30頁。

〔註34〕竹內好語，引自〔日〕尾崎文昭2013年3月27、28日中國人民大學、北京大學的講演稿《日本學者眼中的〈故事新編〉》。

〔註35〕〔捷〕米蘭·昆德拉：《小說及其生殖》，載〔捷〕米蘭·昆德拉：《相遇》，尉遲秀譯，第47～50頁。

體的人成爲世界的唯一中心，即唯一的焦點（聚焦），同時也是世界唯一的「消失點」與「透視點」。作爲同現代人一同誕生的小說，或文學，自然也在這一框架中，也因此，文學創作不會溢出焦點敘事的範疇，文學一定會圍繞著「主題」展開。既然一切圍繞著中心和主題展開，那麼，同主題不相關的一切細枝末節都是不必要的，是被刪除的對象。在這樣一種緊張的、不留白的模式當中，「油滑」顯然無處藏身。在 1925 年的《華蓋集・忽然想到（二）》中，魯迅有這樣一段話，

> 較好的中國書和西洋書，每本前後總有一兩張空白的副頁，上下的天地頭也很寬。而近來中國的排印的新書則大抵沒有副頁，天地頭又都很短，想要寫上一點意見或別的什麼，也無地可容，翻開書來，滿本是密密層層的黑字；加以油臭撲鼻，使人發生一種壓迫和窘促之感，不特很少「讀書之樂」，且覺得彷彿人生已沒有「餘裕」，「不留餘地」了。
>
> ……在這樣「不留餘地」空氣的圍繞裏，人們的精神大抵要被擠小的。

外國的平易地講述學術文藝的書，往往夾雜些閒話或笑談，使文章增添活氣，讀者感到格外的興趣，不易於疲倦。但中國的有些譯本，卻將這些刪去，單留下艱難的講學語，使他復近於教科書。這正如折花者；除盡枝葉，單留花朵，折花固然是折花，然而花枝的活氣卻滅盡了。人們到了失去餘裕心，或不自覺地滿抱了不留餘地心時，這民族的將來恐怕就可慮。〔註 36〕中間的一句「在這樣『不留餘地』空氣的圍繞裏，人們的精神大抵要被擠小的」其實放到前期的魯迅身上也同樣適用。我們個人閱讀魯迅的經驗都會告訴我們魯迅前期的《吶喊》、「隨感錄」大部分文字閱讀起來其精神是逼狹的，沒有什麼餘裕可言，自然就不會有「油滑」的產生。只有當魯迅的世界像從虛無漸次轉向虛妄之後，其精神才慢慢顯現出同世界和解，這個時候，他的文字才開始逐漸通透明亮起來，「油滑」才成爲可能。因此看來，「油滑」不可能產生在聚焦敘事的文本當中，也即不可能同聚焦敘事的「文學」相容，「油滑」的產生只能在非聚焦（或非主題）敘事的非文學的「文」之中，並且它只能誕生於面對世界時的一種和解的「餘裕」心當中。

批評史上對「油滑」的認識同樣是一個逐步深入的過程，20 世紀 80 年代

〔註 36〕魯迅：《華蓋集・忽然想到（二）》，載《魯迅全集》（第三卷），第 15～16 頁。

之前，大陸在這一問題上的爭論一直裹足不前，80年代打破這格局的是王瑤、陳平原師徒二人。對此，木山英雄是這樣評價的，

> 這種爭論好容易在最近才似乎有了新的變化。一種觀點是，認爲對成爲問題焦點的「油滑」應該從中國的傳統戲劇、特別是作者故鄉的紹劇或稱作紹興亂彈的地方戲明顯的丑角演技中尋根求源（王瑤）。這種丑角，就像作者本人在《二醜藝術》（《準風月談》）雜文中介紹的例子那樣，是在演劇時拋開情節，將劇中人物的缺點作爲笑料直接向觀眾披露或事先明告其窮途末路。另一種觀點是，更加積極地援引德國劇作家布萊希特的「間離效果」說來解釋，即認爲《故事新編》的作者將現代性的異物納入到歷史之中，是與布萊希特對以感情同化爲基礎的亞里士多德（Arlstoteles）以來的歐洲傳統戲劇觀提出異議，故意用障礙觀眾舞臺一體化的手法發揮其批評精神出於同樣的目的（陳平原）。這些觀點是試圖叫許多論者感到困惑之處看出魯迅的積極方法而出現的，不論其正確與否，至少可以說總算爲跳出爲解釋而解釋的老圈子提出了一條新路。〔註37〕

師徒兩人在解釋同一問題上，儘管方向不同——老師是前現代的進取，學生則是向西方的後現代資源靠攏，但在有意「超克」「現代」這一點上卻是相同的。這兩種方向相反卻又有著什麼相互聯繫的解決方案，其內在關聯的邏輯在上個世紀80年代未必有多少人能夠懂得，但由於知識結構的未中斷性，日本研究者在理解這一問題上是似乎更加得心應手。對此，木山曾這樣解釋道，

> 布萊希特與中國未必沒有某種因緣。縱不說他對墨子抱有的興趣，關心布萊希特的人都知道，他在從納粹德國流亡莫斯科時觀看過中國京劇名角梅蘭芳的演出。當時他發現京劇中有不少與自己的理論一脈相通之處，甚至還寫了《中國戲劇的間離效果》（千田是也編譯《戲劇可以再現當今世界嗎》）的論文。布萊希特對《故事新編》在日本的理解方法也有一定的關係。對日本人的魯迅觀有著巨大影響的竹內好並未能很好評價《故事新編》，而布萊希特的愛好者花田清輝卻始終積極推崇《故事新編》。花田還與從事介紹布萊希特的長

〔註37〕〔日〕木山英雄：《〈故事新編〉譯後解說》，劉金才、劉生社譯，《魯迅研究動態》1988年第11期，第23頁。

谷川四郎等人合作，得心應手地將《非攻》、《理水》、《出關》和《鑄劍》等四篇小說改寫成了劇本（《文藝》一九六四年五月號），並實際搬上了舞臺。並且，竹內在晚年也留下了似接近於花田理解方法的言論（《文學》一九七七年五月號）。〔註38〕

以上引文中所提到的花田清輝是日本頂推崇《故事新編》的代表人物。他曾說：「如一國一部地列舉二十世紀各國的文學作品，與喬伊斯的《尤利西斯》相提並論，我在中國就選《故事新編》。」〔註39〕尾崎文昭曾經總結過日本對《故事新編》研究的三大思路，其中，花田的思路影響最大，「先回顧和清理日本魯迅研究界過去對《故事新編》的解釋，而分為三個思路：其一，竹內好的路子，其二，花田清輝的路子，就是對它比《吶喊》和《彷徨》還要重視，認為它是具有世界最先鋒水平的傑作，其三，接受中國和蘇聯學者觀點而展開的路子。」「過了幾十年的時間後看他們的成果，應該認定為第二種路子最可觀，突破『竹內魯迅』的框架並打開了更豐富的魯迅文學世界。」〔註40〕花田的繼承者們大都延續了第二種路子。檜山久雄認為，「魯迅的作品裏同《野草》最為重要，他的文學的歸結；（作品裏的）自我批評的乾燥哄笑，來自於據自己病死的預感把自己一生對象化的覺悟。『油滑』可算是對此哄笑具有信心的表明，同時也有對行動者理想化。」〔註41〕木山英雄則認為，「作者在序中幾度流露出對『油滑』表示反省的話。然而實際上這種手法貫穿著《故事新編》的全部作品。關於此書，作者在書信中除說『油滑』之外，還多次自我評說是『玩笑』『稍許遊戲』『遊戲之作』等等。令人感到，這與其說是作者表示謙虛，毋庸說是在提醒人們對這一點引起注意。其中也許還包含著魯迅在創作方法上的自負，故確實值得研究。」〔註42〕1990年代以後，尾崎文昭、代田智明等也大體沿著這個思路前行。現在回過頭來看，這一思路幾乎可以總結為花田清輝的一句話，即「魯迅通過它（《故事新編》）研究了用

〔註38〕〔日〕木山英雄：《〈故事新編〉譯後解說》，劉金才、劉生社譯，《魯迅研究動態》1988年第11期，第23～24頁。

〔註39〕〔日〕尾崎文昭2013年3月27、28日中國人民大學、北京大學的講演稿《日本學者眼中的〈故事新編〉》。

〔註40〕〔日〕尾崎文昭2013年3月27、28日中國人民大學、北京大學的講演稿《日本學者眼中的〈故事新編〉》。

〔註41〕〔日〕尾崎文昭2013年3月27、28日中國人民大學、北京大學的講演稿《日本學者眼中的〈故事新編〉》。

〔註42〕〔日〕木山英雄：《〈故事新編〉譯後解說》，劉金才、劉生社譯，《魯迅研究動態》1988年第11期，第24頁。

前近代的東西作爲否定性媒介超越近代性的方法」。〔註43〕按照木山的解釋，也可以認爲他通過布萊希特作爲媒介，而已經觸碰到了魯迅由現代性的「文學」而向前近代的「文」退變這一「文脈」的走向了。

第十九講　《故事新編》之「雜」

一

我曾經在《「非文學」家魯迅》〔註44〕一文中對魯迅一生的「文學」觀念做過一個「觀念史」層面的梳理，但依然覺得意猶未盡。我想，從「文學」制度層面對這種變化加以說明，或者有助於我們打開晚期魯迅爲什麼會以「雜」文而不是純文學爲寫作重心之謎。

對於爲什麼選擇雜文，魯迅在1935年的《徐懋庸作〈打雜集〉序》中有比較明確的說明：「他的作文，卻沒有一個想到『文學概論』的規定，或者希圖文學史上的位置的，他以爲非這樣寫不可，他就這樣寫，因爲他只知道這樣的寫起來，於大家有益。」〔註45〕顯然，魯迅在這裡所主張的是一種以「行動」爲旨歸，現實指向性極強的「即物性」（木山英雄語）寫作觀。這種寫作觀同「爲藝術而藝術」的純文學觀念格格不入，甚至背道而馳。〔註46〕

> 我是愛讀雜文的一個人，而且知道愛讀雜文還不只我一個，因爲它「言之有物」。我還更樂觀於雜文的開展，日見其斑斕。第一是使中國的著作界熱鬧，活潑；第二是使不是東西之流縮頭；第三是使所謂

〔註43〕〔日〕尾崎文昭2013年3月27、28日中國人民大學、北京大學的講演稿《日本學者眼中的〈故事新編〉》。

〔註44〕劉春勇：《「非文學」家魯迅》，《東嶽論叢》2017年第3期，第115～121頁。

〔註45〕魯迅：《且介亭雜文二集·徐懋庸作〈打雜集〉序》，載《魯迅全集》（第六卷），第300頁。

〔註46〕在這一層面上，魯迅確實接近了章太炎的「文質」觀：「從並非『文飾』的『文字』觀出發，章把傳統修辭論中與『文』相對立的『質』的立場通過強調無句讀文記錄性和直接指示實物的基礎而徹底化了。在這一立場之上，章將實用性的公文和考據學的疏證文體置於宋以後近世才子們富於感覺表象的文風之上，以邏輯性和**即物性**之一致爲理由視『魏晉文章』爲楷模，而批判從六朝的《文心雕龍》和《文選·序》直到清朝的阮元的奢華的文學觀念。」〔日〕木山英雄：《「文學復古」與「文學革命」》，載《文學復古與文學革命——木山英雄中國現代文學思想論集》，趙京華編譯，第35頁。（案：本節中凡引文黑體均爲筆者所加，下同。）

「爲藝術而藝術」的作品，在相形之下，立刻顯出不死不活相。〔註47〕

與魯迅對「即物性」寫作的讚歎形成鮮明對照的是他對「文學」的嘲諷：

我們試去查一通美國的「文學概論」或中國什麼大學的講義，的確，總不能發見一種叫作 Tsa-wen 的東西。這眞要使有志於成爲偉大的文學家的青年，見雜文而心灰意懶：原來這並不是爬進高尚的文學樓臺去的梯子。托爾斯泰將要動筆時，是否查了美國的「文學概論」或中國什麼大學的講義之後，明白了小説是文學的正宗，這才決心來做《戰爭與和平》似的偉大的創作的呢？我不知道。〔註48〕

但是，雜文這東西，我卻恐怕要侵入高尚的文學樓臺去的。小説和戲曲，中國向來是看作邪宗的，但一經西洋的「文學概論」引爲正宗，我們也就奉之爲寶貝，《紅樓夢》《西廂記》之類，在文學史上竟和《詩經》《離騷》並列了。〔註49〕

《徐懋庸作〈打雜集〉序》的寫作時間是 1935 年 3 月，其實早在 1925 年 12 月的《華蓋集・題記》中，魯迅就曾表達過幾乎相近的意思：

也有人勸我不要做這樣的短評。那好意，我是很感激的，而且也並非不知道創作之可貴。然而要做這樣的東西的時候，恐怕也還要做這樣的東西，我以爲如果藝術之宮裏有這麼麻煩的禁令，倒不如不進去；還是站在沙漠上，看看飛沙走石，樂則大笑，悲則大叫，憤則大罵，即使被沙礫打得遍身粗糙，頭破血流，而時時撫摩自己的凝血，覺得若有花紋，也未必不及跟著中國的文士們去陪莎士比亞吃黃油麵包之有趣。〔註50〕

儘管那個時候還只是叫做「短評」，或者「雜感」〔註51〕，還並沒有形成「雜文」的概念，但其中所吐露出來的魯迅對「純文學」的微詞則幾乎同十年之後如出一轍。很顯然，對於魯迅而言，1925 年的「文學」已經不是他 20 年前撰寫「摩羅

〔註47〕魯迅：《且介亭雜文二集・徐懋庸作〈打雜集〉序》，載《魯迅全集》（第六卷），第 302 頁。

〔註48〕魯迅：《且介亭雜文二集・徐懋庸作〈打雜集〉序》，載《魯迅全集》（第六卷），第 300 頁。

〔註49〕魯迅：《且介亭雜文二集・徐懋庸作〈打雜集〉序》，載《魯迅全集》（第六卷），第 300～301 頁。

〔註50〕魯迅：《華蓋集・題記》，載《魯迅全集》（第三卷），第 4 頁。

〔註51〕「我今年開手作雜感時……」「這一回卻小有不同了，一時的雜感一類的東西，幾乎都在這裡面。」魯迅：《華蓋集・題記》，載《魯迅全集》（第三卷），第 4、5 頁。

詩力說」時期的「力」之「文學」了，而是已經進入「藝術之宮」的高雅之物。

1925 年的魯迅對「文學」有此感受，固然同他與「正人君子」們的論戰有關，「我幼時雖曾夢想飛空，但至今還在地上，救小創傷尚且來不及，那有餘暇使心開意豁，立論都公允妥洽，平正通達，像『正人君子』一般；正如沾水小蜂，只在泥土上爬來爬去，萬不敢比附洋樓中的通人，但也自有悲苦憤激，決非洋樓中的通人所能領會。」〔註 52〕但，更深層次的原因恐怕是在「文學」作爲一種現代性建制其本身的變化吧？如果 1906 年〔註 53〕魯迅決計拿起「文學」武器的時候，文學還足夠粗糲，足夠有「力」，足以爲摧毀帝國體系，建立民族-國家（「驅除韃虜，恢復中華」）而付諸實踐的話，那麼，顯然到了 1920 年代中期以後，魯迅認爲，文學的這部分功能在逐漸減少，或者已經喪失。致使這種局面出現的一個根本原因是，文學開始養尊處優，換言之，文學作爲一種制度已經形成了，而維繫著這個制度的一群人則正是魯迅所厭惡的「正人君子」之流。隨著時間的推移，魯迅的這種感受也愈來愈清晰，從 1925 年模糊地意識到文學進入了「藝術之宮」到 1935 年形成清晰的「文學概論」之說，這十年，也恰好是「文學」作爲一種現代建制在歐美的大學逐步形成，並擴延到世界其他地方的一個過程。〔註 54〕1930 年代，文學的「殿堂

〔註 52〕魯迅：《華蓋集．題記》，載《魯迅全集》（第三卷），第 3 頁。

〔註 53〕巧合的是，1906 年正好是日本近代「文學」觀念得以固定的決定性的一年。「綜合以上分析，可以作出如下判斷：在日本，以語言藝術爲中心的近代『文學』概念固定下來是在 20 世紀初到 1910 年之間。如果需要劃一條線的話，可以選明治三十九年（1906）這一年。」語見〔日〕鈴木貞美：《文學的概念》，王成譯，中央編譯出版社 2011 年版，第 220 頁。

〔註 54〕其實早在 1920 年，梅光迪就在南京高等師範學校第一屆暑期學校講學中開設了「文學概論」課程，講義則因聽課學生記錄下來，得以流傳至今（見眉睫：《梅光迪和他的〈文學概論〉》，《中華讀書報》2012 年 10 月 17 日，第 14 版。）。1920 年代，中國大陸翻譯和出版的名爲《文學概論》的書籍達 10 種之多，其中，1925 年分別由汪馥泉和章錫琛翻譯出版的日本學者本間久雄的《新文學概論》影響尤其大（汪馥泉譯本，上海書店 1925 年 5 月出版，章錫琛譯本，上海商務印書館 1925 年 8 月出版。），1927 年田漢的《文學概論》中的一些主要思路即據此書而來。另外一個有力的證明是 1929 年 9 月英國著名學者、「新批評」理論的創始人 I.A.理查茲（I.A.Richards）第二次中國旅行來到清華大學任教，將文學批評帶入中國課堂，「1929 年至 1931 年，理查茲任清華大學西方語言文學系教授，講授『第一年英文』、『西洋小說』、『文學批評』、『現代西洋文學（一）詩；（二）戲劇；（三）小說』等課程。其中『文學批評』是他爲三年級開設的一門必修課，這門課的學科內容還附有下面的一段說明：『本學科講授文學批評之原理及其發

化」在中國已經初步完成，從某種角度而言，魯迅對這一變化的把捉應該是準確的。而正是文學的「殿堂化」這一事實才促使他轉向了以「行動」爲旨歸的「即物性」寫作——「雜」文。或者，也可以說，「雜」文寫作其實在某種層面上隱含了魯迅對中國古典文化之「質樸」傳統的有限回歸。實際上，魯迅自己也有這樣的意識，「其實『雜文』也不是現在的新貨色，是『古已有之』的，凡有文章，倘若分類，都有類可歸，如果編年，那就只按作成的年月，不管文體，各種都夾在一處，於是成了『雜』。」〔註 55〕如果非要指認魯迅到底是對古典哪種「質樸」傳統的回歸，我個人認爲，是續接了明清之際以顧炎武爲代表的「樸學」傳統，魯迅後期的所謂「雜文」寫作，在某種層面上是否可以視作是「日知錄」傳統在現代語境中的復活呢？

二

晚期《故事新編》的寫作同樣也在這個「雜」當中。1935 年 12 月寫成的

達之歷史。自上古希臘亞里士多德以至現今，凡文學批評上重要之典籍，均使學生誦讀，而於教室討論之。』」語見容新芳：《I.A.理查茲在清華大學及其對錢鍾書的影響——從 I.A.理查茲的第二次中國之行談起》，《清華大學學報（哲學社會科學版）》2007 年第 2 期，第 109 頁。又，「1928 年，楊振聲擔任清華大學中國文學系系主任，明確提出『創造我們這個時代的新文學』的辦學宗旨，先後爲四年級學生開設了中國新文學研究、新文學習作（高級作文的一部分）等選修課。特別是朱自清 1929 年春開始講授『中國新文學研究』，影響很大。這門課程『分總論各論兩部講授。總論即新文學之歷史與趨勢；各論分詩、小説、戲劇、散文、批評五項，每項先講大勢，次分家研究。』……1931 年秋，經胡適提議，北京大學中國文學系準備新設；新文學試作」一門課，請周作人爲之籌劃。周作人『爲定科目計散文、詩、小説、戲劇各組，組又分班』，並擬請俞平伯、徐志摩、廢名、余上沅分別擔任各科教授。……1938 年，教育部委託朱自清、羅常培撰擬大學中國文學系科目草案，他們將『現代中國文學評論及習作』列入選修科目，……這個草案於 1939 年 6 月交給大學各學院分院課程會議討論；同年 8 月教育部根據這次會議的結果，頒佈了分系必修選修科目表。至此，『新文學』可謂在大學裏正式登『堂』入『室』了。語見羅崗：《危機時刻的文化想像——文學．文學史．文學教育》，江西教育出版社 2005 年版，第 63～64 頁。而就在寫作《徐懋庸作〈打雜集〉序》的前幾個月，魯迅親手編訂了《中國新文學大系（1917～1927）．小説二集》並爲其寫完序言，在這樣的整體的「文學」創作之回顧中，魯迅對「文學」的思考肯定是強烈的。而在另外一面，魯迅與現代評論派以及後來與梁實秋的論戰或許加強了他對「文學」進入「藝術之宮」的感受。

〔註 55〕魯迅：《且介亭雜文．序言》，載《魯迅全集》（第六卷），第 3 頁。

《故事新編・序言》則沿襲了年初所撰寫的《徐懋庸作〈打雜集〉序》當中的一些重要的提法：

> 現在才總算編成了一本書。其中也還是速寫居多，不足稱爲「文學概論」之所謂小説。敘事有時也有一點舊書上的根據，有時卻不過信口開河。而且因爲自己的對於古人，不及對於今人的誠敬，所以仍不免時有油滑之處。過了十三年，依然並無長進，看起來眞也是「無非《不周山》之流」；不過並沒有將古人寫得更死，卻也許暫時還有存在的餘地的罷。〔註56〕

「徐序」是替「雜文」說話，說「雜文」是在「文學概論」中找不到的，該「序」則講《故事新編》不是「文學概論」中之小說，而到底是什麼，不清楚。「徐序」稱讚「雜文」「使所謂『爲藝術而藝術』的作品，在相形之下，立刻顯出不死不活相」，而此「序」則說，「不過並沒有將古人寫得更死」，語氣如出一轍。唯一不同的是，「徐序」通篇以正面的口吻誇讚「雜文」寫作，而本「序」則通篇在貶抑自己。然而，那不是眞正的貶抑，其實是自信的一種反語表達。〔註57〕

《故事新編》後來常常被當做「雜文」來看待，或許同這兩篇序言的相近性不無關係吧？最早把魯迅的敘事作品看做「雜感」的是李長之，他在《魯迅批判》中稱《朝花夕拾》爲「雜感」。〔註58〕但第一位將《故事新編》稱作「雜文」的是20世紀50年代的伊凡，他在《魯迅先生的〈故事新編〉》一文中稱「(《故事新編》）是以故事形式寫出來的雜文」。〔註59〕這當然是一種極端的提法，後繼研究者中繼承這一提法的是劉春勇，他在2014年發表的《留白與虛妄：魯迅雜文的發生》一文中稱，「在我看來，後期的《故事新編》並非是傳統意義上的

〔註56〕魯迅：《故事新編・序言》，載《魯迅全集》（第二卷），第354頁。

〔註57〕「對這個《序言》裏的怪說法提出最合理解釋的，是日本學者檜山久雄和木山英雄等。他們說這種怪說法（自己雖說認爲是不應該的，但偏偏繼續了十三年不變）應該理解爲魯迅自信的反語表現。他其實很得意的。他對自己具有自我批判的毅力感到自豪。或者以自信心爲了引起讀者的關心而故意擺在讀者面前的。」語見〔日〕尾崎文昭2013年3月27、28日中國人民大學、北京大學的講演稿《日本學者眼中的〈故事新編〉》。

〔註58〕在《魯迅之雜感文》中，李長之將《野草》和《朝花夕拾》都歸入雜感，這一分法頗值得人尋味。見李長之：《魯迅批判》，《李長之批評文集》，郜元寶、李書編，珠海出版社1998年版，第89頁。

〔註59〕參見伊凡：《魯迅先生的〈故事新編〉》，《文藝報》1953年14號。轉引自王瑤：《魯迅作品論集》，人民文學出版社1984年版，第177頁。

小說，而是雜文，是以某種類小說形式寫作的雜文。」〔註 60〕注意到《故事新編》的實驗性，同時提法比較溫和的是錢理群，他在《中國現代文學三十年（修訂本）》中認爲，「他（魯迅）要對在《吶喊》、《彷徨》爲他自己與中國現代小說所建立的規範，進行新的衝擊，尋找新的突破。在這個意義上，可以把魯迅的《故事新編》看作是一部『實驗性』的作品。」「……在這個意義上，《故事新編》又是魯迅打破文體界限，以雜文入小說的一次有益的嘗試。」〔註 61〕陳方競的研究則綜合了伊凡和錢理群的提法，在《魯迅雜文及其文體考辨》一文中，陳方競直接將《故事新編》文體納入考察對象當中，這種研究方式本身似乎就表明了研究者對伊凡提法的某種認同，但他最終並沒有如伊凡、劉春勇那樣直截了當地承認《故事新編》爲雜文寫作，而是採取了類似錢理群的溫和的說法，「顯而易見，在魯迅全部去小說中，《故事新編》與他的雜文之間有更緊密的聯繫」，「《故事新編》的這種藝術表現方式，更是在雜文對此的成熟運用基礎上依照『小說方式』發展起來的，與魯迅後期雜文有著更直接的聯繫，而在《故事新編》1934 年後創作的五篇小說中有著更爲突出的表現。」〔註 62〕

我們注意到，在以上談論《故事新編》同雜文密切關係的研究文字當中，研究者大都注意到書寫語言的問題，「他在小說藝術上進行了大膽的試驗：有意打破時、空界限，採取了『古今雜糅』的手法：小說中……加入了大量的現代語言、情節與細節，如《理水》『文化山』上的許多學者既以古人身份出現，又開口『OK』，閉口『莎士比亞』，顯然將古與今熔爲一爐。中國傳統戲劇裏的『丑角』在插科打諢中，經常突然脫離劇中的身份與劇情，用現代語言作自由發揮……」〔註 63〕陳方競則在《魯迅雜文及其文體考辨》一文中將錢的「古今雜糅」說做了更爲詳細的闡釋，在陳方競看來，魯迅將雜文中慣用的「拉扯牽連，若即若離」的「聯想」、「剪貼」或「穿插」等手法在《故事新編》中運用得得當而自如。「……這更是表現方式上的，在古代神話傳說題材中置入現實生活題材的『油滑』之筆，即『古今雜糅』，與雜文的『拉扯牽連，若即若離』，特別是『挖祖墳』、『翻老賬』等古

〔註 60〕劉春勇：《留白與虛妄：魯迅雜文的發生》，《中國現代文學研究叢刊》2014 年第 1 期，第 174 頁。

〔註 61〕以上兩處引文見錢理群、溫儒敏、吳福輝：《中國現代文學三十年（修訂本）》，北京大學出版社 1998 年版，第 298、300 頁。

〔註 62〕以上兩處引文見陳方競：《魯迅雜文及其文體考辨》，載《魯迅與中國現代文學批評》，第 457 頁。

〔註 63〕以上兩處引文見錢理群、溫儒敏、吳福輝：《中國現代文學三十年（修訂本）》，第 299 頁。

今聯繫、比較運用一樣，都可以追溯到紹興民眾戲劇目連戲的啓示。」〔註64〕

其實無論是錢理群所講的「古今雜糅」，還是陳方競所講的「拉扯牽連，若即若離」，都同《故事新編》書寫中的「雜」分不開。從閱讀效果來看，「古今雜糅」、「拉扯牽連，若即若離」的書寫方式，最後都呈現爲「油滑」。眾所周知，在魯迅學史上，「油滑」在《故事新編》的解讀中佔有不可忽視的地位。但，從書寫角度來講，眞正給這種「油滑」效果予以支撐的其實是《故事新編》的書寫語言及其講述方式。粗略而言，這種書寫語言及其講述方式就是「雜」之語言與「雜」之敘事。

「雜」之語言，也可以稱之爲「雜語」。其實眾多的《故事新編》研究者都注意到這個問題，王瑤所講的對傳統戲劇中「二醜」「插科打諢」藝術的繼承〔註65〕，錢理群所謂的「古今雜糅」、陳方競所說的「拉扯牽連，若即若離」等都可以視作是對該問題的回應。第一篇用「雜語」命名《故事新編》書寫方式的是一篇名不見經傳的論文：《「雜語」與「複調」——論〈故事新編〉的語言特徵》〔註66〕，發表在2007年第5期的《名作欣賞》上，作者朱衛兵。從標題可以看出來，作者用的是巴赫金的「複調」理論。在該論文的摘要中，朱衛兵對自己的論文是這樣總結的，「本文認爲，魯迅的《故事新編》在語言方面的一個重要特徵就是它的『雜語性』。它通過對不同時代、不同類型、不同人物個性語言的相互混雜操演，使之成爲多層面、多元化、多樣性的語言盛宴，從而成爲二十世紀中國雜語小說的出色範例，同時在這種『眾聲喧嘩』的『雜語』之中，形成了一種內在的摩擦、撞擊、交鋒和對話，使《故事新編》成爲現代中國各種不同的文化思想、意識形態和社會價值觀念的『複調』展現。」〔註67〕除了舉出一些「雜語」的語言書寫例證外，這篇論文最終的結論落在了「《故事新編》成爲現代中國各種不同文化思想、意識形態和社會價值觀念的『複調』展現」上。這樣的一個結論著實不能令人滿意。但無論如何，將「雜語」作爲一個整體現象予以命名總歸還是這篇論文的亮點吧！朱衛兵的這篇論文很自然地讓我

〔註64〕陳方競：《魯迅雜文及其文體考辨》，載《魯迅與中國現代文學批評》，第457頁。

〔註65〕王瑤：《魯迅〈故事新編〉散論》，載《1913～1983魯迅研究學術論著資料彙編》（第5卷），第852～983頁。

〔註66〕朱衛兵：《雜語」與「複調」——論〈故事新編〉的語言特徵》，《名作欣賞》2007年第5期，第30～35頁。

〔註67〕朱衛兵：《雜語」與「複調」——論〈故事新編〉的語言特徵》，《名作欣賞》2007年第5期，第30頁。

想起鄭家建的《戲擬——〈故事新編〉的語言問題》〔註 68〕，這篇論文同樣是借用了巴赫金的理論，並且處理的問題也有很大的相似性，只不過鄭文避開了「複調」這個說法，而直接用「戲擬」作為分析的關鍵詞來結構整篇。文章分為上下兩篇，上篇從文本細部分析戲擬手法，這一部分的分析同朱文從文本層面解析「雜語」有諸多相似之處；下篇則通過實證的手法考察了魯迅寫作晚期《故事新編》時的心態與思想，這是鄭文勝過朱文的地方，然而也僅止於此，更深層次的「雜語」書寫的動因並沒有被揭示出來。或者換句話說，無論是「雜語」例證，還是戲擬的文本細讀，其實都還只是找到了魯迅《故事新編》「雜語」寫作的一個皮相，其深層的動因並沒有被揭示出來。

三

如前所述，錢理群在《中國現代文學三十年（修訂本）》中認為，「他（魯迅）要對在《吶喊》、《彷徨》為他自己與中國現代小說所建立的規範，進行新的衝擊，尋找新的突破。在這個意義上，可以把魯迅的《故事新編》看作是一部『實驗性』的作品。」〔註 69〕這是一個極其敏銳的觀察，然而又失之局限。《吶喊》《彷徨》固然是魯迅所親手建立起來的中國現代小說的規範，但《吶喊》《彷徨》的規範又從哪裏來呢？很顯然是橫向移植而來的，其規範來自歐洲小說。所以魯迅的《故事新編》不只是打破他親手建立起來的中國現代小說規範這麼簡單，而是某種程度上對現代小說的規范進行了突破。並且這個突破正是在文本的「雜語」寫作之中。何謂「雜語」，我在 2017 年發表的《油滑・雜聲・超善惡敘事——兼論〈不周山〉中的「油滑」》一文中對此有過較為詳細的論述，現抄錄如下：

> 在現代敘事文本中，「各位看官」、「且聽下回分解」等這樣的一些敘事話語的消失，所帶走不只是一種敘事技巧，而是某種前現代的精神結構。我們把這樣的古典敘事稱之為「說書人場」敘事模式。在「說書人場」模式當中，敘事過程隱含了某種「超善惡」的敘事態度：儘管故事當中有所謂善惡的評判，但是由於敘事者本身同故事在空間與時間上的「間離」，敘事者在對所述故事的總體評價上是「超善惡」

〔註 68〕鄭家建：《戲擬——〈故事新編〉的語言問題》，《魯迅研究月刊》1998 年第 12 期，第 23～33 頁。

〔註 69〕錢理群、溫儒敏、吳福輝：《中國現代文學三十年（修訂本）》，第 298 頁。

> 的。這樣的一種敘事模式在方法上有接近於童話的地方：敘事者審視的角度不是單一地局限於善惡的世界當中，而是超拔出來，然而又不像現代敘事當中的「惡視」的超拔（指啓蒙的視角），而是至始至終總是溫和地審視著這一切善惡的循環往復，並且還帶有對自身所處時代亦不能免於這種善惡之循環往復的自覺。因之，在「說書人場」敘事模式當中，敘事者就不僅僅是在講述一場往日的故事，也同時是在講述自己的當下，自個就在自個所講述的善惡之往復循環當中。從某個側面講，古希臘戲劇同樣也具有這樣的敘事模式，用歌隊的和聲來淨化因劇中善惡之鬥爭的慘烈所帶來的驚恐，從而蕩滌人性的混沌，使之昇華。這就是詩學中所謂的「淨化」敘事，從某個角度來說，我們也可以將之看做爲「超善惡」敘事的一部分。
>
> 但在現代敘事模式當中，「各位看官」、「且聽下回分解」以及歌隊的和聲都被當做「雜聲」給去除在敘事之外。現代經典的敘事模式是：「我……」，我們可以稱之爲「知識人場」敘事模式。「知識人場」敘事模式是一種「體驗」式敘事模式：通常來說，敘事者同時又會是故事當中的角色之一，並且很多時候是敘事作品的主人公，即便是在全知視角敘事當中，也多少存在著敘事者「選擇認同」的問題（指敘事者往往認同故事當中的一個角色的潛在意識），換句話說，在「知識人場」敘事模式當中前現代的「超善惡」敘事態度被剔除了。在這種現代敘事模式當中，敘事者總是傾向於將自我置於「善」的一邊而將「惡」乃至整個世界對象化，並且至始至終存在著一種廓清自我同對象化世界的關聯而努力逃離對象化世界的焦慮。顯而易見，這種取消了「超善惡」敘事態度的現代敘事模式是一種典型的線性敘事。並且也正是因爲取消了「超善惡」的敘事態度，「知識人場」敘事失去了傳統敘事模式中的張力維度而顯得緊張與過於「認眞」。〔註 70〕

從上述引文可以看出來，所謂敘事中的「雜」聲是因爲「知識人場」敘事的出現才成爲可能的，而在「說書人場」敘事當中，這些「雜」聲的存在其實並不奇怪。對此，米蘭・昆德拉有過非常精彩的論述，他說，

〔註 70〕劉春勇：《油滑・雜聲・超善惡敘事——兼論〈不周山〉中的「油滑」》，《社會科學輯刊》2017 年第 1 期，第 171～172 頁。

「太太，一個壓路滾筒從您女兒身上壓過去了！——那好，那好，我正在浴缸裏，把她從我的門底下塞過來，把她從我的門底下塞過來吧。」我小時候聽到這個古老的捷克笑話，應不應該控訴它的殘酷？塞萬提斯的偉大的奠基性作品是由一種非認眞的精神所主導的，從那個時期以來，它卻由於下半時的小說美學，由於眞實性之需要，而變得不被理解。〔註71〕

昆德拉這段話中的「塞萬提斯的偉大的奠基性作品是由一種非認眞的精神所主導的」倒是跟我所提到的「『知識人場』敘事失去了傳統敘事模式中的張力維度而顯得緊張與過於『認眞』」有某種契合。其實我所謂的「說書人場」敘事在某種層面上正相當於昆德拉所說的歐洲小說的上半時〔註72〕寫作，即塞萬提斯、拉伯雷時期，而「知識人場」敘事則相當於他所說的歐洲小說的下半時，即巴爾扎克時期。不過如果要完全從昆德拉小說理論出發的話，我所謂的「古典的」「說書人場」敘事和「現代的」「知識人場」敘事中的兩個限定詞都應該拿掉。但考慮到各自的文化傳統的不同，我還是想保留自己的意見，因爲相對於巴爾扎克而言，塞萬提斯是現代的早期，可是相對於中國現代小說傳統而言，宋元話本到底是現代早期？近代？抑或是古典？我們其實還一直存在爭議〔註73〕，就習慣而言，我們還是願意將其稱之爲「古典」。

《故事新編》中有一種「不認眞」的精神，這在魯迅自己的序言當中講得很清楚，並且他將這種不認眞命名爲「油滑」：

這可憐的陰險使我感到滑稽，當再寫小說時，就無論如何，止不

〔註71〕〔捷〕米蘭·昆德拉：《向斯特拉文斯斯基即興致意》，載〔捷〕米蘭·昆德拉：《背叛的遺囑》，孟湄譯，上海人民出版社1995年版，第54頁。

〔註72〕昆德拉在《向斯特拉文斯斯基即興致意》一文中將歐洲小說分爲上下半時和第三時。所謂上半時就是指塞萬提斯、拉伯雷時期的小說，那個時候小說還沒有被命名。下半時指司各特和巴爾扎克時期，這個時期小說「逼眞性」爲其需求，是小說創作最眞宗的時期，但是卻丟失了上半時小說的許多寶貴的品質。第三時則之卡夫卡爲代表的現代主義時期，在昆德拉看來，「偉大的現代主義作品爲上半時恢復名譽」，但「爲上半時小說的原則恢復名譽，其意義並不是回到這種或那種復舊的風格；也不是天眞地拒絕十九世紀的小說；恢復名譽的意義要更爲廣闊：重新確定和擴大小說的定義本身；反對十九世紀小說美學對它所進行的縮小；將小說的全部的歷史經驗給予它作爲基礎。」見〔捷〕米蘭·昆德拉：《向斯特拉文斯斯基即興致意》，載〔捷〕米蘭·昆德拉：《背叛的遺囑》，孟湄譯，第52、53、68頁。

〔註73〕日本京都學派的「唐宋近世說」對中國歷史研究的影響不容小視。

住有一個古衣冠的小丈夫，在女媧的兩腿之間出現了。這就是從認眞陷入了油滑的開端。油滑是創作的大敵，我對於自己很不滿。〔註 74〕

「從認眞陷入了油滑」，這句話其實是魯迅前後期寫作變化的一個很切當的總結。從昆德拉的角度來解讀的話，就是從小說的下半時復回〔註 75〕到了小說的上半時，而這不正是昆德拉孜孜以求的目標嗎？並且這下面一句話魯迅也說得不錯，「油滑是創作的大敵」，換句話說，「不認眞」是創作的大敵。所謂「創作」，其實是有特指，一般來說，純文學寫作爲才能稱爲「創作」，〔註 76〕也即昆德拉意義上的小說下半時才是眞正意義上的「創作」，而下半時小說以「逼眞」爲規範，當然視「不認眞」（油滑）爲大敵。末一句，「我對於自己很不滿」當然如前所述，是一種自信的自謙吧！

但這些都並不重要，重要的是「不認眞」（油滑）是不是眞的如魯迅所說的從《不周山》開始？我在《油滑・雜聲・超善惡敘事——兼論〈不周山〉中的「油滑」》一文中對此是否定的，「其實無論是從文本本身還是從文本的語境來看，《不周山》還依然是在『知識人場』敘事模式的範疇當中。」〔註 77〕這個結論的得出是基於我對「油滑」的重新定義：

……如果現在要給油滑下一個定義的話，那麼，油滑就是前現代「說書人場」敘事模式在魯迅後期敘事作品中的借屍還魂，從肯定的方面來說，油滑就是「雜聲」敘事，從否定的方面來說，油滑就是對現代「知識人場」敘事模式中的「純化」敘事（所謂剪除「雜聲」）的背離與不忠，但就其根基而言，油滑的成立必須建基在一種「超善惡」的敘事態度之上……〔註 78〕

不過，如前所述，「油滑」（「不認眞」）其實是從閱讀效果的角度對文本的敘述做的一種定性，而筆者在此想從文本書寫的角度重新定性，也就是通過對

〔註 74〕魯迅：《故事新編・序言》，載《魯迅全集》（第二卷），第 353 頁。

〔註 75〕此文所謂「復回」絕不是原模原樣地「回歸」，而是柄谷行人意義上的「在較高一層次的回復」，語見〔日〕柄谷行人：《帝國的結構》，林暉鈞譯，（台北）心靈工坊文化事業股份有限公司 2015 年版，第 47 頁。

〔註 76〕王向遠：《魯迅雜文概念的形成演進與日本文學》，《魯迅研究月刊》1996 年第 2 期，第 38 頁。

〔註 77〕劉春勇：《油滑・雜聲・超善惡敘事——兼論〈不周山〉中的「油滑」》，《社會科學輯刊》2017 年第 1 期，第 175 頁。

〔註 78〕劉春勇：《油滑・雜聲・超善惡敘事——兼論〈不周山〉中的「油滑」》，《社會科學輯刊》2017 年第 1 期，第 173 頁。

《不周山》的文本書寫和晚期《故事新編》的文本書寫做一個對比，從而對這個問題重新做出一個判斷。對於《不周山》和晚期《故事新編》文本書寫的不同，以前我們都還只是停留在閱讀感知層面，未見有技術層面的分析，本文在此想做一嘗試。《不周山》寫作於 1922 年，最初收入《吶喊》，而如前所述，錢理群認爲，《吶喊》《彷徨》正是《故事新編》所要衝擊的小說規範，而這種規範正是昆德拉所言的小說下半時的巴爾扎克們所建立的傳統。這樣，我們的問題也可以簡化成：《不周山》是屬於小說規範的《吶喊》傳統，還是要衝擊《吶喊》傳統的《故事新編》傳統？如果換成昆德拉的方式來問的話，則是，《不周山》到底是小說的下半時傳統還是小說的上半時傳統？在昆德拉看來，小說的上半時、下半時和第三時分別對應著小說家處理故事的三種不同方式：講述故事、描寫故事和沉思故事。〔註 79〕也就是說，從書寫的技術層面考慮是話，我們需要判定《不周山》這個文本到底是在講述故事還是在描寫故事。那麼，到底描寫故事和講述故事的卻別在哪裏呢？在昆德拉看來，就是對於「逼眞性」追求與否。而「逼眞性」則是通過「場面」的描寫烘托出來的。「場面成爲小說構造的基本因素（小說家高超技藝之地）是在十九世紀初期。在司各特、巴爾扎克、陀思妥耶夫斯基那裡，小說被結構成一連串精心描寫，有布景，有對話，有情節的場面；一切與這一系列場面沒有聯繫的，一切不是場面的，都被視爲和體會爲次要乃至多餘，小說頗像一個非常豐富的劇本。」〔註 80〕所謂「場面」描寫其實就是我們通常的所謂小說的環境描寫，有環境描寫就一定有人物的內心，這就是心理描寫，而這兩樣「描寫」的出現，眾所周知，是現代小說成熟的標誌。在《油滑・雜聲・超善惡敘事——兼論〈不周山〉中的「油滑」》一文中對《不周山》作文本分析時，我已經注意到這一現象，「從人物形象塑造來看，兩極分化極爲鮮明，作者盡力用讚譽之詞完善女媧的光輝形象，甚至圍繞著女媧的景物描寫也都宏偉壯麗。」〔註 81〕仔細閱讀《不周山》我們就會發現，文本中存在大量的「場面」描寫：

〔註 79〕李鳳亮：《「第三時」的小說世界——米蘭・昆德拉小說史論闡析》，《南京社會科學》2003 年第 2 期，第 73 頁。

〔註 80〕〔捷〕米蘭・昆德拉：《尋找失去的現在》，載〔捷〕米蘭・昆德拉：《背叛的遺囑》，孟湄譯，第 118 頁。

〔註 81〕劉春勇：《油滑・雜聲・超善惡敘事——兼論〈不周山〉中的「油滑」》，《社會科學輯刊》2017 年第 1 期，第 175 頁。

粉紅的天空中，曲曲折折的漂著許多條石綠色的浮雲，星便在那後面忽明忽滅的䀹眼。天邊的血紅的雲彩裏有一個光芒四射的太陽，如流動的金球包在荒古的熔岩中；那一邊，卻是一個生鐵一般的冷而且白的月亮。〔註82〕

伊在這肉紅色的天地間走到海邊，全身的曲線都消融在淡玫瑰似的光海裏，直到身中央才濃成一段純白。波濤都驚異，起伏得很有秩序了，然而浪花濺在伊身上。這純白的影子在海水裏動搖，彷彿全體都正在四面八方的迸散。〔註83〕

天邊的血紅的雲彩裏有一個光芒四射的太陽，如流動的金球包在荒古的熔岩中；那一邊，卻是一個生鐵一般的冷而且白的月亮。但不知道誰是下去和誰是上來。這時候，伊的以自己用盡了自己一切的軀殼，便在這中間躺倒，而且不再呼吸了。〔註84〕

這樣仔細的「場面」描寫在後來的《故事新編》篇目中幾乎絕跡，除了《鑄劍》開頭的1-2節：

「當最末次開爐的那一日，是怎樣地駭人的景象呵！嘩拉拉地騰上一道白氣的時候，地面也覺得動搖。那白氣到天半便變成白雲，罩住了這處所，漸漸現出緋紅顏色，映得一切都如桃花。我家的漆黑的爐子裏，是躺著通紅的兩把劍。你父親用井華水慢慢地滴下去，那劍嘶嘶地吼著，慢慢轉成青色了。這樣地七日七夜，就看不見了劍，仔細看時，卻還在爐底裏，純青的，透明的，正像兩條冰。」〔註85〕

《鑄劍》中的這一段雖然是眉間尺的母親在向他轉述其父鑄劍的場面，但同《不周山》中的描寫故事的方式更爲接近，而同後面的《故事新編》敘事方式不同。在書寫語言上的一個顯著的特徵就是，描寫故事多用比喻和排比句式，形容詞運用得較多，偏靜態，而少動感，在書寫節奏上不輕快，較爲凝重。

《奔月》以後的《故事新編》寫作則幾乎沒有這樣的「場面」描寫，故事的推動只存在於講述當中，或者說存在於不斷的「動作」當中，而地點（不是「場面」）則只是作爲推動人物的行動而出現：

〔註82〕魯迅：《故事新編．補天》，載《魯迅全集》（第二卷），第357頁。
〔註83〕魯迅：《故事新編．補天》，載《魯迅全集》（第二卷），第358頁。
〔註84〕魯迅：《故事新編．補天》，載《魯迅全集》（第二卷），第365頁。
〔註85〕魯迅：《故事新編．鑄劍》，載《魯迅全集》（第二卷），第434～435頁。

他穿過廚下，到得後門外的井邊，絞著轆轤，汲起半瓶井水來，捧著吸了十多口，於是放下瓦瓶，抹一抹嘴，忽然望著園角上叫了起來道：

「阿廉！你怎麼回來了？」〔註 86〕

僅此短短一段，出現了 11 個動詞，節奏輕快，動感十足。又如《采薇》中的這一段：

心裏忐忑，嘴裏不說，仍是走，到得傍晚，臨近了一座並不很高的黃土岡，上面有一些樹林，幾間土屋，他們便在途中議定，到這裡去借宿。〔註 87〕

從以上引文能看得出來，《故事新編》的書寫語言多用動詞，句式則短句居多，著實給人輕快明瞭的感覺。

敘事語言中動詞的增多，表明故事在持續推動，而不是靜止於某一場面當中不能自拔，場面描寫的延宕則正是人物內心的心境的外露，這正是講述故事同描寫故事的不同，或者說，是小說的上半時同下半時的不同，或者說是塞萬提斯（Miguel De Cervantes Saavedra）、拉伯雷同巴爾扎克、陀思妥耶夫斯基的不同。描寫故事的小說是在笛卡爾（Rene Descartes）的「主體」之理性的光芒下成為可能的，即要通過「場面」的描寫同時也通過人物內心的描寫來樹立「主體之人」，因此在描寫故事的小說時代，不是故事，而是角色成為了小說的重心，而與此不同的是，講述故事的敘事作品關心的則永遠是經驗的傳達，即一個古老的經驗通過不斷的「動作」而一代一代傳承下去。「過去一旦被講述便成為抽象：這是一種沒有任何具體場面……有如一種概述，傳達給我們一個事件的基本，一個歷史的因果邏輯。薄伽丘之後到來的小說家是些出色的說書人，但是捕捉現在時間中的具體，這既不是他們的問題也不是他們的雄心。他們講有個故事，並非要把它放在具體的場面上去想像。」〔註 88〕昆德拉所說的說書人概述式的，而非場面式的講故事，正是一種古老的經驗傳遞的方式，這樣的論述不禁使人想起本雅明（Walter Benjamin）那篇著名的《講故事的人——尼古拉列斯科夫作品隨想錄》。對於講述故事的敘事，兩位智者有著驚人的相似論述，「我們再回到黑貝爾的那段小說。那段小

〔註 86〕魯迅：《故事新編．非攻》，載《魯迅全集》（第二卷），第 468～469 頁。

〔註 87〕魯迅：《故事新編．采薇》，載《魯迅全集》（第二卷），第 417 頁。

〔註 88〕〔捷〕米蘭．昆德拉：《尋找失去的現在》，載〔捷〕米蘭．昆德拉：《背叛的遺囑》，孟湄譯，第 118 頁。

說從透到尾透著流水帳史詩的調子，我們稍作思考，就會毫不費力地看出寫歷史的史學家和講歷史的流水帳史詩作者之間的差別。史學家必須或者這樣或者那樣地解釋他所處理的事件；他永遠不會滿足於羅列事件，說這就是世界演進過程的模式。然而，這正是流水帳史詩作者所做的。」〔註 89〕

描寫故事的小說通過「場面」的描寫來烘托主人公或者主要人物，以此來達到對「主體之人」的塑造，而講述歷史、傳達經驗並非它重心。從這樣一個角度來說，描寫故事的小說是情感的〔註 90〕，而講述故事的敘事作品則是經驗和實用的。就《故事新編》而言，儘管文本中間浸透了魯迅孤獨的情緒，但憂傷與憤怒並沒有像《吶喊》時期那樣成爲敘事作品的重心。倒是在魯迅的孤獨與明快的敘述之間，我們看到了「行動」的可能。其實這個系列作品的名字從「不周山」、「眉間尺」這樣的「主詞」構造而全面轉向「補天」、「理水」……等這樣的「動賓」式命名，其中不就隱含著作者「行動」的意圖麼？無論是《非攻》《理水》中的積極行動，還是《采薇》《出關》中的退守——所謂「無爲」不正是老子的「爲」麼？——無不都是魯迅深陷 1930 年代的歷史漩渦中向古代經驗中去探求解決現實的「藥方」。「行動」與「解決」而非哀傷正是《故事新編》區別於《吶喊》的地方。而這也是「講故事的人」區別於「描寫故事的人」的地方。「實用關懷是天才的講故事的人所特有的傾向。」〔註 91〕

正是講故事的敘事作品的這種「超善惡」與經驗傳遞的「實用性」的品質令其可以容納平凡的、世俗的、日常的、異質的、偶然的、重複的、殘酷的或者簡單的存在。這也就是《故事新編》中超越書寫語言層面之上的敘事結構的「雜」吧！

> 老子毫無動靜的坐著，好像一段呆木頭。
>
> 「先生，孔丘又來了！」他的學生庚桑楚，不耐煩似的走進來，輕輕的說。
>
> 「請……」
>
> 「先生，您好嗎？」孔子極恭敬的行著禮，一面說。

〔註 89〕〔德〕瓦爾特・本雅明（Walter Benjamin）：《講故事的人——尼古拉列斯科夫作品隨想錄》，載《本雅明文選》，陳永國、馬海良編，中國社會科學出版社 1999 年版，第 303 頁。

〔註 90〕實際上，描寫故事的小說正是在盧梭（Jean-Jacques Rousseau）之後才成爲可能。

〔註 91〕〔德〕瓦爾特・本雅明：《講故事的人——尼古拉列斯科夫作品隨想錄》，載《本雅明文選》，陳永國、馬海良編，第 294 頁。

……

大約過了八分鐘，他深深的倒抽了一口氣，就起身要告辭，一面照例很客氣的致謝著老子的教訓。

老子也並不挽留他，站起來扶著拄杖，一直送他到圖書館的大門外。孔子就要上車了，他才留聲機似的說道：

「您走了？您不喝點兒茶去嗎？……」〔註92〕

一過就是三個月。老子仍舊毫無動靜的坐著，好像一段呆木頭。

「先生，孔丘來了哩！」他的學生庚桑楚，詫異似的走進來，輕輕的說。「他不是長久沒來了嗎？這的來，不知道是怎的？……」

「請……」老子照例只說了這一個字。

「先生，您好嗎？」孔子極恭敬的行著禮，一面說。

……

大約過了八分鐘，孔子這才深深的呼出了一口氣，就起身要告辭，一面照例很客氣的致謝著老子的教訓。

老子也並不挽留他。站起來扶著拄杖，一直送他到圖書館的大門外。孔子就要上車了，他才留聲機似的說道：

「您走了？您不喝點兒茶去嗎？……」〔註93〕

這樣的幾乎一模一樣的重複敘事在描寫故事的小說中是絕不會出現的，而像這樣的重複敘事在晚期《故事新編》中卻大量存在。

魯迅說《故事新編》「並沒有將古人寫得更死」，恐怕也正是意識到「講述故事」同「描寫故事」的這種本質性的區別了吧？否則，我們如何解釋《故事新編》當中大量出現的世俗之「吃食」呢？昆德拉在《小說及其生殖》一文中曾經直截了當地指出，現代小說的性質決定它一定會厭惡生命裏「十分具體且世俗的東西」，包括厭惡「生殖」（小說裏的主人公至少百分之五十以上沒有後代）〔註94〕。除了「生殖」，這個世俗當然也應該包括「吃食」，大

〔註92〕魯迅：《故事新編．出關》，載《魯迅全集》（第二卷），第454～455頁。

〔註93〕魯迅：《故事新編．出關》，載《魯迅全集》（第二卷），第455～456頁。

〔註94〕見〔捷〕米蘭．昆德拉：《小說及其生殖》，載〔捷〕米蘭．昆德拉：《相遇》，尉遲秀譯，第47～50頁。昆德拉這裡的所謂「小說」顯然在更大程度上是指下半時以巴爾扎克爲代表的作品，儘管他也提及了《巨人傳》。

部分小說的作者會厭惡「吃食」在主人公的世界跳進跳出，因爲這些原本就無關緊要。然而，正是對這些無關緊要之物的「拉拉雜雜」構成了《故事新編》特有的品質。

……一面自己親手從架子上挑出一包鹽，一包胡麻，十五個餑餑來，裝在一個充公的白布口袋裏送給老子做路上的糧食。並且聲明：這是因爲他是老作家，所以非常優待，假如他年紀青，餑餑就只能有十個了。（《出關》）

「哼！」嫦娥將柳眉一揚，忽然站起來，風似的往外走，嘴裏咕嚕著，「又是烏鴉的炸醬麵，又是烏鴉的炸醬麵！你去問問去，誰家是一年到頭只吃烏鴉肉的炸醬麵的？我眞不知道是走了什麼運，竟嫁到這裡來，整年的就吃烏鴉的炸醬麵！」（《奔月》）

他看得耕柱子已經把窩窩頭上了蒸籠，便回到自己的房裏，在壁廚裏摸出一把鹽漬藜菜乾，一柄破銅刀，另外找了一張破包袱，等耕柱子端進蒸熟的窩窩頭來，就一起打成一個包裹。衣服卻不打點，也不帶洗臉的手巾，只把皮帶緊了一緊，走到堂下，穿好草鞋，背上包裹，頭也不回的走了。從包裹裏，還一陣一陣的冒著熱蒸氣。（《非攻》）

「請呀請呀！」他指著辣椒醬和大餅，懇切的說，「你嘗嘗，這還不壞。大蔥可不及我們那裡的肥……」（《非攻》）

大約過了烙好一百零三四張大餅的工夫……（《采薇》）

伯夷和叔齊都消化不良，每頓總是吃不完應得的烙餅……（《采薇》）

但到第四天的正午，一個鄉下人終於說話了，這時那學者正在吃炒麵。（《理水》）

「……如果我眞的不是人，我情願大辟——就是殺頭呀，你懂了沒有？要不然，你是應該反坐的。你等著罷，不要動，等我吃完了炒麵。」（《理水》）

大員們一面膝行而前，一面面面相覷，列坐在殘筵的下面，看見咬過的鬆皮餅和啃光的牛骨頭。非常不自在——卻又不敢叫膳夫來收去。（《理水》）

四

無論是從歷史的眼光還是從當時的語境來看，《故事新編》的這種「不認眞」的寫作在 1930 年代中期都會顯得獨特而不合時宜。然而，《故事新編》的「雜語」寫作及其油滑使其成爲中國少數令人發笑、讓讀者快活的作品。它其實就是半個世紀以後昆德拉孜孜以求的「小說」的最高垬本，很可惜，昆德拉可能並不知道它的存在！？

> 小說是什麼？猶太人有一個精彩的諺語：人以思索，上帝就發笑。在這個格言的啓發下，我喜歡想像：弗朗索瓦．拉伯雷有一天聽到了上帝的笑聲，歐洲第一部偉大的小說因此而誕生。我很喜歡把小說藝術來到世界上當作上帝發笑的回聲。〔註 95〕

> 弗朗索瓦．拉伯雷發明了許多新詞，它們後來進入法蘭西語言和其他語言，但是這些詞中有一個被遺忘了，這是令人遺憾的。這個詞是不快活的人 age-laste，它來自於希臘文，意思指不笑和沒有幽默感的人。拉伯雷討厭不快活的人。他害怕他們，他抱怨那些不快活的人「對他如此殘忍」，使他差一點就停止寫作，並永遠不再寫。〔註 96〕

age-laste 並非就是生來如此，文化的塑造，包括小說書寫的「窄化」都會造就這樣的人。或許小說的下半時寫作及其樣板對此要負一定程度的責任。下半時小說因爲「眞實性」之需要而變得對塞萬提斯和拉伯雷的「非認眞」精神不理解，「讓人物在路途中間離開小說，對塞萬提斯說來是正常的，但這裡（下半時小說裏——筆者按）卻被視爲一個缺點。」〔註 97〕

1930 年代中期，魯迅在「非認眞」精神的大道上疾馳而寫作《故事新編》時，昆德拉意義上的小說下半時寫作正在中國的土地上開花結果大行其道。其結果可想而知，age-laste 時代正在緩慢走來，魯迅所遭際的正是這個時代到來的第一波浪潮。

> 在小說家與不快活的人中間，不可能有和平，不快活的人從來沒有聽過上帝的笑，他們堅信：眞理是明白的，所有人都應該思考

〔註 95〕〔捷〕米蘭．昆德拉：《耶路撒冷講話：小說與歐洲》，載〔捷〕米蘭．昆德拉：《小說的藝術》，孟湄譯，上海人民出版社 1995 年版，第 153～154 頁。

〔註 96〕〔捷〕米蘭．昆德拉：《耶路撒冷講話：小說與歐洲》，載〔捷〕米蘭．昆德拉：《小說的藝術》，孟湄譯，第 153～154 頁。

〔註 97〕〔捷〕米蘭．昆德拉：《尋找失去的現在》，載〔捷〕米蘭．昆德拉：《背叛的遺囑》，孟湄譯，第 119 頁。

同樣的東西，他們自己就是他們所想的那樣。〔註 98〕

昆德拉的這段話用在 1930 年代中期的魯迅身上似乎不怎麼需要改動。其時，魯迅正被一群 age-laste 所包圍，處於同他們的糾葛之中：

我是常常出門的，不過近來知道了我們的元帥深居簡出，只令別人出外奔跑，所以我也不如只在家裏坐了。〔註 99〕

三郎的事情，我幾乎可以無須思索，說出我的意見來，是：現在不必進去。最初的事，說起來話長了，不論它；就是近幾年，我覺得還是在外圍的人們裏，出幾個新作家，有一些新鮮的成績，一到裏面去，即醬在無聊的糾紛中，無聲無息。以我自己而論，總覺得縛了一條鐵索，有一個工頭在背後用鞭子打我，無論我怎樣起勁的做，也是打，而我回頭去問自己的錯處時，他卻拱手客氣地說，我做得好極了，他和我感情好極了，今天天氣哈哈哈……。眞常常令我手足無措，我不敢對別人說關於我們的話，對於外國人，我避而不談，不得已時，就撒謊。你看這是怎樣的苦境？〔註 100〕

這一個名稱，是和我在同一營壘的青年戰友，換掉姓名掛在暗箭上射給我的。〔註 101〕

……於是從今年起，我就不大做這樣的短文，因爲對於同人，是迴避他背後的悶棍，對於自己，是不願做開路的呆子……〔註 102〕

我們×××裏，我覺得實做的少，監督的太多，個個想做「工頭」，所以苦工就更加吃苦。現此翼已經解散，別組什麼協會之類，我是決不進去了。〔註 103〕

這上面的文字記錄了魯迅 1935～1936 年的境遇與心境，同左聯的不愉快合作在一定程度上是促使他如此寫作《故事新編》的諸多動因之一吧？從他先後給胡風的兩封信中可以感受得到他的沮喪與受挫的心理。在《故事新編》編訂完成後的次年 4 月，馮雪峰從陝北回到上海，魯迅與他見面的第一句話是，「這兩年

〔註 98〕〔捷〕米蘭·昆德拉：《耶路撒冷講話：小說與歐洲》，載〔捷〕米蘭·昆德拉：《小說的藝術》，孟湄譯，第 154 頁。

〔註 99〕魯迅：《書信·350628　致胡風》，載《魯迅全集》（第十三卷），第 491 頁。

〔註 100〕魯迅：《書信·350912　致胡風》，載《魯迅全集》（第十三卷），第 543 頁。

〔註 101〕魯迅：《花邊文學·序言》，載《魯迅全集》（第五卷），第 437 頁。

〔註 102〕魯迅：《花邊文學·序言》，載《魯迅全集》（第五卷），第 439 頁。

〔註 103〕魯迅：《書信·360405　致王冶秋》，載《魯迅全集》（第十四卷），第 69 頁。

我給他們（即指周揚等人，筆者案）擺佈得可以。」〔註 104〕足以見得魯迅在「左聯」中的孤立。他與周揚們之間的矛盾儘管很多是一些具體小事情的糾葛，但恐怕更爲主要的原因是精神氣質的不同吧？左聯的成員大多數是小說的下半時所滋養出來的，有著「認眞」的精神，而魯迅在從氣質上不喜歡這樣的 age-laste，於是才有了面對馮雪峰的抱怨。而從書寫的一面則將這些心境糅化在古典的故事講述中，這就是晚期的《故事新編》。事實上，早已有學者撰文指出這一點，「參照三十年代上海左翼文壇的某些跡象，我猜阿金有周揚的影子，而小丙君則影射著田漢、穆木天。……魯迅在這裡並非完全按照現實來寫，小丙君當然不是僅指田漢自己，阿金也並非是指周揚一個人。」〔註 105〕

下半時小說對「逼眞性」的訴求，使得小說成爲「描寫故事」之物，「爲要表達所以基本性的（基本性即對於情節極其意義的可喻性而言）東西，它要放棄所有『非基本性的』，也就是說，所有尋常、平凡的、日常的，那些偶然或者簡單的氣氛。」〔註 106〕換言之，下半時小說必須去掉上半時小說中的異質的雜聲，將一切不符合主題之物剪除，小說的每一個人物的設計，每一場面的描寫以及每一句對白都無不指向「意義」的聚焦。這樣的寫作在昆德拉看來是過於「認眞」的，緊張的，不好玩的。小說寫作的這種趨向最終一定會返回到人的精神結構之中，於是，最終精神的「窄化」不僅僅是一個小說書寫的問題，而是構成了現代人的精神維度，其倫理與政治的一切生活都會因此受到致命的影響。要避免這種精神結構「窄化」的趨向，就有必要要重新考量書寫方式，在有限的尺度內恢復「講述故事」傳統，從而使得異質性的「雜」復回到書寫當中，《故事新編》或許在這個方面給我們做了一個示範。其實，早在 1925 年，魯迅就已經意識到精神「窄化」這個問題，他當時開出的藥方是留白，或者叫做「有餘裕」：

> ……我於書的形式上有一種偏見，就是在書的開頭和每個題目前後，總喜歡留些空白，所以付印的時候，一定明白地注明。但待

〔註 104〕馮雪峰後來的《回憶魯迅》將這句話改寫成，「這兩年的事情，慢慢告訴你罷。」據陳漱渝先生的《「高山安可仰　徒此揖清芬」——〈魯迅回憶錄〉序言》），又參見馮雪峰《回憶魯迅》，見《魯迅回憶錄》（專著）（中冊），第 649 頁。

〔註 105〕〔日〕竹內實：《阿金考》，載《竹內實文集（第二卷　中國現代文學評說）》，中國文聯出版社 2002 年版，第 147 頁。

〔註 106〕〔捷〕米蘭・昆德拉：《尋找失去的現在》，載〔捷〕米蘭・昆德拉：《背叛的遺囑》，孟湄譯，第 119 頁。

排出奇來，卻大抵一篇一篇擠得很緊，並不依所注的辦。查看別的書，也一樣，多是行行擠得極緊的。

較好的中國書和西洋書，每本前後總有一兩張空白的副頁，上下的天地頭也很寬。而近來中國的排印的新書則大抵沒有副頁，天地頭又都很短，想要寫上一點意見或別的什麼，也無地可容，翻開書來，滿本是密密層層的黑字；加以油臭撲鼻，使人發生一種壓迫和窘促之感，不特很少「讀書之樂」，且覺得彷彿人生已沒有「餘裕」，「不留餘地」了。

……在這樣「不留餘地」空氣的圍繞裏，人們的精神大抵要被擠小的。

外國的平易地講述學術文藝的書，往往夾雜些閒話或笑談，使文章增添活氣，讀者感到格外的興趣，不易於疲倦。但中國的有些譯本，卻將這些刪去，單留下艱難的講學語，使他復近於教科書。這正如折花者；除盡枝葉，單留花朵，折花固然是折花，然而花枝的活氣卻滅盡了。人們到了失去餘裕心，或不自覺地滿抱了不留餘地心時，這民族的將來恐怕就可慮。〔註 107〕

書籍的排版都能窺見出一個民族的精神結構，何況小說書寫乎？魯迅所謂的要「有餘裕」（留白）其實不就是昆德拉所欲復回的上半時小說書寫中異質之「雜」的屬性麼？所以從這個角度來說，我們似乎又回到了論文開篇所講的《華蓋集・題記》的問題了，也就是對藝術之宮的打破，而回到書寫的實用性之「雜」中來。張旭東把這篇題記看做是魯迅「雜文自覺」〔註 108〕的標誌，看來也不無道理。

如果將 1925 年視爲魯迅「雜」之寫作的起點的話，那麼到了 1930 年代，魯迅的雜文寫作和《故事新編》則是「雜」之寫作的頂峰。這個過程是以魯迅逐步放棄昆德拉意義上的小說下半時的書寫結構而逐步向小說上半時（注意不是第三時）的復回的過程，在某種層面上也復回到了本雅明所謂的「講故事的人」的精神結構之中。在這樣一種復回的書寫當中，某種異質的「雜」之豐富性的書寫及其相伴的精神的豐富性在某種層面上得以復回。而隱藏在

〔註 107〕魯迅：《華蓋集・忽然想到》，載《魯迅全集》（第三卷），第 15～16 頁。

〔註 108〕張旭東：《雜文的「自覺」——魯迅「過渡期」寫作的現代性與語言政治（上）》，《文藝理論與批評》2009 年第 1 期，第 42～52 頁。

魯迅「雜」之書寫當中最大兩個秘密當屬「留白」（或曰「有餘裕」）與「行動之可能性」（或曰本雅明意義上的「實用性」）。此兩個特點是「雜」之書寫的兩翼，缺一不可。不能兼顧者，而只得其一，則一定與魯迅相異。周作人同其「京派」得其「留白」，而將「行動之可能性」棄之不顧，則流於「隱逸」與「閒適」，左翼得其「行動只可能性」，而將「留白」棄之不顧，則流於「激進」與「狹窄」。然而，可惜的是，魯迅之外而能兼顧者寥矣。

或者，更令人好奇的是魯迅是如何兼顧此二者的呢？在普通者看來，既「留白」（有餘裕），則不行動（戰鬥）了吧？我此前在講「留白」這個概念時，就遇到這樣的提問，即你說 1920 年代中期魯迅轉變之後，就「留白」了，然而，魯迅 1930 年代的雜文豈不是戰鬥的麼？其實，細心的讀者只要仔細讀一讀《「這也是生活」》答案就不證自明瞭。在這個看似平常的晚期的雜文中，卻隱含了魯迅晚期爲文與爲人的最大秘密。在文中，他借自己生活的細節，講到了生活的「留白」態度：「看來看去的看一下」，他是這樣說的：

> 有了轉機之後四五天的夜裏，我醒來了，喊醒了廣平。
>
> 「給我喝一點水。並且去開開電燈，給我看來看去的看一下。」
>
> 「爲什麼？……」她的聲音有些驚慌，大約是以爲我在講昏話。
>
> 「因爲我要過活。你懂得麼？這也是生活呀。我要看來看去的看一下。」
>
> 「哦……「她走起來，給我喝了幾口茶，徘徊了一下，又輕輕的躺下了，不去開電燈。
>
> 我知道她沒有懂得我的話。〔註 109〕

魯迅連續用了兩句「我要看來看去看一下」，對此，我在《留白與虛妄：魯迅雜文的發生》一文中做過如下闡釋：

> 在這段對話當中，魯迅先生和許廣平先生之間是有一些錯位的，錯位的關鍵對「生活之留白」的意識與否的問題。魯迅開電燈要「看來看去看一下」，其實是沒有所謂的通常意義上的目的的，就是想看一下，但是具體看什麼是沒有的。而廣平先生她有一個「主題性」，這個「主題性」就是「爲什麼」，即對「爲何之故」要回答。

〔註 109〕魯迅：《且介亭雜文末編 ·「這也是生活」》，載《魯迅全集》（第六卷），第 623～624 頁。

> 這種對「爲何之故」作答的「主題性」在繪畫當中或者現代性當中叫做「焦點」或「消失點」，是一種現代透視法的裝置，和笛卡爾意義上的「我思」主體形而上學是緊密相關的。〔註110〕

然而，對於魯迅而言，「我要看來看去看一下」的「留白」的生活並不等於「閒適」，而恰恰相反是「行動之可能性」（戰鬥）的必要成分，所以在接下來的文字中，他提到了他說所認爲的真正的「行動」之方式：

> 第二天早晨在日光中一看，果然，熟識的牆壁，熟識的書堆……這些，在平時，我也時常看它們的，其實是算作一種休息。但我們一向輕視這等事，縱使也是生活中的一片，卻排在喝茶搔癢之下，或者簡直不算一回事。我們所注意的是特別的精華，毫不在枝葉。給名人作傳的人，也大抵一味鋪張其特點，李白怎樣做詩，怎樣耍顛，拿破崙怎樣打仗，怎樣不睡覺，卻不說他們怎樣不耍顛，要睡覺。其實，一生中專門耍顛或不睡覺，是一定活不下去的，人之有時能耍顛和不睡覺，就因爲倒是有時不耍顛和也睡覺的緣故。然而人們以爲這些平凡的都是生活的渣滓，一看也不看。

這段話中，魯迅大書而特書「日常」的重要性，不正應合了前文所引之昆德拉的小說藝術的言論嗎？而魯迅早在昆德拉半個世紀之前就將這些問題付諸於生活的實踐之中了。在魯迅看來，所謂的「行動」（戰鬥）必須是與「日常」融爲一體的持久的「行動」（戰鬥），那些認爲「行動」（戰鬥）只是特殊狀況下的產物的思想都是對「行動」（戰鬥）誤解之後的產物，或者說是，缺乏「留白」意識的產物。正因此，魯迅所提倡的「行動」（戰鬥）是「持久」式的「壕塹戰」：

> 我沒有當過義勇軍，說不確切。但自己問：戰士如吃西瓜，是否大抵有一面吃，一面想的儀式的呢？我想：未必有的。他大概只覺得口渴，要吃，味道好，卻並不想到此外任何好聽的大道理。吃過西瓜，精神一振，戰鬥起來就和喉乾舌敝時候不同，所以吃西瓜和抗敵的確有關係，但和應該怎樣想的上海設定的戰略，卻是不相干。這樣整天哭喪著臉去吃喝，不多久，胃口就倒了，還抗什麼敵。〔註111〕

〔註110〕劉春勇：《留白與虛妄：魯迅雜文的發生》，《中國現代文學研究叢刊》2014年第1期，第169頁。

〔註111〕魯迅：《且介亭雜文末編．「這也是生活」》，載《魯迅全集》（第六卷），第625頁。

> 歐戰的時候，最重「壕塹戰」，戰士伏在壕中，有時吸煙，也唱歌，大紙牌，喝酒，也在壕內開美術展覽會，但有時忽然向敵人開幾槍。〔註 112〕
>
> 德國腓立大帝的「密集突擊」，那時是會打勝仗的，不過用於現在，卻不相宜，所以我所採取的戰術，是：散兵戰，塹壕戰，持久戰——不過我是步兵，和你的炮兵的法子也許不見得一致。〔註 113〕

對於魯迅而言，日常雖然不直接是「行動」（戰鬥），然而，「日常」又無不包涵在「行動」中。而這種結果正是魯迅的「雜」之書寫之兩翼——「留白」與「行動之可能性」——的完美結合，而晚期的魯迅及其書寫的全部可能性也就隱含在這一結合當中。

> 刪夷枝葉的人，決定得不到花果。〔註 114〕
>
> 戰士的日常生活，是並不全部可歌可泣的，然而又無不和可歌可泣之部相關聯，這才是實際上的戰士。〔註 115〕

〔註 112〕魯迅：《兩地書・二》，載《魯迅全集》（第十一卷），第 16 頁。

〔註 113〕魯迅：《書信・351004　致蕭軍》，載《魯迅全集》（第十三卷），第 558 頁。

〔註 114〕魯迅：《且介亭雜文末編・「這也是生活」》，載《魯迅全集》（第六卷），第 624 頁。

〔註 115〕魯迅：《且介亭雜文末編・「這也是生活」》，載《魯迅全集》（第六卷），第 626 頁。

第六輯　《故事新編》解讀（下）

第二十講　《不周山》與油滑問題

在現代敘事文本中，「各位看官」、「且聽下回分解」等這樣的一些敘事話語的消失，所帶走不只是一種敘事技巧，而是某種前現代的精神結構。我們把這樣的古典敘事稱之爲「說書人場」敘事模式。在「說書人場」模式當中，敘事過程隱含了某種「超善惡」的敘事態度：儘管故事當中有所謂善惡的評判，但是由於敘事者本身同故事在空間與時間上的「間離」，敘事者在對所述故事的總體評價上是「超善惡」的。這樣的一種敘事模式在方法上有接近於童話的地方：敘事者審視的角度不是單一地局限於善惡的世界當中，而是超拔出來，然而又不像現代敘事當中的「惡視」的超拔（指啓蒙的視角），而是自始至終總是溫和地審視著這一切善惡的循環往復，並且還帶有對自身所處時代亦不能免於這種善惡之循環往復的自覺。因之，在「說書人場」敘事模式當中，敘事者就不僅僅是在講述一場往日的故事，也同時是在講述自己的當下，自個就在自個所講述的善惡之往復循環當中。從某個側面講，古希臘戲劇同樣也具有這樣的敘事模式，用歌隊的和聲來淨化因劇中善惡之鬥爭的慘烈所帶來的驚恐，從而蕩滌人性的混沌，使之昇華。這就是詩學中所謂的「淨化」敘事，從某個角度來說，我們也可以將之看做爲「超善惡」敘事的一部分。

但在現代敘事模式當中，「各位看官」、「且聽下回分解」以及歌隊的和聲都被當做「雜聲」給去除在敘事之外。現代經典的敘事模式是：「我……」，我們可以稱之爲「知識人場」敘事模式。「知識人場」敘事模式是一種「體驗」式敘事模式：通常來說，敘事者同時又會是故事當中的角色之一，並且很多時候是敘事作品的主人公，即便是在全知視角敘事當中，也多少存在著敘事者「選擇認同」的問題（指敘事者往往認同故事當中的一個角色的潛在意識），換句話說，在「知識人場」敘事模式當中前現代的「超善惡」敘事態度被剔除了。在這種現代敘事模式當中，敘事者總是傾向於將自我置於「善」的一邊而將「惡」乃至整個世界對象化，並且自始至終存在著一種廓清自我同對象化世界的關聯而努力逃離對象化世界的焦慮。〔註 1〕顯而易見，這種取消了「超善惡」敘事態度的現代敘事模式是一種典型的線性敘事。並且也正是因爲取消了「超善惡」的敘事態度，「知識人場」敘事失去了傳統敘事模式中的張力維度而顯得緊張與過於「認眞」。

就戲劇而言，這兩種敘事模式對現代戲劇的兩大表演體系——斯坦尼體系和布萊希特體系有著決定性的影響。強調「體驗」論的斯坦尼體系很顯然是屬於「知識人場」敘事的範疇，其所謂的「第四堵牆」理論實質上是一種經典的「善惡」敘事模式。由於對「雜聲」的去除，斯坦尼體系的戲劇表演天然地會給人一種緊張感：緊湊的情節結構、不能多一句也不能少一句的對白、封閉的故事情節、劇臺人物略顯痙攣的表演、大劇場的構造與選用等等，這些都無一不同斯坦尼表演體系對「知識人場」敘事模式的選用相關聯。布萊希特體系則很顯然吸收了「說書人場」的敘事模式，可以說，「間離效果」理論的建立正是把被斯坦尼體系所驅逐的「雜聲」重新請回來的結果。因此，我們在「間離效果」的表演中能夠看得到一種類似於前現代的「超善惡」敘事態度。過去我們一直會按照一種線性的思維方式將布萊希特體系理解爲「後現代」敘事，其實從上述觀點來看，布萊希特（Bertolt Brecht）只不過是重新回到「說書人場」的敘事模式而已。而事實也正是這樣，布萊希特「間離效果」的提出實際上是受到了來自於中國古典的「超善惡」敘事模式的影響。其直接的影響來源是 1920 年他讀到了本國小說家德布林（Alfred Doeblin）充滿老子智慧的中國題材的表現主義小說《王倫三跳》（Drei Spruenge des Wang Lun）〔註 2〕，進而對中國文化反覆閱讀到達了癡迷的地步。1935 年 5 月，布萊希特在莫斯科接觸到了梅蘭芳的京劇表演而大受啓發，翌年，

〔註 1〕在一次講座中，尾崎文昭先生說，「如果只感覺到『空虛』與『黑暗』的實在，那麼，爲了把自己的意識從中剝離出來，哪怕是勉強爲之，也要補充設定其對立物，不斷進行沒有盡頭的否定的循環。」這一說法對我有所啓發。見〔日〕尾崎文昭 2013 年 3 月 27、28 日中國人民大學、北京大學的講演稿《日本學者眼中的〈故事新編〉》。

〔註 2〕張黎：《異質文明的對話：布萊希特與中國文化》，《外國文學評論》2007 年第 1 期，第 35 頁。

他「在《娛樂劇還是教育劇》一文中，首次吐露了他的史詩劇與中國戲劇的關係，他說，『從風格的角度來看，史詩戲劇並不是什麼特別新鮮的東西。就其表演的性質和對藝術技巧的強調來說，它同古老的亞洲戲劇十分類似。』」〔註 3〕對此，木山英雄也有過類似的說法，「布萊希特與中國未必沒有某種因緣。縱不說他對墨子抱有的興趣，關心布萊希特的人都知道，他在從納粹德國流亡莫斯科時觀看過中國京劇名角梅蘭芳的演出。當時他發現京劇中有不少與自己的理論一脈相通之處，甚至還寫下了《中國戲劇的間離效果》（千田是也編譯《戲劇可以再現當今世界嗎？》）的論文。」〔註 4〕事實上，布萊希特「間離效果」的靈感不僅僅是得自於梅蘭芳的京劇表演，其中還有中國元雜劇表演的影響。〔註 5〕在布萊希特體系的史詩劇表演中無論是運用傳統戲曲當中的插科打諢，還是運用元雜劇中的「自報家門」，抑或是加進西方古典戲劇中的歌隊表演，其實質都是在運用「雜聲」造成一種「間離效果」，從而形成「超善惡」的敘事。從某種意義上說，這樣的戲劇表演又重新回到了前現代「說書人場」的敘事模式上來了。

從上面的敘述中，我們可以看出，現代的「知識人場」敘事模式同前現代的「說書人場」敘事模式之所以不同，其根底在有沒有一種「超善惡」的敘事態度，而在具體的敘事細節上則區別爲是否採取「雜聲」敘事手法。

「說書人場」敘事模式當中所謂「超善惡」的敘事態度，究其根底是對世界虛妄像的體認。「虛妄」一詞雖然從詞源上講是來自於佛教〔註 6〕，但毋庸置疑是佛教對世界像之體認的結果，「佛祖有個全稱判斷：『佛告須菩提，凡所有相皆是虛妄。』（《金剛經》）虛妄也可以叫虛妄相，虛妄之相，非實有之相。它無非是說，我們所見到的一切世相都不過是因緣和合的假相，不是常住的實體，或者說是心造之境。物是虛妄的，心也是虛妄的。因此不能癡迷、執著之。」〔註 7〕

〔註 3〕張黎：《異質文明的對話：布萊希特與中國文化》，《外國文學評論》2007 年第 1 期，第 30～31 頁。

〔註 4〕〔日〕木山英雄：《〈故事新編〉譯後解說》，劉金才、劉生社譯，《魯迅研究動態》1988 年 11 期，第 23～24 頁。

〔註 5〕張黎：《異質文明的對話：布萊希特與中國文化》，《外國文學評論》2007 年第 1 期，第 33 頁。

〔註 6〕「『虛妄』不是魯迅生造，勿庸置疑地來於佛陀。在佛學中，這不是一個無關宏旨的術語。原始佛教之所以堪稱『革命』，首先在於釋迦牟尼有一個偉大的發現，那就是看到了印度宗教中最高本體『梵我』的虛妄。」見王乾坤：《文章在茲・序：「虛妄」之於魯迅》，載劉春勇：《文章在茲——非文學的文學家魯迅及其轉變》，吉林大學出版社 2015 年版，序言第Ⅲ頁。

〔註 7〕劉春勇：《文章在茲——非文學的文學家魯迅及其轉變》，吉林大學出版社 2015

只有在這樣的一種世界體認當中，敘事者才會從永恆的善惡鬥爭的當中超拔出來，溫和地審視這一切善惡的循環往復，並且對自身所處時代亦不免於這種循環往復有著某種程度的自覺。但現代「知識人場」敘事模式終止了這樣一種世界體認，取而代之的是一種極致主義的世界像：虛無世界像。虛無世界像是對世界體認之單極化的後果：倔強地要在現世中尋求「至善」世界的實現，並因此同此世永不和解。在這樣的一種精神架構當中，如前所述，敘事者總是傾向於將自我置於「善」的一方而將「惡」乃至整個世界對象化，並且至始至終存在著一種廓清自我同對象化世界的關聯而努力逃離對象化世界的焦慮。由於敘事者沉浸於世界之善惡鬥爭當中而不能自拔，從而自始至終都有一種背負著神聖使命的感覺。因之，一方面同世界始終處於一種抗爭的不和解狀態，另一方面則努力使自我成爲一個大寫的「主體」。而這裡面就隱含了現代「知識人場」敘事模式要剪除「雜聲」的全部秘密。

對此，米蘭・昆德拉有過令人信服的解釋。在《小說及其生殖》〔註 8〕一文中，昆德拉梳理自己的小說閱讀經驗時驚訝地發現，從拉伯雷到卡夫卡的大部分經典小說中著名的主人公幾乎沒有後代，也就是，小說厭惡生殖。爲什麼會造成這樣一種現象呢？對此，昆德拉的解釋是：歐洲現代的夢想就是要「將人變成『唯一眞正的主體』，變成一切的基礎（套用海德格爾的說法）。而小說，是與現代一同誕生的。人作爲個體立足於歐洲的舞臺，有很大部分要歸功於小說。」「只有小說將個體隔離，闡明個體的生平、想法、感覺，將之變成無可替代：將之變成一切的中心。」「堂吉訶德死了，小說完成了。」也就是說，要實現歐洲的這一現代夢想，小說的書寫是必不可少的，而且爲了完成這一夢想，小說必須厭惡生殖，小說的主人公就必須沒有後代，因爲生殖及其後代是「十分具體且世俗的東西」，生殖相對於人作爲「唯一眞正的主體」來說其實就是「雜聲」。所以，說到底起源於歐洲的現代小說其實質是一種「知識人場」——知識人其實不過是「唯一眞正的主體」的另外一種表述而已——敘事模式的後果。

《野草》之後的魯迅正是走在這樣一種逃離「知識人場」敘事模式的道路之上的，而「油滑」便由此誕生。換句話說，魯迅之所謂油滑其實是他後期續接到前現代的「說書人場」敘事模式的一種產物。如果現在要給油滑下

年版，序言第Ⅲ頁。

〔註 8〕〔捷〕米蘭・昆德拉：《小說及其生殖》，載〔捷〕米蘭・昆德拉：《相遇》，尉遲秀譯，第 47～50 頁。以下四處引文皆同此。

一個定義的話，那麼，油滑就是前現代「說書人場」敘事模式在魯迅後期敘事作品中的借屍還魂，從肯定的方面來說，油滑就是「雜聲」敘事，從否定的方面來說，油滑就是對現代「知識人場」敘事模式中的「純化」敘事（所謂剪除「雜聲」）的背離與不忠，但就其根基而言，油滑的成立必須建基在一種「超善惡」的敘事態度之上，〔註 9〕並且有對虛妄世界像之體認的自覺。

有了這樣的一種認知，我們再來檢驗魯迅作品中的油滑就會簡便得多，當然，問題也就隨之而來：其一，如果以這樣的一種油滑定義作爲衡量的標準的話，那麼魯迅所聲稱的其作品中的油滑肇始於啓蒙時期的作品《不周山》〔註 10〕這樣一個說法就變得極其可疑。其二，如果確定油滑不是自《不周山》始，那它又是從何時起步呢？其實這兩個問題也可以凝練成一個問題，即魯迅作品中的油滑是如何煉成的？但，如果按照以上我們對油滑的定義的話，這個問題又可以轉換爲另外一種提問方式，即魯迅的敘事作品是如何以及何時從「知識人場」敘事模式轉變爲「說書人場」敘事模式的？

文學史上通常的講法是，以知識人「我」爲線索的「知識人場」敘事模式最早萌芽於清末民初的文言小說（劉鶚的《老殘遊記》、蘇曼殊的《斷鴻零雁記》等），而成長於五四白話敘事作品。就魯迅個人而言，其最早的「知識人場」敘事作品應該肇始於 1910 年的文言小說《懷舊》，成長於《吶喊》集中的諸作品，而完成於《彷徨》集。但按照竹內好的說法，魯迅之所以成爲魯迅就是在《狂人日記》誕生的那一刹那「迴心」形成了〔註 11〕。我所理解的「迴心」如果從敘事模式與敘事態度的角度來講，就是前現代的「說書人場」敘事模式對現代「知識人場」敘事模式的入侵，換句話說，在原本應該是「純化」敘事的小說《狂人日記》中出現了「雜聲」，也就是《狂人日記》的敘事當中出現了不和諧音，這就

〔註 9〕關於這一點，尾崎文昭在一次講座中也提到過相似的看法，「其實『油滑』不是個敘述技術，也不是敘述方法，如說敘述方法，應該提反諷、戲擬等具體技術或者方法。」「『油滑』不能跟這些具體技術相提並論，所以應該認爲是魯迅的思維特點反映到敘述的結果，或者簡單地說是敘述態度。因此它會包括除『認眞』以外的所有現象，沒法用具體的語言來概括它。」本文在某些方面受到尾崎先生這一講座的啓發。見〔日〕尾崎文昭 2013 年 3 月 27、28 日中國人民大學、北京大學的講演稿《日本學者眼中的〈故事新編〉》。

〔註 10〕後改名爲《補天》，「本篇最初發表於 1922 年 12 月 1 日北京《晨報四周紀念增刊》，題名《不周山》，曾收入《吶喊》；1930 年 1 月《吶喊》第十三次印刷時，作者將此篇抽去，後改爲現名，收入本書。」見魯迅：《魯迅全集》（第二卷），第 366 頁注釋〔1〕。

〔註 11〕〔日〕竹內好：《魯迅》，李心峰譯，第 46 頁。

是眾多研究者〔註12〕所指出的小說的文言序言和狂人「我也吃過人」的自覺。這樣的一種在「純化」敘事作品中偶而泛起的「雜聲」敘事其實在《狂人日記》以後的《吶喊》諸小說和《彷徨》集中一直存在。對此，尾崎文昭先生其實也有意識到，他說，「總而言之，反諷、間離效果、戲擬等等，不僅限於《起死》一篇，而且是魯迅小說基本的結構特徵，幾乎在所有作品中都可以看到這些特徵。在《朝花夕拾》中的被置於正文之前的爭辯、置於幾篇小說末尾的議論場面（《阿Q正傳》《采薇》《鑄劍》等）或者解放感（《孤獨者》等）、還有近年來開始越來越受到注意的敘述者位置的巧妙設定等等，對於上述一切，都可以從這一結構特徵得到解釋。」〔註13〕尾崎把這樣的一種「雜聲」敘事稱之爲魯迅的「多疑」（我後來的「多疑魯迅」的立論其實也是從這一切口進入的）並加以詳細的論述，〔註14〕可以說是一種同竹內好的「迴心」具有同等價值的洞見。但其中的問題是他混淆了魯迅前期敘事同後期的根本性差別。不過他所提出的「間離效果」（也就是「雜聲」敘事）在《阿Q正傳》和《孤獨者》等小說當中也都存在是值得引人注目的話題。〔註15〕其實關於《阿Q正傳》的「雜聲」敘事，大陸學者中也有個別學者有這樣的看法，徐麟就曾在《無治主義‧油滑‧雜文——魯迅研究劄記》一文中指出，油滑並非自《不周山》始，而是在《阿Q正傳》中就已經萌芽了，「只是不太顯眼而已」。〔註16〕這裡徐麟所說的「萌芽」和「不太明顯而已」其實就是我所說的「在『純化』敘事作品中偶而泛起的『雜聲』敘事」而不是眞正

〔註12〕〔日〕竹內好：《魯迅》，李心峰譯，第46頁；〔日〕尾崎文昭：《試論魯迅「多疑」的思維方式》，孫歌譯，《魯迅研究月刊》1993年第1期，第21頁；吳曉東：《魯迅的原點》，載《記憶的神話》，新世界出版社2001年版，第177頁；劉春勇：《多疑魯迅——魯迅世界中主體生成困境之研究》，第84頁。

〔註13〕〔日〕尾崎文昭2013年3月27、28日中國人民大學、北京大學的講演稿《日本學者眼中的〈故事新編〉》。

〔註14〕〔日〕尾崎文昭：《試論魯迅「多疑」的思維方式》，孫歌譯，《魯迅研究月刊》1993年第1期，第19～26頁。

〔註15〕《阿Q正傳》當中的雜聲問題比較顯著。不過《彷徨》中的一系列小說的結尾的處理，似乎也同此相關，譬如《孤獨者》講述的是一個悲傷的故事，但小說的結尾，作者卻宕開一筆，表現出某種「甩掉」後的輕鬆感，「我快步走著，彷彿要從一種沉重的東西中衝出，但是不能夠。耳朵中有什麼掙扎著，久之，久之，終於掙扎出來了，……」「我的心地就輕鬆起來，坦然地在潮濕的石路上走，月光底下。」幾近相似的結尾在《傷逝》和《在酒樓上》都存在。對於悲傷的小說主體部分來說，這樣的一些結尾顯得不太和諧，與雜聲接近。

〔註16〕徐麟：《無治主義‧油滑‧雜文——魯迅研究劄記》，《中國現代文學研究叢刊》1997年第4期，第218頁。

的油滑，或者確切地說是魯迅對油滑的感到。徐麟似乎也意識到這個問題，於是他接著說，「只是在《阿Q正傳》中，他還不能破壞故事的敘述，但到了《故事新編》中，他就不必顧忌對於故事和人物的損壞了，於是，油滑也就油然而生。」〔註17〕所謂「不能破壞故事的敘述」其實就是指「說書人場」敘事模式的入侵必須以不能破壞「知識人場」敘事模式爲界限，反過來說，「說書人場」敘事模式對「知識人場」敘事模式的入侵如果突破這一界限的話，油滑就誕生了。也正是在這個意義上我們才能理解魯迅所說的「油滑是創作的大敵」〔註18〕這樣一句話，因爲就現代語境而言，「創作」其實就是指「知識人場」敘事，即文學敘事。〔註19〕換句話說，無論《狂人日記》、《阿Q正傳》、《吶喊》集中的其他小說、《彷徨》集中的諸小說混有怎樣的「雜聲」敘事，它們也還是在「知識人場」敘事模式的範疇當中。對於這一點，木山英雄有著極爲清醒的認識，他在對竹內好的「迴心」說提出異議時說，即便在《狂人日記》及其之後的小說中存在著怎樣的「迴心」，但「作家終於介入了作品創作的行爲，而在那裡『寂寞』是一直存在著的。這個問題不僅僅涉及到對《狂人日記》一篇的解釋，事實上是與竹內好的整個魯迅論體系直接相關聯著的。」〔註20〕「寂寞」是木山先生在「野草論」中經常使用的一個關鍵詞語，其意是指魯迅從日本時期就已經練就的一種非「超善惡」的敘事態度與虛無的（即極致之理想）世界像，即將自我置於「善」的一方而將「惡」乃至整個世界對象化，並且至始至終存在著一種廓清自我同對象化世界的關聯而努力逃離對象化世界的焦慮。很顯然，在這樣的「寂寞」的驅使下，魯迅就必然會走到一種「知識人場」的敘事模式裏面。從這個角度來說，竹內好所謂的「迴心」之後的魯迅也依然還在「知識人場」的敘事（也即主體敘事）的範疇當中，儘管有所謂的「說書人場」敘事模式的入侵，但如前所述，它只存在於某個可以允許的界限當中的。因之，竹內好以魯迅之「迴心」爲底本的「近代的超克」這一提法按照木山先生的意思依然還停留在「知識人場」的敘事模式當中。對於這一點，尾崎文昭也同樣有著清醒的認識，「我們一般理解爲竹內好所說的迴心就

〔註17〕徐麟：《無治主義・油滑・雜文——魯迅研究箚記》，《中國現代文學研究叢刊》1997年第4期，第218頁。

〔註18〕魯迅：《故事新編・序言》，載《魯迅全集》（第二卷），第353頁。

〔註19〕王向遠：《魯迅雜文概念的形成演進與日本文學》，《魯迅研究月刊》1996年第2期，第38頁。

〔註20〕〔日〕木山英雄：《〈野草〉主體構建的邏輯及其方法》，載《文學復古與文學革命——木山英雄中國現代文學思想論集》，趙京華編譯，第22頁。

迴心到你所說的『現代性主體』而不是超脫『現代性主體』。因為當時的竹內好算是熱心追求現代性主體而想要在魯迅的精神變化裏尋找其秘密，雖然理所當然找不到。當時竹內好的對現代性主體的理解算是很淺薄，後來（戰後）可算成熟了，但是他總是現代性的信徒（時代使然），雖然對丸上眞男式的西方標準的現代性提出異議。」〔註21〕

在以上諸賢對魯迅及其闡釋者這樣的一些談論中，我感到了無限的魅力，身心為之喜悅。然而，即便是聖賢也會有疏忽的地方，或者說，是因為他們都太相信魯迅的自述了才會有這樣共同的疏忽，即他們無一列外地都相信油滑是從《不周山》開始，然而從我上述的理由來看，這個說法卻頗有可商榷之處。

其實無論是從文本本身還是從文本的語境來看，《不周山》還依然是在「知識人場」敘事模式的範疇當中。文本雖然書寫了一個創造且俯視眾生的女媧的形象，但卻完全沒有所謂的「超善惡」的敘事角度，而是將女媧作為一個巨大的主體而推向「善」的一邊，並將其創造並俯看的眾生世界像對象化而推向「惡」的一邊，從而最終完成了一個拯救世人反而被世人所逼害的「夏瑜」系列的形象。從人物形象塑造來看，兩極分化極為鮮明，作者盡力用讚譽之詞完善女媧的光輝形象，甚至圍繞著女媧的景物描寫也都宏偉壯麗：

> 伊在這肉紅色的天地間走到海邊，全身的曲線都消融在淡玫瑰似的光海裏，直到身中央才濃成一段純白。波濤都驚異，起伏得很有秩序了，然而浪花濺在伊身上。這純白的影子在海水裏動搖，彷彿全體都正在四面八方的迸散。〔註22〕

> 天邊的血紅的雲彩裏有一個光芒四射的太陽，如流動的金球包在荒古的熔岩中；那一邊，卻是一個生鐵一般的冷而且白的月亮。但不知道誰是下去和誰是上來。這時候，伊的以自己用盡了自己一切的軀殼，便在這中間躺倒，而且不再呼吸了。〔註23〕

而在書寫的另一側面則極力矮化甚至醜化對象化的世界。這樣的人物塑造及其相關的景物描寫的手段其實是典型的「知識人場」敘事，在後期的《故事新編》當中則完全沒有這樣的敘事手法，哪怕是在還有一些英雄保留的《眉間尺》〔註24〕

〔註21〕〔日〕尾崎文昭2015年9月16日致劉春勇電子郵件信。
〔註22〕魯迅：《故事新編·補天》，載《魯迅全集》（第二卷），第358頁。
〔註23〕魯迅：《故事新編·補天》，載《魯迅全集》（第二卷），第365頁。
〔註24〕後改名為《鑄劍》，「本篇最初發表於一九二七年四月二十五日、五月十日《莽原》半月刊第二卷第八、九期，原題為《眉間尺》。一九三二年編入《自選集》

當中也全無這樣的書寫手段。魯迅在《故事新編・序言》當中所謂的「止不住有一個古衣冠的小丈夫，在女媧的兩腿之間出現了。這就是從認眞陷入了油滑的開端」的這一「油滑」肇始說從《不周山》文本及其語境的總體而言，恐怕是站不住腳的，充其量只能算作是一個諷刺的筆法，而全無「超善惡」的書寫態度，之所以讓人感到「油滑」可笑，或者是因爲文本中高大偉岸的善同藐小猥瑣的惡相遇時所造成的巨大反差而使人產生的一種滑稽可笑的感覺吧！即便是這樣，也還是同後來因指向自我而產生哄笑的「油滑」〔註 25〕是截然不同的兩種事物。或者即便我們將這樣的滑稽與諷刺當做是「說書人場」敘事模式對「知識人場」敘事模式的入侵而產生的「雜聲」，就像上文講到的《狂人日記》《阿 Q 正傳》《孤獨者》等一樣，我們也不能夠將之稱之爲「油滑」。因爲，我們在上文已經聲明過，油滑的根基必須是「超善惡」敘事態度的建立和對虛妄世界像的自我體認，除此，只是小「雜聲」而已，就像《阿 Q 正傳》。

按照木山英雄在「野草論」中的分析，〔註 26〕魯迅完全甩掉「知識人場」敘事模式（即他所謂的「寂寞」之青春喊叫的敘事模式）是在《野草》的寫作過程當中，而對這樣一個過程做最終總結的是他 1926 年 11 月 11 日在廈門所寫的《寫在〈墳〉後面》一文。在這篇關係著魯迅一生轉折的文章中，魯迅同自我做了一次史無前例的深刻對話。他將自我拋向曾經爲之厭惡且企圖逃離的對象世界之「惡」當中，或者更爲準確地說，這一次是徹底拋向，因爲自《狂人日記》起這種拋向就一直存在，不過起先一直是以一種消極的狀態而存在於魯迅的世界中的，其表徵就是「我誤食了我妹子的一杯羹」，然而 1926 年前後魯迅的這一拋向卻有向積極方面轉變的趨向，1927 年 9 月在《答有恆先生》中，魯迅承認自己是中國排擺人肉宴席的幫兇。〔註 27〕這樣一種徹底拋向的後果毫無疑問就是自我埋葬，「比方作土工的罷，做著做著，而不明白是在築臺呢還在掘坑。所知道的是即使是築臺，也無非要將自己從那上面跌下來或者顯示老死；倘是掘坑，那就當然不過是埋掉自己。」〔註 28〕「我

時改爲現名。」見魯迅：《魯迅全集》（第二卷），第 351 頁注釋〔1〕。

〔註 25〕〔日〕尾崎文昭 2013 年 3 月 27、28 日中國人民大學、北京大學的講演稿《日本學者眼中的〈故事新編〉》。

〔註 26〕〔日〕木山英雄：《〈野草〉主體構建的邏輯及其方法》，載《文學復古與文學革命——木山英雄中國現代文學思想論集》，趙京華編譯，第 7 頁。

〔註 27〕魯迅：《而已集・答有恆先生》，載《魯迅全集》（第三卷），第 474 頁。

〔註 28〕魯迅：《墳・寫在〈墳〉後面》，載《魯迅全集》（第一卷），第 299 頁。

的確時時解剖別人，然而更多的是更無情面地解剖我自己。」〔註 29〕然而，令人意象不到的是，跟隨這樣深刻自我剖析而來的不是絕望而對世事的某種通透，「總之：逝去，逝去，一切一切，和光陰一同早逝去，在逝去，要逝去了。——不過如此，但也爲我所十分甘願的。」〔註 30〕有了這樣的通透感其實已經表明虛妄的世界像在魯迅世界中已經全然建立起來了，於是他才說，「以爲一切事物，在轉變中，是總有多少中間物的。動植之間，無脊椎和脊椎動物之間，都有中間物；或者簡直可以說，在進化的鏈子上，一切都是中間物。」〔註 31〕對此，我曾經這樣描述過：「魯迅虛妄的世界像最終在 1926 年《寫在〈墳〉後面》一文中得以定型，就是那個著名的表達：中間物。如果沒有虛妄世界像的建立，中間物概念的提出是難以想像的。」〔註 32〕在給我的《文章在茲・序言》中，王乾坤也有幾近相同的表達，「在魯迅的詞典裏，『虛妄』是『多疑』、『中間物』最實質的內容。沒有這個內容，多疑就只是一個心理疾病，中間物不過是歷史進化論。」〔註 33〕在以虛無世界像爲其底蘊的「知識人場」敘事模式中，「中間物」意識是無法產生的，只有在以虛妄世界像爲其底蘊的「說書人場」敘事模式中，「中間物」意識才能得以產生。或者反過來說，只有有了「中間物」意識，「說書人場」敘事模式才可能出現，「雜聲」敘事方式，即油滑才有可能登場。同時，油滑又是一種「有餘裕的」留白意識的產物，〔註 34〕是「將一切『擺脫』，『給自己輕鬆一下』，而頗顯『餘裕』的寫法」。〔註 35〕

虛妄世界像的建立和留白與中間物意識的最終形成敦促著以油滑爲其根基的「雜聲」敘事文本的誕生，這就是後來的《故事新編》的寫作。那麼，魯迅的這種「雜聲」敘事文本的起點到底是哪一篇呢？《奔月》？還是《眉間尺》？這一問題還有待繼續探討。

〔註 29〕魯迅：《墳・寫在〈墳〉後面》，載《魯迅全集》（第一卷），第 300 頁。

〔註 30〕魯迅：《墳・寫在〈墳〉後面》，載《魯迅全集》（第一卷），第 299 頁。

〔註 31〕魯迅：《墳・寫在〈墳〉後面》，載《魯迅全集》（第一卷），第 301～302 頁。

〔註 32〕劉春勇：《文章在茲——非文學的文學家魯迅及其轉變》，第 76 頁。

〔註 33〕王乾坤：《文章在茲・序：「虛妄」之於魯迅》，載劉春勇：《文章在茲——非文學的文學家魯迅及其轉變》，序言第Ⅲ頁。

〔註 34〕關於「留白」參見劉春勇：《留白與虛妄：魯迅雜文的發生》，《中國現代文學研究叢刊》2014 年第 1 期。

〔註 35〕陳方競：《魯迅雜文及其文體考辨》，載陳方競：《魯迅與中國現代文學批評》，第 415 頁。

第廿一講　《鑄劍》

《鑄劍》是一個非常複雜的文本，有些問題很難想明白，我們現在嘗試做一些分析：

首先，對這樣一個故事來講：

1）它是一個古老故事的重「新」講述；

2）它大體是一個悲憤的故事，情緒是激越的；

3）在整體悲憤之下，故事的結尾又有蕩開之嫌，呈現出某種喜劇的效果；

4）故事講述與結構的手法似乎非前期的小說所能比，有爐火純青之相。

其次，三顆頭顱三個人物：

1、眉間尺：16 歲的孩子。是「未來」的隱喻，但卻背負著沉重的「過去」——要爲父親復仇，未來是沉重的，而一個 16 歲的孩子是無法「承擔」的，未來如果是沒有惡與殺戮，歸於「天下太平」的話，則必須要將孩子的頭顱置於「金鼎」之中爲「萬民所見，便天下太平」〔註 36〕，因此，未來的開啓在於「阻斷」未來之中，於是沒有所謂未來。

2、黑色人：自稱宴之敖，「是一個黑瘦的，乞丐似的男子。穿一身青衣……」〔註 37〕，「鬚眉頭髮都黑；瘦得顴骨，眼圈骨，眉棱骨都高高地突出來。」〔註 38〕這是魯迅作品中的一個系列形象：黑漢系列。除此處的黑色人之外，還有《過客》當中的「過客」、《非攻》中的「墨子」、《理水》中的「禹」等，一般來說，他們都隱喻著「現在／當下」，但同時又有著「三位一體」的形象：黑暗、虛無與實有。

1）黑暗：「我一向認識你的父親，也如一向認識你一樣。但我要報仇，卻並不爲此。聰明的孩子，告訴你罷。你還不知道麼，我怎麼地善於報仇。你的就是我的；他也就是我。我的魂靈上是有這麼多的，人我所加的傷，我已經憎惡了我自己！」〔註 39〕所謂「我已經憎惡了我自己」便是魯迅「黑暗」思想的表達，復仇的對象並非只是「王」，還有自身——包括殺掉自己和「未來」的孩子。這是典型的魯迅自我否定思想，即我所謂的多疑。「我一向認識你的父親，也如一向認識你一樣」這是一段非常奇怪的話，但你如果理解了

〔註 36〕魯迅：《故事新編．鑄劍》，載《魯迅全集》（第二卷），第 444 頁。
〔註 37〕魯迅：《故事新編．鑄劍》，載《魯迅全集》（第二卷），第 443 頁。
〔註 38〕魯迅：《故事新編．鑄劍》，載《魯迅全集》（第二卷），第 444 頁。
〔註 39〕魯迅：《故事新編．鑄劍》，載《魯迅全集》（第二卷），第 441 頁。

魯迅的「歷史莫過如此」的歷史循環觀點的話，是可以理解這段話的，孩子是「未來」，其父親是「過去」（在這個層面上「王」亦是一個過去），而黑色人是「當下」，未來與過去又有多大區別呢！因此，「但我要報仇，卻並不爲此」，並不是因爲他一向認識他們，而是因爲「當下」就是「過去」與「未來」的遭遇，它就是既是過去，又是未來，因此「你的就是我的；他也就是我」，這就是爲什麼他要復仇，因爲他在承擔著未來——因爲孩子無法承擔——的同時，又非常痛苦地看到了自己的過去，「我已經憎惡了我自己」，於是，他去刺殺「王」同時也就是在刺殺他自己——向黑暗作別！

2）虛無：這裡的黑色不是通常的一種顏色，而是「玄色」，即一種「無色」之人，因此，黑色人同時就是「無」之化身。黑色人使孩子自殺，從而阻斷未來，其實是他自己的自殺，因爲「你的就是我的」，他本身就也是一個未來，然而，未來卻被「懸置」了，那「未來」乃是一個「無」，因爲「過去」「當下」與「未來」三位一體就「無」所謂「未來」了，也即「未來」在「無」當中！

3）實有：這樣「實有」就必須在三位一體當中開啓。按照通常的理解「實有」就是魯迅的「人間」品格，抑或「亮色」，即魯迅所謂的希望，其實你必須注意，魯迅所謂的希望是必須建立在「存在」，即生活基礎之上的，沒有生活就無所謂希望，而「生活」在魯迅這裡又是什麼呢？魯迅早期在日本時期認爲生活是在希望之中的，並且要最終要達到止於至善的境界，但後來他否定了這一思路，「倘使世上眞有什麼『止於至善』，這人間世便同時變了凝固的東西了」〔註40〕，「人間世」變成了凝固的，那麼生活還存在嗎？因此，在魯迅所謂的「生活」就是這個世界在過去、現在與未來就是善惡同體的，既要有善，其實惡是不會少的，而生活就在於善惡之鬥爭當中，而所謂「實有」就在這永恆的「善惡之鬥爭」的生活當中！如此，世界就有了生機，非但過去如此，現在如此，未來亦如此！這樣看來，這則復仇的故事所注重的不是最後的目的，而是過程本身，亦即其意義就在善惡鬥爭本身，而善惡往往是糾纏在一起的，甚至善惡是同體的，因此，這個過程是不間斷的，永恆的「鬥爭」。與惡鬥是與社會鬥，同時也是與己鬥，如此重複以至於無窮，而這就是一幅活生生的生活圖景，即世界！因此，三個頭顱與一個身軀埋葬，或許是一個終結，但同時亦是一個開啓，人的困境或許就在這三位一體當中，但同時這或許就是世界存在的意義，而一切的烏托邦都是虛妄之言！

〔註40〕魯迅：《而已集．黃花節的雜感》，載《魯迅全集》（第三卷），第428頁。

最後，關於奇怪的歌。其實魯迅在 1936 年 3 月 28 日致增田涉的信中說過，「在《鑄劍》裏，我以爲沒有什麼難懂的地方。但要注意的，是那裡面的歌，意思都不明顯，因爲是奇怪的人和頭顱唱出來的歌，我們這種普通人是難以理解的。」〔註 41〕全集的注釋說，歌的意思介於可解不可解之間。我個人以爲認眞讀還是可以讀出一些意味的，但其意大體就在我上述的意思當中，其理解的關鍵是三位一體，三個人物乃是一體的，分開解可能就困難了！

第廿二講　《奔月》

一、於浩歌狂熱之際中寒

1925 年章衣萍在談到魯迅先生的《野草》時說，「我也不敢眞說懂得，對於魯迅先生的《野草》。魯迅先生自己卻明白的告訴過我，他的哲學都包括在他的《野草》裏面。」〔註 42〕誠如其說，《野草》確實包括了魯迅先生的全部哲學，開啓了《野草》就能開啓魯迅的全部。而寫作於 1925 年 6 月 17 日的「野草之十六」的《墓碣文》更是難懂中的難懂之篇。「……於浩歌狂熱之際中寒；於天上看見深淵。於一切眼中看見無所有；於無所希望中得救。……」〔註 43〕這段話表達了兩個意思：「中寒」和「得救」。前三句表達的是「中寒」，即在充盈中看見空無；最後一句則是魯迅開啓之「門」：於「無」中「得救」。據我的理解，魯迅先生是在講他的「信」與「不信」。「中寒」講的是「不信」，是「疑」；「得救」講的是「信」與「門」的開啓，而這「門」是爲魯迅先生終其一生所探尋的「路」開啓的，即是「得救」。對於後面一部分我們將在下一章中仔細探討，這裡我們先來看看「中寒」。爲什麼說「中寒」講的是「不信」呢？讓我們回到文本，「……於浩歌狂熱之際中寒；於天上看見深淵。於一切眼中看見無所有；……」這三句都是一個否定式，「中寒」、「深淵」和「無所有」分別是對「浩歌狂熱」、「天上」和「一切眼中」的否定。而「浩歌狂熱」、「天上」和「一切眼中」是「信」，是眾人之「信」，魯迅對此「信」進

〔註 41〕魯迅：《書信・360328〔日〕致增田涉》，載《魯迅全集》（第十四卷），第 386 頁。

〔註 42〕章衣萍：《古廟雜談（五）》，載《1913—1983 魯迅研究學術論著資料彙編》（第一卷），中國社會科學院文學研究所魯迅研究室編，第 89 頁。原載 1925 年 3 月 31 日《京報副刊》。

〔註 43〕魯迅：《野草・墓碣文》，載《魯迅全集》（第二卷），第 207 頁。

行否定，即是「不信」，即《吶喊・自序》中所謂的「我之必無」，儘管「不能以我之必無的證明，來折服了他之所謂可有」，於是有了希望，但魯迅最終還是「敷衍」了這希望，其實還是相信「希望之必無」，即「無所希望」，然而，魯迅之門卻恰恰就在這一循環當中。

對眾人之「信」的這麼一種逆向性否定，是魯迅多疑思維的一種典型表達，這在魯迅的文章與生活中是很常見的，試舉一例證之。魯迅先生去世後，他的好友許壽裳後來在《亡友魯迅印象記・雜談著作》中詳細談到魯迅先生未完成的著作，其一是長篇小說《楊貴妃》。許壽裳這樣寫到，「他的寫法，曾經對我說過，係起於明皇被刺的一剎那間，從此倒回上去，把他的生平一幕一幕似的映出來。他看穿明皇和貴妃兩人間的愛情早就衰歇了，不然何以會有『七月七日長生殿』，兩人密誓願世世為夫婦的情形呢？在愛情濃烈的時候，哪裏會想到來世呢？他的知人論世，總比別人深刻一層。」〔註44〕「七月七日長生殿」李隆基和楊玉環的愛情誓言在一般人眼裏是濃烈愛情的表達，可是魯迅卻從中看到了他們愛情的枯竭，這是怎樣一種獨特的眼光啊！王曉明的《魯迅傳》行文至此，用了一個字「毒」以示欽佩。〔註45〕這「毒」是魯迅與眾不同的「多疑」思維造就的，它首先表現為一個「疑」字，於無疑處有「疑」，這就是他所謂的「於浩歌狂熱之際中寒」。魯迅的這種奇特思維形諸文字，在其一生中不乏精彩案例，從某種層面上說，《奔月》可以算是這種經典案例的一種。

二、《奔月》創作的初衷

《奔月》寫於1926年12月30日，〔註46〕關於其創作初衷，魯迅在《兩地書》（一一二）中交代得很清楚：

> 那流言，是直到去年是十一月，從韋漱園的信裏才知道的。他說，由沉鐘社裏聽來，長虹的拼命攻擊我是為了一個女性，《狂飆》

〔註44〕許壽裳《亡友魯迅印象記》，載魯迅博物館魯迅研究室《魯迅研究月刊》選編《魯迅回憶錄》（專著）（上冊），第253頁。關於魯迅先生「《楊貴妃》腹案」一事又見孫伏園《魯迅先生二三事》中的《楊貴妃》，載上書90～93頁。又見郁達夫的紀念文章《魯迅設想的〈楊貴妃〉腹案》，載《魯迅回憶錄》（散篇）（上冊），第84頁。又見馮雪峰回憶文章《魯迅先生計劃而未完成的著作》，載《魯迅回憶錄》（散篇）（中冊），第697～698頁。

〔註45〕王曉明：《無法直面的人生——魯迅傳》，第80頁。

〔註46〕林辰：《魯迅事蹟考》，人民文學出版社1981年版，第77頁。

上有一首詩，太陽是自比，我是夜，月是她。……我這才明白長虹原來在害「單相思病」，以及川流不息的到我這裡來的原因，他並不是爲《莽原》，卻在等月亮。但對我竟毫不表示一些敵對的態度，直待我到了廈門，才從背後罵得我一個莫名其妙，眞是卑怯得可以。我是夜，則當然要有月亮的，還要做什麼詩，也低能得很。那時就做了一篇小說，和他開了一些小玩笑，寄到未名社去了。〔註47〕

「一篇小說」指的就是《奔月》。小說裏的三個角色后羿、嫦娥和逢蒙對應的就是高長虹詩《給——》裏面的夜、月和太陽，「索引」起來，就是魯迅、許廣平和高長虹。這些都是大家所熟知的內容，但這並不是本文研究的興趣所在，本文的興趣是，我們如何通過閱讀文本推測出當時處於熱戀當中的魯迅與許廣平二人之間的關係，以及處於此關係當中的魯迅的曲折心態。要解決這兩個問題，我們首先得釐清文本中后羿與嫦娥之間的關係。

三、《奔月》中的后羿與嫦娥

小說並不長，分爲三節，寫到后羿與嫦娥之關係的只有兩處，即第一節的直接描寫和第三節的間接描寫。第一節的直接描寫反映出二人的關係是：嫦娥對后羿的冷淡、厭倦與責備和后羿對嫦娥的熱情與愧疚，具體如下：

1、嫦娥對后羿：

冷淡：言語少，常答之以「哼」〔註48〕；

厭倦：對常年吃炸醬麵的厭煩；

責備：「你不能用小一點的箭頭麼？」「你不能走得更遠一點麼？！」〔註49〕

2、后羿對嫦娥：

熱情：言語極多，大都出於討好；

愧疚：「唉唉，這樣的人，我就整年地只給她吃烏鴉的炸醬麵……。」后羿想著，覺得慚愧，兩頰連耳根都熱起來。〔註50〕

第三節的間接描寫分爲幾個情節，表現了后羿的被遺棄，焦急、憤怒，自省與不放棄的「韌」，具體如下：

〔註47〕魯迅：《兩地書．一一二》，載《魯迅全集》（第十一卷），第280頁。

〔註48〕魯迅：《故事新編．奔月》，載《魯迅全集》（第二卷），第371頁。

〔註49〕魯迅：《故事新編．奔月》，載《魯迅全集》（第二卷），第371、372頁。

〔註50〕魯迅：《故事新編．奔月》，載《魯迅全集》（第二卷），第373頁。

被遺棄：焦慮感，「羿急得站了起來，他似乎覺得，自己一個人被留在地上了。」〔註 51〕

射月：射月失敗，無奈，然，嫦娥既已奔月，他射月難道不怕把嫦娥射死嗎？或者說射月就是射嫦娥的隱喻呢？「然而月亮不理他。他前進三步，月亮便退了三步；他退三步，月亮卻又照數前進了。」〔註 52〕這裡竟然出現了《阿 Q 正傳》中的龍虎鬥的場面，后羿與月亮鬥其實便是與嫦娥鬥。「射」與「鬥」者，復仇也。然而失敗。

自慚：「莫非看得我老起來了？」〔註 53〕

打算追：先吃了飯，睡一覺，「明天再去找那道士要一服仙藥，吃了追上去罷。」〔註 54〕先管好自己的眼前，但不能放棄，表現其「韌」。

綜合論之，后羿與嫦娥彼此的感情是不對等的，嫦娥是冷淡的，厭倦的甚至是決絕的，而后羿是渴求的、焦慮的、愧疚的、自慚形愧的甚至對「被遺棄」深懷恐懼。

四、《奔月》索隱

那麼，這些反映了魯迅怎樣一些隱微的情感呢？從《兩地書》及相關資料考察，我們發現文本中后羿對嫦娥的態度與實際生活中魯迅對許廣平的態度驚人的相似。在談及魯迅與許廣平的愛情時，孫郁先生說，「他平生很少鄭重地寫那麼長的信，內容又如此豐富。」〔註 55〕信長，也就是言語之多，《兩地書》中確實以長信居多。這在文本中表現爲后羿的熱情。「當許廣平真摯地向老師表達了愛情的時候，魯迅的驚喜和憂慮，是可以想見的。」〔註 56〕這是極恰當而中肯的話。在他們的戀愛過程中，魯迅確實是驚喜的，然而是懷著「怕失去／被遺棄」的焦慮的驚喜，是帶著疑慮的驚喜，甚至驚喜中帶有寒蟬若噤的顫慄。這驚喜首先表現爲極少有的某種生命激情的煥發和某種程度的對未來的期許，這裡面既有對個人生活的期待，也包含著對社會與革命的關注。在《兩地書》通信中，魯迅懷著多年未見的熱情和許廣平討論正在

〔註 51〕魯迅：《故事新編 · 奔月》，載《魯迅全集》（第二卷），第 379 頁。
〔註 52〕魯迅：《故事新編 · 奔月》，載《魯迅全集》（第二卷），第 380 頁。
〔註 53〕魯迅：《故事新編 · 奔月》，載《魯迅全集》（第二卷），第 381 頁。
〔註 54〕魯迅：《故事新編 · 奔月》，載《魯迅全集》（第二卷），第 381 頁。
〔註 55〕孫郁：《魯迅與胡適》，遼寧人民出版社 2001 年版，第 146～147 頁。
〔註 56〕孫郁：《魯迅與胡適》，遼寧人民出版社 2001 年版，第 147 頁。

進行的革命。

> 今天本地報上的消息很好，但自然不知道可確的，一，武昌已攻下；二，九江已取得；三，陳儀（孫之師長）等通電主張和平；四，樊鍾秀已入開封，吳佩孚逃保定（一云鄭州）。總而言之，即使要打折扣，情形很好總是眞的。〔註 57〕

> 此間報在北伐軍於雙十節攻下武昌，九江，南昌，則湖北江西全定了，再聯合豫樊，與北之國民軍成一直線，天下事即大有可爲，此情想甚確。〔註 58〕

> 北伐軍得武昌，得南昌都是確的。浙江確也獨立了，……〔註 59〕

> 今天看報，知九江已克，周鳳歧（浙江師長）降，也已經見於路透社，定是確的，……我想浙江或當還有點變化。〔註 60〕

> 今天本地報上的消息很好，泉州已得，浙陳儀又獨立，商震反戈攻張家口，國民一軍將至潼關。〔註 61〕

此外，魯迅這一時期撰寫的文章也毫不掩飾他對革命的熱情，《中山大學開學致辭》《黃花節的雜感》《革命時代的文學》都是實在的證明。在喜悅與期許中，他甚至調整了自己對文學的一貫看法，「自然也有人以爲文學於革命是有偉力的，但我個人總覺得懷疑，文學總是一種餘裕的產物，可以表示一民族的文化，倒是眞的。」〔註 62〕甚至他還說，「我呢，自然倒願意聽聽大炮的聲音，彷佛覺得大炮的聲音或者比文學的聲音要好聽得多似的。」〔註 63〕這實際上是對文藝的功用作了否定的判斷，將自己自日本時代建立起來的文學觀擊打得粉碎。而僅僅還是在兩年前的北京，他關於文學與革命的看法卻完全相反，「……查老例，做事的總不如做文的有名。所以，即使上海和漢口的犧牲者的姓名早已忘得乾乾淨淨，詩文卻往往更久地存在，或者還要感動別人，啓發後人。」「這倒是文學家的用處。血的犧牲者倘要講用處，或者還不如做文學家。」〔註 64〕這種鮮明得讓人刺

〔註 57〕魯迅：《兩地書 · 五四》，載《魯迅全集》（第十一卷），第 155 頁。
〔註 58〕魯迅：《兩地書 · 五七》，載《魯迅全集》（第十一卷），第 163 頁。
〔註 59〕魯迅：《兩地書 · 五八》，載《魯迅全集》（第十一卷），第 167 頁。
〔註 60〕魯迅：《兩地書 · 六九》，載《魯迅全集》（第十一卷），第 196 頁。
〔註 61〕魯迅：《兩地書 · 八一》，載《魯迅全集》（第十一卷），第 220 頁。
〔註 62〕魯迅：《而已集 · 革命時代的文學》，載《魯迅全集》（第三卷），第 442 頁。
〔註 63〕魯迅：《而已集 · 革命時代的文學》，載《魯迅全集》（第三卷），第 442 頁。
〔註 64〕魯迅：《華蓋集 · 忽然想到》，載《魯迅全集》（第十一卷），第 100 頁。

眼的對照，自然是魯迅自我否定的一種老例，但他還從未像現在這樣對自己終身從事且熱愛的文學事業否定得如此之乾脆與決絕，幾乎要讓人懷疑起他的立身原則的有無來。而這一切的發生同他與許廣平的戀愛不無關係，其實憑魯迅的經驗和閱歷，他是不至於覺察不到這革命高潮景象背後的空虛的。然而即使是有這樣的覺察，他也還是壓住自己的疑慮，用一句「總而言之，即使要打折扣，情形很好總是眞的」〔註 65〕搪塞自己，一反常態地「寧信其有，不信其無」。

愛情所致的喜悅對魯迅的身體狀況的影響也是極其明顯的。「如果不是許廣平出現在他的生活裏，先生大概不會活到五十六歲，許廣平延續了他的生命。」〔註 66〕孫郁先生這句看似誇張的話，其實是中肯之言。從《魯迅日記》來看，魯迅與許廣平熱戀的 1926、1927 兩年〔註 67〕是魯迅先生有記載以來病痛最少的兩年，而在廈門期間則絕無疾病的記載〔註 68〕。這段時間完全可以說是魯迅生命中的第二次青春，良好的身體和精神狀況使得他在這期間創作驚人，「他們同居之後，魯迅寫下的文字，超過了他過去二十年的總和。」〔註 69〕

然而，這種歡樂中，並非沒有陰影在。1927 年春節，他和許廣平、廖立峨等暢遊毓秀山，高興得像一個孩子，爲了顯示自己還年輕，他竟然從一個小土丘上跳下來，扭傷了腳，很長時間才好〔註 70〕。其實早在廈門，他爲了跳過一個帶刺的鐵絲欄杆，就著實被刺了一下。〔註 71〕這兩件小傷痛在他生命中似乎

〔註 65〕魯迅：《兩地書．五四》，載《魯迅全集》（第十一卷），第 155 頁。

〔註 66〕孫郁：《魯迅與胡適》，第 147 頁。

〔註 67〕據陳漱渝在《血的蒸氣　眞的聲音——許廣平三篇遺稿讀後》中說，許廣平曾對在影片中扮演許廣平的於藍說，它與魯迅的感情上的質的變化發生在 1925 年 10 月。見陳漱渝：《魯迅史實求眞錄》，湖南文藝出版社 1987 年版，第 90 頁。

〔註 68〕只是 1926 年 12 月 3 日魯迅致許廣平的信中說，「但今天我發見我的手指有點抖，這是吸煙太多了之故。」魯迅：《兩地書．八六》，載《魯迅全集》（第十一卷），第 232 頁。

〔註 69〕孫郁：《魯迅與胡適》，第 147 頁。

〔註 70〕《魯迅日記》1927 年 2 月 4 日記載，「上午同廖立峨等遊毓秀山，午後從高處跌下傷足，坐車歸。」（魯迅：《日記．1927 年 2 月》，載《魯迅全集》（第十六卷），第 7 頁。）又魯迅 1927 年 2 月 25 日致章廷謙信，「陰曆正月三日從毓秀山跳下，跌傷了，躺了幾天。」（魯迅：《書信．270225 致章廷謙》，載《魯迅全集》（第十二卷），第 21 頁。）

〔註 71〕《兩地書．六二》，「樓下的後面有一片花圃，用有刺的鐵絲攔著，我因爲要看它有怎樣的阻力，前幾天跳了一回試試。跳出了，但那刺果然有效，給了我兩個小傷，一股上，一膝旁，可是並不深，至多不過一分。」魯迅：《兩地書．六二》，載《魯迅全集》（第十一卷），第 180～181 頁。

是某種隱喻，他畢竟不是血氣方剛的年輕人了，年齡的衰老同時也成了他的一塊心病，他在這一時期以及後來的1928年上海的論戰中，年齡始終是對手嘲笑他的一個藉口，《我的態度氣量和年紀》便是他還擊對手關於這方面攻擊的一篇重要文章，而他在廣州時期的長篇講演《魏晉風度及文章與藥及酒之關係》中又是那麼如癡如醉地論及服藥與長生之術，這其間是不是有某種隱密的關聯呢？《奔月》中后羿在嫦娥離他而去後進行自我反省時第一個想到的就是自己的年齡，「莫非看得我老起來了？但她上月還說：『並不算老，若以老人自居，是思想的墮落。』」〔註72〕因此看來，后羿在嫦娥面前的愧疚並不僅僅是來源於生活的窘迫，其實還有年齡的原因。這應該也是魯迅眞實心理的流露。年齡是他面對年輕女性時自慚形穢的一個主要原因，也是他較爲敏感的話題，因此誰要攻擊到他的年紀，他反應的強烈是超乎尋常的。

其實，這也是他潛意識裏所始終擔心的事情，而《奔月》中的年齡問題也就是這潛意識的一種自然的流露。嫦娥對后羿的異常冷漠更是魯迅潛意識中「被遺棄」恐懼症的一種文學表達。可事實上，《奔月》的寫作正是在他們感情最濃烈的時候，並且他們幾乎是在同時作了感情上的最後確證。然而他的疑慮就像不可抑制的先天恐懼症那樣綿延不絕，這其實就是他的多疑個性的自然流露。在《兩地書》中，他一方面企圖向對方作出保證，可另一方面又不可扼制地流露出懷疑。

> 聽課的學生倒多起來了，……女生共五人。我決定目不邪視，而且將來永遠如此，直到離開了廈門。〔註73〕
>
> 邪視尚不敢，而況「瞪」乎？〔註74〕
>
> 因此又常遲疑於此後所走的路：（一）死了心，積幾文錢，將來什麼事都不做，顧自己苦苦過活；（二）再不顧自己，爲人們做些事，將來餓肚也不妨，也一任別人唾罵；（三）再做一些事，倘連所謂「同人」也都從背後槍擊我了，爲了生存和報復起見，我便什麼事都敢做，但不願失了我的朋友。第二條我已行過兩年了，終於覺得太傻。前一條當先託庇於資本家，恐怕熬不住。末一條則頗險，也無把握（於生活），而且又略有所不忍。所以實在難於下一決心，

〔註72〕魯迅：《故事新編．奔月》，載《魯迅全集》（第二卷），第381頁。
〔註73〕魯迅：《兩地書．四八》，載《魯迅全集》（第十一卷），第138頁。
〔註74〕魯迅：《兩地書．五八》，載《魯迅全集》（第十一卷），第166頁。

我也就想寫信和我的朋友商議，給我一條光。〔註 75〕

「末一條路」顯然是指他和許廣平要走的路，但「頗險」與「無把握」表達了他的疑慮與不確信。而「給我一條光」則是他向許廣平尋求某種確信。許廣平隨後的回信，對他的懷疑頗表不滿：

你信末有三條路，叫我「一條光」，我自己還是瞎馬亂碰，何從有光，而且我又未脫開環境，做局外旁觀。我還是世人，難免於不顧慮自己，難於措辭，但也沒有法了，到這時候，如果我替你想，或者我是和你疏遠的人，發一套批評，我將要說：「你的苦了一生，就是一方爲舊社會犧牲，換句話，即爲一個人犧牲了你自己。而這犧牲雖似自願，實不啻舊社會留給你的遺產。……你自身是反對遺產制的，不過覺得這份遺產如果拋棄了，就沒人打理，所以甘心做一世農奴，死守遺產。……我們是人，天沒有叫我們專吃苦的權利，我們沒有必吃苦的義務，得一日盡人事求生活，即努力做去。我們是人，天沒有硬派我們履險的權力，我們有坦途有正道爲什麼不走，我們何苦因了舊社會而爲一人犧牲幾個，或牽連至多數人，我們打破兩面委曲忍苦的態度，如果對於那一個人的生活能維持，對於自己的生活比較站得穩，不受別人藉口攻擊，對於另一方，我的局面，兩方都不因此牽及生活，累及永久立足點，則等於面面都不因此難題而失了生活，對於遺產拋棄，在舊人或批評不對，但在新的，合理的一方或不能加任何無理批評，即批評也比較易立足。……因一點遺產而牽動到了管理人行動不得自由，這是在新的狀況下所不許，這是就正當解決講，如果覺得這批評也過火，自然是照平素在京談話做去，在新的生活上，沒有不能吃苦的。」〔註 76〕

在這封信中，許廣平實際上和盤托出了久已壓在自己心頭的想法，在不滿與激動中表達了她對魯迅的眞摯情感。但即使是這樣確信的回答，魯迅也還沒有改變先前的疑慮心態，在隨後的回信中他這樣說，「離開此地之後，我必須改變我的農奴生活；……我覺得現在 H.M.比我有決斷得多，我自到此地以後，彷彿全感空虛，不再有什麼意見，……自己也明知道這是應該改變的，但現

〔註 75〕魯迅：《兩地書．七三》，載《魯迅全集》（第十一卷），第 204 頁。

〔註 76〕許廣平：1926 年 11 月 22 日致魯迅信，載《魯迅景宋通信集——〈兩地書〉的原信》，湖南人民出版社 1984 年版，第 241～242 頁。又見王得後：《〈兩地書〉研究》，天津人民出版社 1982 年版，第 126～128 頁。

在無法，明年從新來過罷。」〔註 77〕而他一個月後在《奔月》中表達的絕望似乎讓人覺得他們在此之前絲毫沒有作過任何承諾似的。天知道，實際生活中的許廣平是多麼的熱情和主動，她哪裏是《奔月》中那冷漠的嫦娥呢！

在這場苦澀的戀愛中，除了對許廣平有不能把握處，不時投以疑慮的眼光外，魯迅的多疑與顧慮幾乎達到無遠弗屆的地步。就在同一封回信中，魯迅詳細講到了他的這種顧慮：

> 我的一生的失計，即在向來不爲自己生活打算，一切聽人安排，因爲那時豫料是活不久的。後來豫料並不確中，仍能生活下去，遂至弊病百出，十分無聊。再後來，思想改變了，但還是多所顧忌，這些顧忌，大部分自然是爲生活，幾分也爲地位，所謂地位者，就是指我歷來的一點小小工作而言，怕因爲我的行爲的劇變而失去力量。〔註 78〕

正是這些顧慮才使得他更加敏感和多疑：

> 北京似乎也有流言，和在上海所聞者相似，且云長虹之拼命攻擊我，乃爲此。〔註 79〕
>
> 那時我又寫信去打聽孤靈（原信作川島——筆者注，下同），才知道這種流言，早已有之，傳播的是品青，伏園，亥倩（原信作衣萍），微風（原信作小峰），宴太（原信作二太太）。……
>
> ……
>
> 我現在眞自笑我說話往往刻薄，而對人則太厚道，我竟從不疑及亥倩之流到我這裡來是在偵探我，雖然他的目光如鼠，各處亂翻，我有時也有些覺得討厭。並且今天才知道我有時候請他們在客廳裏坐，他們不高興，說我在房裏藏了月亮，不容他們進去了。你看這是多麼難以伺候的大人先生呵。我託令弟（原信作羨蘇）買了幾株柳，種在後園，拔去了幾株玉蜀黍，母親很可惜，有些不高興，而宴太即大放謠諑，說我在縱容著學生虐待她。力求清寧，偏多滓穢，我早先說，嗚呼老家，能否復返，是一問題，實非神經過敏之談也。〔註 80〕

〔註 77〕魯迅：《兩地書 · 八三》，載《魯迅全集》（第十一卷），第 226 頁。
〔註 78〕魯迅：《兩地書 · 八三》，載《魯迅全集》（第十一卷），第 225 頁。
〔註 79〕魯迅：《兩地書 · 一〇二》，載《魯迅全集》（第十一卷），第 263 頁。
〔註 80〕魯迅：《兩地書 · 一一二》，載《魯迅全集》（第十一卷），第 280～281 頁。

上一段話還只是針對高長虹一個人，而下面一段則從學生，到朋友，到家裏人，甚至包括母親都懷疑了個遍，足見他的敏感和多疑，末了還說「實非神經過敏之談」，實際上已經是過敏之至了。就在這同一封信中，魯迅向許廣平表達了要拋棄一切顧慮的決心，「這即使是對頭，是敵手，是梟蛇鬼怪，我都不要問；要推我下來，我即甘心跌下來，我何嘗高興站在臺上？我對於名聲，地位，什麼都不要，只要梟蛇鬼怪夠了，對於這樣的，我就叫作『朋友』。」不但如此，他在信中還說了一句非常堅決的話，「我可以愛！」〔註 81〕但即使如此，魯迅也仍是顧慮，仍是多疑與敏感。1928 年夏天到杭州，「實際上是度蜜月，他也要遮遮掩掩。」〔註 82〕

> ……當時我還沒有結婚，當然沒有小孩子等著，只是以爲，一道告辭，可以讓魯迅先生早點休息。不料突然，在我和矛塵之間，橫下來了一條手臂，是魯迅先生的。同時聽到他的聲音：「欽文，你，日裏有事情，儘管跑開去做；可是夜裏，一定要回到這裡來睡，每天夜裏一定都要到這裡來，一直到我們回到上海去！」並且指定，我睡在那並排設著的三張床鋪中間的一個床鋪。我這才悟著，要預訂有三張床的房間，並非偶然，而是有計劃的。〔註 83〕

王曉明先生行文至此時用了一個難以抑制的驚歎（悲歎？），「這是怎樣奇怪的安排！」〔註 84〕表達了他對魯迅先生的同情。這遮掩甚至一直要到海嬰出生的 1929 年，在這一年 3 月 22 日致韋素園的信中，遮掩的痕跡是那麼的刺眼：

> 至於「新生活」的事，我自己是川島到廈門以後，才聽見的。他見我一個人住在高樓上，很駭異，聽他的口氣，似乎是京滬都在傳說，說我攜了密斯許同住於廈門了，……後來到了廣東，將這事對密斯許說了，便請她住在一所屋子裏——但自然也還有別的人。前年來滬，我也勸她同來了，現在就住在上海，幫我做點校對之類的事……〔註 85〕

仍然「還是多所顧忌」，這自然是他的多疑個性使然，但同時也摻雜著他對自

〔註 81〕魯迅：《兩地書·一一二》，載《魯迅全集》（第十一卷），第 279～280 頁。

〔註 82〕王曉明：《無法直面的人生——魯迅傳》，第 127 頁。

〔註 83〕許欽文：《〈魯迅日記〉中的我》，載《魯迅回憶錄》（專著）（下冊），魯迅博物館、魯迅研究室、《魯迅研究月刊》選編，第 1319 頁。

〔註 84〕王曉明：《無法直面的人生——魯迅傳》，第 127 頁。

〔註 85〕魯迅：《書信·290322 致韋素園》，載《魯迅全集》（第十二卷），第 157 頁。

己身-位感的考慮，用他自己的話說，「這些顧忌，大部分自然是爲生活，幾分也爲地位。」

第廿三講 《非攻》《理水》

竹內好先生的《魯迅》和王曉明先生的《無法直面的人生——魯迅傳》是兩部非常重要的魯迅研究著作，可是這兩本書有一個共同之處，那就是當它們觸及到《故事新編》時都顯得捉襟見肘。實際上，王曉明先生的《魯迅傳》壓根就沒有提及《故事新編》，就好像魯迅先生沒有這本著作一樣〔註 86〕，剛開始我讀《魯迅傳》時對於這一點非常驚訝，認爲這是王曉明先生的一大疏忽，可是後來仔細想一想，覺得情有可原，又覺得情不可原。現在看來，王曉明先生這本寫作於上個世紀 80 年代末 90 年代初的著作確實有矯枉過正的嫌疑，作者極力想將魯迅從以往的「神」壇拉下來，恢復其「人間」的本來面目，所以竭力書寫魯迅作爲「人」的困境的一面，其結果如我們前面所分析的，他完全將魯迅處理成爲一個「虛無論」者，他說魯迅道路盡頭站著的是「虛無感」〔註 87〕，其實也是說魯迅始終行走在「虛無」之中。在這本著作中，王曉明先生以「虛無」一以貫之，而完全無視魯迅先生對虛無主義的克服，因此，在他所描述的魯迅世界中，只有黑暗、虛無以及虛無的深淵，此外一無所有。他對「虛無」貫徹得如此徹底，以致於寧可將魯迅「切割」，甚至「凌遲」也在所不惜，他一字不提《故事新編》的秘密也正在於此，因爲《故事新編》多少還有些亮色。這亮色儘管少，也還是亮色，放在一片黑暗中就會打破黑暗，就會使得以「虛無／黑暗」一以貫之的思路化爲烏有。沒有一以貫之的思路，做學問就不能自圓其說，不能自圓其說就不是學問，所以寧可「切割」，甚至「凌遲」，也要一以貫之，也要一條道跑到黑。從這方面來說，抱著「虛無」一條道跑到黑的不是魯迅而是王曉明。這正是他情有可原的地方，同時也正是他情不可原之處。相對而言，竹內好先生要高明得多，這並不是說竹內好先生的論述更加天衣無縫，而恰恰相反，竹內好先生在他的著作中留下了一連串的疑問，從理論上說，他完全可以和王曉明先生一樣不去理會《故事新編》，可是他的藝術直覺力告訴他不可以這麼做，「我

〔註 86〕在這方面，王曉明確實深受夏濟安、夏志清和李歐梵的影響，事實上，李歐梵的魯迅研究著作《鐵屋中的吶喊》也一字未提《故事新編》。

〔註 87〕王曉明：《無法直面的人生——魯迅傳》，第 80 頁。

覺得本來打算像省掉《朝花夕拾》那樣把《故事新編》也省掉，而現在卻出乎意料地覺得好像不能省掉它。」〔註 88〕這使得他在處理《故事新編》時矛盾重重，但他絲毫不隱諱這種矛盾，這正是他的偉大之處。「坦率地說，我實在無法理解《故事新編》。我認爲，恐怕它是毫不可取、毫無問題的蛇足吧。即使現在我對這一點仍有八分的確信。不過，在剩下的二分中仍留有某種疑惑。無論如何也不能否定。」〔註 89〕對於這句話的具體所指，竹內先生後來加了一條注：「這裡，我不是對《故事新編》的作品加以評價；只是說它對於理解魯迅的『思想』並沒有那種不可或缺的重要性，因而可以無視它。由於這一點也受到了誤解，所以才解釋一下。當然，這是我當時的看法，後來多少改變了些。」〔註 90〕實際上在正文中也有類似的話，「我懷有光靠自己就能解釋魯迅的全部作品的想法。」但「一認眞地提到這部小說集，就覺得棘手了。恐怕不把我的這本劄記全部抹煞重新改寫，是不可能的。」〔註 91〕這幾段話已經很清楚明瞭地將竹內好先生的苦衷呈現在我們面前了，即他遇到了一個跟王曉明先生同樣的問題：在其解釋魯迅「思想」的體系中無法容納《故事新編》。如果說王曉明先生是以「虛無」一以貫之的話，那麼竹內好先生又是一種什麼樣的體系呢？雖然我們前面說過，「竹內魯迅」最著名的地方在於其以「迴心」爲軸，將魯迅的文學歸結爲「罪」的自覺的文學，但竹內好對魯迅最核心的解釋卻不是在這裡。在《魯迅》的第四章「政治和文學」中，竹內將魯迅歸結爲受孫文的「不斷革命」和尼采的「永劫回歸」思想影響的「永遠的革命者」〔註 92〕，這才是竹內好先生解釋魯迅的核心之所在。「把孫文看做『永遠的革命者』的魯迅，在『永遠的革命者』身上看到了自己。」〔註 93〕如果換一句理論性極強的話表達就是，「不依賴任何東西，不把任何東西作爲自己的支點，由此而必使一切成爲自己的。在這一剎那，文學家魯迅誕生了。」〔註 94〕這句話到底是什麼意思呢？幾十年之後，尾崎文昭先生無意中對

〔註 88〕〔日〕竹內好：《魯迅》，李心峰譯，第 104～105 頁。

〔註 89〕〔日〕竹內好：《魯迅》，李心峰譯，第 108 頁。

〔註 90〕〔日〕竹內好：《魯迅》，李心峰譯，第 154 頁。

〔註 91〕〔日〕竹內好：《魯迅》，李心峰譯，第 104 頁。

〔註 92〕〔日〕竹內好：《魯迅》，李心峰譯，第 118 頁。

〔註 93〕〔日〕竹內好：《魯迅》，李心峰譯，第 130 頁。

〔註 94〕〔日〕竹內好：《魯迅》，李心峰譯，第 110 頁。不過，我這裡採用的是孫歌在尾崎文昭的《試論魯迅「多疑」的思維方式》中的譯文片段（見〔日〕尾崎文昭：《試論魯迅「多疑」的思維方式》，孫歌譯，《魯迅研究月刊》1993 年第 1

這句話作了一個解釋：「不依賴任何東西，不把任何東西作爲自己的支點，不斷反抗（革命、忍耐）空虛，這該多麼艱難！如果魯迅擁有相當於陀思妥耶夫斯基的神那樣的存在，將使他怎樣地獲救呵！」〔註 95〕很明顯，這裡講到的是信仰與行動的關係問題。關於這一問題，如前所述，人們已經形成一個思維定式，即：信仰是第一位的，行動是第二位的，信仰是用來指導行動，沒有信仰，行動就會失去意義，沒有信仰，生活就不堪忍受。可是早在一個世紀之前，那個偉大的思想家尼采就已經指出了這種思維定式的荒謬性，「新教教導者一直在散佈一個根本的錯誤，認爲信仰是第一重要的，行動是第二位的和必須以信仰爲指導的。這當然是不對的。」繼而他指出了行動的重要性，「行動，既是最先發生的也是終極重要的！」「只要你放手行動、行動、再行動，有關的信仰很快就會尾隨而至。」〔註 96〕尾隨行動而至的信仰用我們本書的術語講就是「信」，信與行動的關係就像希望與存在的關係，不是存在附麗於希望，而是希望附麗於存在，同樣的不是行動尾隨信，而是信尾隨行動。這才是存在者整體的秩序，而不是相反，然而我們已經將這種秩序遺忘得太久了，我們認爲「顚倒」的才是正常的秩序，可殊不知，「顚倒」的是遺忘了其起源的結果。因此，他們，包括竹內好先生，都認爲魯迅的一切行動是無「信」的，就像唐吉訶德之戰風車，讓人肅然起敬，然而値得同情。這也就是爲什麼竹內好先生一再聲稱自己無法站在魯迅整體「思想」中去理解《故事新編》的根本原因。因爲，《故事新編》中的某些篇目是魯迅之「信」的表達。

「某些篇目」具體指的就是《非攻》和《理水》兩篇。關於這兩篇歷來頗有爭議，以王瑤先生爲代表的老一代學者傾向於從積極方面進行解釋，「以《非攻》和《理水》爲開端的魯迅後期的五篇歷史小說都表現了作家在自覺地運用歷史唯物主義的觀點來處理古代題材，致力於眞實地反映歷史的本質。而且洋溢著樂觀主義精神。」〔註 97〕而近來的新生代學者由於受到後現代解構主義思潮的影響，往往注重對這兩篇小說結尾的解釋，認爲具有「反諷」性質的結尾對整篇小說的積極而正面的意義構成了解構。持這種觀點的代表人物是鄭家

期，第 26 頁），李心峰的原譯文是，「由於對什麼都不信賴，什麼也不能作爲自己的支柱，就必須把一切作爲我自己的東西。於是，文學家魯迅現在形成了。」

〔註 95〕〔日〕尾崎文昭：《試論魯迅「多疑」的思維方式》，孫歌譯，《魯迅研究月刊》1993 年第 1 期，第 26 頁。

〔註 96〕〔德〕尼采：《曙光》，田立年譯，第 17 頁。

〔註 97〕王瑤：《〈故事新編〉散論》，載《1913—1983 魯迅研究學術論著資料彙編》（第五卷），中國社會科學院文學研究所魯迅研究室編，第 971 頁。

建，他認為魯研界長期以來對於《非攻》和《理水》的解讀太拘泥於雜文《中國人失掉自信力了嗎》的思路，而忽視了對其中的一些細節描寫的解讀，尤其是忽視了對兩篇結尾的仔細解讀，「這種文本的解讀方式，恰恰忽略了《理水》中兩個微妙卻又是關鍵性的文本表現特徵：一是從文本中可以看出，大禹治水的事蹟在整個的敘述中是被『虛寫化』了，而把大禹如何地被小人們包圍、糾纏這一困境最大程度地在文本的敘述中『前置化』，這從文本的語言上可以看出：關於大禹的敘述語言是在文本戲擬語言的眾聲喧嘩中，斷斷續續、若隱若現地漂浮著。……我以為，這種充分戲擬化是作家有意暗示給我們的一種解讀立場和向度。二是在文本最後，作者有意地用戲擬的語言形式寫了禹回京以後，管理國家大事，在衣食上，態度上也改變了一點。……必須指出的是，這一結尾與文本中的後半段敘述大禹如何艱辛、勞頓構成一個大轉折。與《非攻》的結尾一樣，這一大轉折，使得小說的『境界』全盤托出。這一轉折在文本的敘述結構之中具有舉重若輕的意義，……《理水》中的這一結尾，……使得人們對文本中關於大禹的英雄主義的敘述，產生一種嘲諷、消解的意味。」〔註 98〕

我們如何看待以上這兩種觀點呢？我認為《非攻》和《理水》是魯迅思想中積極亮色的表現，但不同意王瑤先生的「樂觀主義精神」定論，同時我也認為文本中的某些細節和結尾是嘲諷的表達，但我不認為嘲諷的對象是大禹和墨子。這是什麼意思呢？在回答這一問題之前，我們先來看看日本學者的相關研究。

如前所述，竹內好先生對《故事新編》在魯迅整體「思想」中的位置是持否定態度的，但他不能完全肯定自己的觀點，所以還存有「二分疑惑」。其後繼者伊藤虎丸先生認為，「竹內留下『二分疑惑』，是因為他尤其在《非攻》和《理水》這兩篇作品中，感受到了『某種作品上的壯觀圖畫』。我也承續這一預感。」〔註 99〕也就是說，竹內好和伊藤虎丸都在《非攻》和《理水》中「感受到了『某種作品上的壯觀圖畫』」，但與竹內好抹掉這種感受不同的是，伊藤虎丸肯定了這種藝術直感，「包括竹內好在內，人們歷來多強調魯迅小說對社會黑暗的暴露；我卻想重視另一面所存在的他是怎樣努力塑造出新的英雄人物和具有積極意義的人物的。具體地說，就是關注竹內好在《魯迅論》中推定為『十有八九是多餘』的《故事新編》中的作品。」〔註 100〕伊藤虎丸先生的解釋也是從雜文《中國人

〔註 98〕鄭家建：《被照亮的世界》，福建教育出版社 2001 年版，第 54～55 頁。

〔註 99〕〔日〕伊藤虎丸：《魯迅與日本人》，李冬木譯，河北教育出版社 2001 年版，第 156 頁。

〔註 100〕〔日〕伊藤虎丸：《魯迅與日本人 · 序言》，載《魯迅與日本人》，李冬木譯，

失掉自信力了嗎》進入的，他認爲墨子和大禹就是魯迅所力圖塑造的「中國的脊樑」，不但如此，伊藤先生還區分了大禹和墨子，他認爲在魯迅的作品中，墨子「僅僅是個出色的抵抗者，而禹則被想定成登上權力的寶座，成爲當權者。我認爲，這也反映了魯迅心中正在出現的『希望』」。「《非攻》中的墨子沒有現代『模特』，而《理水》中的禹卻有模特。」〔註101〕所謂禹在現代的模特，伊藤先生認爲就是「當時正在進行『二萬五千里長征』的毛澤東、朱德和中國共產黨」〔註102〕。此外，伊藤先生也談到這兩篇小說的結尾，他並不認爲這兩段具有反諷性的描寫是對墨子和大禹的否定，而相反是魯迅清醒現實主義的反映，是肯定的描寫，「關於禹的態度變化，有解釋說是魯迅暗中批判了禹的墮落和變質。……但我卻坦率地把這一段理解爲肯定的描寫。禹採取了現實性的經濟政策，終於帶來了天下太平。他的性格是現實主義的，是務實的。否則就成了一個僵化的理想主義者。」「《非攻》的結尾，……其方法也和《理水》完全相同。但魯迅卻賦予了墨子以與大政治家禹完全不同的另一種偉大性格，即自我犧牲，……從這個結尾會感受到作者對墨子的那發自內心深處的共鳴和親切的幽默，甚至還有某種淒涼。這裡展示了人間世界的一個眞實：救眾生者難救自己。《非攻》結尾的幽默，便是從這種深刻的現實性當中產生出來的。」〔註103〕伊藤先生的後繼者尾崎文昭先生雖然沒有直接談到《非攻》和《理水》兩篇，但通過對《故事新編》整體的闡釋實際上已經觸及到這兩篇了。尾崎認爲《故事新編》的主要創作方法是小說結構性自我否定，也可以稱爲小說的自我否定性結構，其主要表現是油滑、反諷、戲擬以及間離效果的運用。所謂小說結構性自我否定是指，「作品本身具有一種分裂的、各種對立因素相互嘲弄與顛覆、消解的性質」〔註104〕。尾崎認爲，這種小說結構性自我否定的「構造基本上與往復深化型『多疑』思維方式相同，據此我們可以將這種情況理解爲『多疑』思維方式在小說創作中作爲小說結構表現出來的結果」〔註105〕。具體到文本，尾崎先生雖然例舉的是《起死》一篇，但我們也可以舉一反三地大體知道他會怎樣闡釋《非攻》和《理水》。根本來說，

序言第 11 頁。

〔註101〕〔日〕伊藤虎丸：《魯迅與日本人》，李冬木譯，第 166～167 頁。

〔註102〕〔日〕伊藤虎丸：《魯迅與日本人》，李冬木譯，第 166 頁。

〔註103〕〔日〕伊藤虎丸：《魯迅與日本人》，李冬木譯，第 161、162 頁。

〔註104〕〔日〕尾崎文昭：《試論魯迅「多疑」的思維方式》，孫歌譯，《魯迅研究月刊》1993 年第 1 期，第 21 頁。

〔註105〕〔日〕尾崎文昭：《試論魯迅「多疑」的思維方式》，孫歌譯，《魯迅研究月刊》1993 年第 1 期，第 21 頁。

尾崎認為這兩篇小說當中的戲擬與結尾的反諷都是小說結構性自我否定的實際運用，也就是說，魯迅否定了前面對墨子和大禹的光輝形象的塑造。比較起來，這個解釋更靠近鄭家建先生的觀點。並且尾崎先生走得更遠一些，他最終將這一種小說結構和魯迅先生的整體思想聯繫起來，認為這是魯迅先生無「信」的表達，「不依賴任何東西，不把任何東西作為自己的支點，不斷反抗（革命、忍耐）空虛，這該多麼艱難！如果魯迅擁有相當於陀思妥耶夫斯基的神那樣的存在，將使他怎樣地獲救呵！」〔註 106〕所謂「陀思妥耶夫斯基的神那樣的存在」就是前面所討論過的 meta-physics 式的信仰，它與我們的「信」完全是兩種路數之物。然而，如前所述，尾崎先生顯然固執地認為，沒有「陀思妥耶夫斯基的神那樣的存在」，即沒有 meta-physics 式的信仰，這個世界是艱難且難以忍受的，這也就是他認為魯迅無「信」的根本原因。既然如此，那麼以《非攻》和《理水》為代表的《故事新編》在尾崎先生看來當然也不會有任何「信」之表達的跡象。

可是，我卻固執地認為《非攻》和《理水》是魯迅之「信」的表達，換言之，我認為《非攻》和《理水》是表達魯迅之「信」而非表達魯迅之「疑」的文本。從這個角度說，我更接近王瑤先生和伊藤虎丸先生的觀點，但我又不能完全苟同王瑤先生的「樂觀主義論」和伊藤先生在這個問題上的某些解釋。當然在闡釋不能苟同的原因之前，我們先有必要對另外一個問題進行具體闡釋，即：我們為什麼完全不同意鄭家建和尾崎文昭在這個問題上的觀點。我想對這一問題的闡釋涉及到根本立場問題。

我認為我們解讀《非攻》和《理水》時沒有任何理由拋開《中國人失掉自信力了嗎》這篇雜文。從時間上看，《非攻》寫作於 1934 年 8 月，《中國人失掉自信力了嗎》寫作於同年 9 月，前後僅相差一個月；從寫作初衷看，《中國人失掉自信力了嗎》是針對當時輿論界認為「中國人失掉了自信力」這種論調的反駁〔註 107〕：

> 我們從古以來，就有埋頭苦幹的人，有拚命硬幹的人，有為民請命的人，有捨身求法的人，……雖是等於為帝王將相作家譜的所

〔註 106〕〔日〕尾崎文昭：《試論魯迅「多疑」的思維方式》，孫歌譯，《魯迅研究月刊》1993 年第 1 期，第 26 頁。

〔註 107〕「當時輿論界曾有過這類論調，如 1934 年 8 月 27 日《大公報》社評《孔子誕辰紀念》中說：『民族的自尊心與自信力，既已蕩焉無存，不待外侮之來，國家固早已瀕於精神幻滅之域。』」語見魯迅：《且介亭雜文·中國人失掉了自信力了嗎》注釋【4】，載《魯迅全集》（第六卷），第 123 頁。

> 謂「正史」，也往往掩不住他們的光耀，這就是中國的脊樑。〔註108〕

《非攻》中的墨子當然是魯迅所讚歎的「中國的脊樑」。至於 1935 年 11 月創作的《理水》也應該作如是解。讚歎墨子和大禹並非懷古，而是對現在的肯定。「我們從古以來，就有……」的言外之意是我們現在同樣有這樣的人，這也就是魯迅認爲中國人還有自信的地方，也就是中國還有希望的地方。簡言之，是魯迅之「信」的表達。但理解這兩篇小說的關鍵之處在於結尾，鄭家建和尾崎文昭也正是通過結尾的解讀提出異議的。那麼，到底如何看待這兩篇小說的結尾呢？我認爲，在這兩篇小說的結尾中，魯迅動用了他慣常在雜文中使用的筆法：反語。也就是說，我們在閱讀這兩篇小說的結尾時應該將文章的意思顛倒過來看。這在《理水》中表現尤爲明顯。一貫「卓苦勤勞」的禹在登上權力寶座後「態度也改變一點了」，

> 吃喝不考究，但做起祭祀和法事來，是闊綽的；衣服很隨便，但上朝和拜客時候的穿著，是要漂亮的。所以市面仍舊不很受影響，不多久，商人們就又說禹爺的行爲眞該學，皋爺的新法令也很不錯；終於太平到連百獸都會跳舞，鳳凰也飛來湊熱鬧了。〔註109〕

鄭家建認爲這段文字是魯迅對正文所塑造的「卓苦勤勞」的禹的形象的一個反諷，對主題構成消解，尾崎先生也認爲這段文字是對前面行文的一種自我否定。其實不然，這段文字不僅不是對前面行文的否定與消解，恰恰相反它是對前面行文的肯定。從表面上看，禹爺態度的改變似乎帶來了太平盛世，但實際上這段文字在骨子裏寫出了禹的孤獨——一個人的孤獨。這同前面描寫的被一群小人包圍與糾纏的治水中的大禹形象是一致的，那同樣是一個孤獨者的形象：在眾大員們都主張「湮」的時候，禹主張的「導」顯得是那樣的孤單，然而堅定。在此我們有必要再一次回到魯迅當時寫作的語境中來探討這篇小說。《理水》寫作於 1935 年 11 月，這無疑是一個非常重要的時間。眾所周知，在這一年的 10 月，毛澤東、朱德領導的中央紅軍經過艱苦卓絕的二萬五千里長征抵達陝北，正是這個事件導致了伊藤虎丸先生的推論，即他認爲大禹現代的模特是「當時正在進行『二萬五千里長征』的毛澤東、朱德和中國共產黨」〔註110〕。但仔細想一想這個推論是不切實際的，因爲辛亥革

〔註108〕魯迅：《且介亭雜文・中國人失掉了自信力了嗎》，載《魯迅全集》（第六卷），第 122 頁。

〔註109〕魯迅：《故事新編・理水》，載《魯迅全集》（第二卷），第 400～401 頁。

〔註110〕〔日〕伊藤虎丸：《魯迅與日本人》，李冬木譯，第 166 頁。

命以來一直重視經驗的魯迅是不會憑空去塑造一個自己並不熟悉的形象的，況且這一點也並不是沒有過其他例證。1932 年魯迅兩次約見陳賡將軍，想寫一部反映紅軍戰爭生活的小說，但最終沒有動筆，其根本原因就是對所要寫的對象不熟悉〔註 111〕。如果一定要將大禹的現代模特鎖定在中國共產黨身上，那麼我倒是認爲有兩個比毛澤東和朱德更切近的人物：瞿秋白和馮雪峰。我們知道這兩個人物是魯迅上海時期的知己之交。馮雪峰 1933 年底離開上海，到達瑞金，1934 年參加二萬五千里長征，應該是魯迅時常掛念的一個人物。而瞿秋白則於 1934 年初離開上海，抵達瑞金，1935 年 2 月被捕，同年 6 月 18 日在福建長汀遇害。這一年的 6 月 28 日在致胡風的書信中，魯迅提到瞿秋白語調非常悲哀，「檢易嘉（即瞿秋白，筆者案）的一包稿子，有譯出的高爾基《四十年》的四五頁，這眞令人看得悲哀。」〔註 112〕從書信的口氣來看，魯迅已經確切地知道瞿秋白遇難了。爲了紀念瞿秋白，魯迅自是日起開始著手編瞿秋白的譯文集《海上述林》。《日記》1935 年 8 月 12 日載：「河清來並交望道信及瞿君譯作稿二種。」〔註 113〕《書信》1935 年 9 月 8 日致黃源：「陳節（即瞿秋白，筆者案）譯的各種，如頁數已夠，我看不必排進去了，因爲已經並不急於要錢。」〔註 114〕《日記》1935 年 10 月 22 日載：「下午編瞿氏《述林》起。」〔註 115〕我想，正如很多方家指出的，魯迅對中國共產黨的好感絕大部分是來自於他對瞿秋白、馮雪峰以及柔石、白莽等前仆後繼的共產黨員的良好印象的。也正是從他們身上，魯迅才看到了「希望」之所在，因此，如果非要說大禹有什麼現代的模特，那麼這模特也就是魯迅心目中的瞿秋白、馮雪峰、柔石和殷夫。這些當然是塑造禹的很重要的元素，但禹身上更重要的元素恐怕還是魯迅自己。原因有二：其一，禹（墨子也是這樣）是魯迅塑造的黑漢系列中的一員。已有很多方家指出，魯迅作品中的黑漢系列有魯迅自況的成分〔註 116〕。其二，《理水》中對禹周圍一群小人的描寫實際

〔註 111〕此事見馮雪峰的紀念文章《回憶魯迅》，載《魯迅回憶錄》（專著）（中冊），魯迅博物館、魯迅研究室、《魯迅研究月刊》選編，第 614～615 頁。另可參照樓適夷的紀念文章《魯迅二次見陳賡》，載《魯迅回憶錄》（散篇）（下冊），第 1086～1090 頁。

〔註 112〕魯迅：《書信·350628 致胡風》，載《魯迅全集》（第十三卷），第 490 頁。

〔註 113〕魯迅：《日記·1935 年 8 月 12 日》，載《魯迅全集》（第十六卷），第 546 頁。

〔註 114〕魯迅：《書信·350908 致黃源》，載《魯迅全集》（第十三卷），第 536 頁。

〔註 115〕魯迅：《日記·1935 年 10 月 22 日》，載《魯迅全集》（第十六卷），第 557 頁。

〔註 116〕日本學者丸尾常喜在《復仇與埋葬——關於魯迅的〈鑄劍〉》一文中對魯迅作

上是當時魯迅處境的文學表達。在《理水》中，除了極力諷刺「鳥頭」——實際上是指顧頡剛，他是《理水》中民間學者的代表——外，魯迅還花了大量的筆墨描寫了禹周圍的一些掌握實權的一些大員的醜態。如果結合當時魯迅的處境的話，我們會很清楚地知道這些大員其實是指以周揚爲代表的「左聯」的一些當權人物。魯迅雖然在「左聯」中佔據高位，但當 1933 年底、1934 年初馮雪峰和瞿秋白先後離開上海後，魯迅實際上落入他所認爲的一群「小人」的包圍與糾纏之中。魯迅在書信與文章中屢屢抒發對周揚他們的不滿，1935 年 6 月 28 日致胡風信：「我是常常出門的，不過近來知道了我們的元帥（即指周揚，筆者案）深居簡出，只令別人出外奔跑，所以我也不如只在家裏坐了。」〔註 117〕同年 9 月 12 日致胡風的信，其中不滿的情緒更表露無遺：「三郎的事情，我幾乎可以無須思索，說出我的意見來，是：現在不必進去。最初的事，說起來話長了，不論它；就是近幾年，我覺得還是在外圍的人們裏，出幾個新作家，有一些新鮮的成績，一到裏面去，即醬在無聊的糾紛中，無聲無息。以我自己而論，總覺得縛了一條鐵索，有一個工頭在背後用鞭子打我，無論我怎樣起勁的做，也是打，而我回頭去問自己的錯處時，他卻拱手客氣地說，我做得好極了，他和我感情好極了，今天天氣哈哈哈……。眞常常令我手足無措，我不敢對別人說關於我們的話，對於外國人，我避而不談，不得已時，就撒謊。你看這是怎樣的苦境？」〔註 118〕1936 年 4 月底馮雪峰從陝北回到上海，魯迅與他見面的第一句話是，「這兩年我給他們（即指周揚等人，筆者案）擺佈得可以。」〔註 119〕馮雪峰走後，魯迅在「左聯」中實際上是相當孤立的，他與周揚們之間的矛盾既有一些具體小事情的糾葛，但更爲主要的是道路的不同，也就是我們前面所詳細論述的信與信仰的區別。相對於周揚們的信仰，魯迅的信顯得是那麼的孤單，這孤單顯現在作品中就是墨子的寂寞與大禹的孤獨。信雖然給予了魯迅某種程度的亮色，也就是王

品中的「黑色人」形象與魯迅自身的聯繫作過充分的論證，見〔日〕丸尾常喜：《「人」與「鬼」的糾葛——魯迅小說論析》附錄三，秦弓譯，人民文學出版社 1995 年版，第 301 頁。

〔註 117〕魯迅：《書信 · 350628 致胡風》，載《魯迅全集》（第十三卷），第 491 頁。

〔註 118〕魯迅：《書信 · 350912 致胡風》，載《魯迅全集》（第十三卷），第 543 頁。

〔註 119〕馮雪峰後來的《回憶魯迅》將這句話改寫成，「這兩年的事情，慢慢告訴你罷。」據陳漱渝先生的《「高山安可仰　徒此揖清芬」——〈魯迅回憶錄〉序言》，又參見馮雪峰《回憶魯迅》，載《魯迅回憶錄》（專著）（中冊），魯迅博物館、魯迅研究室、《魯迅研究月刊》選編，第 649 頁。

瑤先生所謂的「樂觀主義精神」，但是這種亮色在廣大的黑暗中間是如此的恍惚，以致於要苦苦地支撐，堅韌地生存，而這正是魯迅式的悲哀，因此，從總體上看，我們似乎不能鼓足勇氣說魯迅在這兩篇小說中「洋溢著樂觀主義精神」，這也正是鄭家建們提出異議的合理之處。